Alexander Münninghoff

# DER STAMMHALTER

Alexander Münninghoff

# DER STAMMHALTER

## *Roman einer Familie*

*Aus dem Niederländischen*
*von Andreas Ecke*

C.H.BECK

Titel der niederländischen Originalausgabe:
«De stamhouder. Een familiekroniek»

Originally published in 2014 by Uitgeverij Prometheus, Amsterdam

Die deutsche Ausgabe wurde durch finanzielle Unterstützung
der Niederländischen Stiftung für Literatur ermöglicht.

Nederlands letterenfonds
dutch foundation
for literature


Satz: Janß GmbH, Pfungstadt
Druck und Bindung: CPI – Ebner & Spiegel, Ulm
Umschlagentwurf: Rothfos & Gabler, Hamburg
Umschlagabbildung: Alexander Münninghoff mit seinem Großvater
Gedruckt auf säurefreiem, alterungsbeständigem Papier
(hergestellt aus chlorfrei gebleichtem Zellstoff)
ISBN 978 3 406 72732 0

*www.chbeck.de*

*Für Ellen und Wera*

*Ich wurde am 13. April 1944 in Posen geboren, einer alten polnischen Stadt, die jahrhundertelang Poznań geheißen hatte. Als ich dort zur Welt kam, zwischen Bombenangriffen, die das Ende der Zeiten anzukündigen schienen, war Posen jedoch eine deutsche Stadt, ein logistischer Knotenpunkt, von dem aus Hitler-Deutschland ein paar Jahre zuvor seine Truppen in drei Stoßrichtungen in die Sowjetunion hatte einfallen lassen. Nun bekam auch Posen die furchtbare Rechnung dafür präsentiert: die entsetzlich Verstümmelten, die schreienden Verwundeten in ihren unmenschlichen Lazaretten, die Toten, die man auf Karren stapelte, um sie in Gruben zu kippen. Und die endlosen Kolonnen der Flüchtlinge, die nur noch eines wollten: so schnell wie möglich fort.*

*Meine Familie hatte teil an diesem Drama. Von ihr handelt dieses Buch. Und von den Folgen des Krieges. Von einem findigen Großvater, der auf spektakuläre Weise zu einem der reichsten Männer Lettlands geworden war, aber zwei Tage vor Kriegsbeginn mit seiner russischen Frau und vier Kindern, unter Zurücklassung seiner unbeweglichen Besitztümer, in die Niederlande flüchten musste. Von einem naiven Vater, der in der Uniform der Waffen-SS aus Idealismus an der Ostfront gegen die Sowjets kämpfte und später in den Niederlanden unterging. Von einer Mutter, die nach ihrer Scheidung nach Deutschland floh und nicht meine Mutter sein durfte. Und von mir, dem Enkel, dem Sohn, dem Stammhalter.*

*Den Haag, im Januar 2014* *Alexander Münninghoff*

# ERSTER TEIL

## *Das Herrenzimmer*

# – EINS –

Was ich an einem leeren Nachmittag auf dem Dachboden unseres Hauses in Voorburg fand, brachte mich zum ersten Mal mit den Geheimnissen in Berührung, die mein Leben beherrschen sollten. In einem Kleiderschrank entdeckte ich hinter einigen sicher verschlossenen Kisten und von einer dichten Hecke aus stark nach Mottenkugeln riechenden Wintermänteln verborgen eine weitere Kiste, die sich – seltsamerweise, muss man rückblickend sagen – sogar öffnen ließ. Darin lag außer einigen Hemden, Hosen und Krimskrams ein Helm. Schwarz und bedrohlich glänzend, auf der einen Seite ein schwarz-weiß-rotes Emblem und auf der anderen zwei grellweiße kleine Blitze. Instinktiv erfasste ich, dass er ein Geheimnis barg. Ich setzte ihn auf, stieg die Treppe hinunter und ging ins Herrenzimmer, wo gerade die ganze Familie bei geistigen Getränken zusammensaß und darauf wartete, dass der Alte Herr das Startzeichen zum täglichen Canasta-Ritual geben würde.

Es war das Jahr 1948, und ich war vier. Der Helm rutschte mir bis über die Augen, aber wenn ich den Kopf in den Nacken legte, konnte ich wie durch eine Bunkerscharte wahrnehmen, was vor mir geschah.

Die Erste, die mich sah, als ich auf der Schwelle des wie immer verräucherten Herrenzimmers erschien, war natürlich Wera, meine Mutter. Sie sagte nichts, aber ihr Blick verriet mir, dass ich gerade etwas Schlimmes tat. Einen Moment schien sie aufstehen zu wollen, um mich zu sich zu holen, doch noch in derselben Sekunde gewann Resignation die Oberhand, und sie verkroch sich in eine Ecke des

Sofas. Die übrigen Anwesenden, um den Tisch mit den Getränken versammelt, reagierten heftiger. Fast gleichzeitig schlugen Omi und Tante Trees die Hand vor den Mund, und mein Onkel Xeno zeigte mit ausgestrecktem Finger auf mich. Guus und Tante Titty tauschten einen Blick, bevor sie mich mit wagenradgroßen Augen anschauten. Der Einzige, der lachte, war Dr. van Tilburg, Hausarzt und Hausfreund in einer Person.

Schließlich beendete der Alte Herr das Schweigen. «Frans! Hatte ich dir nicht gesagt, dass du den Krempel wegwerfen sollst?», herrschte er mit seiner allgemein gefürchteten heiseren Flüsterstimme meinen Vater an. Der saß mit dem Rücken zur Tür und sah mich deshalb als Letzter, erst nachdem er sich halb erhoben und umgedreht hatte. «Bully, nimm sofort dieses Ding ab! Wo hast du dich denn jetzt wieder rumgetrieben? Gib her!», befahl er laut. «Verflixt noch mal, Wera, kannst du nicht besser auf ihn aufpassen? Entschuldige, Vater, ich war noch nicht dazu gekommen. Aber jetzt schaffe ich alles weg.» Um seinen Worten Taten folgen zu lassen, riss er mir den Helm vom Kopf und stiefelte dann aus dem Zimmer und die Treppe hinauf. Kurz danach hörten wir die Tür des Dachbodens zuschlagen.

«Komm mal zu mir, Junge», sagte Opa. Das Verschwinden meines Vaters schien die Anwesenden von einer Last befreit zu haben. Außer meiner Mutter, die schweigend vor sich hin starrte, bemühten sich alle, so zu tun, als wäre nichts geschehen. Selbstverständlich hatte Dr. van Tilburg wieder einen Witz parat, über den Omi, Tante Trees und Tante Titty sehr laut und lange lachen mussten. Mit viel Trara mischte man die Karten für Canasta, das Bridge der Katholiken. Frau Kochmann, unserer aus dem Baltikum mitgebrachten, nicht mehr ganz jungen Küchenfee, teilte man übers Haustelefon mit, dass sie um halb sieben servieren könne und dass Dr. van Tilburg mitessen werde. Ausreichend Zeit für ein weiteres Gläschen und einige Aufwärmrunden Canasta, denn nach dem Abendessen wurde um Geld gespielt.

Ich setzte mich auf Opas Knie, wie ich es gewohnt war. Es war mein Stammplatz, wenn er den großen Atlas, *Andrees Allgemeiner Handatlas*, vor mir aufschlug und Europa mit mir durchging. Nie den amerikanischen Kontinent, zu dem er doch auch wichtige Geschäftsverbindungen unterhielt, und auch niemals Afrika oder Asien, sondern immer Europa. Der 1922 in Leipzig gedruckte Atlas zeigte natürlich nur die Grenzen aus der Zeit vor dem Zweiten Weltkrieg. Die Grenzen von Opas Welt, in der er seinen sagenhaften Reichtum erworben hatte – und das vom winzigen Lettland aus, wo das blinde Schicksal ihn seine Frau und sein Glück hatte finden lassen.

Ich liebte den Alten Herrn, und ich war praktisch der Einzige im Haus, der keine Angst vor ihm hatte. Und meine Zuneigung wurde erwidert: Opas strenge Züge wurden sanfter, wenn er mich sah, und in seinen dunklen Augen, die sonst forschend und leicht argwöhnisch blickten, erschien ein wohltuend fröhliches Funkeln, als wäre der Schleier der Wachsamkeit beiseite geschoben worden. Meistens stand er dann von seinem riesigen Schreibtisch auf, an dem er im Herrenzimmer arbeitete, hob mich hoch, schwang mich ein paarmal im Kreis herum und setzte mich schließlich auf sein Knie. Dort fischte ich sofort seine goldene Uhr an der ebenfalls goldenen Kette aus seiner Westentasche, klappte den Deckel hoch, zog sie auf und fragte ihn nach der Uhrzeit. Die nannte er mir dann auf die Sekunde genau. Anschließend gingen wir zum großen Bücherschrank, der ebenso wie der Schreibtisch aus Eichenholz war, öffneten die gläsernen Schiebetüren und begannen mit unserem Atlas-Ritual.

In solchen Momenten hatte ich immer das Gefühl, dass ich für Opa eine wichtige Aufgabe erfüllte, dass ich ihn von den zahllosen geschäftlichen Sorgen ablenkte, die ihn plagten. Und ich glaube, so war es auch. Jedenfalls widmete er sich mir mit großer, nie nachlassender Aufmerksamkeit. Schon mehrmals hatte er mir erklärt, wie wichtig ich als Stammhalter für die Familie und für ihn persönlich war. Ich hatte längst nicht alles begriffen, obwohl mir schon klar war, dass es nicht unvorteilhaft sein konnte, ein Einzelkind zu sein, wenn man einen reichen Opa hatte.

«Nicht mehr auf dem Dachboden herumschnüffeln, du Frechdachs», sagte Opa. Und lauter, so dass alle wieder für einen Moment verstummten: «Wir werden da oben einmal gründlich aufräumen, es reicht mir jetzt. Wer weiß, womit Bully sonst das nächste Mal herunterkommt, wenn wir vielleicht Gäste haben, die uns weniger gut kennen.»

Mein Vater war inzwischen vom Dachboden zurückgekehrt und lehnte sich an den Türpfosten. «Da ist sonst nichts Besonderes», sagte er tonlos. «Jedenfalls nichts, weswegen ihr euch Sorgen machen müsstet.»

Ich saß auf Opas Knie wie das Jesuskind und fühlte, dass er bei diesen Worten seines ältesten Sohnes erstarrte. Doch bevor er antworten konnte, brüllte meine Canasta-verrückte Omi mit ihrer infolge von Taubheit verformten Stentorstimme: «Kommt, Kinder, spielen wir jetzt mal endlich!» Schweigend setzte sich mein Vater an den Spieltisch, an dem außer Omi auch schon Trees, Guus, Titty und Xeno Platz genommen hatten. Opa stellte mich auf den Boden, entschuldigte sich und ging nach oben. Wera blieb auf dem Sofa sitzen und schaute aus dem Fenster. Ich spürte, dass ich der Mittelpunkt von etwas Wichtigem gewesen war, und machte mich auf die Suche nach Freddy, meinem Hund. Dem würde ich alles haarklein erzählen, wie wir das verabredet hatten.

## – ZWEI –

Das Haus, in dem ich aufwuchs, war eine stattliche Villa in Voorburg. Sie steht noch heute, hat aber ihren großen, geheimnisvollen Garten zum größten Teil an vordringende Wohnkomplexe verloren. Den Garten des Jahres 1948 durchstreifte ich stundenlang. Bevor ich damit anfing, nahm ich vom hinteren Balkon aus mein Landgut in Augenschein, wobei ich meistens einen kunterbunten russischen Schal meiner Großmutter als Zeichen meiner Grafenwürde um die Schultern trug. Es herrschte eine trügerische Ruhe, doch ich spürte, dass man mich belauerte. Ich hatte das Gelände heimlich erkundet und kannte nach einiger Zeit die Positionen meiner Feinde genau, wählte Stellen aus, an denen ich sie verdeckt beobachten konnte, und erwog sorgfältig die Taktiken, mit denen ich die in nächster Zukunft unabwendbare Entscheidungsschlacht gewinnen würde. Dafür brauchte ich einen Verbündeten. Eigentlich hätte sich hier Freddy angeboten, aber er war leider häufig unauffindbar. Wie oft hatte mein Großvater nicht schon Anzeigen in die Zeitung gesetzt, wenn Freddy wieder einmal von der Bildfläche verschwunden war! «Warum hast du ihn denn laufen lassen?», fragten mich dann alle fassungslos. «Weil er mich darum gebeten hat», antwortete ich jedes Mal, und das stimmte auch. Auf Freddy war also kein Verlass, und Freunde hatte ich noch nicht.

Im Januar 1940 hatte es die Familie nach einer überstürzten Flucht aus Riga, der Stadt, in der sich Opa fast ein Vierteljahrhundert zuvor niedergelassen hatte, nach Voorburg verschlagen. Seinem Geburtsort Laren und den Niederlanden hatte er bereits zu Beginn des Ersten Weltkriegs den Rücken gekehrt. Die Beweggründe dafür sind immer weitgehend im Dunkeln geblieben. Glaubte man Xeno, der ihn von all seinen Kindern sicher am besten kannte, so hatte ihn eine zutiefst pazifistische Einstellung ostwärts getrieben: «Er befürchtete, dass die Niederlande in den Krieg hineingezogen würden und dass er dann kämpfen müsste. Das lehnte er prinzipiell ab.» Ich war damals noch zu jung, um die naheliegende Frage zu stellen, warum er dann ausgerechnet nach Lettland gegangen war, in ein umstrittenes Gebiet am Rande des brodelnden, revolutionären Russland. Auch später habe ich nie nachgefragt; vielleicht, weil ich mir meinen Großvater unbewusst möglichst rätselhaft erhalten wollte, aber auch, weil ich inzwischen eine ebenso sonderbare wie romantische Erklärung aufgeschnappt hatte.

Opa war zunächst nach Dänemark gegangen, um dort eine Exportfirma für Gemüse und Obst zu gründen. Obwohl mich diese Art Betätigung wegen ihrer vermeintlichen Spießigkeit mit tiefer Scham erfüllte, konnte ich noch ein gewisses Verständnis dafür aufbringen. In Kriegszeiten sind landwirtschaftliche Produkte nun einmal knapp, auch die Nachfrage nach Äpfeln und Hülsenfrüchten steigt. Dass mein Opa, als das Geschäft gut angelaufen war, noch andere, für kämpfende Armeen wichtige Dinge ins Sortiment aufnahm, erschien mir schon viel interessanter. Er hatte von den Gewinnen aus dem Gemüse- und Obsthandel einen Trawler erworben, mit dem er eine Reihe von Ostseehäfen anlief und dort eine unbekannte, gerade deshalb aber für mich aufregende Ladung löschte. Die Waren bezog er von ebenso obskuren Zwischenhändlern in Antwerpen.

Auf einer dieser Fahrten, im Jahr 1917, steuerte er die alte Hansestadt Riga an. Vor der Abfahrt von Kopenhagen hatte ihm ein dänischer Bekannter, der junge Arzt Arnold Berg, einen Brief für eine russische Gräfin mitgegeben, die den eigenartigen Namen Erica Fanny von Schumacher trug. Berg hatte diese junge Frau im Vorjahr in Astrachan am Kaspischen Meer kennengelernt, wo sie als Krankenschwester russische Verwundete pflegte. Berg, damals Leiter einer internationalen Rotkreuz-Einheit, hatte sich bis über beide Ohren in die stämmige Suffragette verliebt, die so ganz und gar dem traditionellen nordeuropäischen Idealbild der Frau zu entsprechen schien: selbständig, energisch, ausgesprochen geistreich und originell. Nicht außergewöhnlich hübsch, aber sehr weltzugewandt und warmherzig.

Ihr Aufenthalt in Astrachan, tief im russischen Hinterland, hatte einen Grund, der sie noch anziehender machte: Für die adlige junge Dame war sehr zu ihrem Missfallen eine Ausbildung am Sankt Petersburger Smolny-Institut zur Vorbereitung auf ein Leben als

Hofdame vorgesehen – ihr Vater war Hofrat bei Nikolaus II. –, doch als die Kutsche, die sie abholen sollte, zu Hause vorfuhr, siegte der Widerwille der jungen Frau gegen den hohlen Pomp der Romanows, und sie versteckte sich in einem Schrank. Zum Glück verstanden ihre Eltern dieses Signal richtig; sie drängten sie nicht weiter und besorgten ihr (im Zarenpalast hatte man damals andere Sorgen) eine «Ersatzdienststelle» im Hinterland-Lazarett von Astrachan. Dort begegnete sie Dr. Berg. «Er war nichts Besonderes», vertraute sie mir ein halbes Jahrhundert später an. «Ein guter Arzt, das ja, aber sonst ein *prostak*, verstehst du, Bulizy. Ein Einfaltspinsel.» Natürlich hatte sie bemerkt, dass sich dieser dänische Einfaltspinsel hoffnungslos in ihren Netzen verstrickt hatte.

Als dann aber der niederländische Kaufmann Joannes Münninghoff in Riga Arnold Bergs Brief – der außer Liebesschwüren bestimmt schon Einzelheiten zu den Hochzeitsvorbereitungen enthielt – der Gräfin von Schumacher persönlich aushändigte, hatte das für gleich drei Menschen weitreichende Folgen. Mein Großvater begegnete seiner großen Liebe und erklärte, nicht mehr ohne sie leben zu können, die junge Gräfin konnte seiner Überzeugungskraft nicht widerstehen, und Berg wurde stillschweigend abserviert. Die Ehe zwischen Joannes Münninghoff und Erica von Schumacher wurde am 19. Oktober 1919 im Dom zu Riga geschlossen.

Mein Großvater war damals schon recht vermögend. Noch nicht so außergewöhnlich reich, wie er es fünfzehn Jahre später dank einer sonderbaren Laune des Schicksals werden sollte, aber er gehörte bereits der obersten Schicht jener Ausländergemeinschaft in Lettland an, in der deutsche, skandinavische und niederländische Händler den Ton angaben. Wie er das in so kurzer Zeit fertiggebracht hat, ist nie ganz klar geworden.

Als Zwölfjähriger, der endlich auch eine Antenne für Familienklatsch hatte, bekam ich bei Geburtstagsfeiern manchmal erbitterte Diskussionen über die damaligen Aktivitäten des Alten Herrn mit, der inzwischen schon einige Jahre tot war. «Natürlich hat er mit

Waffen gehandelt», sagte Onkel Jimmy, der Zwillingsbruder von Onkel Xeno und mit Abstand der Klügste unter den Geschwistern. «Was dachtest du denn? Dass seine Schiffe Tomaten und Salatgurken transportiert haben? Der Krieg war eine einmalige Chance für ihn. Und diese Chance hat er bestimmt genutzt. So war er.» Das mussten die anderen zugeben, sogar Xeno, der sich als Einziger gut mit Opa verstanden hatte und ihn verehrte.

«Chancen, ja. Aber müssen es unbedingt Waffen gewesen sein?», entgegnete Xeno. «Decken oder Feldflaschen, das wäre doch auch denkbar!»

Darüber mussten alle lachen, vor allem Trees, Xenos rothaarige Frau aus dem vornehmen Wassenaar, die für ihren Sarkasmus berüchtigt war. «Ja, oder vielleicht Feldmützen oder Kondome!», kreischte sie, weshalb Xeno wütend wurde und mit zitternder Unterlippe ausrief: «Es ist eine Schande, wie ihr hier über meinen Vater herzieht!»

Seinen Vater. Heute wundert es mich, dass sich niemand in der albernen Runde über diese Worte lustig machte, wie es mich auch wundert, dass im Grunde niemand den Alten Herrn wirklich kannte.

In der Familie hielt sich nämlich hartnäckig das Gerücht, dass die Silvesterfeier am 31. Dezember 1924 im Hause Münninghoff in Riga aus dem Ruder gelaufen und in ein wüstes Bacchanal ausgeartet sei, in dessen Verlauf die Ehegatten und ihre ungefähr dreißig Gäste in munterem Wechsel die zahlreichen Schlafzimmer des Hauses aufsuchten. Das wäre durchaus im Einklang mit dem Zeitgeist gewesen, der in jenen Jahren von melancholischen Nachwehen des Großen Krieges in eine Art ausgelassene Zügellosigkeit mit viel sexueller Freiheit und Experimentierlust umschlug. Die Folgen schienen sich in unserer Familie im September 1925 zu zeigen, als meine Großmutter die Zwillinge Xeno und James zur Welt brachte.

Bei jedem Besuch, den die Wöchnerin empfing, waren Ausrufe ungläubigen Staunens zu hören, denn Zwillinge, die sich so wenig ähnlich waren, hatte niemand je gesehen. Dass die beiden Jungen, wie sich schnell herausstellte, verschiedene Blutgruppen hatten, gab natürlich den sofort aufkommenden Gerüchten zusätzliche Nahrung. James – er bekam schon an einem der ersten Tage den Kosenamen Jimmy, den er sein Leben lang behalten sollte – war dunkelhaarig und hatte einige typische äußere Merkmale der Familie, Xeno dagegen war hellblond und ähnelte eher … tja, wem eigentlich? Schalkhafte Anspielungen wurden in Gegenwart meines Großvaters selbstverständlich vermieden, aber jeder, der sich noch an die Gästeliste erinnerte, gelangte bald zu dem Schluss, dass die Gräfin nach oder vor einem Liebesakt mit ihrem rechtmäßigen Gatten in derselben Nacht auch dem Charme eines der Hausfreunde erlegen war, eines gewissen Hermann Sänger.

Sänger, ein Marineoffizier aus der baltischen Oberschicht, hatte in Riga ein Imperium von Sägewerken und Mehlfabriken aufgebaut und meinem Großvater, dem jungen Niederländer, in den ersten Jahren seiner lettischen Geschäftsabenteuer mehrmals geholfen. Obwohl es hier natürlich auf beiden Seiten immer um wirtschaftliche Vorteile ging, hatte sich zwischen den Männern außer einer Geschäftsbeziehung auch eine echte Freundschaft entwickelt. Es war außerdem ein öffentliches Geheimnis, dass Erica Münninghoff und Lotte Sänger beste Freundinnen geworden waren, die hin und wieder gemeinsam auf Männerjagd gingen. Meistens beließen sie es bei intensiven Flirts, aber nicht immer.

## – DREI –

Der Schritt vom zwielichtigen Händler zum angesehenen Oligarchen gelang meinem Großvater Anfang der dreißiger Jahre. Lettland war damals wie heute ein Land mit einer eigensinnigen, vorwiegend agrarischen Bevölkerung. Doch wegen seiner Lage an der Grenze des bedrohlichen Riesen Sowjetunion war der nach dem

Ersten Weltkrieg unabhängig gewordene Staat natürlich strategisch interessant, und Riga, als Hansestadt seit jeher international ausgerichtet, war ein idealer Einsatzort für Spione, Korrespondenten und Diplomaten. Dieser Umstand verlieh der lettischen Politik eine viel größere Bedeutung, als ihr an sich zugekommen wäre. Es gab zahlreiche Intrigen, die von der Ausländergemeinschaft genau beobachtet wurden. Besonders im Jahr 1934, als wieder einmal eine Wahl anstand. Einer der Kandidaten für das Amt des Ministerpräsidenten war Karlis Ulmanis, der sich schon 1905, als Lettland Teil des Zarenreichs war, für eine Loslösung von Russland eingesetzt hatte. Damals ohne Erfolg; nach kurzer Haft war Ulmanis in die Vereinigten Staaten geflüchtet, wo er an der Universität von Nebraska ein Studium der Agrarwissenschaft abschloss. Doch im Jahr 1913, gleich nachdem Zar Nikolaus II. eine Generalamnestie anlässlich der Dreihundertjahrfeier der Romanow-Dynastie verkündet hatte, kehrte er zurück. «Ich bin mit Lettland verheiratet», pflegte dieser leidenschaftliche Politiker auf die Frage zu antworten, warum er keine Familie gründete.

Ulmanis war beim einfachen Volk sehr beliebt, hatte deshalb aber, wie jeder wusste, auch gefährliche Gegner sowohl in den Kreisen lettischer Industrieller als auch im deutschsprachigen Establishment der kurländischen Barone, die nichts unversucht lassen würden, um ihm im Vorfeld der Wahl ein Bein zu stellen. Mein Großvater hielt sich aus der lettischen Politik heraus – als Ausländer hatte er ja auch kein Wahlrecht –, verfolgte aber alle Entwicklungen genau, weil es für ihn als Geschäftsmann wichtig war, sich im Lager des künftigen Regierungschefs positionieren zu können. Der Zufall bescherte ihm eine ausgezeichnete Gelegenheit dazu.

Eines Tages musste er geschäftlich nach Berlin reisen. Während er auf dem Flugplatz Spilve bei Riga in der Erste-Klasse-Lounge auf den Aufruf für seinen Flug wartete, nahmen zwei Männer an einem Nebentisch Platz. Offenbar sahen sie in meinem Großvater einen Ausländer: einen äußerst gepflegten Herrn, der eine deutschsprachige Zeitung las und keinerlei Reaktion auf ihr in lettischer Sprache geführtes Gespräch erkennen ließ – ein Deutscher auf dem Weg in die Heimat. Doch mein Großvater verstand und sprach Lettisch wie kein anderer in meiner Familie und verfolgte hinter seiner Zeitung mit wachsendem Interesse, was die beiden zu besprechen hatten.

So erfuhr er, dass Ulmanis zur Finanzierung einer Wahlkampagne seiner Partei finanzielle Verpflichtungen eingegangen war, denen er nicht nachkommen konnte. Die beiden Männer waren anscheinend ausgezeichnet informiert, denn sie nannten genaue Zahlen und sprachen darüber, dass sehr bald der Moment komme, in dem sie die Angelegenheit öffentlich machen würden, um Ulmanis – offenbar kein politischer Freund von ihnen – in Misskredit zu bringen und seine Aussichten auf das Amt des Ministerpräsidenten zunichtezumachen.

Mein Großvater brauchte nicht lange nachzudenken. Er verzichtete auf den Flug nach Berlin und begab sich unverzüglich in die Innenstadt von Riga, wo er Ulmanis aufspürte. Nachdem der Politiker den ersten Schreck überwunden hatte – natürlich hätte niemand von den finanziellen Schwierigkeiten wissen dürfen –, bot mein Großvater ihm ein zinsloses Darlehen an, mit dem sämtliche Schulden bezahlt werden konnten, was selbstverständlich streng geheimgehalten werden musste. Wenn Ulmanis' Gegner dann triumphierend ihre Enthüllungsgeschichte präsentieren würden, konnte man diese als dumme Falschmeldung abtun und ihre Verbreiter bloßstellen. Mein Großvater machte hierbei zur Bedingung, dass er auf keinen Fall als Finanzier genannt wurde. Schließlich hatte er selbst, wenn auch nur durch seine Heirat, gute Verbindungen zur deutschbaltischen Elite. Ein Beispiel für die Ambivalenz, die im Grunde für sein ganzes Leben kennzeichnend war: Nie wollte er sich offen und zu hundert Prozent festlegen, bei all seinem Tun und Lassen gab es eine andere Seite, die Rückseite des Spiegels, in den er die Menschen seiner Umgebung blicken ließ. Und manchmal war diese Rückseite dunkel.

Schon bald zeigte sich, dass mein Großvater mit Ulmanis auf den Richtigen gesetzt hatte. Die Opposition verbreitete tatsächlich die Verschuldungsgeschichte, doch die erwies sich als Seifenblase, die leicht zum Platzen gebracht wurde, und Ulmanis wurde mit großer Mehrheit zum Ministerpräsidenten gewählt. Damals ging der Stern des Alten Herrn in Lettland auf.

Ganz gleich, welche Vergünstigungen, Lizenzen oder staatlichen Darlehen er auch wünschte, der Ministerpräsident – der übrigens bald darauf durch einen Staatsstreich die Macht an sich riss, das Parlament auflöste und alle politischen Parteien verbot (Ähnliches geschah etwa zur gleichen Zeit in Estland und Litauen) – bewilligte alles, ohne Fragen zu stellen. So konnte mein Großvater einige Fabriken eröffnen und sich nun sowohl als Händler wie auch als Industrieller profilieren. Natürlich brauchte es dazu Kenntnisse in Management und Budgetverwaltung, aber gerade dafür besaß mein Großvater offensichtlich eine natürliche Begabung. Innerhalb weniger Jahre ein regelrechtes Wirtschaftsimperium aufzubauen, zu dem eine Brotfabrik (strategisch bedeutsam für jede Regierung), einige Sägewerke, Beton- und Textilfabriken, eine kleine Flotte von drei Schiffen, eine eigene Bank und eine Handelsgesellschaft gehörten, wäre jedoch ohne die aktive Unterstützung durch das lettische Regime kaum möglich gewesen, ein Regime, dessen Ideologie doch eigentlich ein bäuerlich-reaktionärer Nationalismus, gepaart mit Ausländerfeindlichkeit war.

Im Jahr 1939, als der Traum zerplatzte, war mein Großvater einer der angesehensten und reichsten Männer in Lettland. Er war inzwischen von seinem Stadthaus in der vornehmen Reimerstraße im Zentrum von Riga, wo unter anderem auch Präsident Ulmanis ein Haus besaß, auf ein kleines Landgut in Iļģuciems umgezogen, einem Stadtteil auf der anderen Seite der Düna; von dort aus waren die meisten seiner Fabriken zu Fuß zu erreichen.

Auf diesem Landgut mit dem Namen Von Lomani ließ er eine stattliche Villa bauen, mit großem Schwimmbecken und Tennisplatz; am Rand des riesigen Gartens entstand eine Reithalle für seine drei Pferde Egli, Nora und Jurka. Da er sich bei manchen Transaktionen auch in Naturalien, das heißt mit Land, bezahlen ließ, konnte er 1937 ein noch viel größeres Landgut hinzuerwerben, Balta Muiza, zu Deutsch Weißenhof. Es hatte angeblich einst Katharina der Großen gehört und lag nicht weit vom Stadtzentrum Rigas entfernt in einer ruhigen Gegend mit vielen Bäumen. Dort wollte mein Großvater, gerade fünfzig geworden, eine Villa für einen geruhsamen Lebensabend bauen, was seine Frau jedoch entschieden ablehnte: Sie fühlte sich dafür noch viel zu jung, obwohl der Altersunterschied nur fünf Jahre betrug. Und so blieb Balta Muiza weiterhin ungenutzt.

Als ich mich dort in den neunziger Jahren umschaute, wohnten auf dem Gelände mehr als zwanzigtausend Menschen, aufeinandergestapelt in *chruschtschowki*; das waren die nach dem früheren KPdSU-Vorsitzenden benannten hässlichen, bedrückenden Arbeiterkasernen aus den sechziger Jahren des vergangenen Jahrhunderts.

Von Lomani dagegen wurde in den dreißiger Jahren zum Mittelpunkt vibrierenden gesellschaftlichen Lebens. Dazu gehörten Jahr für Jahr Dutzende von festlichen Partys, bei denen sich die Schönen und Reichen von Riga gerne sehen ließen. Im Esszimmer stand ein Tisch mit Platz für vierundzwanzig Personen; regelmäßig mussten die drei Haushälterinnen die Hilfe von Reichmanis, dem Pförtner, oder Purings, dem Stallmeister, die für diese Gelegenheiten feine Anzüge bekommen hatten, in Anspruch nehmen, damit die Herrschaften an der voll besetzten Tafel angemessen bedient wurden. Die Gesellschaft beschränkte sich dabei nicht auf Erwachsene: Die Freunde und Freundinnen meines Vaters Frans und meiner Tante Titty (die Zwillinge waren noch zu jung), ohne Ausnahme Jugendliche von adliger oder großbürgerlicher deutschbaltischer Herkunft, waren ebenso willkommen, und nicht selten erging sich auf Von Lomani in diesem letzten Vorkriegsjahrzehnt eine Jeunesse dorée in

Smokings und festlichen Cocktailkleidern. Fröhliche, selbstsichere junge Leute, die sich nach dem Diner mit den mächtigen Vätern und strahlend schönen Müttern auf der Terrasse am Swimmingpool niederließen oder johlend in Autos mit Chauffeur zur Bar des Restaurants Otto Schwarz im Hotel de Rome aufbrachen, dem exklusivsten Nachtklub im damaligen Riga. Für Frans und seine Freunde stand Susterhoff, der Chauffeur der Münninghoffs, bis in die frühen Morgenstunden mit dem Cadillac bereit, damit die jungen Herren und ihre Freundinnen wohlbehalten nach Hause kamen. Der Alte Herr tat offensichtlich alles, um der nächsten Generation der Münninghoffs den Weg in die Welt der baltischen Happy Few zu ebnen. Ein Angebot, Wirtschaftsminister zu werden, hatte er unterdessen ausgeschlagen; er hätte die lettische Staatsbürgerschaft annehmen müssen, wozu er nicht bereit war. Es ist aber bemerkenswert, dass ihm die stark fremdelnden Letten, die grundsätzlich keine Ausländer in Machtpositionen wollten, überhaupt ein solches Angebot unterbreitet haben.

## – VIER –

Der geschäftliche Erfolg ging allerdings mit unerfreulichen Entwicklungen im Privatleben einher. Nach außen, im Umgang mit Fremden, konnte der Alte Herr außerordentlich charmant, weltgewandt und vertrauenerweckend sein. Doch im vertrauten Kreis verhielt er sich reserviert ausgerechnet gegenüber denen, die ihm am nächsten standen, mit Ausnahme seiner Frau, nach der er geradezu verrückt war und der er nichts abschlagen konnte. Mit der Erziehung der Kinder und der Beaufsichtigung des großen Haushalts wollte er möglichst wenig zu tun haben, diese Dinge überließ er am liebsten seiner Frau, und als sich zeigte, dass sie ihrer Verantwortung nicht wirklich nachkam, holte er eine Gouvernante ins Haus. Meine Großmutter, schon von Natur aus sehr auf Selbständigkeit bedacht und voller Aversionen gegen jede Art von Autorität, fühlte sich nämlich mit diesem Tycoon als Ehemann dazu berufen, in der Öffentlichkeit die superemanzipierte Frau zu spielen.

So unternahm sie regelmäßig unangekündigte Reisen, oft zu den Landgütern von Freundinnen in Kurland, wo die Damen, mit meiner Großmutter als Wortführerin, höchst intime Gespräche führten. Es kam aber auch vor, dass sie in Begleitung von ein oder zwei engen Freundinnen in ihrem Hanomag-Kabriolett plötzlich für fünf oder sechs Wochen zu exotischen Zielen wie Venedig und vor allem Nizza aufbrach. (Wenn sie mir später von dieser Stadt erzählte, gefiel mir besonders der «schicke» Name.) Es überkam sie dann plötzlich ein unstillbares Verlangen nach Ausschweifung, und gelegentlich musste sogar eine ihrer Freundinnen sie daran erinnern, dass in Riga noch Zwillinge im Laufstall auf sie warteten.

Was genau die Damen an der Côte d'Azur anstellten, wusste keiner, nur dass der Aufenthalt im Hotel Negresco an der Promenade des Anglais, dem Treffpunkt des alten russischen Adels an der Riviera, viel Geld kostete. Geld, das der Alte Herr ihr übrigens anstandslos zukommen ließ, wenn sie darum bat. Liest man seine Briefe an sie, kann man sich des Eindrucks nicht erwehren, dass er sie zwar einerseits sehr liebte, andererseits aber auch ganz zufrieden mit der Situation war. Auch er selbst war viel auf Reisen und verstand es meisterhaft, dabei Geschäft und Vergnügen zu verbinden. Und er konnte es sich leisten. Fragen stellten weder er noch sie.

Natürlich musste sich dieser Mangel an familiärem Zusammenhalt irgendwann negativ auswirken. Auf welche Weise dies geschah, dürfte aber manchem Pädagogen die Haare zu Berge stehen lassen.

Als die Zwillinge ungefähr sieben Jahre alt waren, stellte der Alte Herr zu seiner Bestürzung fest, dass sie sich untereinander in einer Art russisch-deutscher Gaunersprache verständigten; sie hatten von klein auf eine echte russische *njanja* mit Namen Anna als Kindermädchen gehabt, und ihre Gouvernante «Eulenka» (Xeno und Jimmy konnten das Wort «Fräulein» nicht aussprechen) war eine

Baltin russischer Herkunft. Sowohl vom Vater als auch von der Mutter weitgehend im Stich gelassen, stand diese Eulenka vor der unmöglichen Aufgabe, ganz allein die sprachliche Entwicklung der beiden Kinder in die richtigen Bahnen zu lenken.

Das Deutsche sollte die erste Sprache sein, doch hier lag vieles im Argen: Das «h» lernten die Kinder als «ch» auszusprechen, die Artikel wurden nach dem Vorbild des Russischen weggelassen, aus «ü» wurde «ju», das «o» fiel um eine Oktave ab, in sämtlichen Äußerungen wimmelte es von russischen Interjektionen (*nu!*, *dawai!*), und nicht selten wechselten die Jungen ohne Ankündigung vom Deutschen ins Russische oder umgekehrt, wobei sie als Hilfssprache, um die Sache noch komplizierter zu machen, ein wenig vom Personal aufgeschnapptes Lettisch in der Hinterhand hatten.

Und nicht nur den Zwillingen, sondern auch ihren älteren Geschwistern Frans und Titty, von denen erwartet wurde, dass sie an der Städtischen Deutschen Grundschule zu Riga das Hochdeutsche lernten, machte es offenbar Spaß, zu Hause mit sämtlichen sprachlichen Regeln Schindluder zu treiben. Dass in diesem babylonischen Karussell kein bisschen Platz mehr für das Niederländische war, verstand sich von selbst. Niederländisch, das war die Sprache des Alten Herrn, die Sprache eines Landes weit hinter dem Horizont, das vor langer Zeit sein Land gewesen war, mit dem aber seine Kinder nichts zu schaffen hatten.

Meinen Großvater störte all dies sehr. Deshalb schickte er Frans und Titty am Ende ihrer Grundschulzeit in die Niederlande, sie sollten dort in der Schule acht Jahre lang einer Art holländischen Gehirnwäsche unterzogen werden. In die Gedanken- und Gefühlswelt meines Opas scheint sich damals eine gewisse Verbitterung eingeschlichen zu haben. Vielleicht meinte er, dass im Tumult der Erfolge seine eigene Herkunft und alles, was damit zusammenhing, zu sehr verblasst sei und von seinen Kindern wie selbstverständlich als unwichtig abgetan werde; vielleicht war es auch eine indirekte Rache an seiner zügellosen Frau. Vielleicht trieb ihn aber noch etwas ganz anderes, nämlich sein glühender Katholizismus, den er im überwiegend lutherischen Lettland nicht wirklich leben konnte.

Aber was auch immer ihn letztlich zu seiner Entscheidung bewogen hat, die Folgen waren jedenfalls für Frans verhängnisvoll.

Während Titty mit zehn ans Instituut Onze Lieve Vrouwe van Lourdes in Voorschoten verbannt wurde, landete mein Vater im Frühsommer 1932 – er war damals elf – bei den Fratres der Congregatio Matris Misericordiae, kurz «Fraters van Tilburg», am Instituut Sint-Nicolaas in Oss. Das war eigentlich ein Kloster; auf Ansichtskarten, die er nach Riga schickte, war ein schlichtes Refektorium mit langen Holztischen zu sehen. Die Jungen, ausnahmslos aus dem gehobenen katholischen Bürgertum, saßen auf Bänken ohne Rückenlehnen. Den Speisesaal beherrschte ein Kruzifix, flankiert durch Skulpturen von Maria und Petrus, an den Wänden hingen Gemälde mit religiösen Motiven. Die Fratres trugen schwarze Kutten und führten ein strenges Regiment; für Sport und Entspannung war nur wenig Zeit vorgesehen, viel weniger jedenfalls als fürs Gebet und die drei täglichen Gottesdienste in der Klosterkapelle, an denen natürlich alle Jungen teilzunehmen hatten.

Für Frans ist der Übergang vom eher zwanglosen Luxusleben mit seinen Freunden aus der baltischen Oberschicht zur langweiligen Bürgerlichkeit des katholischen Landinternats von Anfang an eine Zumutung. Er fühlt sich einsam, weil seine niederländischen Mitschüler ihn, den Fremden, links liegen lassen – und, wenn die Fratres einen Moment nicht aufpassen, gnadenlos schikanieren. Außerdem hat der Alte Herr den Direktor von Sint-Nicolaas, Frater Gerardo, wissen lassen, dass sein Sohn in der Schule in Riga als Schlingel galt. In seinem letzten Zeugnis stand unmissverständlich: «Hat häufig durch Schwatzen und Unruhe den Unterricht gestört.» Die Fratres in Oss mögen hier doch bitte korrigierend eingreifen.

Das tun sie, indem sie Fransje, wie er in der Korrespondenz zwischen Gerardo und dem Alten Herrn genannt wird, energisch katechisieren, wofür eigens einer der Mönche, Frater Ildefonso, abgestellt wird. Am Anfang scheint die Maßnahme tatsächlich zum Erfolg zu führen, denn Frans, von so radikalen Veränderungen binnen kurzer Zeit zermürbt, entwickelt einen gewissen Eifer. Er bittet seine Eltern brieflich um ein neues Kniekissen, da er sich offenbar mit einem ausrangierten, verschlissenen Exemplar begnügen muss – die Fratres haben andere Prioritäten –, und nach einigen Wochen beginnt er sogar darüber zu klagen, dass er als Einziger in seiner Klasse noch keine heilige Kommunion empfangen habe.

Von Frater Gerardo darauf angesprochen, teilt der Alte Herr mit, dass sein Sohn dieses Sakrament vom Bischof von Danzig persönlich empfangen solle, der ihn auch getauft habe und ein Freund des Hauses sei, und man deshalb abwarten müsse, bis dieser hohe Geistliche Zeit dafür habe. Woraufhin Gerardo versichert, dass doch das eine das andere nicht ausschließe: «Er kann hier bei uns eine einfache h. Kommunion empfangen und später bei Monseigneur eine *feierliche* Kommunion, samt Erneuerung der Taufgelöbnisse und Widmung der Heiligen Jungfrau», so steht es wörtlich in dem Brief, und weiter: «Fransje sehnt sich sehr danach, verweigern Sie ihm diese Freude nicht.»

Zu dieser Zeit hat Frans schon fast ein halbes Jahr in Einsamkeit hinter sich, sechs Monate, in denen er seine freie Zeit im Lesesaal dazu nutzte, Briefe nach Hause zu schreiben, durchschnittlich sechs bis sieben pro Woche. Sie klingen trostlos, Nachrichten eines verzweifelten Verbannten. So schreibt er nach anderthalb Monaten an seine Mutter: «Ich habe erst zwei Briefe von dir bekommen. Und ich habe schon fünf geschrieben!» An sie schreibt er meistens auf Deutsch, an seinen Vater aus naheliegenden Gründen auf Niederländisch, was ihm allerdings Schwierigkeiten bereitet. Während der gesamten acht Jahre bleibt seine Rechtschreibung fehlerhaft, obwohl er 1933 an das renommierte jesuitische Internat Huize Katwijk in Den Haag wechselt, und weder im Niederländischen noch im Deutschen erreicht er ein befriedigendes Ausdrucksniveau –

kaum verwunderlich bei dieser Ausgangslage. Dass er an seinen Vater und seine Mutter gesondert schreibt, ist aufschlussreich.

Die Rigaer Freunde vermisst er sehr. Manfred Dolgoi, Hans-Erich Seuberlich und Wolf Meskeris, seine drei besten Kumpel, bekommen von ihm Postkarten mit der verzweifelten Bitte: «Schreib mir mindestens zweimal pro Woche! Auch wenn du nichts zu erzählen hast!» Doch dazu haben diese Heranwachsenden natürlich keine Zeit oder keine Lust, und so tritt eine gewisse Entfremdung ein.

Der Kontakt wurde erneuert, als Frans zu Weihnachten 1932 zum ersten Mal nach Hause durfte. Er konnte es kaum erwarten, und als er sich im November in Breda einer schmerzhaften Mandeloperation unterziehen musste, gab er den Freunden zu verstehen, dass ihm das nun nicht viel ausmache, denn: «Bald ist wieder Weihnachten, dann können wir uns ja wiedersehen.» Dass er im Dezember, kurz vor seiner Abreise, in Oss die Erstkommunion empfing, nahm der Alte Herr erfreut zur Kenntnis. Frans selbst, an jenem Tag von den Fratres mit «glücklicher Frans» angesprochen, schien allerdings schon nicht mehr so viel Wert darauf zu legen, wie er es einige Monate zuvor angeblich getan hatte.

In Riga angekommen und noch leicht benommen von all dem, was ihm in kurzer Zeit widerfahren war, besuchte er zu Weihnachten seine Freunde aus der Grundschule. Während mehrerer langer Ausritte über das schneebedeckte Land in der Umgebung der Stadt wurde die Situation ausführlich besprochen. Alle waren sich einig, dass es eine Riesengemeinheit des Alten Herrn war, Frans ins Ausland zu schicken. Und dann auch noch in die Niederlande, so ein lächerliches kleines Land, das eigentlich zum Deutschen Reich gehörte, genau wie das Baltikum. Was für eine Sprache sprach man denn da? Frans gab ein paar sonderbare Sätze zum Besten: «*Wie zal dat betalen, klootzak. In Oss lopen alle koeien los. Wat niet weet, dat niet deert. Het hemd is nader dan de rok, godverdomme.*»

*Das* war Niederländisch? Zum Totlachen, fanden seine Kameraden. Manfred, Hans Erich und Wolfi hörten schaudernd Frans' Berichte über niederländische Eigentümlichkeiten an, zum Beispiel die ewige Klage, dass alles zu teuer sei, die obligatorische Keksdose zum Nachmittagstee – Frans zog dazu überzeugend eine missmutige Schnute – oder der Käsehobel, der sogleich zum Symbol holländischer Knauserigkeit erklärt wurde. Aber auch, dass dort viele Menschen Fahrrad fuhren, löste große Verwunderung aus. «Fahrrad?! Das ist doch was fürs Dorf!», meinten die Junker. Und dass man in diesem nasskalten Sumpfland nicht jeden Tag ausreiten konnte, war wirklich das Letzte.

Kopfschüttelnd zündeten sie sich ein paar von den Zigaretten an, die Frans mitgebracht hatte. In seiner Einsamkeit hatte er angefangen, «wie ein Wahnsinniger» zu rauchen, was er in einem Brief auch seiner Mutter gebeichtet hatte. Seltsamerweise legten die Fratres in Oss dem traurigen Zwölfjährigen dabei keine Hindernisse in den Weg. Einer von ihnen bat ihn sogar, ihm aus Riga lettische Zigaretten mitzubringen – «Dann rauchen wir zusammen eine» –, wie Frans in einem Brief berichtete.

Zwischen Weihnachten und Silvester besuchte die Familie das Landgut Rusgie von Omis Schwester Litty und ihrem Mann, dem Chirurgen Walter Lehmann. Dieser einst sanftmütige Intellektuelle hatte sich in den letzten Jahren allmählich zu einem gläubigen Anhänger Adolf Hitlers entwickelt. «Wir brauchen Anschluss an das Deutsche Reich», lautete seine feste Überzeugung, «denn sonst sind wir Deutschbalten verloren.» Die Letten und die Esten, so dozierte Onkel Walter unterm Weihnachtsbaum, seien nämlich zu schwach, um ihre Unabhängigkeit gegen das bolschewistische Ungeheuer an ihrer Ostgrenze zu verteidigen, und das gleiche gelte für die Litauer, die außerdem noch von den Polen bedroht seien. Die deutschbaltische Gemeinschaft in Livland und Kurland brauche deshalb unbedingt einen Beschützer, und das könne allein Hitler sein, der Mann, der gerade in jenen Monaten Anlauf nahm, um an die Macht zu kommen.

«Was meinst du, Joan?», fragte Walter in seinem umgänglichen Ton meinen Großvater.

Der vermied eine deutliche Stellungnahme, wies aber beiläufig darauf hin, dass sich in Berlin das Belästigen und Misshandeln von Juden auf offener Straße zu einem besorgniserregenden Volkssport zu entwickeln scheine.

Lehmann winkte ab. «Du bist Niederländer. Ihr kennt die Juden nicht so, wie wir sie hier seit Jahrhunderten kennen. Sie sind frech und glauben, sie könnten von den Bolschewisten profitieren. Sieh dir doch die Leute im Umkreis von Lenin an, mit denen er 1917 seine Revolution angefangen hat: praktisch alles Juden. Und die gleichen Leute werden uns verraten und den Bolschewisten ausliefern, wart's nur ab. Deshalb muss man gegen sie vorgehen, wie es jetzt in Berlin passiert. Sie müssen ihren Platz kennen.»

*Du bist Niederländer*. Diese Worte setzten in Frans, der gut zuhörte, einen Mechanismus in Gang. Ja, sein Vater war Niederländer geblieben, das wusste er schon, und nun wurde es von Onkel Walter mit unverhohlener Geringschätzung – so deutete es Frans – noch einmal betont. Aber in ihm selbst wehrte sich alles gegen das Niederländersein. Zu diesem blöden Land mit seinen uninteressanten Menschen wollte er nicht gehören, da war er sich sicher. Sein Platz war hier im Baltikum bei seinen Freunden und Verwandten! Dass er in anderthalb Wochen schon wieder nach Oss zu den Fratres zurück musste, empfand Frans Münninghoff als Strafe, und er fragte sich, womit er die eigentlich verdient hatte.

So kam in ihm eine Abwehrreaktion in Gang, die in der beginnenden Pubertät schnell einen frustrierten, verunsicherten Jungen aus ihm machen sollte. Das holländische Leben, zu dem der Alte Herr ihn verurteilt hatte, lehnte er grundsätzlich ab; das Leben als Angehöriger der baltischen Oberschicht, in das er hineingewachsen war und das er immer mehr idealisierte, wurde dagegen zum Objekt ständiger Sehnsucht.

Wieder in Oss, begann er seine Verachtung gegenüber den Niederlanden zur Schau zu stellen. Man beschimpfte ihn wegen seines deutschen Akzents, doch darüber war er erhaben. Als im Unterricht aus einem der Winnetou-Romane Karl Mays vorgelesen wurde, verkündete er laut, alle sollten gut aufpassen, weil es das Buch eines deutschen Schriftstellers sei. Ein Mitschüler hat ihn als «sehr selbständig» in Erinnerung, als jemanden, «der sich nie zu verstecken versuchte, sondern immer aufrecht ging, ohne Angst und sehr herausfordernd». Lettland oder seine Familie erwähnte er mit keinem Wort. Das war sein privates Reich, niemand aus den Niederlanden hatte darin etwas zu suchen.

Daran änderte sich auch nichts, als er im Herbst 1933 in das angesehene katholische Internat Katwijk aufgenommen wurde. Dieses exklusive Institut im Haager Raamweg hatte natürlich viel mehr zu bieten als Sint-Nicolaas in Oss. Die Atmosphäre erinnerte in gewisser Weise an englische Internate, einschließlich Mannschaftssport auf eigenen Plätzen, allerdings nahm der obligatorische Kirchenbesuch im Durchschnitt doch fast drei Stunden täglich in Anspruch. Die anderen Jungen in seiner Klasse stammten fast alle aus vermögenden katholischen Familien: Brenninkmeijer, Drion, Wibaut, Smits van Waesberghe, van Nispen tot Sevenaer, van Hövell tot Westerflier. Ein elitärer Kreis, dem er nicht angehörte, wie er deutlich spürte, auch wenn er wusste, dass sein Vater ihn mit aller Gewalt dort hineinzwingen wollte.

Den Patres von Katwijk fiel bald auf, was auch seinen Mitschülern nicht entging: Frans war geistesabwesend, oft auch niedergeschlagen. In seinem Zimmer hängte er zur allgemeinen Verwunderung ein Porträtfoto von Zar Nikolaus II. auf; fragte man ihn nach dem Grund, tischte er eine vollständig erfundene Geschichte auf, die in der Behauptung gipfelte, dass eigentlich er, Frans Münninghoff, mehr als jeder andere Anspruch auf den russischen Thron erheben könne und dass die dummen Käsköppe um ihn herum das zu ihrem eigenen Besten bedenken sollten. Mit Arroganz und Aggressivität versuchte er, sich in der fremden und als abweisend empfundenen

Welt des Internats Katwijk zu behaupten. Zum Glück war er ein Kämpfer, aber Freunde machte er sich mit seiner Art nicht. Er blieb ein Einzelgänger.

Erst wenn die Ferien anfingen, zu Weihnachten, Ostern oder im Sommer, blühte er auf. Mit einem sonnigen Lächeln bestieg er das Taxi zum Bahnhof, um dann die achtundvierzigstündige Reise an die Ostsee anzutreten. Dazu gehörte ein Zwischenstopp am frühen Morgen in Berlin, wo sich ein Geschäftsfreund seines Vaters einige Stunden um Frans kümmerte, bis er in den durchgehenden Zug nach Riga steigen konnte.

Beim ersten Mal wurde er zu einem Frühstück im berühmten Café Kranzler am Kurfürstendamm eingeladen. Frans war noch nie in Berlin gewesen, und so waren diese Stunden für ihn geradezu eine Offenbarung. Die eifrigen Kellner, die sich immer wieder verbeugten, die vielen eleganten, auffällig gut gekleideten oder künstlerhaft anmutenden Leute auf den Gehwegen, der unablässige Strom der Autos: Riga war nichts dagegen, von Den Haag ganz zu schweigen. Die dynamische Reichshauptstadt überwältigte ihn, und als sein Gastgeber und er kurz nach dem Besuch im Kranzler der Wachablösung von Hitlers Leibgarde vor dem Reichskanzlerpalais, auch Hitlerpalais genannt, in der Wilhelmstraße zuschauten, war es ganz um ihn geschehen. Die Stärke, das Selbstvertrauen, die Macht, die diese baumlangen Soldaten mit den Stahlhelmen ausstrahlten, übten auf ihn eine Faszination aus, die an Verzauberung grenzte.

Als er am nächsten Tag nach einer Zugfahrt über Insterburg, Radziwiliszki, Schaulen und Mitau in der lettischen Hauptstadt und zu Hause angekommen war, konnte er über nichts anderes mehr sprechen. Seine Freunde, die alle schon einmal in Berlin gewesen waren, stimmten ihm zu: «Berlin ist unsere Hauptstadt!»

Zwar zog der Alte Herr angesichts dieser Schuljungenbegeisterung ein bedenkliches Gesicht, doch die Würfel waren längst gefallen. Als Frans in jenem Sommer auch noch ein paar Wochen bei Omis Cousine Maggi Strandmann auf einem Landgut in der Nähe des Badeortes Jurmala zu Gast war, wurden die Weichen endgültig gestellt. Tante Maggis Ehemann, Onkel Arno Hartmann, Polizeipräsident von Riga, war ein ausgezeichneter Reiter, von dem Frans alle Feinheiten des Pferdesports lernte. Außerdem ein großartiger Gastgeber, der genau wusste, dass die jungen Leute bei ihren Festen den *Dzidrais*, den heimischen Wodka, nicht verschmähten, und der nichts dagegen hatte, wenn bei einem Umtrunk auf seiner Veranda auch an die Minderjährigen Alkohol ausgeschenkt wurde.

Mit ein wenig Alkohol redet es sich besser, meinte er, und Frans stimmte ihm da gewiss zu. Überhaupt teilte er die Ansichten Onkel Arnos, die ganz mit dem übereinstimmten, was er von Onkel Walter gehört hatte. «Hitler mag ja ein kleinbürgerlicher Flegel sein», räumte Onkel Arno ein, «aber er hat es geschafft, Deutschland aus der Sackgasse herauszuholen. Vielleicht ist uns sein Benehmen fremd, und wie er redet, ist kaum zum Anhören, aber darum geht es nicht. Hauptsache ist: Der Mann lässt uns nicht im Stich, er wird uns zusammenbringen.»

Das waren Worte, die Frans verinnerlichte. Und so sollte das vom Alten Herrn erdachte Projekt der Hollandisierung auf tragische Weise scheitern – ja, es erreichte das Gegenteil. Denn in Wahrheit war bald nichts Niederländisches mehr an Frans, obwohl er nach den Ferien gegenüber seinem Vater immerhin den Schein zu wahren suchte. Dabei benutzte er die Religion als Rauchschleier: «Jeden Tag bete ich den ganzen Rosenkranz für dich. Das ist meine Pflicht, denn sonst würden deine Geschäfte schlecht gehen, nicht wahr?», schrieb er, als wäre er ein frommer, katholischer kleiner Niederländer.

Die Wirklichkeit sah ganz anders aus: Von nun an kaufte er bei seiner Zwischenstation in Berlin Ansichtskarten mit Hitler-Fotos und Hakenkreuzen, unter anderem für seine Freunde in Riga, denn dort machte sich in jenen Jahren ein lettischer Nationalismus breit, dessen Anhänger die deutschfreundliche Oberschicht einzuschüchtern versuchten. Alles, was für Hitlers Nazideutschland stand, wurde unterdrückt, Hakenkreuze waren wie vieles andere Neudeutsche verboten. Sogar deutsche Zeitungen: Frans, der in Den Haag davon erfuhr, nachdem er seine Mutter um ein Exemplar der Militär-Zeitschrift *Die Wehrmacht* gebeten hatte, schrieb wütend, es sei doch «eine kolossale Schweinerei», dass man in Lettland keine deutschen Zeitungen bekomme. Und in kantiger Handschrift, die seinen Zorn verriet, unterzeichnete der inzwischen Sechzehnjährige: «Mit deutschem Gruß, Dein Sohn Franz.» Auch seinen Namen schrieb er deutsch, mit «z», was sein Vater ihm ausdrücklich verboten hatte.

Doch der Alte Herr bekam die Briefe, die seine Frau und Frans wechselten, nicht zu sehen. In jenen Jahren entstand ein bedenklicher Geheimbund zwischen Mutter und Sohn – auch dies ein Schritt in Richtung der radikalen Entscheidungen, die Frans später treffen würde. Bei seiner Mutter fand er sowohl Unterstützung in materieller Hinsicht – was auch immer er sich wünschte, sie sorgte dafür, dass der Alte Herr bezahlte – als auch Verständnis für seine «Weltanschauung». Denn meine Großmutter teilte – natürlich – die Ansichten ihres Herkunftsmilieus und hätte das Baltikum lieber heute als morgen unter dem Schutzschirm Berlins gesehen.

Gelegentlich wurde Frans zu Beginn der Ferien von seiner Mutter, ausstaffiert mit bunten, langen Schals oder einer Zobel-Stola, mit dem Hanomag-Cabrio in den Niederlanden abgeholt. Das war dann jedes Mal eine angestrengt fröhliche Inszenierung mit Hupenrei, Jauchzen und aufspritzendem Kies beim Wegfahren. Ganz anders jedenfalls als das eine Mal, als sein Vater ihn abgeholt hatte; da war ein langes Gespräch im Büro des Rektors vorangegangen, und der Alte Herr war mit einer Gewittermiene in den Wagen gestiegen.

Über Frans' Fortschritte im Institut Katwijk gab es nämlich wenig Positives zu berichten. Das galt zunächst für seinen sprachlichen Ausdruck, der nach wie vor schwankend auf der Grenze zwischen Niederländisch und Deutsch balancierte: «*Du kannst dir voorstellen*», «*Wir wurden allen gevragt ein Antwoord zu geben*», «*Ich habe bijna keen Zeit*» – man mochte es kaum hören oder lesen, und einer der Patres, der sich die Mühe gemacht hatte, eingehend mit dem widerspenstigen Jungen zu sprechen, wies den Alten Herrn zu Recht darauf hin, dass für Frans das Niederländische die Vatersprache war, die Muttersprache aber – so war es nun einmal – das Deutsche. Wie nicht anders zu erwarten, schnitt der Junge deshalb in den meisten Fächern mäßig bis schlecht ab.

Doch auch Frans' Verhalten ließ sehr zu wünschen übrig. Er war unzugänglich, ordnete sich nicht in die Gruppe ein und, was vielleicht das Schlimmste war, hatte immer noch nicht das obligatorische feierliche Glaubensbekenntnis abgelegt. Der Rektor hatte ihm dafür eine Frist gesetzt, die im Herbst jenes Jahres – 1936 – ablief. «Nur für Dich allein», schrieb Frans zu diesem Thema an seine Mutter: «Ich werde ihm Theater vorspielen, denn sonst werde ich rausgeschmissen.»

Es war offensichtlich, dass ihm mittlerweile ganz andere Dinge wichtig waren. Er tauchte ganz in die Vorstellungswelt der Nazis ein, er ritt, so oft er die Gelegenheit dazu bekam, und schloss sich der faschistischen «Berittenen Wacht» des Barons Degenhardt an, eines entfernten Verwandten. In allen Ferien nahm Frans mit seiner Stute Egli an den Übungen dieser illegalen baltischen Kosakentruppe teil, die ihre eigene, mit Runenzeichen versehene Uniform hatte und genau das repräsentierte, was für einen orientierungslosen Heranwachsenden wie ihn so anziehend war:

*Auf einsamen Wegen und Stegen*
*da reitet bei Tag und bei Nacht*
*dem Feinde, dem Feinde entgegen*
*der Balten berittene Wacht.*
*Wir fegen mit eisernem Besen*
*die roten Horden hinaus*
*nur so kann die Heimat genesen*
*und Frieden herrschen im Haus.*

Auf den Landgütern von Omis Verwandten waren diese *Degenhardtschen Reiter* nach ihren Übungen, zu denen unbedingt auch eine Kavallerieattacke mit blankem Säbel gehörte, immer herzlich willkommen – zu einem Umtrunk samt gründlicher Nachbesprechung. Frans, der auf Onkel Arnos Empfehlung in eine Art Jugendabteilung aufgenommen worden war, konnte mit seinen reiterlichen Fähigkeiten glänzen: Vor den Augen seines Onkels belegte er bei einem Military-Wettbewerb den zweiten Platz. Hier war er mit ganzem Herzen dabei; Katwijk dagegen bedeutete ihm gar nichts. Dort besuchte er nach insgesamt dreimaligem Sitzenbleiben immer noch die zweite Klasse, was ihm aber egal war. Der Altersunterschied zu den Jungen um ihn herum wurde größer, doch das führte nur dazu, dass seine Verachtung im gleichen Maße wuchs.

Der Alte Herr bekam von alledem kaum etwas mit, nicht zuletzt, weil seine Frau es ihm verschwieg. Von Frans selbst hörte er nur dessen wiederholtes Beteuern, dass er sich in der Schule die größte Mühe gebe, oder Berichte über Trivialitäten, zum Beispiel dass er bei einer seiner Zugfahrten nach Riga den Schlafwagen und damit vierzehn Mark gespart habe. Holländische Sparsamkeit, mit der er auf seltsame Weise kokettierte, um sich bei seinem holländischen Vater einzuschmeicheln. Von dem gesparten Geld habe er sich «ein wissenschaftliches Buch über Pferdezucht» gekauft, und tatsächlich spielte er sich gleich als Pferdebesitzer auf: «Egli ist mein Pferd», mahnte er vorlaut von Den Haag aus. «Sie darf nicht, ich wiederhole: nicht gedeckt werden.»

Es war nun der Sommer 1936. Auf Von Lomani hatte sich inzwischen ein Drama abgespielt, durch das die Familie auch den letzten Rest Zusammenhalt zu verlieren schien.

# – FÜNF –

Eigentlich wäre den Zwillingen Jimmy und Xeno, 1925 geboren, das gleiche Los zuteil geworden wie Frans und Titty, doch dazu kam es nicht. Im September 1935 war Jimmy an seinem zehnten Geburtstag während eines Cowboy- und Indianerspiels mit seinen Freunden ohne erkennbaren Grund vom Familienpony Jurka gefallen und auf einem Misthaufen gelandet. Zunächst sah alles nach einer Bagatelle aus, aber als er am nächsten Tag weder aufstehen noch gehen konnte, wurde der Hausarzt gerufen. Der machte ein sehr ernstes Gesicht und zog einen befreundeten Arzt hinzu, der in der lettischen Hauptstadt gerade an einem internationalen Polio-Kongress teilnahm. Dieser zweite Arzt untersuchte Jimmy noch besorgter und kehrte am gleichen Tag mit einigen Spezialisten von internationalem Ruf zurück.

Die Herren stimmten in ihrer Diagnose überein: Jimmy, mittlerweile ins Koma gefallen, war an Kinderlähmung erkrankt. Wahrscheinlich hatte er sich über verseuchtes Wasser aus der Düna angesteckt, was aber im Grunde nichts mehr zur Sache tat. «Ihr Sohn wird ein Krüppel und geisteskrank, Sie können nur hoffen, dass er bald stirbt», erklärte einer der Ärzte, woraufhin meine Großmutter ihn mit der Bemerkung, dass Geisteskrankheit in ihrer Familie noch niemals vorgekommen sei und dass sie bestimmt ein Mittel finden werde, des Hauses verwies.

Zufällig hatte vor nicht allzu langer Zeit der amerikanische Präsident Franklin Delano Roosevelt, ebenfalls an Polio erkrankt, im Städtchen Warm Springs in Georgia ein Behandlungszentrum gegründet, in dem man die Krankheit mit Warmwasserbädern und Unterwassermassagen zu bekämpfen versuchte. Auch ihm selbst habe die Behandlung geholfen, erklärte er, allerdings sei die Methode nicht unbedingt für jeden das Richtige.

Der Alte Herr war schon dabei, alles Notwendige für die Abreise in die Vereinigten Staaten zu arrangieren, als er über seinen Freund Sänger erfuhr, dass viel weniger weit entfernt, im tschechischen Janské Lázně, einem Kurort mit Thermalquelle, in dem Sängers Schwester Agnes wohnte, ebenfalls die Roosevelt-Methode eingeführt worden war. Schon zwei Wochen später bezog meine Großmutter mit Jimmy eine Suite im Kurhaus von Johannisbad, wie der Ort auf Deutsch hieß. Xeno, der mitreiste, weil das Familienleben sonst allzu unübersichtlich geworden wäre, bekam ein Zimmer für sich allein. Da der Alte Herr die Hollandisierung seiner Kinder nach wie vor für notwendig hielt, ließ er für die Jungen eine Lehrerin aus den Niederlanden kommen: Temmy Kemper, die resolute Tochter eines Gemeindedirektors aus Voorburg. In diesem Dorf am Rande Den Haags hatte der Alte Herr eine Villa in der Prins Albertlaan gekauft. Als Geldanlage, wobei es aber sehr gelegen kam, dass sein Bruder Wim und seine Schwester Marie, beide unverheiratet, dort als Hausverwalter einziehen konnten. Hinsichtlich des zu erreichenden Lernniveaus von Xeno und Jimmy bekam Temmy sehr präzise Vorgaben, denn wenn irgend möglich sollten die beiden in zwei Jahren in die Niederlande geschickt werden und dort eine weiterführende Schule besuchen.

Tatsächlich verbrachten die Zwillinge zwei volle Jahre in Johannisbad, von Temmy wie von einer Glucke bemuttert. Im ersten Jahr blieb auch meine Großmutter meistens bei ihnen; dank Agnes fand sie schnell Zugang zu den örtlichen Salons, mit denen es allerdings nicht weit her war. Der kleine Ort lag mitten im Sudetenland; in dieser Region der Tschechoslowakei entstand damals eine starke sudetendeutsche Bewegung, die offen einen «Anschluss» an das Deutsche Reich anstrebte. Die meisten Gespräche und Diskussionen drehten sich um nichts anderes, und das wirkte sich auf die Atmosphäre in Johannisbad nicht gerade günstig aus. Zudem bekämpfte der tschechische Staat die separatistischen Bestrebungen, weshalb es nicht selten zu Razzien gegen vermeintliche Verschwörer kam.

Die Aussicht, dort mindestens zwei Jahre in trübsinniger Mitquarantäne verbringen zu müssen, bedrückte meine Großmutter sehr, und auch in dieser Hinsicht war es für sie eine große Erleichterung, dass nach zehn Monaten die Warmwasserbehandlungen urplötzlich anzuschlagen schienen. Jimmys Genesung machte von da an schnelle Fortschritte; schon wenige Wochen nach der wundersamen Wende, im Sommer 1936, bekam Omi zu hören, dass ihre Anwesenheit im Kurhaus nicht mehr unbedingt erforderlich sei. Die gnädige Frau könne ohne Bedenken nach Riga zu ihrem Mann zurückkehren.

Das war nicht nur wegen ihres persönlichen Wohlbefindens angebracht. Der Alte Herr war nämlich an einer bösartigen Form von Kehlkopfkrebs erkrankt. In einem kurzen, sachlichen Schreiben hatte er seine Frau davon in Kenntnis gesetzt. Als starker Zigarrenraucher habe er sich das selbst zuzuschreiben, bemerkte er. Was die Sache natürlich nicht weniger katastrophal machte.

Zunächst war er der Verzweiflung nah: Seine Familie fiel auseinander, und er war physisch nicht mehr in der Lage, etwas dagegen zu tun. Doch auch jetzt rettete ihn seine Entschlossenheit. Ohne zu zögern begab er sich bei dem damals international renommiertesten Krebsspezialisten in Behandlung, dem libanesischen Arzt Henri Chaoul, der in München mit Professor Sauerbruch zusammengearbeitet hatte und nun in der Berliner Charité tätig war. Dort erhielt der Alte Herr von Mitte 1936 an ein halbes Jahr lang jeweils gut eine Woche pro Monat Bestrahlungen.

In dieser Zeit unternahm er außerdem eine Pilgerfahrt nach Lourdes, wo er der Heiligen Jungfrau für den Fall seiner Heilung eine Kirche versprach. Als man ihm im Dezember mitteilte, dass der Tumor unter Kontrolle und eine baldige Genesung zu erwarten sei, spendete er tatsächlich, von geradezu ekstatischer Dankbarkeit erfüllt, inkognito viel Geld für den Bau der *Kristus karaïa Romas katoïu baznîca* oder Christus-König-Kirche in Riga. Eine äußerst kostspielige Angelegenheit natürlich, und der niederländische Jesuitenpater Constantius Kolfschoten, der eine Professur in Biblischer Theologie an der Universität von Riga übernommen hatte und zu einem Hausfreund auf Von Lomani geworden war, setzte sogleich Papst Pius XI. von dieser Spende in Kenntnis.

Eine hohe päpstliche Auszeichnung war zu erwarten. Der Heilige Vater verfolgte nämlich schon seit geraumer Zeit den Plan, entlang der Grenzen des Sowjetreichs einen «Ring aus christlichen Festungen» zu errichten, um von dort aus, wenn die Zeit reif wäre, «Russland für Christus zurückzuerobern», wie in einem internen jesuitischen Papier aus jenen Jahren zu lesen ist. Die neue Kirche im überwiegend lutherischen Riga war ein solcher katholischer Vorposten.

Der Alte Herr wird über all dies informiert gewesen sein, stellte aber klar, dass er auf keinen Fall einen Orden welcher Art auch immer annehmen wolle. Er soll gesagt haben, dass seine Genesung schon das allerschönste Geschenk des Himmels gewesen sei, dass eine so tiefe religiöse Erfahrung ihn glücklich mache, dass er selbst und nicht der Papst dankbar sein müsse und dass er nun einmal der Heiligen Jungfrau die Errichtung der Kirche versprochen habe. Mit seiner Ablehnung – die letztlich doch implizierte, dass Maria und er eine vertrauliche Abmachung getroffen hatten, in die der Stellvertreter Christi auf Erden eindeutig nicht einbezogen war – dürfte er auf den Papst und dessen Entourage großen Eindruck gemacht haben.

Die Zeit um Weihnachten 1936 und Neujahr 1937 nutzte der Alte Herr, von aufbrodelnder Lebenslust erfüllt, für eine Mittelmehr-Kreuzfahrt mit seiner Frau auf dem Luxuspassagierschiff Milwaukee der Hamburg-Amerika-Linie. Frans und Titty durften mit. Jimmy, den die Ärzte des Sanatoriums noch nicht reisen lassen wollten, und infolgedessen auch Xeno blieben unter Temmy Kempers Obhut in Johannisbad und feierten dort den trübsinnigsten Jahreswechsel ihres bisherigen Lebens.

Den Alten Herrn kümmerte das anscheinend nicht. Er war dankbar und erfreute sich sogar an seinem sonst so widerspenstigen ältesten Sohn, für den die Schiffsreise wie ein Märchen war. Jeden Abend im Smoking, sein Vater zum ersten Mal in bester Laune, statt wie sonst über seine schulischen Leistungen zu meckern, seine Mutter, die Charleston tanzte und Champagner trank, Geld, das in Strömen floss, auch im Casino – das war das große Leben, so musste es sein.

Anfang Januar 1937 wurde in Johannisbad deutlich, dass mit Jimmys Rückkehr nach Riga, ursprünglich schon fürs Frühjahr geplant, nun doch erst im Spätherbst zu rechnen war. Kein Grund zur Beunruhigung, es gehe nur etwas weniger schnell voran als gedacht, sagten die Ärzte.

Doch bei Xeno wuchs die Ungeduld. Warum musste er seine Zeit in diesem öden Johannisbad vertun? Und welchen Sinn hatte der verdammte Niederländisch-Unterricht bei Temmy? Wieso um alles in der Welt sollte er diese Sprache erlernen? All das war nur Jimmys Schuld, überlegte er. Und die Besuche ihrer Mutter machten ihn wütend, da sie im Grunde nur Jimmy galten, dem armen, schwachen Jungen, der dann besonders verwöhnt wurde. Xeno blühte immer erst auf, wenn der Alte Herr nach Johannisbad kam, und das geschah nicht oft. Aber wenn, dann begannen Festtage für Xeno, dann fuhren sie zu zweit nach Prag, besuchten ein Fußballspiel und aßen in einem vornehmen Restaurant zu Abend. Xeno liebte seinen Vater.

Allmählich entwickelten sich die Zwillinge immer weiter auseinander. Jimmy, der viele Monate lang den ganzen Tag in einem Liegestuhl auf dem Balkon hatte verbringen müssen, fast reglos und in Decken eingepackt, und sich erst seit Kurzem wieder halbwegs normal bewegen konnte, wurde Mitglied eines Turnvereins: Frisch-Fromm-Fröhlich-Frei. Wie der Name vermuten ließ, wehte dort ein «völkischer» Geist; tatsächlich war der Verein, dem sonst ausschließlich junge Sudetendeutsche angehörten, der Hitlerjugend ähnlich, einschließlich Uniform. Xeno hielt sich von alledem fern; er entwickelte sich zu einem stillen Jungen, der sich gern zurückzog und den ganzen Tag in der Bibliothek des Kurhauses las.

Jimmy dagegen versuchte, alles Versäumte nachzuholen, und mehr als das. Endlich wurde er in eine Gemeinschaft von Kameraden aufgenommen; selbstverständlich konnte er beim Turnen nicht mithalten, aber er beteiligte sich voller Begeisterung an den Lagerfeuer-Abenden, zu denen alle in Uniform erschienen und zu Gitarrenbegleitung Nazilieder einstudierten. In diesem Kreis herrschte ein gewisser Übermut: Man ließ selbstgebastelte Carbid-Bömbchen explodieren, damit die tschechischen Förster glaubten, dass der Trupp bewaffnet sei und Schießübungen abhalte, und deshalb in sicherer Entfernung blieben. Es waren die Jahre unmittelbar vor dem «Anschluss» des Sudetenlandes, und Jimmy spürte genau, dass dem Vorstand des Vereins die politischen Aspekte der Mitgliedschaft wichtiger waren als Riesenfelgen am Reck oder Winkelstütze an den Ringen.

Seine neue Leidenschaft führt zu einer dramatischen Konfrontation, als die Eltern die Zwillinge im Sommer 1937 gemeinsam besuchen. Jimmy erscheint stolz in seiner neuen Uniform, worauf der Alte Herr mit einem wütenden «Verdammt, zieh dieses Ding aus!» reagiert. Die Stimmung sinkt sofort unter den Nullpunkt, zumal Erica ihren Lieblingssohn in Schutz nimmt: «Von wegen! Wir gehen jetzt Kuchen essen, und Jimmy kommt mit.» Als sie kurz danach auf einer Caféterrasse Platz genommen haben, spielt in der Konzertmuschel gegenüber das Kurorchester höchst provokativ das Horst-Wessel-Lied. Die tschechische Polizei, die in solchen Fällen eigentlich einschreiten soll, hat anscheinend die Zeichen der Zeit erkannt und lässt sich nicht blicken.

Fast alle auf der Terrasse stehen auf und heben den Arm zum Hitlergruß. Als meine Großmutter und Jimmy diesem Vorbild folgen wollen, gerät der Alte Herr außer sich vor Wut. Seine durch die Bestrahlungen heiser gewordene Stimme bekommt einen drohenden Klang, als er schreit: «Erica! Ich verbiete dir, das zu tun! Und ruf sofort deinen Sohn zur Ordnung!» Seine Frau gehorcht und setzt sich wieder hin, doch Jimmy spürt, dass der Augenblick der Wahrheit gekommen ist, und bleibt stehen; nur auf den Hitlergruß verzichtet er noch. Er blickt seinem Vater fest in die Augen und sagt: «Ich will mich von dir nicht mehr herumkommandieren lassen.» Damit ist ein unheilbarer Bruch besiegelt. Xeno, der wie der Alte Herr sitzen geblieben ist, beobachtet die Szene kopfschüttelnd.

Nur gegenüber einem gemeinsamen Widersacher hielten die Zwillinge noch zusammen. Ihr Opfer war Temmy. Xeno und Jimmy ertappten sie bei einer Umarmung mit einem jungen Einheimischen. Obwohl sie erst elf waren, erfassten die beiden instinktiv, dass sie Temmy, ihre unzugängliche Lehrerin, die ihnen all die schwierigen niederländischen Diktate aufgab, nun erpressen konnten. Der Alte Herr würde sie nämlich bestimmt entlassen, wenn ihm die Sache zu Ohren käme. Und so teilten sie Temmy in kühlem, sachlichem Ton mit, was sie alles gesehen und gehört hatten. Als Preis für ihr Schweigen vertuschte die erschrockene Temmy die Schwächen der beiden im Fach Niederländisch.

Die euphorische Stimmung, in die der Sieg über den Krebs den Alten Herrn versetzt hatte, hielt nicht lange an, denn schon bald erreichten die Schwierigkeiten mit Frans einen kritischen Wendepunkt. Das Internat Katwijk zog im Sommer 1937 einen Schlussstrich, als der Quertreiber aus Riga auch dieses Schuljahr mit einem schauderhaft schlechten Zeugnis abschloss.

«Wir können ihn nicht zum dritten Mal in der zweiten Klasse belassen. Sie müssen für Frans eine andere Richtung suchen», lautete das Urteil von Pater Albers SJ, dem Direktor. Und er fügte hinzu: «Ich habe wenig Hoffnung, dass es Ihnen gelingen wird, Ihren Sohn in so kurzer Zeit auf andere Gedanken zu bringen, da er in seinem unreifen Alter schon zu sehr von neuen Ideen beherrscht ist, durch aktive Beteiligung an eine Bewegung gebunden ist, was seine Urteilsfähigkeit einschränkt, und er auf religiösem Gebiet meiner Ansicht nach eine Intrige geplant hat, die seinen Zukunftsplänen dienen soll.» Darauf folgte als Schlussformel: «Mit der Zusicherung meiner vollen Unterstützung und der Beteuerung, dass ich Frans nach bestem Vermögen zu helfen versucht und bei meinen hl. Messopfern seiner besonders gedacht habe ...»

Als Onkel Wim und Tante Marie auf Bitten ihres Bruders an den Gymnasien und Lyzeen Den Haags vorsprachen, zeigte sich, dass die Buschtrommel der örtlichen Lehrerschaft gut funktionierte: Keine einzige Schule wollte Frans Münninghoff aufnehmen, nicht nur wegen seiner schlechten Noten, sondern auch und vor allem wegen seines zweifelhaften Rufs als Unruhestifter und heimlicher Faschist. Zum Beispiel hatte er Anfang des Jahres eine Theatervorstellung für Haager Schüler anlässlich der Hochzeit von Prinzessin Juliana mit Bernhard zur Lippe-Biesterfeld gestört, indem er Bildungsminister Slotemaker de Bruïne, der in der ersten Reihe saß, Papierkügelchen in den Nacken schnipste. Und als bekannt wurde, dass beim Galaempfang zum Abschluss der Hochzeitsfeier das Horst-Wessel-Lied angestimmt worden war, hatte er dieses Lied ungefragt und ohne Scham vor seiner Klasse im Internat Katwijk zu Gehör gebracht – ein hoffnungsloser Fall.

Bei einem allerletzten Versuch und mit Hilfe des vom Alten Herrn eingeschalteten Jesuitennetzwerks um Pater Kolfschoten gelang es Wim und Marie, ihren Neffen am Städtischen Gymnasium in Maastricht unterzubringen, wenn auch nur mit Mühe. Pater Huf SJ, in der Provinz Limburg eine bekannte, einflussreiche Persönlichkeit, setzte sich in dieser Angelegenheit ein und organisierte eine Art Vorstellungsgespräch bei der Baronesse van Hövell tot Westerflier, der Witwe des Gouverneurs von Limburg, die mit neun Kindern ein Schloss in der Nähe des Sint-Pietersberg im Süden von Maastricht bewohnte. Dort könnte Frans ein Zimmer bekommen. Natürlich spielte bei dieser unerhört günstigen Wendung auch der Rigaer

Kirchenbau, von dem alle in der katholischen Welt gehört hatten, eine entscheidende Rolle.

Marie begleitete den schlechtgelaunten Frans nach Maastricht und übergab ihn am Bahnhof der Obhut von Pater Huf, der mit ihm zum Schloss der reichen Witwe fuhr. Die Baronesse bat die beiden, zum Diner zu bleiben. Bei Tisch erzählte Frans von Riga, was ihn vorerst rettete. Nach dem Essen kam – nicht zufällig – der Kurator des Städtischen Gymnasiums zu einem Kartenspielchen vorbei. Er schaute Frans forschend an, unterhielt sich ein wenig mit ihm und versicherte dann: «Ich werde schon dafür sorgen, dass du unsere Schule besuchen kannst.»

Dieses nepotistische Wunder ließ Frans kalt, was er allerdings nicht zu erkennen gab. Als aber am nächsten Tag (er durfte im Schloss übernachten) sein Triumphzug durchs Limburger Establishment mit einem Tennismatch bei der Familie des Keramikindustriellen Regout weiterging, reichte es ihm. Er empfand das Verhalten all dieser Leute ihm gegenüber als «viel zu familiär», dieses Spiel mochte er nicht mitspielen. «Ich will mich mit niemandem in Holland anfreunden», sagte er unumwunden zu Tante Marie, die ihn abholte. Eine betrübliche, aber auch ehrliche Klarstellung. Nichtsdestotrotz wurde er am Städtischen Gymnasium von Maastricht angenommen.

Doch mit dem Herzen ist er in Riga, erst recht, als er, der ebenso hübsche wie rebellische Siebzehnjährige mit steinreichen Eltern, sich während der Sommerferien 1937 in Riga heftig in das Mädchen verliebt, das sieben Jahre später meine Mutter werden wird: Wera Lemcke. Normalerweise ist das ein schöner und zärtlicher Moment im Leben eines Heranwachsenden, aber Frans, besessen von Nazipathos, verzehrt von Heimweh nach dem Baltikum und nun auch noch blind vor Liebe, ist bald noch frustrierter als zuvor. Es ist seine erste wirkliche Verliebtheit, und er kann offensichtlich nicht damit umgehen. Sein Geist knüpft eine sonderbare Verbindung zwischen dem martialischen Trara mit Pferden, Uniformen und Nazigedröhn und dem Mädchen seiner Träume: Er wird Weras uniformierter Hakenkreuzritter hoch zu Ross sein und sie gegen eine böse Welt voller Feinde beschützen.

Die Geschichte von Weras Herkunft ist nicht alltäglich. Ihre Mutter, Nadeschda Fjodorowa, war im Grunde immer Russin geblieben. Kurz nach der Jahrhundertwende war Nadja von ihrer Heimatstadt Moskau, in der ihr Vater Direktor der Stadtbahnbetriebe war, nach Riga gezogen, um sich zur internationalen Sekretärin ausbilden zu lassen. Am Ende des Kurses wurde ihr eine Stelle als Praktikantin bei der Remington-Schreibmaschinenfabrik angeboten; dort begegnete sie Harry Lemcke, einem sanftmütigen deutschbaltischen Ingenieur, der sich in seiner Freizeit als Erfinder betätigte.

Die beiden heirateten 1920, und schon im ersten Jahr ihrer Ehe wurde ihre Tochter Wera geboren. Nadja, zu dieser Zeit zweiunddreißig, wollte nicht mehr als ein Kind bekommen, weil sie selbst die einzige Überlebende von acht Geschwistern war; alle ihre Brüder und Schwestern waren an Tuberkulose gestorben. Auch um diesem Alptraum zu entkommen, war sie nach Riga gegangen. Sie glaubte, dass sie in einer Stadt am Meer und mit einem gewissen internationalen Flair, für das Riga bekannt war, die besten Aussichten hätte, alle schrecklichen Erinnerungen an ihre Moskauer Jugend abzuschütteln.

Doch sie hatte sich zu viel erhofft. Das Leid, das sie erlebt hatte, umgab sie schon früh mit einer Aura von Resignation. Es war diese mutlose Ausstrahlung, die zusammen mit ihrem gewellten, kastanienbraunen Haar und ihren sanften blauen Augen bei dem melancholischen Harry Lemcke zarte Empfindungen ausgelöst hatte, Nadja Fjodorowa aber im alltäglichen Umgang mit Anderen schnell in den Hintergrund geraten ließ. Sie wurde ganz einfach nicht wahrgenommen, weil sie schüchtern und abwartend geworden war. Vielleicht aus dem gleichen Grund war ihr Deutsch nicht allzu gut, mit zahlreichen Russismen und einem starken Akzent, und das machte sie in den Kreisen, in denen ihr Mann verkehrte, zu einer Außenseiterin.

Als Harry Lemcke 1929 plötzlich starb (er erlitt einen Herzinfarkt, als er eine Kommodenschublade aufziehen wollte) und kurz danach die große Wirtschaftskrise ausbrach, schickte die verzweifelte Nadja ihre Tochter Wera nach London zu Anna Steenberg, Harrys dänischer Mutter, die in der Nähe des Crystal Palace eine Pension führte. Wera, beim Tod ihres Vaters acht, blieb ebenso viele Jahre in der britischen Hauptstadt. Es war ein recht bescheidenes Leben, aber Oma Steenberg, eine stolze, harte Frau, die mit dem berühmten kurländischen Fürstengeschlecht Lieven verwandt war, setzte alles daran, ihrer Enkelin eine gute Ausbildung zu ermöglichen, und war bereit, dafür selbst auf alles zu verzichten. Als Wera 1937 nach Riga zurückkehrte, war sie zu einem außergewöhnlich anziehenden Mädchen mit langen, dunklen Locken und hellblauen Augen herangewachsen und machte in den gehobenen Kreisen schnell auf sich aufmerksam: Sie beherrschte Englisch und Deutsch gleich gut, war dank langjährigen Ballettunterrichts sehr graziös, spielte hervorragend Klavier, wusste sich zu benehmen, war belesen und besaß einen ausgeprägten Sinn für Humor – eine junge Frau, die in der internationalen Szene der lettischen Hauptstadt einfach Erfolg haben musste.

Dass sie überhaupt zurückkehren konnte, war Timofei Fjodorow zu verdanken, dem Moskauer Onkel ihrer Mutter. Er hatte während des Bürgerkriegs aus Russland flüchten und dabei die Familienjuwelen mitnehmen können. Kurz vor seinem Tod hatte er sich in Riga bei Nadja gemeldet; aus Reue – er hatte die ganze Zeit gewusst, wo sie zu finden war, aber im Berliner Exil nichts von sich hören lassen – und weil sie seine einzige Verwandte war. Das Säckchen mit den Kleinodien hatte er bei sich.

Als Nadja ihn fragte, warum er die Juwelen nicht schon verkauft habe, brach Timofei in Tränen aus, erklärte händeringend, das habe er einfach nicht fertiggebracht, und flehte Nadja an, ihm zu vergeben, bevor er seinen letzten Atem aushauchen werde. Das tat sie, wonach Timofei noch drei Tage auf ihrem Sofa lag, bevor er mit einem friedvollen Lächeln verschied.

Nach diesem ganz und gar russischen Wunder konnte Nadja ein kleines Haus in einem grünen Außenbezirk Rigas kaufen und ihre Tochter zu sich holen. Und sie konnte ihr endlich ein angemessenes Leben ermöglichen, so dass Wera im Alter von siebzehn, nachdem sie am Rigaer Gymnasium mit blendenden Leistungen das Abitur bestanden hatte, als eine Art Dancing Queen von einem glanzvollen Debütantinnenball zum anderen eilte – bis sie Frans begegnete.

Bei einem Tanzfest des Sportvereins Union zog Frans – angetrunken, aber im Smoking – die vorbeihuschende, virtuose Tangotänzerin einfach an ihrem Gürtel zu sich heran. Frans war kein guter Tänzer, aber charmant sein konnte er von Natur aus. Für seine grobe Annäherung entschuldigte er sich gleich mit einer Flasche Champagner, und beim Geplauder schien der Funke überzuspringen. Zumindest schaute sie ihn nicht mehr so herablassend an, und beim Abschied kniff sie ihn sogar freundlich in die Wange.

Den ganzen Sommer über begegneten sie sich immer wieder. Sie hatte schon einen Freund, einen jungen Mann aus der Nachbarschaft, der wie sie großartig tanzte und außerdem sehr schön Klavier spielen konnte. Dem stellte Frans seinen rabiaten Charme und den unübersehbaren Reichtum seiner Familie gegenüber. Es wurde ein langer, schwüler Sommer.

Bei den Feiern der Rigaer Jeunesse Dorée, sofern sie nicht in Besäufnisse der jungen Männer unter sich ausarteten, herrschte eine Art preußische Förmlichkeit oder zumindest altmodische Höflichkeit. Man siezte sich, bis die Vertraulichkeit so groß geworden war, dass sich das Wunder des Duzens ganz von selbst ereignete. Handküsse waren üblich; öffentliches Küssen galt als Zeichen dafür, dass gute Aussichten auf eine Verlobung bestanden.

Bei den abendlichen Vergnügungen achtete man auf ein gewisses kulturelles Niveau. Häufig wurden zwei Gruppen gebildet, die einander mit Gedichten, Rätseln oder Spielen zu übertrumpfen versuchten. Diese sogenannten Viktorinen wurden keineswegs als kindisch empfunden, sie gingen auf die russische Tradition der *wetscherinki*, der «kleinen Abende» zurück, die den Teilnehmern einiges an Wissen und Können abverlangten. Dass nebenbei in dunklen Ecken leidenschaftlich geknutscht wurde, versteht sich von selbst.

Frans und Wera zogen sich immer öfter gemeinsam zurück und erregten heftige Eifersucht bei Weras jungem Nachbarn, der ein paar tragische Monate durchlebte und nur hoffen konnte, dass er selbst wieder an die Reihe kommen würde, sobald sich dieser Ausländer nach Holland verzog. Denn so wurden die Münninghoffs von all denen, die sie nicht näher kannten, wahrgenommen: als stinkreiche Fremde aus einem seltsamen, fernen Land.

## – SECHS –

Als er am Ende jenes Sommers wieder zurück muss, ist Frans geradezu besessen von Wera. Es gibt nun wirklich nichts mehr, was ihn an die Niederlande bindet; all seine Gedanken gelten seiner Freundin im Baltikum und den jungen Männern um sie herum.

Sein Zimmervermieter in Maastricht ist ein Herr Boon, ehemaliger Französischlehrer am Städtischen Gymnasium und seit Kurzem Witwer. Ein von Trauer gebrochener Mann, der Frans nicht nennenswert beaufsichtigen kann. Dass sein Mieter immer häufiger die Schule schwänzt und auch in Maastricht wieder all seine Pflichten versäumt, entzieht sich seiner Wahrnehmung.

Jeden Abend hört Frans Radio Riga. Er bittet seine Mutter um eine Abbildung des Familienwappens derer von Schumacher, die er in seinem Zimmer aufhängt, neben dem Zarenporträt und einer früher mitgebrachten Kopie der Ikone der Gottesmutter von Kasan, der Schutzpatronin Russlands. Statt Hausaufgaben zu machen, versucht er im Selbststudium sein Russisch zu verbessern. Briefe an seine Mutter unterzeichnet er in kyrillischer Schrift, hin und wieder schreibt er auch auf Russisch – wie im Niederländischen und Deutschen nicht gerade fehlerfrei. Anders gesagt: Er ist auf der Jagd nach einer neuen, unsinnig aufgeblasenen Identität, bei der nichts mehr an die Niederlande erinnern soll, ja, nicht einmal an die Familie Münninghoff. Er will als romantischer, zaristischer Exilrusse durchs Leben gehen.

Als das Weihnachtszeugnis offenbarte, dass Frans auch am Städtischen Gymnasium Maastricht die Anforderungen nicht erfüllen konnte oder wollte, kam der Alte Herr, nach anfänglicher Raserei, halbwegs zur Einsicht. Nicht, dass er seinen Sohn nach Riga zurückkehren ließ, aber immerhin nahm er ihn vom Gymnasium und brachte ihn an einer Mittelschule unter, an der er nach drei Jahren einen Schulabschluss erreichen konnte, ebenfalls in Maastricht und in der Nähe des Gymnasiums, so dass er weiterhin bei Boon wohnen blieb.

Und er sprach mit Frans über dessen Zukunft: «Wenn du das geschafft hast, und das müsste dir leicht fallen, schicke ich dich auf eine Handelsschule. Dann kannst du später mein Nachfolger werden, wie es sich für den ältesten Sohn gehört.» Frans war verzweifelt; in der Aufregung wechselte er vom Niederländischen zuerst ins Russische, dann ins Deutsche: «*Ostaw menja w pokoje! Kupzom ne stanu!* Lass mich doch in Ruhe! Zum Kaufmann bin ich wirklich nicht geboren! Ich bin dir gar nicht ähnlich!»

Der Alte Herr schaute ihn missbilligend an. «Was willst du denn dann werden? Und antworte mir auf Niederländisch, Junge!» Frans bockte. Die Konfrontation spitzte sich jetzt schnell zu: «Wenn du es unbedingt wissen willst: Ich gehe zum Militär. Schon nächstes Jahr werde ich mich in Zagreb an der Gardeschule melden», antwortete Frans auf Deutsch. Der Alte Herr stellte erschrocken fest, dass ihm offenbar vieles entgangen war, und brach das Gespräch ab. Er fand schließlich heraus, dass diese Gardeschule in Zagreb kein seltsames

Fantasieprodukt seines Sohnes war, sondern wirklich existierte. Eine von früheren K.u.k.-Offizieren, die Zagreb immer noch Agram nannten, geführte Einrichtung, die auch Ausländern offenstand und deren Leitung nazistische Ansichten vertrat. Jemand aus dem Familienklan der Strandmanns, Omis Verwandten, hatte Frans auf die Militärschule aufmerksam gemacht.

Nun, da der Alte Herr erkannt hatte, was sich alles hinter seinem Rücken abspielte, war er schockiert und verzweifelt, doch zugleich war ihm klar, dass Härte allein nichts nützen würde. Bei einem weiteren Gespräch zwischen Frans und ihm – in Gegenwart seiner Frau, mit der er ein ernstes Wort geredet hatte und die einzusehen schien, dass ihre Verwandten und sie selbst mitverantwortlich für das Zugrundegehen des Jungen waren – versuchte er es mit einem Bluff: «Wenn du glaubst, dass du ohne Abschluss an dieser Schule in Zagreb angenommen wirst, täuschst du dich», sagte er. «Meinen Segen hast du, aber dort will man nur junge Männer mit Schulabschluss, die auch fähig sind, die Offiziersausbildung zu absolvieren. Das hat man mir selbst gesagt. Deshalb musst du zuerst die Mittelschule abschließen. Noch einmal: Das müsste dir leichtfallen, und es sind nur drei Jahre. Danach sehen wir weiter.»

Der Alte Herr schien sich also mit den Karrierewünschen seines Sohnes abzufinden, und Frans, naiv wie er war, ließ sich einlullen und änderte sein Verhalten schlagartig. Die Anforderungen der Mittelschule, ohne Latein und Altgriechisch, waren für ihn tatsächlich leicht zu erfüllen, und da sein Vater ihm nicht mehr unablässig im Nacken saß, bereitete es Frans sogar Vergnügen, sich in seiner neuen Umgebung zu bewähren. Noch zwei Jahre, und er konnte nach Zagreb!

Dabei hatte er das Glück, in Maastricht Alexander Poslavsky zu begegnen, einem Sohn russischer Emigranten, den es aus den Vereinigten Staaten in die Niederlande verschlagen hatte und der sich wie er in eine Art mystischen, zaristisch-russischen Messianismus flüchtete. Beide wollten möglichst wenig mit den Niederlanden zu tun haben, dem Land, in dem sie sich nur deshalb aufhielten, weil sie von ihren Eltern dazu gezwungen wurden. Untereinander sprachen sie Russisch; bei Alexander und seiner Mutter zu Hause richteten sie auf dem Dachboden sogar eine russisch-orthodoxe Kapelle ein, in der sie regelmäßig für den Zusammenbruch des roten Reiches beteten.

Was die beiden allerdings nicht teilten, war Bewunderung für Hitler. Im September 1938 zum Beispiel berichtete Frans in einem Brief an seine Mutter, dass er eine Radioansprache des Führers gehört habe und davon sehr beeindruckt gewesen sei. «Haarig», lautete der Ausdruck, den er gebrauchte; in heutigen Schülerjargon übersetzt wäre das so etwas wie «voll cool».

In der Familie Poslavsky dachte man in dieser Hinsicht ganz anders, Alexanders Mutter erwog wegen Hitlers geifernder Drohungen sogar eine Rückkehr in die Vereinigten Staaten. Alexander selbst, später übrigens ein tonangebender Psychologe und Psychoanalytiker (er wurde Professor in Utrecht und Leiter der renommierten psychiatrischen Klinik Willem Arntsz Hoeve in Den Dolder), konnte über die Hitler-Begeisterung seines Freundes nur mitleidig lächeln. Vielleicht erkannte er bereits, dass Frans, nach einem zweiten langen Sommer mit Wera, besonders empfänglich war für die Parolen eines Hitler, der anscheinend auf überzeugende Weise den Weg zu einem klar umrissenen Ziel eingeschlagen hatte.

Denn für Frans ist das Leben ein einziges Chaos. Zwar kommt er nun endlich in der Schule gut zurecht und wird mit befriedigenden Noten in die zweite Klasse der Mittelschule versetzt. Außerdem besteht er auf Anhieb die Führerscheinprüfung, wobei noch niemand ahnen kann, dass sie das einzige «Examen» seines Lebens bleiben wird. Doch die Beziehung zu Wera ist ihm ein Rätsel. Er selbst ist voll und ganz entflammt, sie aber noch nicht, vielleicht empfindet sie sogar immer weniger für ihn.

An mangelnden Anstrengungen seinerseits liegt es jedenfalls nicht. Täglich reitet Frans im Sommer 1938 zu Wera, die am Rande von Riga wohnt, nah an den Wäldern. Jimmy, inzwischen nach Riga zurückgekehrt, erzählte später gern von einem Ausritt, den er nach der Abreise seines großen Bruders nach Holland auf dessen Pferd Egli unternahm. Er konnte an den Zügeln zerren, so viel er wollte, die Stute trabte ihren eigenen Weg, nämlich direkt zu Weras Haus!

Die hohe Besuchsfrequenz, auf die dieser Vorfall hindeutet, führt jedoch nicht zu dem von Frans erträumten Ziel. Gewiss, Wera und er sind sehr vertraut miteinander, und wenn Frans sagt, sie seien «füreinander bestimmt», wovon er fest überzeugt ist, dann lächelt Wera vielversprechend und gibt ihm einen Kuss. Andererseits scheint sie in seiner Persönlichkeit etwas zu vermissen. Abgesehen davon, dass sein Verhalten von beständiger, übermächtiger Verliebtheit bestimmt wird, ist es vor allem beschützend und ritterlich, doch gerade das weckt in ihr die Sehnsucht nach etwas Sanftem und Poetischem und vielleicht auch Unvorhersehbarem. Außerdem wollen ihr seine Zukunftspläne, die er ihr eifrig schildert, nicht so recht gefallen. Zagreb? Offiziersschule? Ein Soldat als Ehemann, das hat es in ihrer Familie noch nie gegeben, und sie selbst hat ganz bestimmt keinen Hang zu Uniformen und Husarengehabe.

Als Frans beim Abschied im September vom Heiraten spricht, winkt Wera deshalb lachend ab. Was redet er da? Sie ist noch nicht einmal achtzehn. Die folgenden Wochen nutzt sie zum Nachdenken, und sie kommt zu dem Ergebnis, dass sie zwei Sommer mit einem sonderbaren, ein wenig bedauernswerten Sohn reicher Eltern verbracht hat, der nicht der Richtige für sie ist. Sie findet ihn zwar körperlich anziehend (mein Vater war als Achtzehnjähriger eine Art Fotomodell, gut 1,80 Meter groß, mit schönen dunklen Augen, dichtem, dunkelblondem Haar und, in der richtigen Stimmung, einem strahlenden Lächeln), und sie kann mit ihm gut lachen und trinken, aber wenn es um die wesentlichen Lebensfragen geht, würde er sie enttäuschen.

Und so schreibt sie im November 1938 einen Brief, der Frans in seinem möblierten Maastrichter Zimmerchen in die Verzweiflung stürzt. «Ich kann mir nicht vorstellen, dich zu heiraten. Die Welt steht mir offen, ich werde mich noch nicht binden. Man hat mir eine Stelle als Rezeptionistin in einem Hotel in Ägypten angeboten, und die nehme ich an. Wenn du zu Weihnachten nach Riga kommst, bin ich nicht mehr da. Leb wohl, lieber Junge.»

Alarmstufe rot – anders lässt sich Frans' Zustand nach diesem Brief kaum beschreiben. Er lässt sich in der Schule als krank entschuldigen, bleibt tagelang im Bett liegen, irrt nachts durch die Straßen, schluckt Sedobrol-Tabletten gegen Schlaflosigkeit, hat andererseits panische Angst vor einem Herzstillstand im Schlaf und schreibt alle zwei Tage nach Hause, dass er aus Maastricht fort will, dass er mit Wera sprechen muss, dass er so nicht weiterleben kann und will.

Es kommt noch hinzu, dass sein Freund Poslavsky mit seiner Mutter nach Utrecht gezogen ist, und zwar wegen umfangreicher Militärübungen in Maastricht, die viele Einwohner zu Tode erschreckt haben. Sämtliche Brücken über die Maas waren einige Tage gesperrt, die Zufahrten zu den Hauptstraßen konnten nur im Slalom zwischen großen Betonblöcken passiert werden, und überall lagen Soldaten in Mörserstellungen oder Maschinengewehrnestern. Fragte man sie nach dem Grund ihrer Anwesenheit, schauten sie weg oder schickten den Frager fort, denn sie waren zu Stillschweigen verpflichtet, und die Offiziere achteten streng darauf, dass dies eingehalten wurde.

Natürlich verbreiteten sich gerade deshalb gleich Gerüchte, und nicht wenige Einwohner Maastrichts, darunter die Poslavskys, fanden es nun an der Zeit, sich in den Westen des Landes abzusetzen. Hitler hatte begonnen, seine riskanten Anschluss- und Annexionspläne in die Tat umzusetzen, und das Münchner Abkommen, mit dem Chamberlain und andere im September den Frieden gesichert zu haben glaubten, erschien mittlerweile nur noch als wertloses Stück Papier. Der deutschen Grenze so nah zu sein, war angesichts der ständig wachsenden Kriegsgefahr für viele eine schwer belastende Nervenprobe.

Einsam und ohne die Möglichkeit, sich mit seinem Liebeskummer irgendjemandem anzuvertrauen, driftet Frans langsam, aber sicher in tiefe Hoffnungslosigkeit ab. Bis er – es ist dann schon Anfang Dezember – durch einen zweiten Brief Weras gerettet wird. Sie schreibt darin, dass zwischen ihnen doch alles in Ordnung sei, dass sie ihre Ägyptenpläne aufgegeben habe, dass sie ihn liebe und in Riga auf ihn warte.

Dass hinter den Kulissen meine Großmutter ihre Hand im Spiel hatte – sie schilderte Wera die Verzweiflung ihres Sohnes und flehte sie geradezu an, Frans noch Aufschub zu gewähren, bis er wieder einigermaßen bei klarem Verstand sei –, wird ihm erst in den Weihnachtsferien klar, als Wera selbst darauf zu sprechen kommt. Das hätte sie besser nicht getan. Statt seiner Mutter dankbar zu sein, wirft Frans ihr vor, sich in Dinge einzumischen, die sie nichts angehen, und verlangt in anmaßendem Ton, sie solle das Vermitteln zwischen ihm und Wera künftig unterlassen.

In dieser angespannten Atmosphäre leistet dann noch der Alte Herr einen für Frans' weiteres Leben entscheidenden Beitrag zur Verschärfung des Konflikts. Förmlich bittet er Wera, Von Lomani zu verlassen, da sie «eine ständige Quelle der Uneinigkeit» in der Familie zu werden drohe, außerdem bezweifle er, dass sie eine geeignete Partie für seinen Sohn, den Stammhalter der Münninghoffs, sein könne. Er habe eigentlich eher eine Niederländerin im Sinn gehabt.

«Die Zukunft meines Sohnes liegt in den Niederlanden. Ich beabsichtige, ihn dort in einer Firma arbeiten zu lassen, die ich momentan gründe. Dabei ist es von großer Bedeutung, dass Frans eine Ehepartnerin mit guten Verbindungen zur niederländischen Geschäftswelt findet. Ich hoffe, dass Sie dafür Verständnis aufbringen, Fräulein Lemcke», fügt er steif hinzu.

Frans, dem es bei dieser unerwarteten Ankündigung wie Schuppen von den Augen fällt, springt auf, außer sich vor Zorn: «Du hast mich also betrogen! Aber dann sag ich dir jetzt eins: Ich gehe zum Militär, ob du willst oder nicht, und ich werde Wera heiraten!»

Obwohl in jenem Augenblick die Wahrscheinlichkeit äußerst gering erscheint, werden genau diese beiden Dinge geschehen. Zum Schaden und Unglück fast aller Beteiligten, doch darauf nimmt das launenhafte Schicksal keine Rücksicht.

## – SIEBEN –

Wieder in Maastricht, ließ Frans zum ersten Mal erkennen, dass er entschlossen war, seine Pläne umzusetzen, und auch bereit, dafür besondere Anstrengungen zu unternehmen. Mit dem Direktor der Mittelschule besprach er die Möglichkeit eines vorgezogenen Schulabschlusses, wobei er als Argument anführte, dass er als Achtzehnjähriger in einer Klasse mit überwiegend dreizehnjährigen Jungen und Mädchen doch eine arg lächerliche Figur mache. Der Direktor zeigte sich hilfsbereit, und so wurde für Frans ein straffer Lernplan entworfen, der ihn auf eine Abschlussprüfung Anfang September 1939 vorbereiten sollte, noch vor Schuljahrsbeginn. «Und dann trittst du in die Firma deines Vaters ein?», fragte der Direktor, den der Alte Herr inzwischen informiert hatte. «Ja, natürlich», antwortete Frans, «ich habe schon so viel Zeit vergeudet, ich kann es kaum noch erwarten.»

Das war eine einzige große Lüge. Ihm ging es ausschließlich darum, sich vom Einfluss des Alten Herrn zu befreien und dessen finstere Pläne zu hintertreiben. Dafür war er zu allem bereit, und so folgte er im Januar, um unnötige, zeitraubende Konflikte zu vermeiden, auch ohne Murren dem Musterungsbescheid der niederländischen Streitkräfte. Obwohl er davon überzeugt war, dass er so oder so letztendlich eine deutsche Uniform tragen würde, gab er sich bei der Musterung sogar besondere Mühe, seine Gesundheit und Sportlichkeit zu demonstrieren, und wurde als tauglich für alle Waffengattungen eingestuft. Das sah er als Empfehlung, die ihm später, wenn es ernst würde, nützen könnte. Auf Nachfrage erklärte er, dass er gern zur Kavallerie wolle. Und da man ihm sagte, dass bei der Auswahl Mitglieder von Reitsportvereinen mit Zugehörigkeit zu einem nationalen Reitsportverband bevorzugt würden, bat er Onkel Wim in Voorburg, ihn bei einem solchen Verein anzumelden. Umgehend informierte er die Militärbehörde darüber; man teilte ihm mit, dass man dies wohlwollend zur Kenntnis nehme, dass er aber ohnehin vor einer Einberufung zunächst die Schule abschließen dürfe.

Obwohl Frans nun an der Mittelschule allen Befürchtungen zum Trotz sehr gut zurechtkam, begann der Alte Herr zu ahnen, dass sein Sohn allmählich seiner Kontrolle entglitt. Deshalb schickte er ihn im April, in den Osterferien, nach London zu einem seiner besten Geschäftsfreunde, Sir James Charles Calder, Holzhändler aus einer sehr alten und vornehmen schottischen Familie. Calder, wie der Alte Herr ein eifriger Katholik, war für ihn von Anfang an ein wichtiger Partner gewesen und hatte ihn im Lauf der Jahre mehrmals in Lettland besucht, um sich an Ort und Stelle davon zu überzeugen, dass Riga als Durchfuhrhafen für Holz aus der Sowjetunion bestens geeignet war.

Auf Von Lomani hatten die Herren in Gesprächen vor dem Kamin auch ihre politischen Ansichten ausgelotet und in ihrem rabiaten Antibolschewismus, der nicht zuletzt von der Politik des Vatikans in dieser Frage beeinflusst war, eine Gemeinsamkeit gefunden. Gewissermaßen als Besiegelung der Freundschaft wurde Sir James bald der Pate von Jimmy, der seine Namen bekam: Joan James Charles Maria Joseph, Rufname James.

Nun empfing Calder, ein kräftiger, energiegeladener Siebzigjähriger, Frans in seinem beeindruckenden Londoner Büro und erzählte einen Nachmittag lang von seinen Unternehmen und von der wichtigen Rolle, die der Alte Herr in seinem Leben spiele. Er sprach für einen Schotten recht gut Deutsch; Frans, der große Angst hatte, sich mit seinem Schulenglisch zu blamieren, war darüber sehr erleichtert.

Doch so angenehm blieb der Aufenthalt für ihn nicht. Wie abgesprochen nahm Sir James seinen Gast für eine Woche auf sein Landgut Lynford Hall in Norfolk mit. Das riesige Anwesen mit den zahllosen prachtvollen Räumen, den wunderbar gepflegten Parks, den dazugehörigen Wäldern und Seen und dem treu ergebenen Personal, bestehend aus nicht weniger als zwölf Dienern, Zimmermädchen, Küchenangestellten und Stallburschen unter der Leitung eines richtigen Butlers, hinterließ bei Frans einen unauslöschlichen Eindruck.

Wie sich herausstellte, hatte Calder, seit einiger Zeit verwitwet, zu Ostern einen anderen engen Freund eingeladen: Joseph Kennedy, so katholisch wie er und der Alte Herr zusammen und seit 1938 Botschafter der Vereinigten Staaten in Großbritannien. Auch er war gut befreundet mit dem Alten Herrn. Kennedy brachte seine Tochter Kathleen mit, eine hübsche junge Frau mit dem Spitznamen «Kick», die im gleichen Alter wie Frans war, mit der er aber kaum ein Wort zu sprechen wagte. Zwei Jahre zuvor, als er in Maastricht noch das Gymnasium besuchte, hatte er seinen Eltern einmal gesagt, dass er sich nur schwer daran gewöhnen könne, Mädchen in seiner Klasse zu haben; und die so kokette wie weltgewandte Kathleen löste bei ihm nur den einen Gedanken aus: Wann sehe ich meine Wera wieder?

Noch weniger angenehm als die junge Frau waren ihm aber ihre beiden Brüder. Der jüngere, Robert, war wenigstens halbwegs erträglich, da er als knapp Vierzehnjähriger nicht allzu viel zum Gespräch beizutragen hatte und meistens schwieg, doch sein großer Bruder John, Jack genannt, Harvard-Student und gerade am Ende einer großen Europareise angelangt, legte ausführlich dar, was an Hitler und den Nationalsozialisten so alles auszusetzen sei.

Weil Frans nicht in der Lage gewesen wäre, seine Gedanken in gutem Englisch auszudrücken, verzichtete er wohlweislich darauf, dem späteren Präsidenten der Vereinigten Staaten zu widersprechen, aber innerlich kochte er fast. Dass so ein arroganter Amerikaner das Münchner Abkommen als wertlosen Fetzen Papier betrachtete und die Besetzung der Tschechoslowakei oder dessen, was noch davon übrig war, einen unrechtmäßigen Akt nannte! Als hätten die Millionen von Sudetendeutschen nicht gezeigt, wie es sich wirklich verhielt, dass man sich nämlich danach sehnte, zum Reich zu gehören, und dass Böhmen eigentlich keinen Anspruch auf Selbständigkeit erheben konnte!

Doch aus Angst vor einer Blamage entzog sich Frans der Diskussion; er spürte, dass er diesem John Fitzgerald Kennedy nicht gewachsen war, versuchte vergeblich, das Gespräch auf Pferde oder Riga zu lenken, und kam sich völlig hilflos vor. Dieses verdammte Englisch! Erst als nach der schier endlosen Osterfeier und vielen Stunden in der Hauskirche von Lynford Hall alle zusammen einen langen Ausritt unternahmen, war Frans in seinem Element, wenn auch Kathleen, eine perfekte Amazone, um einiges eleganter ritt als er.

Als die Woche vorbei war und Frans zur Fähre gebracht wurde, dankte er Sir James herzlich für seine Gastfreundschaft, wusste aber zugleich, dass er nicht zu dieser Upper Class gehörte und auch nie gehören würde, ganz egal, was der Alte Herr sagte oder tat. Seine Identität war fest und für immer mit dem Baltikum verbunden, und was ihn antrieb, war der Gedanke, in naher Zukunft, wenn Deutschland sich allen angelsächsischen Besserwissern zum Trotz erheben würde, auf der richtigen Seite zu stehen.

Der Sommer 1939 bricht an. Lang anhaltende Hitze, die sich drückend auf die Felder und Städte Lettlands legt, zwingt die Menschen, alles etwas langsamer angehen zu lassen. Eine ruhevolle, arkadische Stimmung lädt zu langen, abgeklärten Gesprächen im Schatten der Apfelbäume ein. Solche Gespräche führen auch Frans und Wera bei ihren fast täglichen Ausritten. Frans, der weiß, dass er mit militärstrategischen Überlegungen bei seiner Geliebten wenig Sympathien weckt, spricht viel von seinem baldigen Mittelschulabschluss und über das, was dafür innerhalb kurzer Zeit noch alles zu tun ist.

Unter anderem muss er *Uncle Tom's Cabin* im Original lesen, für ihn kein reines Vergnügen, bis Wera ihm das Buch aus der Hand nimmt und der Geschichte mit ihrer schönen englischen Aussprache eine ganz neue Bedeutung verleiht. Frans hört ihr wie verzaubert zu. Sie sitzen im Schatten eines Baumes auf einer Decke, einen Picknickkorb in Reichweite. In der Nähe grasen friedlich ihre Pferde. Es ist ein sonniger, stiller Nachmittag, hin und wieder schwillt das Zirpen der Grillen an, und dann diese Stimme, die Stimme seines Mädchens ... Ein tiefes Glücksgefühl durchströmt ihn.

Doch gegen Ende des Sommers, am 1. September 1939, wurden an der deutsch-polnischen Grenze die Schlagbäume gewaltsam aus dem Weg geräumt, und die deutsche Militärmaschinerie wälzte sich unaufhaltsam nach Osten. Der Tod hielt schreckliche Ernte. Kein Leben war mehr wie vorher, nichts mehr sicher. Die Bewohner des Landguts Von Lomani waren da schon abgereist. In die Niederlande, diesmal aber alle zusammen.

## – ACHT –

Dass die Familie 1939 gezwungen war, Lettland zu verlassen, war eine Folge des geheimen Zusatzprotokolls zum deutsch-sowjetischen Nichtangriffspakt, der Ende August jenes Jahres unterzeichnet worden war. Das Staatsgebiet Polens wurde in zwei Interessensphären geteilt; im westlichen hatte nun Hitler, im östlichen Stalin freie Hand. Während Litauen der deutschen Interessensphäre zugeschlagen wurde, gehörten Lettland und Estland (außerdem Finnland) zur sowjetischen, also auch die jahrhundertelang vom Deutschen Orden beherrschten Gebiete Livland und Kurland. Diese geheime Vereinbarung wurde der Weltöffentlichkeit erst nach dem

Krieg bekannt, ein kleiner Kreis von Eingeweihten wusste aber über das Wesentliche von Anfang an Bescheid. Mein Großvater gehörte zu diesem Kreis, und er zog die Konsequenzen aus den ihm zugespielten Informationen.

Dass die Sowjets in Lettland und Estland einmarschieren würden, war natürlich eine äußerst schlechte Nachricht für meine Verwandten, die zwar keine Ordensritter, aber schwer neureich waren und denen deshalb in absehbarer Zeit die Behandlung zuteilwerden würde, die bekanntlich die Bolschewisten für ihre kapitalistischen Erzfeinde vorsahen. Vor allem in der Familie meiner Großmutter kursierten dazu die furchtbarsten Gräuelgeschichten.

Ihr älterer Bruder Wladimir hatte im Bürgerkrieg, der auf den Staatsstreich der Bolschewiki folgte, eine Einheit der «weißen» Truppen unter General Anton Denikin befehligt. Diese Truppen begingen vom Sommer 1919 an in der Ukraine unbeschreibliche Kriegsverbrechen, unter anderem insgesamt etwa zweihundert Pogrome gegen Juden. Denn die Juden waren in der Wahrnehmung der «Weißen» allesamt Kommunisten. Diese zweihundert Massaker waren noch wenig im Verhältnis zu den achthundert, die von den Truppen des «roten» Generals Symon Petljura gemeinsam mit lokalen Bauerntrupps im Jahr davor in derselben Region und ebenfalls an Juden verübt worden waren (für diese Banden waren Juden nun einmal Juden und schon deshalb an allem schuld). Dennoch: Als Wladimir von Schumacher 1920 in Gefangenschaft von «Roten» geriet, sahen sie offenbar genügend Gründe, ihn aufzuschlitzen, ihm die Augen auszustechen und ihn an den Fußknöcheln aufzuhängen, um ihn wie ein geschlachtetes Tier ausbluten zu lassen.

Gab es solche Gründe tatsächlich, hatte man im Chaos des Bürgerkriegs so genaue Informationen über die Taten einzelner Angehöriger der feindlichen Truppen, dass man sie zumindest als Motiv für solche Vergeltungsaktionen betrachten kann? Oder war es doch nur einer der zahllosen Ausbrüche jener maßlosen, panischen Grausamkeit, von der dieser Teil Russlands damals heimgesucht wurde?

Ich glaube, es war eher dies, bin mir aber bis heute nicht völlig darüber im Klaren.

Meiner Großmutter traten jedes Mal dicke Tränen in die Augen, wenn sie seufzend und kopfschüttelnd davon erzählte. «Wowa» war nämlich ihr Lieblingsbruder gewesen; schon deshalb stellte ich ihr später, als ich mehr über die Geschichte des russischen Bürgerkriegs wusste, keine kritischen Fragen. Ich wollte doch meine liebe *Babuschka*, die sich schluchzend und händeringend an ihren Bruder erinnerte, nicht noch zusätzlich quälen.

Dabei war sie gar nicht so zartbesaitet. Im Januar 1919 waren die «roten» Truppen, die Untätigkeit der deutschen Armee in Lettland ausnutzend, in Riga einmarschiert und hatten eine von der lettischen Sozialdemokratischen Arbeiterpartei unterstützte kommunistische Regierung eingesetzt. In der Familie erzählte man sich, dass Omi bei einer Solidaritätskundgebung zusammengetrommelter Anhänger der Bolschewiki mit rotem Halstuch und roter Fahne voranmarschiert sei. Um jegliche Zweifel an ihrer Gesinnung auszuräumen: Dass sie eine Gräfin war, bedeutete doch nicht, dass ihr Herz nicht links schlagen konnte! Und hatte sie nicht in den Jahren davor in Astrachan russische Bauern- und Arbeitersöhne gepflegt, die im Kampf gegen den gemeinsamen Feind, die verhassten Deutschen, verwundet worden waren? Na also! Auf diese Weise hatte sie die «Roten» ebenso kaltblütig wie selbstbewusst getäuscht.

Ein paar Monate später gelang es den überwiegend aus Deutschbalten bestehenden Freikorps, unter anderem der «Eisernen Division», zusammen mit der lettischen Landwehr die Bolschewisten wieder zurückzudrängen. Danach konnte Lettland zu einem international anerkannten unabhängigen Staat werden. Winkend, lachend, einen großen Blumenstrauß in den Händen, stand meine Großmutter am Straßenrand, als das Freikorps unter Rüdiger von der Goltz an einem schönen Maitag siegreich in die alte Hansestadt einzog. Das waren doch ihre Leute! Hieß sie nicht von Schumacher?

Ob ihr das Glück auch diesmal, im Jahr 1939, treu bleiben würde, war aber höchst fraglich. All ihre Beobachtungen bestätigten, was ihr Mann in vertraulichen Gesprächen mit Angehörigen der lettischen Regierung erfahren hatte: Deutschland bereitete sich auf einen Krieg im Osten vor, und davon würden Lettland, Estland und Litauen unmittelbar betroffen sein; bei einer so großen deutschbaltischen Gemeinschaft konnte man sich das leicht ausrechnen. Und wie würden sich die autochthonen Letten dann verhalten? Man wusste um die Ausländerfeindlichkeit im lettischen Volk, besonders die starken Ressentiments gegen die «verfluchten Barone», wie der deutsche Adel gern genannt wurde.

Man musste also mit allem rechnen. Dass die Familie Münninghoff kein Adel war und aus den Niederlanden stammte, war ja nicht gerade offensichtlich – der Name ist schließlich westfälischen Ursprungs und könnte deutscher kaum klingen – und zählte folglich nicht. «In den Fabriken kann ich es spüren», sagte Joan. «Die Arbeiter sehen mich anders an. Als wollten sie sagen: Warte nur, bald kommen die Bolschewiken, und dann haben wir das Sagen. Wenn ich einen Kontrollgang mache, nehme ich neuerdings unsere beiden Schäferhunde mit. Ohne sie fühle ich mich auf dem eigenen Gelände nicht mehr sicher.» Er hatte auch gehört, was die Arbeiter hinter seinem Rücken darüber sagten: «Wenn er zwei von diesen Arbeitslosen bei sich hat, fühlt sich der Chef stark.» Ein Scherz, der ihn sehr kränkte. Er hatte sich doch bemüht, für die Arbeiter seiner Fabriken ein System sozialer Absicherung zu schaffen, was ihm sogar den Beinamen «der rote Kapitalist» eingetragen hatte. Doch das zählte nun nicht mehr; die Stimmung im Baltikum schien endgültig umgeschlagen zu sein, die besitzende Klasse ohne Ausnahme zum Untergang verdammt.

Erica Münninghoff-von Schumacher erlebte den Umschwung ganz ähnlich. Beim Tee mit ihren Freundinnen wurde längst nicht mehr über die nächste Reise an die Riviera und gewagte und aufregende Unternehmungen in Nizza gesprochen. Die Sorge um die eigene Sicherheit und den Besitz wurde angesichts der akuten Kriegsgefahr zum beherrschenden Thema. Die eine oder andere gestand, schon die Koffer zu packen. Erica erklärte aufgebracht, sie denke nicht daran. «Meine Familie lebt schon seit drei Jahrhunderten hier, es ist unser Land. Mich vertreibt man nicht von hier!»

Doch diese Entschlossenheit verflüchtigte sich, als an einem Sonntagvormittag auf Von Lomani, während sie im Garten Rosen beschnitt, auf sie geschossen wurde, und zwar vom langjährigen Gärtner der Familie, einem Letten. Der war seit ein paar Tagen nicht zur Arbeit erschienen und hatte auch nichts von sich hören lassen. Schon dies hatte Argwohn geweckt, zumal man ihn als ehemaligen Angehörigen eines lettischen Schützenregiments für probolschewistisch hielt. Meine Großmutter hatte deshalb auf den Rat eines ihrer Cousins gehört, von nun an vorsichtshalber eine Feuerwaffe bei sich zu tragen. Am Samstag hatte er ihr einen kleinen Revolver gegeben, den sie nun in der Schürzentasche versteckte. «Ich habe sofort zurückgeschossen, aber mit geschlossenen Augen», erzählte Omi mir Jahrzehnte später in ihrer kleinen Wohnung in Den Haag, immer noch voller Stolz darauf, dass sie den Angreifer ins Bein getroffen hatte, so dass er kurz darauf verhaftet werden konnte. «Wie oft sie auf mich geschossen haben: 1905, 1917, 1919, 1939», zählte sie auf. «Und kein einziger Treffer. *Strelzy newaschnyje*, mäßige Schützen, die Letten, wenn du mich fragst.» Ohnehin von kräftiger Statur, machte sie sich bei diesen Worten noch breiter, so dass sie wirklich wie ein kaum zu verfehlendes Ziel aussah.

Während an den Grenzen zum Baltikum schon in besorgniserregendem Ausmaß sowjetische Truppen zusammengezogen wurden, versuchte mein Großvater im Herbst 1939 in aller Eile zu retten, was noch zu retten war. Und es war viel, was auf irgendeine Weise in Sicherheit gebracht werden musste. Während der letzten, von Zeitdruck, Angst und Unsicherheit geprägten Monate des Jahres waren die Besitzungen unserer Familie von der niederländischen Gesandtschaft in Riga geschätzt worden: fast sieben Millionen Gulden, nach damaligem Wert, versteht sich.

Neben den Schiffen, Fabriken, Häusern und Grundstücken gab es auch einiges an Barvermögen und Aktiva. Das Gesamtvermögen war ein astronomischer Betrag, der im Lauf der Jahrzehnte in der Fantasie meiner Verwandten die Gestalt eines Dagobert-Duck-Geldspeichers voller Goldtaler, in Schweizer Geheimschließfächern versteckter Aktien und in entlegenen Winkeln Kurlands vergrabener Goldbarren und Juwelen annahm. Am Ende des 20. Jahrhunderts, so meinte man, musste der Geldberg gemäß den Gesetzen der unaufhaltsamen Kapitalvermehrung bis in unvorstellbare Höhen angewachsen sein. Ein Schatz, auf den wir Münninghoffs zwar Anspruch erheben konnten – war uns das nicht durch Unterschrift, Stempel und Dienstsiegel des diplomatischen Vertreters Ihrer Majestät in Riga bestätigt worden? –, der jedoch wegen der übertriebenen Vorsicht und der Geheimnistuerei des Alten Herrn unserem Zugriff entzogen blieb.

Tatsächlich war äußerste Diskretion das Markenzeichen Joan Münninghoffs. Bis in welche Kreise sein ausgedehntes Beziehungsgeflecht reichte, zeigte sich in den letzten Sommertagen vor Ausbruch des Zweiten Weltkriegs, denn am 28. August erhielt er ein Telegramm aus Berlin mit der Nachricht: «In drei Tagen beginnt der Ball in Warschau.» Es war die von seinen Informanten in der Hauptstadt des Dritten Reiches nur leicht verschlüsselte Ankündigung des bevorstehenden Überfalls auf Polen – und somit der Umsetzung der für uns so nachteiligen Vereinbarungen im geheimen Zusatzprotokoll zum Nichtangriffspakt. Auch darüber war der Alte Herr unterrichtet worden. Wer diese Informanten auch gewesen sein mögen (er sprach nie darüber), mein Großvater zögerte keinen Augenblick. Am nächsten Tag bestiegen meine Verwandten, in jeder Hand einen Koffer, den letzten Zug, der noch ungehindert durch den Danziger Korridor nach Westen fuhr – «auf jedem Trittbrett ein bewaffneter polnischer Soldat», wie Xeno sich erinnerte. «Damals habe ich meinen Vater über Nacht grau werden sehen.»

Ich hielt das natürlich für eine Metapher. Doch jedes Mal, wenn später diese tragische und entscheidende Episode unserer Familiengeschichte zur Sprache kam, stellte Xeno klar, dass seine Schilderung wörtlich zu verstehen sei: Innerhalb der vierundzwanzig Stunden, in denen der Alte Herr sein Geschäftsimperium zerbröckeln sah, habe sein dichtes, dunkles Haar seine Farbe verloren. Die Fotos geben Xeno Recht: Der dynamische Tycoon der Zwischenkriegszeit wird in den Alben von einem Tag zum anderen durch einen gepflegten Herrn in den Fünfzigern abgelöst, mit leicht traurigem Blick und jenem silbergrauen Haar, das viele Frauen so anziehend finden.

Dass der Abschied von Lettland ein endgültiger sein würde, bestritt unsere Familie damals noch ganz entschieden. Vor allem natürlich mein Vater: Kaum in Deutschland angekommen, trennte er sich von den anderen und tauchte bei einem von Omis Verwandten in Hannover unter. Eine definitive Umsiedlung in die ihm so verhassten Niederlande kam für ihn nicht in Frage. Mehr noch: Er wollte so schnell wie möglich zu seinen baltendeutschen Freunden, die im Zuge einer gewaltigen «Heim-ins-Reich»-Umsiedlungsaktion (auch sie ein Teil des Nichtangriffspakts) im ost- oder westpreußischen oder hinterpommerschen Exil gelandet waren und sich inzwischen zur Wehrmacht oder lieber noch zur Waffen-SS gemeldet hatten. Nur dank der unleugbaren Tatsache, dass Frans Münninghoff mit seinen knapp neunzehn Jahren noch minderjährig und weitere zwei Jahre zum Gehorsam gegenüber seinen Eltern verpflichtet war, konnte der Alte Herr seine Pläne durchkreuzen: Er ließ seinen Sohn von der deutschen Polizei abholen und in die Niederlande abschieben.

Im Grunde war mein Großvater als Einziger in der Familie bereit, sich an die holländische Realität anzupassen. Das Denken und

Fühlen der anderen dagegen war zunächst ganz vom Heimweh nach dem Luxusparadies beherrscht, aus dem man so plötzlich vertrieben worden war; aller Augen blieben auf Riga gerichtet, und die Familiensprache blieb auch in den Niederlanden das Deutsche, das heißt, dessen baltische Variante.

Mit dem «schneidigen» Deutsch des Reiches wollten meine Verwandten nichts zu tun haben, geschweige denn mit Hitlers Gebell, über das man sich in den besseren Kreisen Rigas und Revals angewidert und verächtlich äußerte. Bei uns wurde ein Deutsch der Höflichkeit und Sanftmut gesprochen, eine Sprache, von der man sich gut vorstellen kann, dass sie sich auch für tiefschürfende Gedanken und Poesie eignet, nicht nur für Kriegshetze und Propagandagedröhn. In meiner Erinnerung ist die deutsche Sprache, die auch meine erste war, ein zärtliches Säuseln, ein leises Flüstern, denn es kam ja aus dem Mund meiner Mutter.

Wera war allerdings 1940 noch nicht in den Niederlanden, sondern mit Hunderten Schicksalsgenossen in dem preußischen Provinznest Kolberg an der Ostsee einquartiert, wohin es sie während der Umsiedlungsaktion verschlagen hatte. Ihr Schiff, die *Sierra Cordoba*, hatte bei der Evakuierung über die Ostsee mehr Glück gehabt als das zweite Schiff im Konvoi, auf dem eine ihrer besten Freundinnen mitfuhr. Es lief auf eine Seemine und sank innerhalb von zwei Minuten vor Weras Augen.

Während der paar Monate, die noch blieben, bevor im Mai 1940 der «Fall Gelb», der Überfall auf die Niederlande, Belgien und Luxemburg, die ängstlich gewahrte niederländische Neutralität beendete, bemühte sich der Alte Herr weiterhin, möglichst viel von seinem Besitz zu retten. Er unternahm sogar noch drei kurze Reisen nach Lettland und sorgte dafür, dass sämtliches Mobiliar aus Von Lomani in achtundzwanzig riesigen Kisten in den Kellern des Rigaer Rathauses eingelagert wurde. Außerdem ließ er die brandneuen niederländischen Maschinen seiner Textilfabrik in Bauska, unweit der Grenze zu Litauen, in Kisten verpacken und in einem nahe gelegenen Silo unterbringen.

Es waren riskante Reisen: Die Baltendeutschen waren zum größten Teil «heim ins Reich» gekehrt, die Rote Armee schien jeden Moment einmarschieren zu können. Und die autochthone lettische Bevölkerung war meinem Großvater alles andere als wohlgesinnt, abgesehen von dem kleinen Kreis derer, die mit ihm zusammengearbeitet oder von ihm profitiert hatten oder zumindest wussten, dass sich das Verhalten dieses Niederländers deutlich von dem unterschied, was man von den «Baronen» gewohnt war. Es waren aber viel zu wenige, als dass sie seine Sicherheit auf lettischem Boden hätten garantieren können.

Doch auch in dieser Hinsicht zahlte sich seine besondere Beziehung zu Präsident Ulmanis aus. Ulmanis ließ ihn von vier schwerbewaffneten Gardisten begleiten, so dass er gefahrlos seine Angelegenheiten ordnen konnte. Was ihm allerdings nicht in allen Fällen gelang: Im Dezember 1939, als er während der dritten und vorerst letzten Reise seine Brotfabrik und seine Handelsbank zu retten versuchte, teilte Ulmanis ihm mit, dass die Spannungen mit Moskau eine unmittelbar bevorstehende Invasion befürchten ließen und er deshalb sofort in die Niederlande zurückkehren müsse. Angeblich hat sich der Alte Herr noch gesträubt, da ihm seinen eigenen Quellen zufolge noch Zeit blieb, doch Ulmanis war unerbittlich. Die Geschichte gibt meinem Großvater auch diesmal Recht, denn die Sowjets marschierten erst ein halbes Jahr später, im Juni 1940, in Lettland ein.

Unterdessen hatte der Alte Herr seine Familie in Voorburg bei seinem fast zehn Jahre älteren Bruder Wim untergebracht, einem Unternehmer mit heimlichen sozialistischen Neigungen, der jedoch mit allem handelte, was Gewinn versprach. Ende der zwanziger Jahre hatte er mit einer Munitionsfabrik in Deutschland zunächst sehr viel Geld verdient, war jedoch kurz darauf durch die Krise von 1929 beinahe an den Bettelstab gekommen. In der Familie erzählte man sich immer wieder gern, dass Onkel Wims Erlös aus dem Verkauf seiner Fabrik gerade dafür ausreichte, in einem guten Restaurant zu Abend zu essen, was er glücklicherweise auch tat, und sich zum Schluss mit der Verkaufsurkunde eine dicke Zigarre anzuzünden, was er glücklicherweise ebenfalls tat.

Onkel Wim war ein tüchtiger, immer gut aufgelegter Mann mit einem scharfen Verstand und erstaunlichem Fachwissen auf vielen unterschiedlichen, eher abgelegenen Gebieten wie tropischen Pflanzen, Ballistik oder Buchbinderei. Am baltischen Abenteuer meines Großvaters hatte er nicht teilgenommen. Für mich repräsentiert vor allem er den niederländischen Teil der Familie, zusammen mit Tante Marie, der unverheiratet gebliebenen Schwester, dem giftigen Element in dieser Generation der Münninghoffs.

Als Wims Ehe mit Josephine Freifrau von Schmeling, einer scharfzüngigen und ganz und gar nicht sozial empfindenden Dame, nach mehr als zwanzig Jahren scheiterte, zog Tante Marie, eine kleine, kränkliche Frau, die einschließlich ihrer Art, sich zu kleiden – nie ohne Spitzenkragen –, Prinzessin Emma ähnelte, kurzerhand bei ihm ein. So könne man einiges sparen, meinten beide. In der von alten Bäumen beschatteten Prins Albertlaan in Voorburg bewohnten sie ein riesiges Haus, das mein Großvater als Geldanlage erworben hatte. Mit seinen schweren Vorhängen, den bimmelnden Uhren, dem glänzenden, dunklen Parkett und einem Erker, in dem man an Sonntagnachmittagen im Halbdunkel Tee trank, hätte es Schauplatz eines Romans von Louis Couperus sein können.

Als die Verwandten aus Riga eintrafen, bewohnte Wim allein den Hauptteil, während Marie einen ganzen Flügel zu ihrer Verfügung hatte. Thea und Mietze, Wims Töchter, waren schon ausgezogen, weil sie das unablässige Genörgel und die Pedanterie ihrer Tante nicht mehr ertragen hatten.

Dass die unfreiwilligen Eindringlinge aus Riga, so eindeutig die Besitzverhältnisse auch waren, keine große Begeisterung auslösten, kann man sich vorstellen. Marie hatte es vor allem auf meine Großmutter abgesehen, ihre frivole Schwägerin, der sie mit ständiger Kritik an ihrem angeblich viel zu aufwändigen Lebensstil auf die Nerven ging. Auch deshalb zogen die Neuankömmlinge im Januar 1940 in eine ebenfalls von Opa erworbene Villa in der Laan van Nieuw Oosteinde um, groß genug, um alle vertriebenen Verwandten aufzunehmen. Als Erstes lagerte Opa im Keller Tausende Konservendosen mit Corned Beef und anderen lange haltbaren Lebensmitteln ein. «Genug für die kommenden fünf Jahre», wie er erstaunlich treffsicher prophezeite. Auf die Balkonbrüstung ließ er in Frakturschrift «BRIVA LATVIJA» pinseln, lettisch für «Freies Lettland».

Das sagt viel über die Einstellung der Familie, in erster Linie des Alten Herrn, zu dem Krieg, der einige Wochen später auch die Niederlande erreichte. Mein in Laren geborener Großvater mochte sich als Niederländer empfinden, für Außenstehende waren die Münninghoffs jedoch Fremde. Die Aufschrift auf dem Balkon war zwar kein Deutsch, sah aber wegen der Frakturschrift auf den ersten Blick so aus. Freies Lettland – wer darüber nachdachte, musste in den Kriegsjahren eigentlich zu dem Schluss kommen, dass die Bewohner dieses Hauses mit den Deutschen sympathisierten, die Lettland ja im Sommer 1941 in Rekordzeit von den Sowjets «befreiten».

In den chaotischen Monaten zwischen der Abreise aus Riga Ende August 1939 und dem deutschen Überfall auf die Niederlande am 10. Mai 1940 war die Familie in einer Art Ausnahmezustand, und für eine Rückkehr zur Normalität blieb ihr keine Zeit. Meine Großmutter litt natürlich darunter, dass der Kontakt zu all ihren Freundinnen abgerissen war. Mit unzähligen Briefen versuchte sie, die Verbindung wiederherzustellen; sie interessierte sich für nichts anderes mehr, obwohl längst nicht klar war, ob ihre Briefe die Adressatinnen überhaupt erreichten. In dieser verwirrenden Situation tauchte dann auch noch das Gerücht auf, dass ihr zweiter Bruder,

Stanislaw, von dem im Grunde niemand wusste, wie er den russischen Bürgerkrieg überlebt hatte, in Schanghai gesichtet worden sei. Nun drehte Omi vollends durch. Sie wandte sich an Wahrsagerinnen und besuchte spiritistische Sitzungen, denn wie viele Russinnen neigte sie zum Okkultismus. Auch das erregte den Widerwillen ihrer engstirnigen Schwägerin Marie.

Der Alte Herr war ständig auf Reisen, nach Lettland, aber auch nach England, wo er Sir James ein letztes Mal besuchte und über ihn, der Verbindungen zu den richtigen Leuten in London hatte, mit dem britischen Auslandsgeheimdienst MI6 in Kontakt trat. Schon zu diesem Zeitpunkt konnte er an den MI6 zahlreiche Beobachtungen aus den lettischen Grenzregionen und andere Informationen weitergeben, weshalb der Geheimdienst ihn nur allzu gern als zuverlässigen niederländischen Kontaktmann registrierte.

Dass die Zwillinge problemlos am Institut Katwijk untergebracht werden konnten, war eine große Erleichterung. Auch dass Titty an der Haager Kunstakademie angenommen wurde – alle drei in so geringer Entfernung, besser ging es nicht.

Und Frans, das Sorgenkind? Er durfte nach langen Auseinandersetzungen, für die seine Eltern offensichtlich weder Zeit noch Nerven hatten, ausziehen und fand in Utrecht ein Zimmer an der Oude Gracht bei Freunden der Familie Poslavsky; er versprach, so schnell wie möglich die Mittelschule abzuschließen. Das war nicht ernst gemeint, aber in Voorburg hatte man jetzt wichtigere Sorgen als seine schulischen Anstrengungen. Im Grunde wurde er vergessen, und als am 10. Mai die Deutschen das Land überfielen, hatte Frans sich schon einem Grüppchen obskurer Hasardeure angeschlossen, überwiegend junge Niederländer aus gehobenen Kreisen, deren Eltern sich in Niederländisch-Indien oder anderen Teilen der Welt aufhielten; es waren hemmungslose Freibeuter, die den Krieg als gewaltiges Abenteuer sahen und mit dem Gedanken flirteten, sich freiwillig bei den Deutschen zu melden.

Auf der letzten Postkarte, die Frans seinem Vater schickt, mit dem Datum 13. Mai 1940, als auf niederländischem Territorium heftige Kämpfe tobten, bittet er um Geld, das er dringend brauche: «75 oder 100 Gulden. Es wird sicher lange dauern, bis wir uns wiedersehen. Frans.» Die allerletzte Nachricht kommt Mitte Juni, als er dem Alten Herrn auf Umwegen ausrichten lässt, er möge den Eltern seiner Freunde Albert und Jack de Laffressange, die in Batavia wohnen, telegrafisch mitteilen, dass es ihren Söhnen gut gehe.

Danach herrscht Funkstille, bis Frans sich im September 1940 erneut meldet. Er ist ein Mann des Krieges geworden, nicht mehr der Sohn seines Vaters, und er hat genaue Vorstellungen, was er will und wie er, mit gut zwanzig immer noch nicht volljährig, seine Ziele erreichen wird. Über Pater Constantius Kolfschoten, der mittlerweile ebenfalls aus Lettland zurückgekehrt ist, arrangiert er ein Treffen mit seinem Vater im Institut Katwijk. Kolfschoten ist zugegen, als Frans seine Zukunftspläne darlegt. Die Gardeschule in Zagreb will er nun nicht mehr besuchen, es gibt ja einen viel direkteren Weg. Der Alte Herr wendet sich mit Grausen ab, als Frans von der Waffen-SS spricht, aber Kolfschoten redet auf ihn ein. Und der Alte Herr empfindet dermaßen großen Respekt vor diesem fanatisch antikommunistischen Geistlichen, der von Frans' unbedingtem Willen, gegen das rote Übel zu kämpfen, sehr beeindruckt ist, dass er schließlich nachgibt: «Mach, was du willst, ich kann es ja doch nicht verhindern.»

Im Oktober 1940 meldet sich Frans in Den Haag zur Waffen-SS. Er hat drei Ziele: seine Freunde aus Riga finden und sich ihnen anschließen, die Bolschewisten aus dem lettischen Paradies vertreiben und Wera heiraten.

## – NEUN –

Ein großer Teil des baltendeutschen Landadels hatte sich nach Hitlers Heim-ins-Reich-Stunt verwirrt und widerwillig in den mittlerweile von den Deutschen besetzten polnischen Gebieten eingerichtet. Die eigenen Landgüter, Häuser und andere über mehrere Jahrhunderte erworbenen Besitzungen hatte man zurücklassen müssen, dafür wurde man nun mit Landgütern und Häusern im ehemaligen Polen entschädigt, dessen ursprüngliche Bevölkerung sehr schnell verschwunden war. Von diesem Neuland aus, so der in Berlin erdachte Plan, sollte die Germanisierung der «Ostgebiete» vorangetrieben werden, wie die «Lebensraum»-Ideologie es vorsah.

Unter den ungefähr 150 000 Deutschbalten, die nun plötzlich innerhalb der Grenzen des Dritten Reiches lebten, herrschte eine eigenartige Stimmung. Einerseits sah man mit eigenen Augen, dass man tatsächlich, wie von der Nazipropaganda vorhergesagt, der Gefahr einer Invasion und Besetzung durch die Bolschewisten entkommen war. Denn im Juni 1940 waren die sowjetischen Truppen in den drei baltischen Staaten einmarschiert, und kommunistische Marionettenregierungen hatten die Macht übernommen.

Aber war die überstürzte Evakuierung wirklich nötig gewesen? Denn andererseits wurden die russischen Aktivitäten – so schien es jedenfalls – von Berlin geduldet. Mehr noch: Aus Russland trafen täglich ganze Zugladungen Brot, Öl, Salz und weitere Verpflegung für die deutschen Truppen in den Ostgebieten ein. Dass hier ein falsches Spiel gespielt wurde, war jedem in der Region klar, die Frage war nur, von wem, von Stalin oder von Hitler. Doch darüber zerbrachen sich die meisten Immigranten nicht lange den Kopf. Man musste sich auf eine neue Wirklichkeit einstellen, und die Deutschbalten begannen, sich eine Zukunft als Neuland-Bewohner aufzubauen. Dass sie dabei von der totalitären Ideologie Berlins angesteckt wurden und ebenso der Faszination durch den «Führer» erlagen wie ihre reichsdeutschen Landsleute – sofern nicht schon geschehen –, war zu erwarten.

Eines der wichtigsten Zentren der neuen Ostgebiete war Posen, eine ursprünglich polnische Stadt, die jahrhundertelang Poznań hieß, nun jedoch zur Hauptstadt des «Warthegaus» ernannt worden war. Posen war der größte Eisenbahnknotenpunkt der Region, am Stadtrand lag außerdem ein riesiger Luftwaffenflugplatz. Ein großer Teil der Deutschbalten ließ sich in Posen nieder. Auch Wera und ihre Mutter, die zunächst einige Wochen im schläfrigen Kolberg verbracht hatten, bis Wera in Posen eine Stelle als Sekretärin des Chefdramaturgen am Stadttheater bekam.

Täglicher Treffpunkt der jüngeren Deutschbalten in Posen war das Café Schwan in der Hauptstraße. Dort stachelten die jungen Beaus der Rigaer Szene sich gegenseitig zu großen Taten an, so dass drei Viertel von ihnen nach kurzer Zeit in Waffen-SS-Uniform herumliefen. Nichtangriffspakt hin oder her, den Bolschewisten würde man es zeigen. Das Gefühl, dass ein Krieg gegen die Sowjetunion unvermeidlich sei, war in diesen Kreisen natürlich weit verbreitet, und trotz aller Vorbehalte gegen Hitler ließ man sich von seiner Angriffslust mitreißen, auch wenn man seine Kleinbürgerlichkeit verachtete.

Von den anwesenden jungen Frauen still bewundert, stellten die jungen Männer im «Schwänchen» mit feurigen Reden und kriegerischen Trinksprüchen ihre Entschlossenheit zur Schau. Die entscheidende Konfrontation mit den Kommunisten, ihren Erbfeinden, war unabwendbar. Etwas schicksalhaft Bedrohliches lag in der Luft, das einerseits beängstigend, andererseits aber auch höchst erregend war.

Als mein Vater von Weras Übersiedlung nach Posen und der dortigen Situation erfahren hatte, konnte er gar nicht schnell genug ins Café Schwan kommen. Im Oktober 1940 hatte er sich zur Waffen-SS gemeldet, und zu seinem Glück war man im Rekrutierungsbüro in der Haager Innenstadt außerordentlich hilfsbereit und zuvorkommend gewesen. Man war dort zu der Ansicht gelangt, dass Frans wegen seiner Russischkenntnisse am besten als Dolmetscher eingesetzt werden könne (eines von unzähligen Indizien dafür, dass schon damals ein Angriff auf die Sowjetunion geplant war).

Die Aufnahmeformulare für die Dolmetscherschule in Oranienburg bei Berlin wurden an Ort und Stelle ausgefüllt, wonach Frans seine Verpflichtungserklärung unterschrieb und Reisepapiere für Posen sowie einen Vorschuss in Empfang nahm. Drei Tage später konnte er unter dem lauten Jubel seiner Rigaer Freunde im Café Schwan die völlig überraschte Wera in die Arme schließen. Er trug eine Waffen-SS-Uniform und am linken Arm eine rötliche Binde mit der Aufschrift DOLMETSCHER. Das Café galt als «Meldepunkt» für die deutschbaltische Diaspora; Neuankömmlinge, die als zugehörig anerkannt wurden, durften sich in das «Goldene Buch» einschreiben, das hinter der Theke aufbewahrt wurde. Frans inszenierte das regelrecht, und Wera, die ihn mehr als ein Jahr lang nicht gesehen hatte, verliebte sich sofort wieder in ihn. Von diesem Moment an glaubte sie selbst, dass Frans und sie füreinander bestimmt seien.

Die Dolmetscherausbildung in Oranienburg fand nicht statt, worüber Frans, der von seinen wiedergefundenen Freunden nicht getrennt werden wollte, sehr erleichtert war. Drei Wochen blieb er als Dolmetscher beim «Reichskommissar für die Festigung des deutschen Volkstums» in Posen, aber der überwiegend bürokratische Charakter der Arbeit stieß ihn so ab, dass er die Versetzung nach Prag beantragte, wo die meisten seiner Freunde in der ersten Kompanie des SS-Regiments «Deutschland» die militärische Grundausbildung absolvierten. Dem Antrag wurde stattgegeben, nur dass in seinen Wehrpass der Vermerk «einsetzbar als Dolmetscher für Russisch» eingetragen war.

Die Ausbildung in Prag war äußerst hart und preußisch-stumpfsinnig, doch dafür entschädigten das Gefühl bedingungsloser Kameradschaft und die Überzeugung, sich auf eine hehre Mission vorzubereiten: die Rettung Europas aus den Klauen der Bolschewisten. Der Fanatismus steckte die Rekruten an. Dass mein Vater einmal «mit heraushängenden Geschlechtsteilen», wie er mir erzählte, die Toiletten in seiner Baracke mit einer Zahnbürste putzen musste und bei mehreren Gelegenheiten Schläge oder sogar Stiefeltritte erhielt, betrachtete er als normal, ja sogar als nützlich: «Worauf es mir ankam, war die Tatsache, dass unsere Armeen an der Ostgrenze schon den Russen gegenüberstanden und dass wir in absehbarer Zeit auch dahin kommen würden. Das stand längst fest, darüber wurde offen geredet. Wie unbeschreiblich aufregend diese Aussicht war! Wir waren bereit, alle Unannehmlichkeiten und alle Strafen, die unsere Ausbildung mit sich brachte, lachend zu ertragen, wenn wir nur an diesem glorreichen Feldzug teilnehmen konnten. Nicht nur das: Wir waren davon überzeugt, dass wir durch die rücksichtslose und manchmal auch ungerechte Behandlung innerlich stärker wurden. Und weil wir alle die gleichen Strafen und Schläge bekamen und die gleichen Geschichten hörten und die gleichen Lieder sangen, entstand ein Gefühl der Zusammengehörigkeit, das so stark war, wie ich es seitdem nie wieder erlebt habe. ‹Meine Ehre heißt Treue› – das bedeutete für uns vor allem Treue zueinander, die völlige Gewissheit, dass wir uns gegenseitig niemals im Stich lassen würden. Und so war es dann auch.»

Mit dieser Einstellung zog er schließlich, nach einer Versetzung nach München, schon kurz nach Beginn des Unternehmens Barbarossa am 22. Juni 1941 in den Krieg.

## – ZEHN –

Unterdessen bot der Krieg meinem Großvater jede Gelegenheit, auch in den Niederlanden seine außerordentliche Gewandtheit im Manipulieren und in undurchsichtigen Geschäften zu beweisen. Innerhalb weniger Monate gelang es ihm dank seiner in Lettland erworbenen internationalen Reputation, als Unternehmer erneut Fuß zu fassen, da er sich über alte Geschäftspartner sowohl in den Niederlanden als auch in Deutschland Kredite besorgen konnte. Für ihn bedeutete der Krieg eine Herausforderung für seine unternehmerische Intelligenz, eine Art Risikospiel, während die grundsätzlichen Fragen eher im Hintergrund blieben.

Dass sein ältester Sohn Partei ergriffen hatte, war etwas, womit er sich abfinden musste. Nur hin und wieder ließ er in Gesprächen mit Niederländern, die im Widerstand aktiv waren, erkennen, dass er den von Frans eingeschlagenen Weg missbilligte. «Für mich ist er tot», sagte er sogar zu dem Widerstandskämpfer Bert Westenberg, einem Holzhändler, den er noch aus Riga kannte, kurz nachdem Frans zur Waffen-SS gegangen war. Worauf Westenberg jedoch ohne zu zögern entgegnete: «An seiner Stelle hätte ich das Gleiche getan.» Daraus lernte der Alte Herr. Von da an behielt er Frans gewissermaßen als Trumpfkarte für eventuelle Gespräche mit den deutschen Besatzern in der Hinterhand.

Die schon in den zwanziger Jahren von ihm gegründete Handelsfirma N.V. Poortensdijk war das Fundament, auf dem mein Großvater beharrlich ein neues Geschäftsimperium aufbaute. Dass er dabei mit den Deutschen zusammenarbeiten musste, war ihm ebenso bewusst wie die Notwendigkeit guter Beziehungen zu den Alliierten. Denn abgesehen davon, dass ihn die Großsprecherei der Nazis anwiderte, glaubte mein Großvater keinen Augenblick daran, dass Deutschland den Krieg gewinnen könne. Um sein Hauptziel, die Sicherung der lettischen Besitzungen, zu erreichen, musste er sich erst einmal den Deutschen anbiedern, die schon kurz nach Beginn des Unternehmens Barbarossa Lettland in ihre Gewalt brachten. Gleichzeitig aber musste er bei den Alliierten genug Wohlwollen erwerben, um nach Kriegsende, in der Zeit des Wiederaufbaus, mit einer weißen Weste seine Interessen weiterverfolgen zu können.

Ob dann eine Rückkehr nach Lettland möglich sein würde, ließ sich natürlich nicht absehen; sein Instinkt sagte ihm aber, dass dies unter deutscher Herrschaft, im Prinzip sicher möglich, ein fataler Fehler wäre. Nach der deutschen Eroberung des Baltikums im Jahr 1941 kehrten zwar etliche angeheiratete Verwandte nach Riga zurück, das waren jedoch Angehörige des entschieden pronazistischen Strandmann-Clans, der Familie seiner Frau. Ihnen wollte es mein Großvater als Niederländer auf keinen Fall gleichtun, wenn er auch überlegte, wie er sie für seine Zwecke einspannen konnte.

Darüber hinaus wollte er sich mit ihnen nicht gemein machen. Seine aufrichtigste Empfindung, ein starker niederländischer Patriotismus, ließ das bei allem Opportunismus einfach nicht zu.

Gewohnt, sich nie in die Karten blicken zu lassen, hielt der Alte Herr auch seine patriotische Gesinnung in der Öffentlichkeit weitgehend oder vollständig verborgen. Doch sie spielte eine wichtige Rolle, wie man schwarz auf weiß in einem am 8. Januar 1942 in Voorburg geschriebenen Brief lesen kann, den er auf Umwegen Prinzessin Juliana in Ottawa zukommen ließ und von dem ich eine Kopie besitze:

> *Dank einer besonderen Gelegenheit bin ich heute in der Lage, unzensiert Briefe ins Ausland zu versenden. Diese Gelegenheit nutze ich gern, um einen lange gehegten Wunsch in die Tat umzusetzen. Auf dem gleichen Wege habe ich die American Express Company Inc. in New York angewiesen, nach eingeholter Erlaubnis der zuständigen Devisenstellen Eurer Königlichen Hoheit fünftausend US-$ auszuzahlen, und ich möchte Eure Königliche Hoheit bitten, diesen Betrag nach eigenem Gutdünken im Dienste der Kriegführung zu verwenden. Indem ich Ihnen versichere, dass unzählige Niederländer von Herzen gern das gleiche tun würden, wenn sie die Gelegenheit dazu erhielten, sowie dass mindestens 98 % der Niederländer – vor allem unter den weniger Begüterten und den Arbeitern – sich «durch dick und dünn» als aufrechte Patrioten erweisen, verbleibe ich Eurer Königlichen Hoheit untertänigster Diener J. M. J. A. Münninghoff.*

Schmiergeld auf höchstem Niveau! Obwohl eine Schenkung von fünftausend Dollar nun auch wieder nicht so überwältigend ist, dass es einem die Sprache verschlägt, selbst wenn man bedenkt, dass der heutige Wert vielleicht beim Zwanzigfachen liegt. Auf jeden Fall erregte mein Großvater hiermit das wohlwollende Interesse des Hauses Oranje. Was die reichlich optimistische Schätzung von 98 Prozent treuen Patrioten angeht, neige ich zu der Annahme, dass sie vor allem der Ermutigung Julianas dienen sollte; ganz ernst gemeint war sie wohl nicht, denn dafür war mein Großvater einfach zu gut informiert.

Beim erneuten Lesen beschäftigt mich immer wieder die Frage, ob dieser Brief für den Alten Herrn nicht in erster Linie eine Art Versicherungspolice war, die er, um sich gegen mögliche Schwierigkeiten nach dem Krieg zu wappnen – und die gab es dann auch reichlich –, all die Jahre aufbewahrt hat. Und wie tat er das? Ein Durchschlag des Briefes lag in seinem Tresor, so dass mein Großvater bei einer eventuellen Hausdurchsuchung durch die Gestapo in große Gefahr geraten wäre. Anscheinend nahm er aber an, dass er noch Zeit genug haben würde, den Durchschlag zu verbrennen oder auf andere Weise zu vernichten. Vielleicht ging er auch davon aus, dass es ohnehin zu keiner Durchsuchung kommen würde, da er inzwischen gute Beziehungen zu einem ganz bestimmten Teil der deutschen Besatzer geknüpft hatte.

Die Deutschen, denen hierzulande meist zweitklassige Abenteurer, schmierige Opportunisten, schlecht Deutsch sprechende Kollaborateure und fanatische niederländische Nazis ihre Dienste anboten, waren vermutlich angenehm überrascht, als sie diesem gepflegten, weltgewandten Mann mit Kontakten in ganz Europa begegneten. Gute Verbindungen ins Ausland sind in Kriegszeiten immer nützlich, da man auf irgendeine Weise auch informell mit dem Gegner kommunizieren muss. Der Eindruck, dass mein Großvater auf Seiten Deutschlands stehe, wurde für die Nazis zur Gewissheit, als sie erfuhren, dass sein ältester Sohn seit Oktober 1940 bei der Waffen-SS diente. Wer seinen Sohn in den Krieg ziehen lässt, bringt das größte Opfer, das man einem Mann abverlangen kann, lautete das Argument.

So dachte höchstwahrscheinlich auch Kriminalkommissar Johann Munt, Leiter der Außenstelle der deutschen Polizei in der Nassaulaan in Den Haag, als er den Alten Herrn zu einem Gespräch über dessen Aktivitäten in Lettland aufsuchte. Munt war ein intelligenter Mann, den das brutale Auftreten der Besatzer in den Niederlanden anwiderte und der ganz sicher nicht zu den Freunden des rabiaten Reichskommissars für die Niederlande Arthur Seyß-Inquart oder des Höheren SS- und Polizeiführers Hanns Rauter zählte, wie sich schon in jenem ersten Gespräch zeigte. Bei der Verbindung, die mein Großvater und Johann Munt umsichtig aufbauten, ging es vermutlich beiden in erster Linie um die Möglichkeit, trotz der Kriegsumstände als normale, gebildete Menschen miteinander zu sprechen und hin und wieder einen unkonventionellen Gedanken zur Sprache zu bringen oder einen Versuchsballon zu starten, ohne dass dies unmittelbare Konsequenzen hatte.

Ein anderer Fall war die Gruppe von hohen deutschen Marineoffizieren, die nach einiger Zeit regelmäßig in der Villa meines Großvaters in der Laan van Nieuw Oosteinde, auch einfach «De Laan» genannt, zum Diner geladen waren. Es waren Männer, die unmittelbar Zugang zu Admiral Wilhelm Canaris hatten, dem Chef der Abwehr, des Nachrichtendienstes der Wehrmacht.

Von dem, was diese Offiziere (es waren höchsten fünf, deren Namen mein Großvater im Familienkreis nie erwähnte) im Anschluss an die Diners bei Zigarren und Kognak im Herrenzimmer besprochen haben, ist nichts schriftlich festgehalten worden. Selbstverständlich nicht, es wäre lebensgefährlich gewesen, da überall die Gestapo und Spitzel lauerten. Versteckte Andeutungen, Gesten, vielsagendes Schweigen, ein Seufzen oder Hüsteln im richtigen Moment, ein nochmaliges Vollschenken des Glases – all dies dürfte bei den Gesprächen im Herrenzimmer bedeutsam gewesen sein, und in dieser Atmosphäre stillschweigenden Einverständnisses entwickelte sich im Laufe der Zeit ein wechselseitiges Vertrauen, das die Voraussetzung für folgenreiche Aktionen war, bis hin zum Attentat auf Hitler am 20. Juli 1944.

Außer Zweifel steht jedenfalls, dass der Alte Herr langsam, aber sicher das Vertrauen einiger hochrangiger Deutscher in den Niederlanden gewann, die schon bald nach Kriegsbeginn erkannten, mit Hitler auf das falsche Pferd gesetzt zu haben. Als Hinweis auf ein solches Umdenken erschien manchen damals auch der rätselhafte Flug nach Schottland von Rudolf Heß, der im Mai 1941 angeblich ohne Hitlers Wissen den Briten ein Friedensangebot unterbreiten wollte.

Während in Berlin Tausende von Militärs fieberhaft an den Vorbereitungen für den entscheidenden Angriff auf die Sowjetunion arbeiteten, der einen Monat später beginnen sollte, gab es im selben Apparat auch auf hoher Ebene Offiziere, die zwar ebenfalls die Konfrontation mit Stalins Russland wollten, aber einen Alleingang Deutschlands ablehnten und die Alliierten auf ihre Seite ziehen wollten.

Einer von ihnen war Canaris, wie sich später herausstellen sollte, als gegen Ende des Krieges in einem Tresor sein Tagebuch entdeckt wurde. Er hatte etliche seiner alten Marine-Freunde auf seiner Seite, und sie sahen sich an ihren jeweiligen Standorten in Europa nach wichtigen Persönlichkeiten des öffentlichen Lebens und der Wirtschaft um, die eine Verständigung zwischen Alliierten und deutschem Widerstand unterstützen würden. Mein Großvater, so die feste Überzeugung der Bewohner von Briva Latvija, war einer dieser Gesprächspartner. Nicht unlogisch, denn wenn Canaris' Vorhaben geglückt wäre, hätte er wahrscheinlich seine lettischen Besitzungen zurückgewonnen. Dass es dafür unabdingbar sein würde, Hitler «kaltzustellen», war allen klar, ob durch Internierung oder Liquidierung war letztlich gleichgültig.

Dieses Szenario, das allerdings von Churchill und Roosevelt

entschieden verworfen wurde, entsprach zu hundert Prozent den Wünschen meines Großvaters. Und deshalb kamen die deutschen Marineoffiziere ins Herrenzimmer in «De Laan».

Wären die Münninghoffs eine niederländische Durchschnittsfamilie gewesen, hätte es nahegelegen, im Widerstand aktiv zu werden, wie Opas Bruder Wim es tat: Das große Haus in der Prins Albertlaan in Voorburg, das Wim und «die Schwester», wie Tante Marie meist genannt wurde, verwalteten, diente während des gesamten Krieges der Widerstandsbewegung als Werkstatt, in der Ausweise, Lebensmittelmarken und die unterschiedlichsten Dokumente gefälscht wurden (Onkel Wim war auch ein geübter Kalligraph), sowie als Versteck für Untergetauchte. Der Alte Herr wusste natürlich Bescheid, aber seine Interessen waren andere und erforderten deshalb unter den Gegebenheiten der Besatzungszeit eine andere Strategie.

Allerdings diente auch «De Laan» einigen Menschen als Unterschlupf: Außer Xeno und Jimmy, die vorsorglich im Haus bleiben mussten, wenn wieder eine Razzia bevorstand (der Alte Herr war meistens vorher darüber informiert), hat auch einer ihrer Klassenkameraden aus dem Institut Katwijk, der als «Halbjude» eingestufte Peter Meyer Viol, der als Kurier für den Widerstand tätig war, einige Monate in dem großen Vorratskeller verbracht, zusammen mit Jan Boeder aus Amsterdam, einem Freund von Bert Westenberg, dem Kopf der Widerstandsgruppe in Amsterdam. Und einer von Onkel Wims Freunden, in der Familie als «der Eisenbahnmann» bekannt, bekam im Dachgeschoss ein Dienstbotenzimmer mit einer doppelten Wand; im Falle einer Hausdurchsuchung konnte er sich durch den Kleiderschrank hindurch in den recht bequemen Zwischenraum zurückziehen. Im Schrank hingen ausschließlich Frauenkleider, und auch die Gegenstände auf der Ablage über dem Waschbecken und die Einrichtung des Zimmers deuteten nicht auf einen männlichen Bewohner hin.

Abgesehen von den guten Beziehungen des Alten Herrn zu höheren Kreisen der Besatzer machte auch das, was über die Lebensweise der Hausbewohner bekannt war, eine Durchsuchung eher unwahrscheinlich. Man sprach untereinander Deutsch, natürlich auch mit der absolut zuverlässigen Frau Kochmann, und die Deutschen wussten, dass Sohn Frans bei der Waffen-SS war.

Als es an einem kalten Februarabend des Jahres 1944 dennoch an der Tür klingelte und gleich darauf das wohlbekannte «Sofort aufmachen!» durchs Vestibül schallte, brach deshalb Panik aus. Boeder war im Keller, doch Meyer Viol, der das ewige Sich-Verstecken nur schwer aushielt und regelmäßig heraufkam, um frische Luft zu schnappen, saß gerade im Herrenzimmer und hörte zusammen mit dem Alten Herrn Radio, und zwar ausgerechnet Radio Oranje. Zu allem Unglück war außerdem der «Eisenbahnmann» heruntergekommen, was er auch durfte, wenn die Luft wirklich rein war.

Doch das war offensichtlich nicht der Fall. Warum, konnte nie geklärt werden. Vielleicht hatte ein Lieferant oder einer der gelegentlich in der Villa tätigen Handwerker zufällig etwas bemerkt und den Sicherheitsdienst informiert. Und vielleicht hatte man sich dann beim SD plötzlich daran erinnert, dass merkwürdig oft Marineoffiziere im Haus Laan van Nieuw Oosteinde 125 zu Gast waren; da gerade zu jener Zeit ein erster, noch vager Verdacht auf Admiral Canaris und seinen Kreis fiel, hatte man beschlossen, sich dort einmal umzusehen.

Jedenfalls war es plötzlich zu spät, sich in die normalen Verstecke zurückzuziehen, obwohl sich Frau Kochmann absichtlich viel Zeit mit dem Öffnen der Haustür ließ und ein wenig knurrig (so war sie von Natur aus, daran änderte auch die Dramatik des Augenblicks nichts) den vier Schlapphüten auf der Vortreppe «Ja, ja!» zurief, während sie lauter als nötig mit ihrem umfangreichen Schlüsselbund rasselte, um ihnen zu signalisieren, dass die Tür verschlossen sei und sie nicht gleich den richtigen Schlüssel finde.

Damit verschaffte sie allen noch eine Minute, um zu reagieren. Während Meyer Viol hysterisch vor Angst die Treppe hinaufsprang, auf den Balkon rannte und sich hinter den Efeuranken zu verbergen versuchte, flüchtete der Eisenbahnmann über den Hauswirtschaftsraum in den mehr als hundert Meter tiefen Garten, der an eine Straße mit gewöhnlichen Reihenhäusern grenzte. Es gelang ihm, Onkel Wim in der Prins Albertlaan zu erreichen, der ihn im Turm der katholischen Sint-Martinus-Kirche im Oosteinde verstecken konnte.

Meyer Viol hatte weniger Glück. Es wäre eine für unbeteiligte Zuschauer komische Szene gewesen: Ein junger Mann presst sich auf dem Balkon mit dem Rücken an die Hauswand und versucht vergeblich, sich mit Efeublättern unsichtbar zu machen, von denen er sich in seiner Verzweiflung ein paar Hände voll auf Kopf und Schultern gestreut hat. Von einem SD-Mann entdeckt, der ihn fragt: «Was machen Sie hier?», antwortet Meyer Viol in plötzlich herablassendem Ton: «Aber sehen Sie das denn nicht? Ich verstecke mich vor Ihnen.» Worauf man ihm Handschellen anlegt und die Szene gar nicht mehr komisch ist, sondern Teil eines makabren, rabenschwarzen Schauspiels. Es sieht alles danach aus, als würde hier ein junges Leben eine tragische Wendung nehmen.

Der Einzige, der einen kühlen Kopf bewahrte, war der Alte Herr. Er stellte nicht nur blitzschnell das Radio (für dessen Besitz er eine Erlaubnis hatte) auf einen anderen Sender ein, sondern ließ auch die beiden höchst verdächtigen Gläser in der Küche neben dem Herrenzimmer in der Spülschüssel verschwinden und rückte zum Schluss noch die Stühle zurecht. Als der SD-Trupp die Tür öffnete, saß er an seinem Schreibtisch, in Papiere vertieft.

Wie der Alte Herr die gefährliche Situation gemeistert hat, ist immer ein Rätsel geblieben. Auch Meyer Viol kommt in seinen Memoiren nicht über die Feststellung «Er hat mir das Leben gerettet» hinaus. Außer Zweifel steht jedenfalls, dass der ranghöchste SD-Mann ins Herrenzimmer gebeten wurde, worauf sich die Tür schloss und ein knapp halbstündiges Gespräch folgte, mit dem Ergebnis, dass Meyer Viol die Handschellen wieder abgenommen wurden und die vier ungebetenen Gäste höflich grüßend das Haus verließen.

Eine mögliche Erklärung könnte sein, dass der zweisprachig aufgewachsene Meyer Viol zuvor von Johan Munt für ein informelles Gespräch ausgesucht worden war, das der Kriminalkommissar mit jungen Leuten aus dem Widerstand oder widerstandsnahen Kreisen führen wollte. Der Zweck des Gespräches sollte sein, mehr Verständnis für die deutsche Seite zu wecken oder zumindest zu versuchen, das Image der Besatzer zu verbessern. Ein Vorhaben, charakteristisch für einen kultivierten Menschen, der genug davon hatte, immer und überall wegen seiner Nationalität und Uniform verachtet zu werden. So idealistisch und weltfremd es auch sein mochte, hinter den Kulissen gaben sich Munt und seine engsten Mitarbeiter die größte Mühe, für das geplante Treffen eine Vertrauensbasis zu schaffen. Die Verhaftung eines der Eingeladenen hätte natürlich alles verdorben.

Tatsächlich fand das Gespräch zwischen Munt und etwa zehn Teilnehmern von niederländischer Seite, darunter Meyer Viol und Jimmy, kurze Zeit später statt, ohne allerdings auch nur zu einem Minimum an wechselseitigem Verständnis zu führen. Wie zu erwarten, bekam Munt nach Bekanntwerden seines Versuchs einige Schwierigkeiten mit Seyß-Inquart und vor allem dem fanatischen Joseph Schreieder, Kriminalrat und Leiter der Abteilung Gegenspionage in den Niederlanden, dem wichtigsten Organisator der als «Englandspiel» bezeichneten Spionageabwehroperation, die zur Verhaftung zahlreicher Agenten führte. Die beiden hielten Munt für einen Schwächling; zu seiner Entlassung kam es jedoch erstaunlicherweise nicht.

Dem Alten Herrn, der sich zwar mit dem vernünftigen Munt, nicht aber mit dem rabiaten Schreieder verständigen konnte, drohte nun Gefahr. Zwei Monate später, im April 1944, wurde diese Gefahr ganz konkret, als er festgenommen und zum Verhör durch die Gestapo nach Den Haag in den Binnenhof gebracht wurde. Man verhielt sich ihm gegenüber korrekt, befragte ihn aber sehr energisch. Von Gemütlichkeit im Stile Munts keine Spur; wenn man etwas fand, woraus man ihm einen Strick drehen konnte, würde man das gewiss tun.

Es ging nämlich um Bert Westenberg, über den Schreieders eifrige Spürnasen inzwischen herausgefunden hatten, dass er schon in der Zwischenkriegszeit in Riga eng mit Joan Münninghoff befreundet gewesen war. Die beiden hatten sich über den Holzhandel kennengelernt und waren auch fast gleichzeitig in die Niederlande zurückgekehrt, als die Sowjettruppen 1939 Vorbereitungen zum Einmarsch in Lettland trafen.

Da Westenberg als Leiter der Amsterdamer Widerstandsgruppe für eine größere Zahl von Anschlägen verantwortlich war, erschien es der Gestapo sinnvoll, meinen Großvater über seinen alten Freund zu befragen. Eine Stunde nach ihm hatte man außerdem Jimmy zum Binnenhof gebracht; ihn fand man wegen seiner Verbindung zu dem mittlerweile anderswo untergetauchten Peter Meyer Viol ohnehin verdächtig.

Vielleicht ohne es zu ahnen, hatte die Gestapo Westenberg dadurch tatsächlich beinahe aufgespürt. Der gesuchte Widerstandskämpfer versteckte sich nämlich vorübergehend in einem Schuppen auf dem ausgedehnten Industriegelände Binckhorst in Den Haag und bekam dort täglich von Jimmy Verpflegung gebracht. Das konnte Jimmy unauffällig tun, weil er inzwischen nebenbei in der Verwaltung der dort ansässigen Ringventilatoren-Fabrik Stork arbeitete, die der Alte Herr hinzuerworben hatte.

Hätte sich einer der beiden Münninghoffs bei der Vernehmung verplappert, wäre Westenberg zweifellos verhaftet und hingerichtet worden. Aber sie verplapperten sich nicht, obwohl sie getrennt verhört wurden und zunächst nichts von der Festnahme des jeweils anderen wussten – bis sie sich wegen der Nachlässigkeit eines Bewachers einen kurzen Augenblick auf einem Flur des Gebäudes sahen. Der Alte Herr legte den Zeigefinger auf die Lippen, eigentlich war es eher ein Wischen, doch Jimmy bemerkte es und verstand: Sag nichts. Er empfand es auch als Ermutigung, wie er später erzählte. Jetzt hatte er die Gelegenheit, seinem Vater, der ihn immer ein wenig geringschätzig als das behinderte Muttersöhnchen behandelt hatte, zu beweisen, dass er zu etwas zu gebrauchen war.

Und so antwortete er auf die erste Frage, «Kennst du einen gewissen Bert?», ohne zu zögern: «Natürlich kenne ich Bert. Bert ten Brink, der ist bei mir im Haus Katwijk, zwei Klassen unter mir.» Diese unbefangene Antwort, die Jimmy ohne mit der Wimper zu zucken gab, in Verbindung mit seinen deutlich sichtbaren körperlichen Gebrechen (er hatte eine deformierte rechte Schulter und einen ungewöhnlich dünnen rechten Arm) brachte die Befrager aus dem Konzept. Dass sie mit ihm ohne Schwierigkeiten Deutsch sprechen konnten und dass der junge Mann das Abzeichen der deutschnationalen baltischen Kreuzritter am Revers trug (zum großen Ärger des Alten Herrn), tat ein Übriges. Nach weniger als einer Stunde durfte Jimmy nach Hause.

Für meinen Großvater lief es weniger glatt. Man blieb höflich, er musste aber die Nacht in einer Zelle verbringen, und ihn erwarteten weitere Verhöre. Davon erfuhren jedoch seine Marinefreunde, die am nächsten Morgen selbstsicher im Binnenhof erschienen und dem diensthabenden Gestapochef den Marsch bliesen: «Entweder der Mann ist ein Spion und Sie erschießen ihn, oder Sie lassen ihn frei. Aber wir brauchen ihn!» Wonach sie ihm in herablassendem Ton erklärten, dass der Festgenommene ein für das Reich strategisch sehr bedeutsames Fertigungsprogramm auf die Beine gestellt habe. Dass sie ihn außerdem, wenn auch nur als kleine Nebenfigur am Rande, im Zusammenhang mit dem geplanten Attentat auf den Führer weniger als zwei Monate später brauchten, blieb natürlich unerwähnt.

Dieses strategisch bedeutsame Fertigungsprogramm gab es wirklich – und vor allem deshalb durfte der Alte Herr, der weiterhin jede Verbindung zu Bert Westenberg entschieden bestritt, noch am gleichen Tag nach Hause. Der schwedische Gasgenerator, für den er die Lizenz erworben hatte und den er bereits von der Firma Stork auf dem Binckhorst-Gelände produzieren ließ, war nämlich vom Reichsministerium für die besetzten Ostgebiete als für die Kriegführung unverzichtbar eingestuft worden. So hatte er auch sich selbst unentbehrlich gemacht. Sobald dies, nach dem Eingreifen seiner Marinefreunde, von höherer Stelle bestätigt worden war, wurde die Befragung unverzüglich beendet und mein Großvater unter tausend Entschuldigungen mit dem Dienstwagen in die Laan van Nieuw Oosteinde gefahren. Bis zum Ende des Krieges ließen die Deutschen ihn in Ruhe.

Seine Geschäfte mit Schweden samt allem, was dazugehörte, zum Beispiel regelmäßige Reisen nach Stockholm, waren wiederum eine für Joan Münninghoff typische abenteuerliche Unternehmung, verband er doch Geschäftliches mit anderen Aktivitäten, die ihm ebenfalls am Herzen lagen, aber nur im Verborgenen möglich waren.

Den Handel mit Lettland hatte er zu Beginn des Ersten Weltkriegs nicht allein betrieben, sondern zusammen mit seinem jüngeren Bruder Anton, Tom genannt. Auch er hatte sich in Riga niedergelassen, wo er sich schnell den Ruf eines Rabauken und Frauenhelden erwarb und damit Bruder Joan manchmal große Sorgen bereitete. Selbst nachdem Tom in einem Fabriklaboratorium einen Unfall erlitten hatte, bei dem Teile seines Gesichts durch hochspritzende Salzsäure verätzt wurden, schränkte das seine frivolen Aktivitäten nicht ein.

Meinem Vater, der in den dreißiger Jahren als Jugendlicher seinen Onkel regelmäßig besuchte, war dies auch später noch ein Rätsel: «Er sah aus wie eine zerknitterte Stoffpuppe, mit einem großen, dunkelbraunen Brandfleck auf der Stirn, einer stumpfen, angefressenen Nase und Narben überall. Das glich er aber irgendwie durch seine Persönlichkeit aus. Er war ein geborener Plauderer und Charmeur, und die Frauen erlagen ihm haufenweise. Da sieht man's mal wieder – letztlich kommt es nicht auf ein hübsches Gesicht an, sondern auf das, was dahintersteckt. Man konnte auch sehr gut mit ihm lachen, und er warf mit dem Geld nur so um sich, was ich natürlich gern ausnutzte. Die Frauen übrigens auch. Woher er so viel Geld hatte, konnte ich mir ebenso wenig erklären wie seinen Erfolg bei den Frauen. Aber damals habe ich mir darüber natürlich nicht den Kopf zerbrochen.»

Dass man sich über «Tom Mininghofs» in den gehobenen Kreisen Lettlands regelmäßig das Maul zerriss, war für meinen in gesellschaftlichen Dingen sensiblen Großvater schwer zu ertragen, weshalb er soweit möglich auf Distanz zu seinem Bruder ging. Nicht von ungefähr betraute er ihn daher mit der Leitung einer gerade erst gegründeten Textilfabrik in Bauska, einem Provinznest unweit der Grenze zu Litauen.

Die Flucht aus Lettland im Jahr 1939 unternahmen die Brüder nicht gemeinsam. Nach einer abenteuerlichen Fahrt über die Ostsee, bei der er sowohl den Sowjets als auch den auf Neutralität fixierten Schweden in einem schnellen Boot entkommen konnte, landete Tom in Stockholm, wo er einige Geschäftspartner hatte. Sehr bald danach heiratete er Käthe Endel, Katja genannt, eine Tochter des schwedischen Generalkonsuls in Riga, zu der er schon seit einiger Zeit eine Beziehung hatte. Dank seines einflussreichen Schwiegervaters wurde er problemlos schwedischer Staatsbürger.

Diese Situation eröffnete in Kriegszeiten natürlich eine Reihe von Perspektiven, und so legten die Brüder ihre persönlichen Differenzen vorübergehend bei, um ihr Ziel, den Krieg wirtschaftlich zu überstehen und anschließend die verlorenen Besitzungen zurückzugewinnen, gemeinsam verfolgen zu können.

Eine hervorragende Gelegenheit hierzu bot sich, als mein Großvater 1942 die niederländische Lizenz für den Källe-Gasgenerator ergatterte. Das umgangssprachlich «Torfmotor» genannte Gerät, hergestellt von der Svenska Fläktfabriken (Schwedische Ventilatorenfabrik), war in einer Zeit zwangsläufig zunehmender Brennstoffknappheit von unschätzbarer Bedeutung. Für die Niederländer, noch mehr aber für die Deutschen, die ja ununterbrochen Truppen und Kriegsmaterial transportieren mussten, denen aber die Eroberung der kaukasischen Ölfelder nicht gelang.

Wie sicherte Joan Münninghoff sich diese Lizenz, und wie hat er den Nazis schließlich die Erlaubnis zu einer Testfahrt in einem speziell konstruierten Reisewagen mit Källe-Torfmotor abgerungen, der ihn in drei Tagen nach Riga bringen sollte? Dass Onkel Tom und dessen Schwiegervater von Stockholm aus ihre Hilfe anboten, liegt nahe, dass aber Joan ausreichend gute Beziehungen zu hochrangigen Vertretern der Besatzungsmacht hatte, um die gewinnbringende Verbindung zu Schweden herstellen und regelmäßig nach Stockholm reisen zu können, erscheint im Rückblick weniger selbstverständlich.

Mein Großvater nutzte hier einen neuen Kontakt, den er zu Beginn der Besatzungszeit geknüpft hatte: zu dem inzwischen eingebürgerten deutschen Bankier Otto Rebholz, der 1924 als junger Jurist ins Land gekommen war, um in Amsterdam bei der Kommanditgesellschaft F. Leeser zu arbeiten. Diese auf internationalen Wertpapierhandel spezialisierte Firma hatte dank Rebholz zu Anfang des Krieges viele Geschäftsbeziehungen zu deutschen Partnern geknüpft, weshalb es kaum verwundert, dass Rebholz im Jahr 1941, als Berlin einen speziellen «Beauftragten» für die Nederlandsche Bank einsetzte, zum wichtigsten Ansprechpartner wurde.

Zuvor hatte er bereits äußerst zielstrebig das Familienunternehmen Leeser vollständig unter seine Kontrolle gebracht. Kurt Leeser, Jude und der einzige Träger des Firmennamens in der Geschäftsleitung, gab im September 1940 seine stille Teilhaberschaft auf, weil er die Zeichen der Zeit erkannte und sich darüber im Klaren war, dass die von Rebholz angebotene Entschädigung viel höher war als das, was er später, wenn die Deutschen wirklich ernst machten, noch erwarten konnte. Die Firma in dem stattlichen Gebäude an der Herengracht bekam noch am Tag von Leesers Rückzug den Namen «Rebholz Effectenkantoor», am 1. Januar 1942 dann sogar «Rebholz Bankierskantoor». Es war die Zeit, als die Deutschen noch militärische Erfolge feierten und sogar Hitlers Kriegserklärung an die Vereinigten Staaten nach Pearl Harbor im Dezember 1941 überwiegend als Ausdruck gerechtfertigten Selbstvertrauens empfunden wurde.

Rebholz erwies sich als eifriger Helfer seiner früheren Landsleute. So nahm er für Seyß-Inquart persönlich einige große Transaktionen auf dem niederländischen Aktienmarkt vor, wo die Fonds und Anteilscheine jüdischer Eigentümer wehrlos jedem Zugriff preisgegeben waren. Aber auch mehrere deutsche Bankiers wurden von Rebholz bedient.

Mein Großvater, der ihn in den zwanziger Jahren in Berlin kennengelernt hatte, lud ihn irgendwann einmal zum Abendessen nach Voorburg ein. Beim Kognak im Herrenzimmer kam man auf den Torfmotor zu sprechen, und einige Zeit später wurde Rebholz mit einem Anteil von 100 000 Gulden Mitgründer der Firma Nebalturf, Nederlandsch-Baltische Turf Maatschappij, die in Lettland im großen Umfang Torf als Brennstoff für den schwedischen Kraftstoffkrisenmotor stechen sollte. Dass Joan Münninghoff auf diese Weise auch die Kontrolle über seine lettischen Besitzungen teilweise zurückzugewinnen hoffte, versteht sich von selbst.

Dank der guten Verbindungen seines Geschäftspartners Rebholz zu deutschen Regierungsstellen in Berlin erhielt mein Großvater in einer Zeit, in der freies Reisen praktisch unmöglich geworden war, ohne Schwierigkeiten die für Geschäftsreisen nach Deutschland, Lettland und sogar Schweden benötigten Papiere. Nach einem Besuch im Ostministerium in der Straße Unter den Linden im Sommer 1943, bei dem er, wiederum dank Rebholz, zwei Stunden mit Minister Alfred Rosenberg konferieren konnte, wurde der Källe-Motor zur kriegswichtigen Angelegenheit erklärt. Von da an stand der Verwirklichung des Projekts nichts mehr im Wege.

Wenig später unternahm mein Großvater zusammen mit Paul de Prez, einem befreundeten Anwalt aus Den Haag, die erwähnte Testfahrt nach Riga; dort hielt er sich – unter dem Vorwand eines Motorschadens – eine Woche länger als vorgesehen auf, nur um mit de Prez Möglichkeiten einer Rückgewinnung der lettischen Besitzungen auszuloten und soweit möglich erste Maßnahmen zu ergreifen.

Schnell wurde klar, dass eine Rückkehr nach Riga nicht ratsam sein würde. Zwar hatten die Deutschen dort noch das Sagen, aber die Stadt war gezeichnet von den Schrecken des Krieges und des Naziterrors. Der jüdische Teil der Bevölkerung, etwa 30 Prozent von mehr als einer halben Million Einwohnern, war ermordet, deportiert oder in Vernichtungslagern außerhalb der Stadt zusammengepfercht worden. Abgesehen davon, dass in den Straßen gewissermaßen noch der Nachhall dieser grauenhaften Verbrechen zu hören war, herrschte allgemein eine zunehmend gedrückte Stimmung, da es an der nahen Leningrader Front seit Langem keine Fortschritte mehr gegeben hatte; sie schien im Gegenteil an mehreren Abschnitten dem Gegendruck der Roten Armee nachzugeben. Die Aussicht auf eine mögliche erneute Besetzung durch die Sowjets wirkte lähmend, von Aktivität in Handel oder Industrie konnte man eigentlich kaum noch sprechen.

Joan Münninghoff erkannte, dass er hinsichtlich seiner Fabriken und anderer Immobilien nur auf bessere Zeiten hoffen konnte. Immerhin beschloss er, um am Ball zu bleiben, einige Abmachungen mit den «Herren des Kudra» zu treffen; hinter dem sonderbaren Namen verbarg sich ein Kartell lettischer Torfstecher, denen in diesen unsicheren Zeiten jeder zusätzliche feste Abnehmer sehr willkommen war. Damit verfolgte er außerdem die Absicht, Xeno und ein paar von dessen niederländischen Freunden vor dem «Arbeitseinsatz» in Deutschland zu bewahren: Sie konnten in seine Dienste treten und in Lettland den Torfabbau überwachen.

An eine baldige Rückkehr als Direktor seiner Rigaer Fabriken, allesamt unter deutsche Verwaltung gestellt, war jedoch auf keinen Fall zu denken – abgesehen davon, dass mein Großvater ohnehin nicht an eine längere deutsche Anwesenheit im Baltikum glaubte –, und so kümmerte er sich hauptsächlich um die 1939 zurückgelassenen Sachen aus der Villa in Iļģuciems. In diesem Haus hatte die Rote Armee gleich nach dem Einmarsch ein Divisionshauptquartier eingerichtet, und zu Beginn des deutschen Vormarsches im Jahr darauf hatten die russischen Offiziere alles Wertvolle mitgenommen. Doch das Mobiliar war immer noch im Keller des Rathauses eingelagert.

Mit tatkräftiger Unterstützung durch die Rigaer Polizei – deren Kommandant nach dem Abzug der «Russkis» erneut Onkel Arno Hartmann geworden war – konnte mein Großvater das Mobiliar auf ein Küstenmotorschiff verladen lassen; eine Woche später trafen die Sachen in Delfzijl ein und wurden noch am selben Tag in Voorburg abgeliefert – zur Überraschung der Familie, die fast einhellig diese Sammlung monströser Tudor-Möbel verabscheute (ein Urteil, dem ich mich später als Erwachsener anschließen sollte) und sicher nicht damit gerechnet hatte, dass der Alte Herr ausgerechnet dafür Energie aufwenden würde.

Aber so war er: Was ihm gehörte, gab er nicht aus der Hand, und wenn man es ihm mit Gewalt wegnahm, ruhte er nicht, bis er es wiederbekam. Dass er mitten im Krieg, einer Zeit größter logistischer Probleme, ohne nennenswerte Schwierigkeiten diese ja alles andere als kriegswichtige Ladung von Lettland in die Niederlande verschiffen konnte, zeugt sowohl von seiner Sturheit als auch von seinen guten Beziehungen.

Die Einzelteile des Torfmotors, der nach der Testfahrt tatsächlich in Produktion ging, wurden in verschiedenen Fabriken gefertigt, doch der Zusammenbau des vierzig Kilo schweren, über der vorderen Stoßstange zu montierenden Kastens erfolgte durch Storks Ringventilatoren-Fabrik in Den Haag. Die Nachfrage war groß, nicht nur bei den Deutschen, sondern auch unter Niederländern (Onkel Tom, der die Provisionen zu hundert Prozent einstrich, konnte davon schließlich das Grandhotel in Malmö erwerben). Bald schon erhöhte sich die Lieferzeit auf mindestens vier Monate, und das war für manche zu lang.

Beispielsweise für Alphonse Hamers, den Eigentümer und Direktor der Zigarrenfabrik De Huifkar in Oisterwijk. Dieser unverbesserliche Bonvivant wohnte während des Krieges in Den Haag, wo er im Hotel Des Indes in der Lange Voorhout neben seiner Suite ein separates Zimmer nur für seinen gewaltigen Zigarrenvorrat gemietet hatte. Um seinen Torfmotor schneller zu bekommen, schlug Hamers meinem Großvater vor, mit Zigarren zu bezahlen, damals ein sehr geschätztes Tauschmittel, und mein Opa war wie erwähnt ein leidenschaftlicher Zigarrenraucher. Mit einer Ladung der so erworbenen Rauchkolben fuhr er in Den Haag zu einem seiner deutschen Marinefreunde, der regelmäßig nach Berlin zu Unterredungen mit Konteradmiral Karl-Jesko von Puttkamer reiste, Zigarrenfanatiker und Marineadjutant Hitlers.

Unnötig zu sagen, dass Puttkamer die schwer erhältlichen Qualitätszigarren von De Huifkar, unter Kennern ein Begriff, jedes Mal voller Begeisterung entgegennahm und den Überbringer der Schachteln, obwohl im Rang deutlich niedriger, ohne jegliche Reserviertheit, ja sogar herzlich empfing. Und zweifellos wird der Konteradmiral, der täglich mit dem «Führer» zu tun hatte (beim Attentat am 20. Juli 1944 wurde er dann verletzt), bei den zwanglosen Gesprächen mit seinem Zigarrenfreund so manches über die alltäglichen Abläufe in Hitlers Umfeld erzählt haben, was der Besucher zusammen mit anderen Informationen aus Berliner Verschwörerkreisen an meinen Großvater weitergab, wenn er wieder mit ihm im Herrenzimmer zusammensaß. Somit war der Alte Herr bestens über die Entwicklungen im Zusammenhang mit dem geplanten Attentat unterrichtet und konnte bei seinen Besuchen in Stockholm den Vertretern des MI6, die sich für all dies natürlich sehr interessierten, die gewünschten Auskünfte erteilen.

## – ELF –

Frans Münninghoff konnte sich glücklich schätzen. Zwar hatte er sich etwas anderes gewünscht, wie er mir später erzählte, aber mit den Vorgesetzten in der Waffen-SS diskutierte man nun einmal nicht über seine Verwendung. Und so begann er den Russland-Feldzug als Dolmetscher des Regimentsstabs, denn als simples Kanonenfutter, so hatte man im letzten Moment entschieden, war er weniger nützlich als in dieser Funktion. Von Lublin aus überschritt die SS-Panzerdivision «Wiking», Teil der Heeresgruppe Süd, die russische Grenze, der Apokalypse des Schlachtfelds entgegen. Mein Vater folgte, etwas weniger direkt gefährdet, mit dem Stab, dieser Welt aus höheren Offizieren, Generalstabskarten, Feldtelefonen und Flachmännern.

Sein bester Freund aus Riga, Wolf Meskeris, kam als Panzerkommandant schon nach wenigen Tagen ums Leben, bei den Kämpfen um die «Brester Festung» am Fluss Bug, die von den russischen Truppen unter entsetzlichen Verlusten zäh verteidigt wurde. So erging es vielen von Frans' Freunden. Dass er selbst nicht kämpfen durfte, war für ihn auf die Dauer unerträglich, und nach einigen Monaten wurde er auf eigenen Wunsch (vielleicht auch, weil inzwischen bessere Dolmetscher aus Berlin verfügbar waren) in eine Kompanie in vorderster Linie versetzt; die anderen im Stab konnten über so viel Todesverachtung nur den Kopf schütteln.

Wenn mein Vater mir später bei den endlosen Sonntagvormittagssitzungen in der Küche, nach einem ersten Schnaps um acht Uhr, vom «Russlandfeldzug» erzählte, füllten sich seine großen braunen Augen schon nach kurzer Zeit mit Tränen, die allerdings, je älter ich wurde, immer weniger mein Mitleid erwecken konnten.

Es war ein unveränderliches Ritual. Nach der Frage: «Wie läuft's in der Schule?» begann er, ohne wirklich die Antwort abzuwarten, mit seiner Geschichte. «Hör mal, ich muss dir kurz was erzählen. Ich denke gerade an Pauli, damals im Winter 43, du warst noch nicht geboren, wir lagen im Graben, und ihm war einfach alles egal, ich kannte ihn aus Riga, er hatte lange blonde Haare, und er fing an, sie zu kämmen, während er aufrecht im Graben stand, um die Russen zu provozieren, oder vielleicht war er durchgedreht – ja, ich glaube, das war es, ich rief noch: ‹Mensch, Pauli, bist du verrückt, geh in Deckung!›, aber er lachte nur und kämmte weiter, mit weit ausholenden Bewegungen. Die Kugel traf ihn in die Stirn, dafür brauchten sie keinen Scharfschützen, Pauli war die ideale Zielscheibe. Kannst du so was begreifen?»

Ratlos und empört schaute er mich an, als wäre ich der Regimentspsychiater. Er selbst sollte bei den am weitesten vorstoßenden Nazitruppen kämpfen und den Winter 1942/43 sogar in einem georgischen Bergdorf verbringen. «Wir waren achtzehn Mann, die meisten Balten. Unser Auftrag lautete, durch den Winter zu kommen und die Frühjahrsoffensive abzuwarten. Wir sprachen alle Russisch, übrigens waren auch ein paar Mingrelier aus der Gegend dort und Kosaken dabei, die sich uns angeschlossen hatten. Auf jeden Fall passten wir uns an und ritten unbewaffnet auf Mauleseln. Die Dörfler waren sehr freundlich, denn Stalin und seine Trabanten waren auch im Kaukasus längst nicht überall so beliebt, wie später oft behauptet wurde. Ja, für die Osseten war er der Held, weil er ossetischer Abstammung war, aber die anderen hatten längst die Nase gestrichen voll von ihm. Und als wir einschneiten, sehr bald schon, entstand sogar ein Gefühl der Zusammengehörigkeit. Denn dann kann man nur gemeinsam überleben, verstehst du? Da waren die Natur und die Bolschewisten der gemeinsame Feind.

Die Verbindung zu unserem Hauptquartier war gleich unterbrochen; im Großen und Ganzen waren wir ein nutzloser Trupp, und halb vergessen. Ach, so ein Bergdorf, Bully – das hat mit der Welt nichts zu schaffen, egal ob im Krieg oder im Frieden. Am Ende des Winters, nach dem Fall von Stalingrad, als es taute und alles wieder funktionierte, bekamen wir den Befehl, zur Division zurückzukehren. Wir hätten es genauso gut nicht tun können, denke ich heute. Dann wäre uns jede Menge furchtbarer Schlamassel erspart geblieben. Aber auf den Gedanken kam man damals einfach nicht. Und außerdem, sicher, ich bin danach zweimal verwundet worden, aber wenn ich dageblieben wäre, hätte mich der Iwan nach dem Krieg bestimmt umgebracht.»

Bei sonntäglichen Betrachtungen dieser Art kam er auf einen Genever-Verbrauch von gut einem Liter.

Unter seinen Kriegserinnerungen gab es eine Geschichte, die mich über alle Maßen fesselte. Er erzählte sie nicht oft, aber wenn, dann ohne Ausschmückungen und anscheinend mit so etwas wie Ehrfurcht und gleichzeitig Verwunderung; später glaubte ich daraus schließen zu dürfen, dass er in jenem Moment dem Tod wohl am nächsten gewesen war. Ich weiß auch noch, wann er zum ersten Mal davon sprach.

Eines Tages, als meine Eltern irgendwen besuchten, hatte ich wie häufig bei solchen Gelegenheiten im Haus herumgestöbert und in ihrem Schlafzimmer hinter dem Kleiderschrank ein großes «Schwert» entdeckt. Es steckte in einer hölzernen, mit Leder umwickelten Scheide, und der Griff aus hartem, dunkelbraunem Holz mit Messingteilen erinnerte mich an einen Vogelkopf. Irgendwelche Hinweise auf die Herkunft waren nicht zu sehen. Obwohl das Messing matt und das Leder stellenweise stark rissig war, strahlte die Waffe etwas Aggressives, Mordlustiges aus. Ich war so neugierig, dass ich diese Entdeckung entgegen meiner Gewohnheit nicht für mich behalten konnte, als meine Eltern nach Hause kamen.

Mein Vater lächelte, als er meine Aufregung spürte, er nahm das «Schwert» ins Wohnzimmer mit, goss sich erst einmal einen Schnaps ein und fing dann an zu erzählen. «Das ist ein Säbel, Bully. Kein Schwert. Der Säbel eines Offiziers der Roten Armee. Meine einzige Kriegstrophäe, sozusagen. Es war im Sommer 1942, und ich war mit meiner Einheit in der Ukraine. Ich hatte gerade Wera geheiratet, in Hamburg. Wir hatten in Lübeck eine schöne Zeit verlebt, Verwandte von Wera besaßen da einen Bauernhof, es war ruhig, und wir hatten uns von all dem Kriegstheater etwas erholen können. Aber jetzt war es plötzlich wieder ernst. Du weißt vielleicht, dass man die Ukraine auch die Kornkammer Europas nennt?

Unsere Truppen hatten sich in einem Wald gesammelt, wir sollten angreifen, und mich und ein paar andere Jungs hatte man als Späher ausgeschickt. Vor uns lag ein riesiges Maisfeld, da mussten wir durch. Der Auftrag war eigentlich unmöglich zu erfüllen, weil man schon nach zehn Metern nicht mehr weiß, wo man ist, die Maishalme sind teilweise über zwei Meter hoch, so dass man völlig die Orientierung verliert. Man hätte sich besser an die Luftwaffe wenden sollen, damit die einen Aufklärungsflieger schickt, aber aus irgendeinem Grund passierte das nicht. Jedenfalls hatten die Leute unseres Spähtrupps schon nach kurzer Zeit keinen Kontakt mehr untereinander. Umkehren ging nicht, das konnte als Befehlsverweigerung ausgelegt werden. Rufen war zu gefährlich, weil der Iwan natürlich auch Leute in das Feld geschickt hatte. Also bin ich weitergeschlichen und hab immer wieder diese Maishalme zur Seite geschoben wie in einer Art Dschungel.»

Langsam, fast zärtlich, zog mein Vater den Säbel aus der Scheide. «Plötzlich kam ich auf eine freie Fläche, es war ein Kreis, ungefähr so groß wie unser Vorgarten. Fast im selben Moment trat auch aus dem Mais direkt vor mir jemand in diesen offenen Kreis. Ein russischer Leutnant, das sah ich an seinen Kragenabzeichen. Sehr groß, zwei Meter, würde ich sagen, kurzgeschorenes Haar. Blaue Augen. Wir erschraken beide. Ich glaube, wir hatten uns alle beide verirrt.

Er brachte seine Pistole etwas schneller in Anschlag als ich. Jetzt bin ich erledigt, dachte ich. Trotzdem schaffte ich es noch, meine Luger auf ihn zu richten und abzudrücken. Ich sehe noch seinen fassungslosen Blick, als seine Tokarew nur ‹klick› machte. Aber auch bei meiner Luger löste sich kein Schuss. Zwei Waffen mit Patronenversager bei einem Kampf auf Leben und Tod in einem Maisfeld in der Ukraine. Wie gefällt dir das?»

Die Wörter «Luger» und «Patronenversager» kannte ich schon aus früheren Erzählungen, und ich fand das alles unglaublich spannend.

«An den genauen Hergang kann ich mich nicht erinnern», fuhr mein Vater fort, «aber jedenfalls hatte ich meinen Pionierspaten viel schneller einsatzbereit in der Hand als er diesen Säbel. Erst am Vorabend hatte ich den Spaten ganz scharf geschliffen. Merk dir das für den Fall, dass du mal zur Armee kommst: Der Pionierspaten ist nicht nur ein Grabwerkzeug, sondern auch eine Waffe, vorausgesetzt, man hält ihn scharf, denn vom Graben wird er natürlich stumpf. Aber gut gepflegt ist er praktisch ein riesiges Rasiermesser.

Wie dem auch sei, ich verpasste dem Kerl einen fürchterlichen Hieb mitten ins Gesicht. Er war sofort tot, das kannst du dir denken. Den Säbel habe ich mitgenommen, vor allem als Beweis dafür, dass ich Feindberührung gehabt hatte.

Mein Regimentskommandeur war zufrieden: ‹Jetzt hast du zum ersten Mal das Weiße im Auge des Feindes gesehen›, sagte er, ‹jetzt bist du ein richtiger Krieger.› Später habe ich noch mehrmals Auge in Auge Russen gegenübergestanden, zum Beispiel als ich als Gruppenführer ein neues, von den Amerikanern geliefertes Maschinengewehr erbeutet habe. Dafür hat man mir das Eiserne Kreuz verliehen, aber ich glaube, das habe ich dir schon mal erzählt, stimmt's?»

Da kam es wieder. Und ob er mir das schon erzählt hatte! Ich kannte die Geschichte auswendig – widersprüchliche Befehle, dumme sogenannte Heldentaten und unglaublich viel Soldatenglück, als ein Trupp junger Waffen-SS-Leute, angeführt von meinem

Vater, ein Maschinengewehrnest überrannte, da die Rotarmisten eine Ladehemmung der brandneuen, aber ungewohnten amerikanischen Waffe nicht schnell genug beheben konnten. Ich wusste auch, dass er den Orden von seinem Regimentskommandeur achtlos zugeworfen bekam, während er in einem Schützengraben lag. Im Kriegsalltag an der Front zählte nur das Überleben, für zeremonielle Faxen hatte man keine Zeit.

Doch diese Maisfeld-Geschichte stellte wirklich alles in den Schatten. Ein paar Jahre später, als Gymnasiast, der dank Homer einiges dazugelernt hatte, kam ich noch einmal darauf zurück: «Dieser Zweikampf in dem Maisfeld in der Ukraine, das war eigentlich Achilles gegen Hektor», erklärte ich naseweis. «Wenn doch alle Kriege auf diese Weise entschieden würden.»

Mein Vater schaute mich traurig an. «Mit dem Unterschied, dass wir beide, dieser Russe und ich, keine Anführer waren, die irgendwas repräsentiert hätten. Wir waren nur zwei junge Burschen, die sich zufällig begegneten und versuchen mussten, den anderen umzulegen, weil wir nun mal Feinde waren. Er war schneller, aber er hatte Pech, und dann war ich schneller. Was soll man noch dazu sagen? Dusel gehabt.»

Dass mein Vater die Bolschewisten hasste, aber die Russen liebte, steht für mich inzwischen fest. Weil er Russisch sprach, konnte er in diesem Krieg den gewöhnlichen Menschen dort näherkommen als die meisten anderen Soldaten. «Wenn wir ein Dorf eingenommen hatten, war es meine Aufgabe, die Einwohner zusammenzurufen und ihnen eine Standard-Proklamation des Oberkommandos vorzulesen. Danach konnten Fragen gestellt werden. Ich übersetzte sie und auch die Antworten, die unser Regimentskommandeur gab. Zum Schluss suchte ich gemeinsam mit einem anderen Balten nach Dorfbewohnern, die mit uns zusammenarbeiten konnten. Das war übrigens gar nicht so schwierig, vor allem, als wir die ukrainischen Dörfer erreichten, in die kurz vorher, 1939, die Sowjets einmarschiert waren. Da empfing uns die Bevölkerung in Tracht und mit *chleb-sol*, ihrem traditionellen Begrüßungsritual mit Brot und Salz. Und mit Wodka natürlich. Mannomann, was haben wir da gesoffen! So froh waren sie, dass wir die Bolschewisten vertrieben hatten. Am Anfang ging es da wirklich gemütlich zu, auch wenn die Leute meistens Ukrainisch sprachen, klingt fast wie Russisch, ist es aber nicht. Da musste ich mich deshalb so durchlavieren, das hat aber ziemlich gut geklappt, mein Russisch war ja auch nicht perfekt.

Aber nach ein paar Monaten wurde die Haltung der Menschen in den Gebieten, die wir erobert hatten, ablehnend, sie wurden von potentiellen Freunden zu erbitterten Feinden. Das war wohl die Folge der dummen Politik von Hitler, der Lebensraum forderte und die Russen und Ukrainer nur als Sklaven für das Herrenvolk betrachtete. Das kannst du in jedem Geschichtsbuch lesen. Es gab aber noch einen zweiten Grund: die Partisanen. Die hielten sich zu Tausenden und Abertausenden, oft von Politoffizieren der Roten Armee geführt, in den Wäldern versteckt und kamen nachts raus, um Dörfer zu überfallen und sogenannte Kollaborateure zu exekutieren. Dagegen konnten wir kaum was unternehmen. Wir zogen ja weiter und ließen nur in den größeren Städten Garnisonen zurück. Also auch deshalb nahm die Bereitschaft, mit uns zusammenzuarbeiten, merklich ab.

Das letzte Mal als Dolmetscher eingesetzt wurde ich 1943 bei Tscherkassy am Dnepr. Da musste ich bei der Befragung von ein paar Kriegsgefangenen übersetzen. Es herrschte eine ausgesprochen aggressive Stimmung, und die Befrager von der SS schlugen schnell mal zu, wenn sie nicht die Antworten bekamen, die sie erwarteten. Es waren Offiziere, Scheißkerle aus Sachsen, und ich mit meinem niedrigeren Rang konnte natürlich nichts machen und beschränkte mich aufs Übersetzen. Irgendwann spürte ich aber, dass die Gefangenen diesmal ein ganz anderes Schicksal erwartete als bei früheren Gelegenheiten.

In der Anfangsphase des Krieges kamen sie in Gefangenenlager und wurden schließlich nach Deutschland oder in eins der besetzten Gebiete abtransportiert, um dort zu arbeiten. Man konnte ihnen ansehen, dass sie darüber gar nicht so unglücklich waren, da ließen sich endlose Kolonnen mit Tausenden Russkis bereitwillig wegführen, nur von ein paar Mann von der Wehrmacht bewacht. Sie hätten diese Bewacher sozusagen mit ihren Mützen totschlagen können, aber sie taten es nicht, sie waren vor allem froh, dass sie mit dem Leben davongekommen waren und dass die Deutschen doch nicht so bestialische Menschenfresser waren, wie ihre Propagandakommissare ihnen weisgemacht hatten. Und tatsächlich waren wir damals ja auf der Siegerstraße, wir waren deshalb gut gelaunt und beruhigten höflich die Offiziere, die wir befragten, und gaben ihnen Kaffee und was zu essen.

Aber jetzt war es anders: Wir hatten Stalingrad verdauen müssen und waren auf dem Rückzug. Die Moral war schlecht, und wir waren nervös und gereizt. Das hatte Folgen für die russischen Gefangenen. In einer Rauchpause hörte ich von einem baltischen Bekannten, dass die Gefangenen nach dem Verhör in Zwanzigergruppen auf Lastwagen verladen und am Rand von Tscherkassy vor einer Grube abgeknallt würden. Ich hab dann etwas getan, da frage ich mich bis heute, wie ich überhaupt den Mut dazu aufbringen konnte.

Den nächsten Gefangenen, den ich zum Verhör aus der Scheune holen musste, in der alle untergebracht waren, den hab ich absichtlich laufen lassen. Das war ein netter Kerl mit einem freundlichen, offenen Gesicht und dunklen Augen. Er saß auf dem Boden, eine Decke um die Schultern gelegt, und hielt ein Foto von seiner Frau und seinem kleinen Sohn in der Hand. Das war zu viel für mich. Ich hab ihn an seinem Koppel hochgezogen, ihn am Arm rausgeführt und ihm ins Ohr geflüstert, los, hau ab, die bringen dich um – «*ubjut, paschol*» –, und dabei hab ich ihm einen kräftigen Schubs auf den nahen Waldrand zu gegeben. Er ließ sich das nicht zweimal sagen, und ein paar Sekunden später hatte der Wald ihn verschluckt.

Zu meinem Pech hatte ein anderer Unteroffizier, der zufällig rausgekommen war, alles mit angesehen. Ich behauptete zwar, der Russe hätte sich losgerissen, aber ich bekam gleich Handschellen angelegt und wurde abgesondert, um vor ein Kriegsgericht gestellt zu werden. Das würde mich bestimmt zum Tode verurteilen, das wusste ich.

Ein Wunder hat mich gerettet. Es kam nämlich gerade der Kommandeur einer benachbarten Einheit zu Besuch, und dieser Mann war in Riga ein Hausfreund der Familie von Schumacher gewesen und hatte meine Geburt mitgefeiert. Als er reinkam und von meinem Fall hörte, fiel auch der Name Münninghoff, er hat deshalb gleich ein Gespräch unter vier Augen mit meinem Regimentskommandeur geführt. Wie er es erreicht hat, dass ich stillschweigend, ohne es an die große Glocke zu hängen, zu einer Art Selbstmordkommando weit vorne versetzt wurde, statt sofort an die Wand gestellt zu werden, das weiß ich bis heute nicht. Mit mir selbst hat er kein Wort gesprochen, und auch nach dem Krieg hab ich ihn nicht wiedergesehen.»

Den Namen seines Retters wollte mein Vater mir nie verraten. Auch über seine Zeit in dem Strafbataillon schwieg er. Es war eine Einheit, die hochgefährliche Aufträge bekam, zum Beispiel für den Rückzug unverzichtbare Objekte bis zum letzten Mann zu verteidigen, und mein Vater wurde schon bald an einem Bein verwundet, weshalb er in ein Lazarett in Bamberg gebracht wurde. Zwei Monate später wurde er als geheilt entlassen und bekam zwei Wochen Urlaub. Dass er sich unverzüglich nach Posen begab und dort Wera zu meiner Mutter machte, betrachte ich als die Tat eines zum Tode Verurteilten, der im letzten Moment begnadigt worden ist und dem plötzlich bewusst wird, dass man bei wirklich wichtigen Dingen im Leben keine Zeit verlieren sollte.

# – ZWÖLF –

Die Nachricht von Frans' und Weras Heirat am 11. Mai 1942 in Hamburg erreichte erst nach einigen Wochen, über die familiäre Buschtrommel in Deutschland, die Bewohner von Briva Latvija. Die Reaktionen waren lau. Der Alte Herr sagte, Frans sei nun vor dem Gesetz erwachsen und könne tun, was er wolle. «Aber ich verbiete ihm ausdrücklich, hier in Uniform zu erscheinen», erklärte er grimmig im nächsten Atemzug.

Als das meinem Vater zu Ohren kam, beschloss er, Briva Latvija für die Dauer des Krieges zu meiden. Meine Großmutter, die durchaus stolz auf ihren Sohn war, versuchte ihn dennoch zum Kommen zu überreden, aber der junge SS-Mann sträubte sich. In der gesamten Kriegszeit hat sich Frans Münninghoff nur ein einziges Mal in der Laan van Nieuw Oosteinde 125 blicken lassen, nämlich bei seinem ersten Urlaub im Frühjahr 1941. In Uniform, voller Kampflust und in dem Bewusstsein, dass er in der Beziehung zu seinem Vater endgültig eine Grenze überschritt: Er, der älteste Sohn, war ein Krieger, und sein Vater hatte das zu akzeptieren. Mit seinen glänzenden Stiefeln, den SS-Kragenabzeichen und nicht zuletzt seiner resoluten Ausstrahlung hinterließ er natürlich bei den Nachbarn einen unauslöschlichen Eindruck, doch das war ihm gleichgültig. Die Niederlande und seine Einwohner zählten in seinem Weltbild ganz einfach nicht.

Zum Glück war der Alte Herr nicht anwesend. Nach zwei Tagen verabschiedete sich Frans wieder, und Omi und alle, die ihn liebten und verehrten, winkten ihm nach: Jimmy, Titty, Frau Kochmann, ein paar Tanten und Onkel, die sich damals in der Villa aufhielten. Und Livia Ecury.

Sie stammte von der niederländischen Antillen-Insel Aruba, eine junge Frau aus gutem Hause, die mehr oder weniger vom Kriegsausbruch überrascht worden war und nicht mehr in ihre schöne

Heimat zurückkehren konnte. Ihr Vater, ein international tätiger Geschäftsmann, kannte meinen Großvater, außerdem waren Livia und Titty Schulfreundinnen. Bis nach Kriegsende sollte Livia im Haus bleiben, untergebracht in einem der Dienstbotenzimmer in der Dachgaube. Langsam, aber sicher wurde sie fast zu einem jener Einrichtungsgegenstände, die man kaum noch bewusst wahrnimmt. Mit ihrer dunklen Hautfarbe und den pechschwarzen Augen erweckte sie Assoziationen mit einheimischem Hauspersonal im tropischen Niederländisch-Indien, und so wurde sie von Außenstehenden häufig auch angesprochen.

Dabei steckten in dem zarten Kopf mit dem straff zu einem Knoten aufgesteckten schwarzen Haar ein klarer Verstand und ein starker Wille. Schon bald entzog sie sich dem Alltag und den kleinen Unannehmlichkeiten des Lebens in Briva Latvija, absolvierte an der Handels- und Büroschule eine Ausbildung zur Sekretärin und schloss auch Freundschaften. Nur abends und an den Wochenenden war sie mit der Familie zusammen, wobei sie eine stille Zuneigung zu Xeno entwickelte. Erst nach dem Krieg sprach sie das große Wort einmal aus: Sie hätte ihn gern geheiratet und nach Aruba mitgenommen. Doch inzwischen war Treesje Arts, ein Vamp aus Wassenaar mit kupferrotem Haar und hitzigem Temperament, in Xenos Leben getreten. Mein Vater konnte auf höchst komische Weise Xenos belämmertes Gesicht in jenem dramatischen Moment nachmachen, als er das Bekenntnis der weinenden Livia anhörte. «Er hätte ja gern gewollt, der Trottel», pflegte mein Vater dann zu sagen, «aber er traute sich nicht, zu der Roten Gefahr nein zu sagen.» Rote Gefahr war der Spitzname, den er Trees gegeben hatte und der in dieser Familie von Bolschewistenhassern natürlich mit Vergnügen übernommen wurde.

Während des Krieges aber verhielt Livia sich mäuschenstill und mied vor allem jegliche Diskussion bei Tisch oder im Herrenzimmer. Auch das Verhältnis zu ihrer Freundin Titty kühlte ab, weil die beiden jungen Frauen sich auseinanderentwickelten.

Seine Heirat verschaffte meinem Vater schnell einen anderen Status innerhalb des Nazi-Apparats. Als «Ernährer» bekam er höheren Sold, doch vor allem für Wera hatte die Eheschließung Konsequenzen. Da für die Ehefrau eines SS-Manns eine bescheidene Verwaltungsstelle am Posener Stadttheater als nicht mehr angemessen galt, wurde ihr eine neue Position aufgedrängt.

«Ich habe mich darüber fürchterlich geärgert», erzählte meine Mutter mir später, «denn am Theater ging es ziemlich gemütlich zu, und nun musste ich bei der Deutschen Volksliste arbeiten. Dort wurde die Vorgeschichte sämtlicher Einwohner von Neuland überprüft und vor allem auch festgestellt, wie viel Prozent deutsches Blut jemand hatte. Und das hatte dann unmittelbare Auswirkungen auf das tägliche Leben dieser Menschen, da man je nach Abstammung unterschiedlich gefärbte Ausweise bekam: blau für die «rein Deutschen», die dadurch Volksdeutsche wurden, grün für die zu fünfzig Prozent Deutschen und orange für die Übrigen. Orange ist eine Farbe, die sofort auffällt, und das war Absicht: Es sollte stigmatisieren.

Wir waren da fünf Mädel, alle aus Riga und Reval. Unsere Arbeit bestand darin, die Einträge in die Ausweise zu tippen; so viel anspruchsvoller als die Arbeit im Stadttheater, wo ich Programme tippen musste, war das nun auch wieder nicht. Aber wir hatten keine Wahl, weil wir alle mit SS-Männern verheiratet waren. Die Stimmung war gedrückt, denn wir steckten mitten im Nazi-Apparat, und unser Chef Dr. Strickner, ein Österreicher, war ein furchtbarer Grobian. Wenn er vermutete, dass die schriftlich gemachten Angaben nicht stimmten, zum Beispiel wenn jemand einen jüdischen Vorfahren verschwieg – und das kam öfter vor –, dann bestellte er so jemanden zum Verhör in sein Büro.

Und dabei ging es fürchterlich zu. Strickner brüllte wie wahnsinnig und teilte auch Schläge aus, das konnten wir hören, und es versetzte uns in Angst und Schrecken. Aber wir konnten natürlich nichts sagen, und wenn dann jemand weinend das Gebäude verließ, weil Strickner weitere Untersuchungen angekündigt hatte, schauten wir weg. Es wusste ja jeder, was das für so einen armen Teufel bedeutete: Hausdurchsuchung, Verhaftung, Straflager oder Schlimmeres.»

Lebhaft erinnerte sich meine Mutter an den Besuch von Heinrich Himmler, Reichsführer SS und Chef der Deutschen Polizei und deshalb vielleicht sogar der mächtigste Mann im Staat. Himmler war auch einer der Initiatoren der Volksliste, und nun wollte er einmal sehen, wie sich sein geistiges Kind entwickelte.

«Ich wusste genau, was passieren würde», sagte meine Mutter. «Strickner hatte ein Auge auf mich geworfen und glaubte wohl, bei mir punkten zu können, wenn er mich dem ‹Reichsheini›, wie wir Himmler nannten, die Blumen überreichen ließ. Das müsste ein Mädel wie ich doch als große Ehre empfinden, wird er gedacht haben. Er hatte einen Willkommenstext geschrieben, der von Nazipathos nur so triefte. Den sollte ich auswendig lernen und im richtigen Moment aufsagen. Tja, wie du dir denken kannst, wurde daraus nichts. In der Zeit am Stadttheater hatte ich hin und wieder auch Schauspielunterricht genommen, und es gelang mir, große Verwirrung und Schüchternheit vorzutäuschen, einschließlich Erröten und hilflosen Blicken.

Strickner war schon kurz davor, sich zu entschuldigen und mich wegzuschicken, aber davon wollte Himmler nichts wissen. Er lächelte nur und sagte: ‹Wenn eine so nette junge Frau einem Blumen gibt, braucht sie nichts weiter zu sagen, dann ist nämlich schon alles gesagt›, aus seinem Mund ein unerwartet charmantes Kompliment, finde ich bis heute. Und glücklicherweise verzichtete er auf den Hitlergruß und reichte mir nur die Hand. Er hatte kleine Finger, und seine Handfläche fühlte sich feuchtkalt an.»

Auf meine Frage, ob Strickner nach Himmlers Besuch noch auf die Sache zurückgekommen sei, schüttelte sie den Kopf: «Nein, dafür war er zu beeindruckt, und Himmler hatte ja selbst gesagt, dass es ihn nicht störte. Allerdings hat Strickner mir noch eine Weile den Hof gemacht, worauf ich aber nicht eingegangen bin. Schließlich war ich doch frisch verheiratet, was bildete der sich eigentlich ein? Die anderen Mädel zeigten mehr Entgegenkommen, ob aus Angst oder Berechnung, aber ich nicht. Und ich kann vollkommen unnahbar erscheinen, wenn ich will.» Bei diesen für mich ziemlich überraschenden Worten lächelte sie überlegen, während sie daran zurückdachte, wie sie das Ekel ein halbes Jahrhundert zuvor hatte abblitzen lassen.

Das erste Jahr ihrer Ehe verbrachten meine Eltern voneinander getrennt. Weder Wera noch Frans waren große Briefschreiber. Sie berichtete ihm nicht von ihren Abenteuern in Posen und er ihr nicht von seinen Erlebnissen im Kaukasus und danach. Ich vermute, dass mein Vater ihr auch nichts von seinem ganz persönlichen Drama bei Tscherkassy erzählt hat, das er zweifellos als Fleck auf seiner Soldatenehre empfand. Jedenfalls war sein erstes Lebenszeichen 1943 ein Telegramm aus Bayern: «Verwundet im Lazarett Bamberg. Franz.»

Wera fuhr sofort zu ihm. Ihre Beschreibung der dortigen Zustände: «Im Lazarett herrschte völlige Anarchie. Dein Vater begrüßte mich im Beisein aller mit einem gespielt liebevollen ‹Heil Hitlerchen›, in einem Ton, als würde er ‹Tag, Schätzchen› sagen. Aber das brachte ihn nicht in Schwierigkeiten, im Gegenteil, alle lachten sich kaputt, auch das Pflegepersonal und die Ärzte. ‹Siehst du, da hängt er›, sagte ein Soldat, der an jeder Hand nur noch zwei Finger hatte, und zeigte auf ein Foto von Hitler, das mit dem Kopf nach unten an einer Wand des Saales hing. Dazu machte er mit zwei Fingern eine lange Nase. Ich konnte das natürlich gut verstehen. Da lagen ungefähr dreihundert junge Männer, die fast alle einen Arm oder ein Bein verloren hatten, manche sogar noch mehr, und deren Leben praktisch zerstört war. Als ich hineinging, starrten mich alle an, manche pfiffen. Natürlich verstand ich auch das. Sie taten mir furchtbar leid, und eigentlich hätte ich alle gern geküsst, jeden Einzelnen – und dann gehofft, dass die Heilige Jungfrau Maria jedes Mal ein Wunder wirken würde.

Aber die Zeit der Wunder war vorbei – das heißt, vielleicht noch nicht ganz, denn mein Frans durfte als einer von wenigen sein Bein behalten und wurde schnell wieder gesund. Zwei Monate später bekam er Urlaub, und ich konnte ihn zu Hause in Posen verwöhnen.»

Frans' Aufenthalt in Posen war für Wera natürlich in erster Linie eine erneute Bekräftigung ihrer ehelichen Verbindung, die wegen der Kriegsumstände noch nicht so recht mit Leben erfüllt worden war. Abgesehen davon, dass sehr schnell ich gezeugt wurde, führten die beiden lange Gespräche, bei denen für Wera ein Thema im Mittelpunkt stand: Dass es vielleicht allmählich an der Zeit sei, das Kriegspielen aufzugeben und an ein normales Eheleben zu denken. Niemand glaubt mehr an den Sieg, meint sie, der Reichsadler wird allgemein Pleitegeier genannt, und in Bamberg, aber auch anderswo, hat sie gemerkt, wie defätistisch die Stimmung in der Truppe ist. Daraus muss Frans doch seine Schlüsse ziehen. Schließlich hat er gute Aussichten auf eine Entlassung aus dem Dienst oder zumindest eine weniger gefährliche Verwendung: Er hat drei Jahre Front hinter sich, ist verwundet worden, hat das Eiserne Kreuz bekommen, und vor allem ist er kein Deutscher, sondern im Grunde ein ausländischer Söldner. Da müsste es doch möglich sein, seine Verpflichtung zu beenden.

Zunächst wollte mein Vater von alldem nichts hören. Als er aber im Herbst 1943 erfuhr, dass nach Wolfi – in der Anfangsphase von Barbarossa – nun auch sein enger Freund Manfred Dolgoi gefallen war, und er den Eindruck bekam, dass sich mit der verlorenen Panzerschlacht von Kursk das Kriegsglück endgültig gewendet hatte, dass also aus der Rache an den Bolschewisten nichts mehr werden würde, dachte er noch einmal gründlich nach. «Mir ist klar geworden, dass ich an einem sinnlosen Opferkampf teilnahm und dass Wera Recht hatte: Ich habe mich zwar als Deutscher gefühlt, aber formal war ich keiner. Ich hatte einen niederländischen Pass, dazu noch einen lettischen. Sehr verwirrend, aber so hatte ich die

Möglichkeit, meine Verpflichtung bei der SS zu beenden oder eine andere einzugehen, ohne dass man mich wegen Fahnenflucht an die Wand stellen würde. Ich musste natürlich schon überzeugende Argumente und eine passende Alternative haben.

Die hab ich gefunden, als bekannt wurde, dass der von uns gefangengenommene General Andrei Wlassow eine ‹Russische Befreiungsarmee› aufstellte, die Russkaja Oswoboditelnaja Armija. Der gehörten Leute an, die ich während des Feldzugs persönlich kennengelernt hatte: antibolschewistische russische Patrioten, eine Gruppe, der ich mich immer schon sehr nahe gefühlt hatte, weil sie – so sehe ich es zumindest – die gute Seite Russlands verkörperte. Ja, man kann auch sagen, dass sie Landesverräter waren, weil sie zu uns überliefen. Aber dagegen sage ich wieder, dass die Sowjetunion nichts mit dem eigentlichen Russland zu tun hat. Und ich habe ja nicht gegen die Russen gekämpft, sondern gegen die Bolschewisten. Jedenfalls ist die SS auf meine Argumente eingegangen, in dem Sinne, dass im August 1944 eine endgültige Entscheidung getroffen werden sollte.»

Dazu ist es nicht mehr gekommen. Im Februar 1944, zwei Monate vor meiner Geburt, wurde mein Vater erneut verwundet, diesmal bei Rückzugsgefechten in Estland. Mit zersplittertem Schulterblatt kam er in einem Lazarettzug nach Posen, während des gesamten Krieges im Osten ein wichtiges Zentrum des Hinterlandes. Dort wurde mein Vater, wie er oft und gern erzählte, von einem überarbeiteten Chirurgen operiert; während er zum Skalpell griff, kniff er zum Schutz vor dem Rauch der Zigarette, die ununterbrochen in seinem Mundwinkel hing, ein Auge zu. «Trotzdem hatte ich volles Vertrauen zu ihm. Ich konnte spüren, dass er sehr viel Erfahrung hatte, und als er mir hinterher gratulierte – ‹Bravo! Mit so einer Wunde überlebst du den Krieg!› –, da wusste ich, dass er Recht behalten würde.»

Zwei Wochen später war mein Vater schon wieder in den Straßen Posens unterwegs, den Arm in einem Dreieckstuch. Obwohl die

Wunde noch heilen musste, gehörte er einer Behelfseinheit aus leicht verwundeten oder genesenden Soldaten unter dem Befehl jenes Baron Degenhardt an, bei dem mein Vater in Lettland reiten gelernt hatte und der nun helfen sollte, in Posen die Ordnung aufrechtzuerhalten. Das war auch nötig. Die Stadt mit dem größten Eisenbahnknotenpunkt im Ostgebiet bot einen desolaten Anblick. Ungefähr sechs Wochen vor meiner Geburt, Ende Februar 1944, war beim ersten großen Bombenangriff der amerikanischen Luftwaffe ein erheblicher Teil der Innenstadt zerstört worden, was Chaos und Panik zur Folge hatte. Durchsickernde Nachrichten vom raschen Vormarsch der Roten Armee taten ein Übriges.

Aus der Luft muss Posen wie ein Ameisenhaufen ausgesehen haben. Einerseits hatten viele Zivilisten ihr verbliebenes Hab und Gut zusammengepackt und versuchten wegzukommen, zu Fuß, zu Pferd, mit Fuhrwerken oder Autos. Andererseits trafen im Bahnhof schlecht ausgebildete, eilig aufgestellte militärische Einheiten aus allen Teilen des Reichsgebiets ein und suchten die ihnen zugewiesenen Ausgangspositionen auf dem Weg zur Front, wo sie die «asiatischen Horden» zum Stehen bringen sollten.

Immer häufiger trieb Sirenengeheul die Menschen in Luftschutzräume und Bunker. Posen war wie gelähmt vor Angst; Verzweiflung breitete sich aus. Den meisten war bewusst, dass sie die letzte Phase eines unwiderruflich verlorenen Krieges erlebten, es herrschte das Gefühl, in einen Weltuntergang mitgerissen zu werden.

In dieser pechschwarzen Zeit kam ich zur Welt, am 13. April 1944.

Wera wohnte in einem kleinen Haus in der Langemarckstraße unweit des Zentrums, zusammen mit ihrer Mutter und ihrer Großmutter väterlicherseits. Anna Steenberg, bei der sie in London aufgewachsen war, hatte England 1939 verlassen, um ihren Lebensabend in ihrer Heimat zu verbringen, einer ruhigen, ländlichen Gegend in Südschleswig nahe der dänischen Grenze. Als sie aber erfuhr, dass ihre Schwiegertochter Nadja mit der Sorge für die schwangere Wera überfordert war, tauchte die dralle alte Dame plötzlich unangekündigt in Posen auf. Sie hatte eine Reisetasche voller Würste und Speckseiten dabei und verkündete, sie werde nun selbst alles in die Hand nehmen, was mit der Geburt ihres ersten Urenkels zu tun habe. Außer ihr wird es in Deutschland nicht viele gegeben haben, die freiwillig nach Posen wollten statt von dort weg.

Das städtische Krankenhaus, in dem meine Mutter schließlich entbinden sollte, war nicht weit vom Hauptbahnhof entfernt – in gewissem Sinne günstig, weil diese strategisch wichtige Anlage schon bombardiert worden war; das brauchten die feindlichen Bomber also nicht noch einmal zu tun. «Das dachten wir jedenfalls; weil aber offensichtlich weiterhin Züge fahren konnten, beschlossen die Alliierten, noch ein paar Angriffe zu fliegen, ausgerechnet an dem Donnerstag, an dem du geboren wurdest», erinnerte sich meine Mutter. «Um fünf Uhr morgens setzten die Wehen ein. Frans und Granny halfen mir, und wir machten uns zu dritt auf den Weg. Zu Fuß, denn die öffentlichen Verkehrsmittel waren eine Katastrophe, und Taxis gab es überhaupt nicht. Meine Mutter blieb zu Hause, um zu verhindern, dass Fremde hereinkamen und plünderten.

Schon gleich am Anfang hätte alles vorbei sein können, denn als wir das Haus verließen, schlug eine Kugel direkt neben meinem Kopf in den Türpfosten ein. Zwei Kerle lieferten sich eine Verfolgungsjagd auf Fahrrädern und schossen ihre Revolver aufeinander leer. Solche Szenen waren gegen Ende des Krieges nicht ungewöhnlich, die Leute fingen an, alte Rechnungen zu begleichen. Ich bin natürlich fürchterlich erschrocken, war aber auch sehr wütend: Dass diese elenden Schufte es wagten, mich in meinem Zustand so in Gefahr zu bringen! ‹Ihr Schießer!›, habe ich ihnen hinterhergebrüllt. Ich meinte natürlich ‹Ihr Scheißer›, aber vor Schreck verdrehte ich das zu Schießer, was sie ja zufällig auch waren. Dein Vater hat darüber noch laut gelacht.»

Im Krankenhaus angekommen, wurde meine Mutter in ein Bett gesteckt, aus dem man sie schon anderthalb Stunden später wieder herausholte, beim ersten Fliegeralarm des Tages. Nach einer Stunde gab es Entwarnung, doch kaum hatte sie sich wieder hingelegt, nahte die zweite Bomberwelle, und Wera musste, auf ihren Mann gestützt, erneut in den Keller. «Die Leute waren missmutig und hoffnungslos. Jeder dachte nur an sich selbst, auf keiner Bank bekam ich einen Sitzplatz. Es wurde geflucht und geweint, einer schrie, das Ende der Welt sei gekommen. Da hat dein Vater im Befehlston ‹Ruhe!› gebrüllt, markerschütternd laut, und sofort hielten alle den Mund. Das wird auch daran gelegen haben, dass er Uniform trug und das Eiserne Kreuz hatte.

In die plötzliche Stille hinein sagte er dann, dass bald ein Kind geboren werden würde. Mehr sagte er eigentlich nicht. Aber die Wirkung war erstaunlich, als wäre den Leuten bewusst geworden, dass doch immer irgendwo ein Lichtlein weiterbrennt und dass es sich lohnt, sich darauf zu konzentrieren, nicht auf das Ende der Welt, sondern auf ihren Anfang, denn das ist natürlich jede Geburt. Kurz und gut, ich bekam nun ein Plätzchen auf einer Bank, und die Leute waren mit einem Mal fürsorglich und freundlich. Man spürte wirklich so etwas wie Gemeinschaftsgeist, das war eine sonderbare Erfahrung.»

Ungefähr um ein Uhr am Nachmittag wurde ich schließlich oben im Kreißsaal geboren. Kurz danach ging der dritte und letzte Fliegeralarm des Tages los; diesmal wurde meine Mutter auf einer Trage, mit mir auf dem Bauch, in den Luftschutzkeller transportiert, wobei man ihr feuchte Tücher reichte, mit denen sie mich vor eventuellen Staub- und Kalkwolken schützen konnte. Keine überflüssige Maßnahme, denn tatsächlich detonierten zwei Bomben so nah beim Luftschutzkeller, dass ein Teil der Decke herunterkam und Feuer ausbrach. Als alle wieder herausklettern durften, stellte man fest, dass drei Menschen erstickt waren; der Keller brannte vollständig aus.

Schon nach zwei Tagen musste Wera das hoffnungslos überbelegte Krankenhaus verlassen. Besonders viel Ruhe sollten Mutter und Kind aber auch in der Langemarckstraße nicht haben; Ende April heulten die Sirenen erneut. Und diesmal gab es einen Volltreffer: Nach der Rückkehr aus dem Luftschutzbunker stellten meine Verwandten fest, dass von ihrem Haus beinahe nichts mehr übrig war. «Es war makaber, in der ganzen Langemarckstraße war nur ein einziges Haus getroffen worden, und das war unseres», sagte meine Mutter, «als hätten sie es ausschließlich auf uns abgesehen gehabt. Wir haben dann versucht, aus den Trümmern noch ein paar Sachen zusammenzusuchen, vor allem Kleider und Lebensmittel. Dich habe ich in einen Korb gelegt und bei einer Nachbarin einen Häuserblock weiter gelassen. Und was glaubst du? Nach einer Stunde gibt es wieder Fliegeralarm! Also laufen Granny und meine Mutter zum Luftschutzbunker, und ich renne zu dir. Und dann ist diese Nachbarin nicht da, sie wollte Wasser holen und hat das Haus abgeschlossen!

Ich dachte, ich würde verrückt. Ich habe dann in völliger Panik so laut ich konnte um Hilfe gerufen, ‹Kann denn niemand helfen?›, mit einer so fürchterlichen Stimme, dass ich noch heute Gänsehaut bekomme, wenn ich daran denke. Kurz danach kam ein Mann vorbei, ein Pole, sah mich freundlich an, sagte etwas auf Polnisch und trat dann mit solcher Gewalt gegen die Tür, dass sie aufsprang. Danach machte er eine Art Verbeugung und verschwand. Ich werde das nie vergessen.»

Mein Vater war zu dieser Zeit nicht da, weil er die Familie von Kluge besuchte, Verwandte zweiten Grades, die in der Nähe von Posen ein Landgut besaßen. Er wollte sie fragen, ob seine Frau mit dem Kind und der übrigen Entourage eine Weile dort bleiben könnte. Obwohl man einander kaum kannte, eigentlich eher aus den Familienchroniken als von persönlichen Kontakten her, war der Empfang sehr herzlich.

Für meine Mutter und mich brach eine Zeit von Milch und

Honig an. Auf dem Landgut gab es alles noch in Hülle und Fülle, so viele Milchprodukte, wie eine Mutter sich für ihr Neugeborenes nur wünschen konnte, und überhaupt jede Art von Nahrungsmitteln. Das konsequente Streben nach Autarkie, das für die preußischen Gutshöfe charakteristisch war, zahlte sich hier aus. Bis zum Ende des Krieges war alles perfekt organisiert, die Buchhaltung stimmte auf den Pfennig genau, und auch hinsichtlich der Verteilung hatte niemand Grund zur Klage. Kein Wunder also, dass ich, bei der Geburt kümmerliche 2800 Gramm leicht, mich innerhalb kurzer Zeit zu einem beängstigend großen Baby von über vier Kilo entwickelte, weshalb meine Mutter mich von da an «Bully» nannte. Ein wohlgenährter kleiner Stier, dachte sie; den negativen Beiklang von Rüpel oder Tyrann, den dieses Wort schon damals in der englischen Umgangssprache gehabt haben muss, kannte sie offenbar nicht. Ich kann es ihr nicht übel nehmen, obwohl ich, mit dem schönen Vornamen Alexander gesegnet, den Kosenamen mein Leben lang gehasst habe.

Der erste und wichtigste Kontakt, den meine Mutter bei der Familie von Kluge knüpfte, war die Beziehung zu der ungefähr gleichaltrigen Astrid, einer jungen Dame mit außerordentlich vornehmer Ausstrahlung. Sie sprach ein Deutsch, das auf mich, als ich ihr gut zehn Jahre später in den Niederlanden begegnete, wie eine Art Engelsgesang wirkte. Die unter Niederländern verbreitete Vorstellung, Deutsch sei eine hässliche Sprache, habe ich dank Astrid von Kluge definitiv überwinden können – und dank meiner Mutter, die mir deutsche Zärtlichkeiten ins Ohr flüsterte.

## – DREIZEHN –

Natürlich bereitete auch die Familie von Kluge ihre Evakuierung vor. In Kurland, so wurde berichtet, waren Gutsbesitzer, die ihre Ländereien nicht rechtzeitig verlassen hatten oder es gar nicht wollten, vor den Augen ihres Personals von den Sowjets aufgehängt worden, und es gab keinen Grund zu der Annahme, dass es in Polen nicht dazu kommen würde.

Das Ziel war Württemberg, wo die Familie in der Nähe von Ulm ein Landhaus besaß. Trotz des freundlichen Angebots mitzureisen, beschlossen Wera, ihre Mutter und ihre Großmutter, in Richtung Schleswig zu flüchten, wenn es so weit war. Anna Steenbergs agrarisch geprägte, verschlafene, halb dänische, halb deutsche Heimatgegend lag weit genug im Westen, die Russen würden wohl nicht bis dahin vordringen; außerdem gab es kaum militärisch interessante Angriffsziele, und es wohnten dort noch direkte Verwandte.

Mein Vater war inzwischen wieder offiziell im Dienst und wurde deshalb nicht in die Beratungen einbezogen. Man nahm an, dass er wie angekündigt seine Verpflichtung bei der SS beenden und zur Russkaja Oswoboditelnaja Armija (ROA) von Andrei Wlassow wechseln würde. In Wirklichkeit gelang es Frans Münninghoff, seine Vorgesetzten bei der Waffen-SS wochenlang hinzuhalten, indem er den Beitritt zur ROA unter dem Vorwand angeblicher Kommunikationsprobleme verzögerte (nicht besonders schwierig in einer Zeit, in der zum Beispiel Telefon- und Telegrafenverbindungen ständig ausfielen), bis er im Herbst endgültig vom Kriegsschauplatz verschwand und schließlich als vermisst galt. Dass er desertiert und untergetaucht war, wusste im Grunde niemand, nicht einmal Wera.

In Voorburg wusste man ebenfalls nichts Genaues über die Situation von Frans, Wera und ihrem Kind. Immerhin hatte man jedoch über die Familien-Buschtrommel genug zuverlässige Informationen über die sowjetischen Erfolge erhalten, um den Ernst der Lage und die Notwendigkeit raschen Handelns zu erkennen. Mein Großvater, besessen von der Idee meiner «Stammhalterschaft» und fest entschlossen, diesen Ast des Stammbaums unversehrt durch den Krieg zu bringen, beschloss im Frühsommer 1944, zumindest das Kind und die Mutter in die Niederlande zu holen. Das wollte er selbst tun, und zwar mit dem Auto; entlang der Fahrtroute hatte er mehrere Bekannte, bei denen er übernachten und in der Nähe tanken konnte. Wegen der häufigen Luftangriffe war und blieb es ein gefährliches Unternehmen, doch eine Zugreise wäre mindestens ebenso riskant gewesen. Und ängstlich veranlagt war mein Großvater gewiss nicht.

Doch dann kam etwas dazwischen: Ausgerechnet im Juli erreichte ihn die dringende Bitte der niederländischen Exilregierung in London, so kurzfristig wie möglich einem hohen Beamten aus dem Wirtschaftsministerium die Flucht nach London zu ermöglichen.

Es war eine höchst geheime Aktion, die schon seit Langem vorbereitet worden war und die jetzt, da sich nach der Invasion in der Normandie das Ende des Krieges abzeichnete, dringend ausgeführt werden musste. Die Londoner Exilregierung hatte ganz richtig erkannt, dass man detaillierte Informationen über den wirklichen Zustand der heimischen Wirtschaft brauchte, um nach der Befreiung sofort zielgerichtet mit dem Wiederaufbau beginnen zu können. Deswegen hatte man Kontakt mit einem Abteilungsleiter im Wirtschaftsministerium in Den Haag, dem Juristen Eduard Koning, aufgenommen. Schon dies war heikel, denn das Referat Besondere Ökonomische Angelegenheiten, während der Besatzungszeit ausschlaggebend für die gesamte Wirtschaftspolitik, war fest in der Hand der niederländischen Nazi-Partei NSB (Nationaal-Socialistische Beweging). Koning war einer der wenigen vertrauenswürdigen Patrioten auf der Führungsebene, wobei er seine Überzeugungen gegenüber führenden NSB-Leuten wie dem brutalen Frederic Louis Rambonnet oder Meinoud Rost van Tonningen selbstverständlich verbarg.

Die Aufgabe, den richtigen Mann für die Angelegenheit zu finden, hatte der junge Beamte Norbert Schmelzer übernommen, der außerdem eine Führungsrolle im studentischen Widerstand spielte. Mit kühlem Kopf sprach er Koning im Ministerium an, und es gelang ihm, ihn für das Vorhaben zu gewinnen; außerdem brachte er ihn mit meinem Großvater in Kontakt, der in der Laan van Nieuw Oosteinde schräg gegenüber von Koning wohnte, was die Kommunikation einfach und unverdächtig machte. Dass Schmelzer in dieser Sache an meinen Großvater herantrat, trotz dessen opportunistischer Beziehungen zu den Besatzern, lässt sich eigentlich kaum anders als durch eine entsprechende Anweisung aus London erklären.

Die Zusammenarbeit zwischen Eduard Koning und dem Alten Herrn verlief übrigens so gut, wie man es sich nur wünschen konnte. Beiderseitige Sympathie und großes Engagement für die Sache machten sie zu einem schnell und effektiv arbeitenden Team, sie brauchten meist nicht viele Worte, um sich zu verständigen. Schon im Dezember 1942 unternahmen die beiden eine von den Deutschen genehmigte Reise nach Stockholm, offiziell zu «Erkundigungen über schwedische Gasgeneratoren». In der Hauptstadt des neutralen Schweden wimmelte es von Geheimdienstlern und Spitzeln, aber der Alte Herr hatte den großen Vorteil, dass dort sein Bruder Tom wohnte, der die Stadt wie seine Westentasche kannte und deshalb in der Lage war, im Notfall Verfolger abzuschütteln und seine Begleiter zu sicheren Orten zu lotsen, an denen man unbeobachtet miteinander sprechen konnte.

Dazu kam es bei dieser ersten Reise noch nicht, denn die beiden Herren verhielten sich mit Bedacht so unverfänglich wie möglich, um den Deutschen Sand in die Augen zu streuen. Anders bei der zweiten gemeinsamen Reise im Januar 1944. Als Vorwand dienten erneut Erkundigungen über schwedische Gasgeneratoren, außerdem über dafür geeignete Brennstoffe, doch das wirkliche Ziel der Reise war es zu erfahren, welche Informationen genau die Londoner Exilregierung benötigte. Dafür war ein Beamter des Ministeriums für Handel, Industrie und Schifffahrt, Dr. Anton Speekenbrink, eigens nach Stockholm gekommen, und mit ihm konnten die beiden einen Tag lang in einer konspirativen Wohnung von Tom Münninghoff sprechen.

Die dritte Reise, nun mit allen von London gewünschten Informationen und Zahlen – verschlüsselt in den Generator-Unterlagen oder aber in Konings Kopf abgespeichert –, sollte bereits Ende März stattfinden, doch Koning bekam Scharlach und eine Nierenerkrankung, so dass die Sache verschoben werden musste. Das war auch der Grund, weshalb man in London nach Konings Genesung auf einen unverzüglichen Abschluss des Vorhabens drängte: Die Invasion in der Normandie verlief erfolgreich, die Deutschen wurden zurückgedrängt, und bei den Vorbereitungen der Rückkehr von Königin Wilhelmina und ihrer Regierung zählte nun jeder Tag.

Am 23. Juli 1944 brachen Koning und Joan Münninghoff zu ihrer dritten und letzten Mission auf. Sie flogen über Berlin nach Stockholm; anscheinend hatten die deutschen Beamten so kurz nach dem Attentat auf Hitler andere Dinge im Kopf, denn die Papiere wurden im Handumdrehen ausgestellt, nirgendwo wurden unterwegs Fragen gestellt, nirgendwo machte irgendjemand Schwierigkeiten. Die ersten Tage in Stockholm verliefen wie gewohnt mit scheinbar interessierten Besichtigungen von Källe-Fabriken und damit zusammenhängenden Einrichtungen, doch dann handelte man zielstrebig und effektiv. Ein eigens aus London eingeflogener Agent übernahm Koning, der von Tom an einen geheimen Ort gebracht worden war, und begleitete ihn noch in derselben Nacht zu einem kleinen Flugplatz in der Nähe von Stockholm, wo eine Maschine bereitstand.

Als mein Großvater am nächsten Morgen im Hotel, völlige Ratlosigkeit vortäuschend, der Stockholmer Polizei das Verschwinden seines Reisegefährten meldete, war Koning längst im Stratton House in Westminster angekommen. Dort gab er den Beamten der Exilregierung eine detaillierte Übersicht über den Bestand an Ressourcen in den unterschiedlichsten Sektoren der niederländischen Wirtschaft, zum Beispiel Steinkohle, flüssige Treibstoffe, Schmieröl, Eisen und Stahl, Nichteisenmetalle, Holz, Baumaterialien, Leder, Gummi, Papier, Textilien, chemische Produkte, Insektizide, Farbenrohstoffe und Pharmazeutika – ich entnehme diese Aufstellung einem internen Bericht, von dem meine Familie später eine Abschrift erhalten hat. Die Nahrungsmittelsituation kommt nirgendwo zur Sprache; vermutlich hatte man in London dafür andere Informanten.

Wie derselbe Bericht zeigt, geht Koning manchmal sehr ins Detail. So erwähnt er im Zusammenhang mit der Situation an der Gummi-Front den «Bedarf an Ringen für Einmachgläser». Offenbar sah er vorher, dass sich die niederländische Bevölkerung in großem Umfang Weckgläser anschaffen würde, um auf einen möglichen Mangel an bestimmten Lebensmitteln nach der Befreiung zu reagieren. Und im Zusammenhang mit dem allmählichen Verschwinden der Fahrräder aus dem Straßenbild berichtet er, dass man einen «Preis für einen Ersatz-Fahrradreifen» ausgeschrieben habe, der Siegervorschlag jedoch unausführbar sei, «weil die Deutschen nicht die benötigte Menge *Federstahl*» zur Verfügung stellen wollten. «Eine passable Konstruktion, vollständig aus Holz, wird jetzt von Bruynzeel in Zaandam gefertigt. Der Bedarf ist jedoch so hoch, dass dies nur ein Tropfen auf den heißen Stein ist», schreibt Koning am Schluss dieses Abschnitts.

Vor der letzten Reise nach Stockholm hatte er seiner Familie einen Abschiedsbrief mit dem Gruß «Adieu, bis nach dem Krieg» hinterlassen. Außerdem bat er vor dem nächtlichen Flug nach London meinen Großvater, nach besten Kräften für seine Frau und seine Kinder zu sorgen. Das hat der Alte Herr getan, wie er auch andere Menschen während der gesamten Besatzungszeit mit Lebensmitteln versorgte und ihnen darüber hinaus auf unterschiedliche Weise half. Aus mündlichen und schriftlichen Zeugnissen geht hervor, dass mein Großvater regelmäßig mit seinem Auto oder sogar mit einem Lastwagen voller Lebensmittel unterwegs war und an Krankenhäuser (vermutlich nur katholische), aber auch an Privatleute, die zufällig seinen Weg kreuzten, Speckseiten, Hühner, Eier, Weizen und natürlich Zigaretten verteilte.

Im Nachhinein könnte man sich fragen, warum er nicht irgendeine königliche Auszeichnung für all seine Aktivitäten während des Krieges erhalten hat. Schon einem Beamten mit Informationen über die wirtschaftliche Situation den Absprung nach London zu ermöglichen, war für den Staat von großer Bedeutung, und es kam noch hinzu, dass er den MI6 aus erster Hand über die Verschwörung gegen Hitler auf dem Laufenden hielt, dass er regelmäßig Berichte über den Atlantikwall oder V2-Stationierungen weitergab und dass er Menschen im eigenen Haus und bei seinem Bruder Wim in der Prins Albertlaan in Voorburg versteckte.

Dennoch ruhte der Blick des Hauses Oranje niemals mit Wohlgefallen auf meinem Großvater Joan Münninghoff.

Ich kann das durchaus verstehen. Für die meisten blieb es eben ein Rätsel, woher «der Gott aus Frankreich», wie der Alte Herr seltsamerweise manchmal genannt wurde, all die Sachen bekam, die Lebensmittel und dann auch noch Zigaretten. Und für manche war es wohl schwer erträglich, dass mein Großvater zwar andere damit beglückte, nicht aber sie selbst.

Natürlich rief das Neid hervor. Gerüchte kamen auf, und so war er am Ende trotz allem von Misstrauen umgeben. Joan Münninghoff war doch der Mann mit den guten Beziehungen zu den Besatzern, ganz zu schweigen von seinem SS-Sohn. Es war nicht ganz unberechtigt, was man da vorbrachte, wenn es auch offensichtlich eine andere Seite gab. Ein paar hier und da verteilte Hühner und Speckseiten änderten jedenfalls nichts an dem Bild, das man sich von ihm gemacht hatte.

Die Sache mit Koning hatte das andere dringende Vorhaben, nämlich Wera und mich von Posen ins sichere Voorburg zu holen, im Sommer 1944 vorübergehend etwas in den Hintergrund gedrängt. Doch der Alte Herr fand rasch eine Lösung: Noch vor der Abreise nach Stockholm befahl er Xeno, der gerade den Führerschein gemacht hatte, zu der Rettungsoperation aufzubrechen.

Ich habe oft darüber nachgedacht. Mein Onkel Xeno war noch nicht einmal neunzehn, als er im August 1944 in den Chrysler stieg, um gut tausend Kilometer nach Osten in Richtung der Front und der Schrecken des Krieges zu fahren. Zu einer Frau und ihrem Kind, die zwar zur Familie gehörten, ihm persönlich aber fremd waren, und doch musste er sie wegen dieser verdammten «Stammhalterschaft» wohlbehalten nach Voorburg schaffen.

Es war eigentlich kein Auftrag für einen Achtzehnjährigen. Trotzdem tat Xeno widerspruchslos, was von ihm erwartet wurde. Anfang September 1944 traf er mit seinem Auto auf dem Landgut der von Kluges ein. «Zweimal beschossen», berichtete er atemlos. Der Landadel begrüßte ihn wie einen Helden, was Xenos Selbstbewusstsein wieder ausreichend stärkte.

Er kam genau zur richtigen Zeit. Das Personal war bereits zum größten Teil fort, und auch für die Abreise der übrigen Bewohner war alles vorbereitet, man wartete nur noch auf den geeigneten Moment. Der war nun gekommen. Am letzten Abend auf dem Landgut schöpfte man noch einmal aus dem Vollen: Ein Spanferkel aus dem eigenen Stall kam auf den Tisch, aus dem Keller holte man die besten Bordeaux-Weine. Vor dem Kamin wurden bei einem Glas Kognak Erinnerungen an ein friedliches und glückliches Leben aufgefrischt. Während die Artilleriesalven der näher rückenden Front schon deutlich zu hören waren, wurde gesungen, geweint und gebetet, und alle Anwesenden schworen feierlich, dass man einander nach dem Krieg, wo auch immer, wiedersehen würde.

Dazu sollte es nicht kommen. Die von Kluges hatten auf dem Weg nach Ulm nicht so viel Glück wie Xeno auf dem Hinweg. Der Flüchtlingstreck, in den sie hineingerieten, wurde bombardiert; nur Astrid und eine Nichte überlebten. «Granny» Steenberg kehrte nach Schleswig zurück, wo sie noch sieben Jahre leben sollte, ohne Wera oder mich wiederzusehen. Nadja Fjodorowa, meine schüchterne Großmutter, ging auf Xenos Angebot, sie nach Voorburg mitzunehmen, nicht ein. Sie war durch die Art und Weise, wie der Alte

Herr ihre Tochter in Riga behandelt hatte, zutiefst verunsichert, und es wäre ihr am liebsten gewesen, wenn Wera und ich mit ihr nach Übach-Palenberg gegangen wären, einem kleinen Ort im äußersten Westen Deutschlands unweit der niederländischen Grenze, in dem einige ihrer russischbaltischen Freundinnen wohnten. Doch das kam natürlich nicht in Frage: Wera sehnte sich nach Frans, von dem sie immer noch kein Lebenszeichen erhalten hatte, und sie wusste, dass er schließlich zum elterlichen Haus in Voorburg zurückkehren würde, wenn er den Krieg heil überstand.

Am dritten Tag bog Xeno triumphierend auf die Zufahrt zur Villa in der Laan van Nieuw Oosteinde ein. Es war eine Fahrt von mehr als achtundvierzig Stunden gewesen, ohne Schlaf, aber er war überglücklich, weil er sich seinem Vater gegenüber hatte beweisen können; auftragsgemäß hatte er meine Mutter und mich lebendig und wohlbehalten abgeliefert. Zu ihrer Verwunderung hatte Xeno während der gesamten Fahrt fast kein Wort mit Wera gesprochen. «Als ich ihm für all das danken wollte, was er für dich und mich getan hatte, schaute er weg. Ich habe das nie richtig verstanden.»

So erreichten meine Mutter und ich Briva Latvija in Voorburg. Der *Dolle Dinsdag* («närrischer Dienstag»), jener 5. September, an dem zahllose Niederländer aufgrund von Gerüchten über einen schnellen Vormarsch der Alliierten verfrüht die bevorstehende Befreiung feierten und NSB-Leute in Panik die Flucht ergriffen, war gerade vorbei – und der Hungerwinter sollte noch kommen.

## – VIERZEHN –

Bei unserer Ankunft stürzten sich augenblicklich die weiblichen Hausbewohner, allen voran Omi, auf den Inhalt der Babytragetasche. Mit Tränen in den Augen priesen die Damen meine unerwartet gute Konstitution. Ich wurde überall betastet, beklopft und gestreichelt, und ein Hurra ertönte, als ich, von Omi hochgehoben, ein lautes Bäuerchen machte. Mein Großvater ließ die Champagnerkorken knallen und erklärte tief gerührt, er könne sich zur Silberhochzeit, die im nächsten Monat gefeiert werden sollte, kein schöneres Geschenk wünschen.

Meine Mutter und ich bekamen das größte Gästezimmer im ersten Obergeschoss. Man nahm an, dass Frans, sollte er den Krieg überleben, zu Wera zurückkehren und dann einige Zeit mit Frau und Kind in der Laan van Nieuw Oosteinde wohnen werde. Wo er im Augenblick steckte, wusste immer noch niemand.

Für meine Mutter begann eine Zeit voller Enttäuschungen. Konfrontiert mit der Reserviertheit und offenen Geringschätzung meines Großvaters, der sich für meinen Vater eine Zukunft in den Niederlanden und deshalb eine Frau mit niederländischen Wurzeln und vor allem mit Status und guten Beziehungen gewünscht hatte, erkannte sie bald, dass Briva Latvija für sie auf Dauer kein Zuhause sein konnte. Ihrer passiven Natur entsprechend wartete sie jedoch ergeben ab, wie sich die Dinge entwickelten, und hoffte auf eine Wendung zum Guten, ohne dass sie hätte sagen können, wodurch diese Wendung bewirkt werden sollte.

Und so blieb sie in der Villa, machte sich im Alltag möglichst unsichtbar und verdankte ihre Duldung einzig und allein der Tatsache, dass sie meine Mutter war. Wenigstens waren die Frauen im Hause nett zu ihr, und ich, der Stammhalter, garantierte, dass sie bleiben durfte. Was sollte sie sonst auch tun? Verwandte hatte sie in den Niederlanden nicht, ihre Mutter war in Deutschland. Im Grunde war sie in Erwartung von Frans' Rückkehr ganz auf sich gestellt.

Im alltäglichen Umgang wurde sie von Opa praktisch ignoriert und von Xeno bestenfalls toleriert, während Jimmy sie verehrte und begehrte. Das war natürlich schon verwirrend genug. Die entscheidende Frage lautete aber, wie Frans sich ihr gegenüber verhalten würde. Wo war er eigentlich? Würden ihn seine Kriegserlebnisse nicht auf fatale Weise verändert haben? Konnten diese beiden Kinder des Krieges, Frans und Wera, in den Niederlanden eine gemeinsame Zukunft aufbauen? Würden sie überhaupt zusammenbleiben? Oder war er inzwischen gefallen und nur die Nachricht wegen des allgemeinen Chaos noch nicht bis Voorburg gelangt?

Dieser Cocktail aus Ängsten und Hoffnungen blieb nicht ohne Wirkung auf Weras nervlichen Zustand. Sie bekam lang anhaltende Migräneanfälle und Depressionen, gegen die unser Hausarzt, van Tilburg, nicht immer das richtige Mittel fand. Als sie mich gegen Weihnachten nicht mehr stillen konnte, zog sie sich für den größten Teil des Tages bei geschlossenen Vorhängen in ihr Zimmer zurück und überließ es Omi und dem Personal, sich um mich zu kümmern. Inzwischen hatte der Alte Herr dafür gesorgt, dass ich getauft und ins Pfarrregister der Sint-Martinus-Kirche in Voorburg eingetragen wurde. Das waren seine Prioritäten.

In dieser angespannten Atmosphäre verging die Zeit langsam. Von dem Hungerwinter, der den westlichen Teil der Niederlande in seinem mörderischen Griff hielt, spürte man in Briva Latvija dank der reichlichen Kellervorräte kaum etwas. Über Frans wusste man immer noch nichts. Der Alte Herr hatte so seine Vermutungen, hüllte sich aber in Stillschweigen. «Wenn Frans tot wäre, hätten wir davon gehört», lautete seine Mutmachformel. In Gedanken beschäftigte er sich schon hauptsächlich mit der Frage, wie er nach dem absehbaren Ende des Krieges seine internationalen Beziehungen reaktivieren konnte. Weder die Exilregierung in London noch der MI6 traten noch einmal an ihn heran; in dieser Phase hatte es keinen Sinn mehr, den Verbindungsmann in Den Haag nach zwei ebenso bedeutsamen wie erfolgreichen Operationen weiteren Risiken auszusetzen.

Der Sonnenschein des Hauses war meine Großmutter. Gerade weil ihr wegen zunehmender Schwerhörigkeit so manches unerfreuliche Detail des täglichen Miteinanders entging, konnte sie fröhlich und lautstark das drückende Schweigen beenden, ihren vor Vergnügen krähenden Enkel auf dem Arm und russische Lieder singend; den lieben langen Tag alberte sie mit mir auf eine Weise herum, die ihre Mitbewohner vorübergehend aufmunterte.

Trotz ihrer kräftigen Statur war Omi ziemlich gelenkig; sie machte täglich Gymnastik, und zwar, wann immer das Wetter es erlaubte, auf dem ausgedehnten runden Rasenstück hinterm Haus. Bald wurde ich in die Übungen einbezogen. Dafür breitete Omi auf dem Gras ein großes, blütenweißes Laken aus, dann bewegte sie meine Arme und Beine auf und ab, wobei sie ihrem «Täubchen» und «Häschen» allerlei russische Aufmunterungen und Schmeicheleien zumurmelte: «*Dawai, golubtschik, jescho ras. Tak, saitschik, ta-ak, molodez!*» In diesen Momenten war sie ganz und gar eine russische *Babuschka*, mit Leib und Seele ihrem Enkelkind ergeben, und vergaß den Rest der Welt vollkommen.

Auch am Morgen des 3. März, eines der ersten Tage des Jahres 1945, an denen das Wetter Übungen im Freien zuließ. Für die RAF-Piloten, die um neun Uhr früh die V2-Startanlagen im Haagse Bos, dem Haager Stadtwald, zu bombardieren versuchten, müsste es wie eine Art Riesenschießscheibe ausgesehen haben: die grüne runde Rasenfläche, in der Mitte das weiße Laken und mitten darauf wiederum menschliche Wesen, die nichtsahnend und ausgelassen lachend seltsame Bewegungen vollführten. Ich glaube allerdings nicht, dass die Piloten dieses Bild auch wirklich wahrgenommen haben. Ihr – übrigens falsch markiertes – Angriffsziel lag weiter nördlich, auch wenn trotzdem ein paar Bomben auf die Laan van Nieuw Oosteinde fielen; die meisten legten das Haager Stadtviertel Bezuidenhout in Schutt und Asche.

Es war ein gewaltiger, furchterregender Lärm, doch Omi merkte nichts und kraulte mit sonnigem Lächeln meinen Bauch, als die zu Tode erschrockene Frau Kochmann erschien, um uns ins Haus zu holen. Sobald sie die Situation erfasste, wurde Omi plötzlich wieder zu der Lazarett-Schwester, die sie in Astrachan gewesen war. Sie ließ einen großen Topf Suppe aufsetzen und legte Decken und die Hausapotheke für eventuelle Verletzte bereit, die dann auch tatsächlich erschienen. Mindestens fünfzehn Menschen haben an jenem Tag in Briva Latvija etwas zu essen und Erste Hilfe bekommen.

Als am 5. Mai die am Vortag unterzeichnete Kapitulation aller deutschen Truppen in den Niederlanden, Dänemark und Nordwestdeutschland in Kraft trat und die Niederländer jubelnd und Fahnen schwenkend durch die Straßen zogen, während gleichzeitig vielerorts Rechnungen beglichen und verschobene «Liquidierungen» von Verrätern und Kollaborateuren nachgeholt wurden, blieb es rings um Briva Latvija, wo man ebenfalls geflaggt hatte, ruhig. Es gab in den feiernden Massen eigentlich niemanden, der den Finger anklagend auf Joan Münninghoff richten wollte; dafür war sein Ruf als Wohltäter und Helfer in seinem nächsten Umfeld und unter den Nachbarn zu gefestigt.

Und auch als Frans am 1. Juni endlich aus der Versenkung auftauchte und sich in De Laan meldete, versammelte sich keine wütende Volksmenge, die Vergeltung forderte. Es war, als wäre Briva Latvija eine Burg und als würden für die Bewohner die üblichen Maßstäbe von Gut und Böse nicht gelten. Irgendetwas war dort faul gewesen, doch es war nichts, das nach banaler Rache schrie. Alles hatte sich auf einer anderen Ebene abgespielt, in einer Sphäre voller Rätsel und Geheimnisse, wie es sie in jedem Krieg gibt.

Frans hatte sich auf seine Weise gut über die restliche Kriegszeit gerettet. Schon im August 1944, als er aus der Waffen-SS ausschied, um sich bei General Wlassows russischer Befreiungsarmee zu melden, stattdessen aber bald darauf desertierte, hatte er bei Onkel Walter Lehmann Unterschlupf gefunden, der zusammen mit Tante Litty nach der «Heim-ins-Reich»-Völkerwanderung das Landgut Ostrowo im Reichsgau Wartheland erworben hatte.

Das Ehepaar nahm Frans ohne viele Fragen auf. Nicht ganz ungefährlich, denn gerade in der Spätphase des Tausendjährigen Reiches wurden Deserteure reihenweise standrechtlich erschossen oder erhängt, und ihren Helfern drohte die gleiche Strafe. Doch Onkel Walter, Chirurg und Direktor des regionalen Krankenhauses, war ein angesehener Mann, der persönlich eine Reihe führender Nazis operiert hatte und das volle Vertrauen der Gauleitung genoss. Seine stattliche Villa wurde selbstverständlich nie durchsucht, und Frans konnte bleiben, so lange er wollte. Onkel Walter war zu sehr Familienmensch, um ihn zum Weggehen aufzufordern, von Verrat ganz zu schweigen.

Während seiner Zeit im Versteck, die bis März 1945 dauern sollte, stand Frans in engem Kontakt zu seinem Cousin Kurt Strandmann. Ihn kannte er schon aus Riga; mit Kurt war er zu Pferde durch Wald und Feld gestreift, und «Kurtitsch», wie der junge Mann im Familienkreis genannt wurde, war auch an jenem festlichen Abend dabei gewesen, als Frans die vorüberschwebende Wera am Gürtel gegriffen und zu sich hingezogen hatte. Eigentlich hatten erst Kurt und im Hintergrund dessen fanatische Eltern in Frans den ebenso unerbittlichen wie glühenden Antibolschewismus geweckt, der ihn schließlich in die Reihen der SS getrieben hatte.

Natürlich hatte auch Kurtitsch diesen Schritt getan, nur war er nicht so weit wie Frans in die verhasste Sowjetunion vorgedrungen. Vor Moskau hatte er sich dann so ratlos wie jeder, der in jenem Krieg noch seinen Verstand gebrauchte, gefragt, warum der Befehl des Führers zum entscheidenden Angriff auf die Hauptstadt des Feindes ausblieb, bis eine Mörsersalve seinen Überlegungen ein Ende setzte. Als er aus der Narkose erwachte, war sein rechter Unterschenkel amputiert, und er durfte zur weiteren Behandlung nach Hause.

Auf dem Landgut Ostrowo wurde die durch den Krieg abrupt unterbrochene Freundschaft wiederbelebt. Als Jungen waren Frans und Kurtitsch in die Hölle hinabgestiegen, als raue, desillusionierte Männer hatten sie gerade noch ihre Haut retten können. Wie sollte es nun weitergehen? Von ihrer Zukunft hatten sie keinerlei Vorstellung; die hoffnungslose Stimmung machte sie zu Verbündeten. Dass Frans de facto desertiert war, da er sich nicht wie angekündigt bei Wlassows Armee gemeldet hatte, war für seine Verwandten kein großes moralisches Problem. Zweimal verwundet und Träger des Eisernen Kreuzes (das Kurtitsch nicht bekommen hatte) – er hatte seine Pflicht mehr als erfüllt.

Die Gespräche am Kamin auf Ostrowo drehten sich immer öfter um die nun doch offensichtlichen Unzulänglichkeiten eines «Führers» aus kleinbürgerlichem Milieu, der in seiner Beschränktheit und Unbelehrbarkeit den gesamten Russlandfeldzug verpfuscht habe, statt auf seine fähigen deutschbaltischen Generäle zu hören, und dessen Hang zu leerem Pathos und rücksichtsloser Gewalt, typisch für Menschen seines Schlages, letztlich Millionen das Leben gekostet habe. Deutschland, so das vorherrschende Gefühl auf Ostrowo, hätte den Krieg gewinnen können und müssen, doch da das nun nicht mehr geschehen werde, sei es Wahnsinn, dem durchgedrehten österreichischen Gefreiten in seinem Berliner Selbstmordkarussell weiter zu folgen.

Als die Russen im Januar 1945 an der Weichsel mit ihrer Schlussoffensive begannen und in unerwartet kurzer Zeit in Richtung Oder durchbrachen, wurde den beiden ehemaligen Frontsoldaten klar, dass sie möglichst schnell das Weite suchen mussten. Überall im lieblichen Warthegau griff die Angst vor den nahenden «asiatischen Horden» um sich, zahllose Menschen machten sich in blindem Entsetzen auf den Weg nach Westen, wobei sie ihre Habseligkeiten in Koffern und Rucksäcken oder auf Handkarren und Fuhrwerken mit sich führten. Auf deutschem Boden zu bleiben, schien Frans und Kurtitsch nicht die sinnvollste Lösung zu sein. Sie waren realistisch genug, um vorherzusehen, dass Deutschland bald völlig zusammenbrechen und dass dann eine weitere lange Leidenszeit beginnen würde. Und natürlich wussten sie, dass sie auch wegen ihrer Zugehörigkeit zur ehemaligen baltischen Oberschicht möglichst nicht den Sowjets in die Hände fallen sollten.

Über ihre Fluchtziele brauchten sie deshalb nicht lange nachzudenken. Frans wollte versuchen, bis nach Voorburg zu kommen, was aussichtsreich schien, da er immer noch einen niederländischen Pass besaß und leicht als Rückkehrer vom «Arbeitseinsatz» durchgehen konnte. Und Kurtitsch hatte entfernte Verwandte in Brüssel, die ihn sicher aufnehmen würden. Als Kriegsinvalide würde er wohl ohne allzu viele Schwierigkeiten reisen und sich dann mit seinem lettischen Pass aus der Vorkriegszeit über die Grenze bluffen können.

So zogen die Freunde mit dem Mut der Verzweiflung los, auf verschiedenen Wegen. Beim Abschied übergaben sie Onkel Walter ihre Waffen und persönlichen Besitztümer, von denen sie sich nicht endgültig trennen wollten, die sie aber bei möglichen Begegnungen mit Briten oder Amerikanern besser nicht bei sich haben sollten. Für Walter, der zu seinem Ferienhaus in Varel am Jadebusen aufbrach, war es Ehrensache, die ihm anvertrauten Dinge, darunter auch das Eiserne Kreuz und den erbeuteten russischen Säbel, aufzubewahren. Jahre später, Anfang der Fünfziger, als wir ihn zu Weihnachten besuchten, lag der Orden unter dem Weihnachtsbaum, zusammen mit einem kleinen Stapel Fotos von meinem Vater und seinen Kriegskameraden in Uniform.

Strahlend erzählte Onkel Walter, dass er alles in Ölpapier verpackt und am Waldrand hinter seinem Haus vergraben habe. Bestimmt wird man bei dieser Gelegenheit auch über die Luger und den Säbel gesprochen haben, was mir jedoch entging, wie vieles in jenen Jahren, das ich vielleicht hörte, aber nicht einordnen konnte und deshalb wieder vergaß.

Wie es Kurtitsch gelang, tatsächlich ohne Schwierigkeiten über die belgische Grenze zu kommen, hat man nie genau erfahren. Nur dass er sich nach seiner Ankunft in der belgischen Hauptstadt über die dortige, noch aus der Vorkriegszeit stammende lettische diplomatische Vertretung recht einfach die benötigten Papiere beschaffen konnte und eine Wohnung im französischsprachigen Stadtteil

Ixelles fand. Er tat, was so viele in jenen chaotischen Monaten taten: Er nutzte das allgemeine Durcheinander; in den Verwaltungen fehlten zahllose Unterlagen, weil Papiere verloren gegangen, bei Bombenangriffen verbrannt oder von flüchtenden Deutschen vernichtet worden waren.

Wer kaltschnäuzig genug war, mit einem Pokerface eine stimmig klingende Lügengeschichte aufzutischen, hatte gute Chancen, die nicht gerade gut informierten alliierten Militärbehörden zu täuschen. In einer solchen Situation waren ein Holzbein und ein lettischer Pass für einen geborenen Fantasten – und das war Kurtitsch – Gold wert.

Mein Vater Frans dagegen war ein naiver Draufgänger; er hatte keine Geschichte parat, dafür aber Glück. Er bewegte sich im Strom der Flüchtlinge mit und kam so schließlich nach Lübeck, wo er sich bei seinen Flitterwochen-Gastgebern ein wenig erholen konnte. Anschließend setzte er seinen Marsch über Hamburg fort und überquerte schließlich bei Oldenzaal die niederländische Grenze. Er war erschöpft, aber er trug Zivilkleidung, war im Besitz eines niederländischen Ausweises, sprach Niederländisch und hatte in Voorburg ansässige Eltern. Ein eindeutiger Fall, fand man im Aufnahmelager für *displaced persons* in Winterswijk. Am 1. Juni stand Frans vor der Tür von Briva Latvija, wo ihn ein eisig-abweisender Vater erwartete und wo seine Ehe mit Wera rettungslos scheitern sollte.

Das hatten schon bei der ersten Begegnung der beiden alle gespürt. Während Wera vor Glück das Herz in der Brust hüpfte, sie ihm um den Hals fiel und ihn mit Küssen bedeckte, ließ er ihre Liebkosungen stramm wie ein Wachsoldat vor dem Buckingham-Palast über sich ergehen. Er sei hundemüde, sagte er, außerdem habe er immer noch Schmerzen von seiner letzten Verwundung. Er wollte ins Bett, aber nicht mit ihr.

Er schlief mehr als vierundzwanzig Stunden, doch als er beim Aufwachen Wera erblickte, die nicht von seinem Bett gewichen war, drehte er sich in einem unmissverständlichen Reflex zur Wand. Sie müssen beide in gleichem Maße eine stille, tiefe Enttäuschung empfunden haben, bevor sie die ersten Worte miteinander wechselten.

Er könne all das nicht verarbeiten, sagte er. Die Erinnerungen an den Krieg überwucherten alles, was er denke, wahrnehme und tue. Die gefallenen Kameraden, von denen sie doch auch einige aus Riga kenne, säßen auf seinen Schultern. Mit welchem Recht lebe er eigentlich weiter?

«Sprich nicht so», rief sie. «Du lebst, du hast ein Kind und eine Frau.»

Das machte ihn wütend. Brüllend wie ein verletztes Tier packte er sie an den Schultern und schüttelte sie. Auch er hätte tot sein müssen. Und es habe nicht viel gefehlt. Er sehe sich immer noch daliegen, nach ein paar Einschlägen, blutend wie ein Schwein im grauweißen Schnee auf dem sumpfigen ukrainischen Land bei Tscherkassy, das gerade aus dem Winter erwachte. Damals sei er überzeugt gewesen, dass jetzt endlich auch er sterben werde, nach so vielen Monaten unwahrscheinlichen Soldatenglücks. Und er habe sich eigenartigerweise damit abgefunden, weil es das Gleichgewicht mit seinen Freunden wiederherstellte. Bis plötzlich aus dem Nichts ein Sanitäter auftauchte, der schweigend, als wäre es eine ganz selbstverständliche Sache, sein Bein abband und ihn dann auf einem Schlitten aus der Feuerlinie und zum Feldlazarett zog. Am schlimmsten sei, dass dieser Mann, dessen Namen er nicht kannte, eine halbe Stunde später, wieder mit Schlitten und Tasche auf der Suche nach Verwundeten, selbst ums Leben kam, als die Katjuschas das Schlachtfeld zur Sicherheit noch einmal umpflügten.

Stundenlang habe er in dem stinkenden Lazarett hilflos geweint, um diesen Mann und um Wolfi Meskeris und Manfred Dolgoi und all die anderen, die weniger Glück gehabt hätten als er, Frans Münninghoff. Ob sie das verdammt noch mal begreifen könne, fragte er Wera. Ja? Dann habe sie jedenfalls mehr begriffen als sein Vater, der ihn bei seiner Heimkehr aus dem Krieg nur missbilligend angesehen und gesagt habe, jetzt müssten Maßnahmen ergriffen werden.

Jetzt. Damit meinte er: jetzt, da er wusste, dass sein ältester Sohn noch am Leben war.

Wera nickte nur und weinte leise und verzweifelt, überwältigt von der Erinnerung an ihre glückliche Zeit in Riga, als sie sorglose, verliebte Jugendliche gewesen waren, denen eine ganze Welt voller Verheißungen und Möglichkeiten offenzustehen schien. Und nun war dieser zutiefst verstörte arme Kerl zu ihr zurückgekehrt, dessen Seele das Schicksal in einen Kampfpanzer gezwängt hatte.

«Wir waren doch füreinander bestimmt», sagte sie unter Tränen.

Das rührte Frans dann doch. Er nahm sie in die Arme, und so saßen sie lange zusammen auf dem Bettrand, wiegten und streichelten sich und flüsterten zwischen Küssen und Tränen, dass vielleicht doch alles gut werden würde.

## – FÜNFZEHN –

Doch es wurde nicht mehr gut.

Eine Mischung aus Verbitterung über den Verlauf des Krieges, in dem praktisch all seine Freunde ausgelöscht worden waren, und Enttäuschung wegen des Fehlens jeglicher Anerkennung, ganz zu schweigen von Dankbarkeit für das, was er unter Lebensgefahr für die Familie getan hatte, vertrieb meinen Vater schon nach wenigen Wochen aus Briva Latvija. Fassungslos stellte er fest, dass sein Vater nicht im Geringsten stolz auf ihn war; der Alte Herr verbot ihm sogar, über seine Erlebnisse in Russland zu sprechen, und riet ihm, möglichst schnell in jeder Hinsicht zum Niederländer zu werden. Das hatte er von seinem ältesten Sohn ja immer schon erwartet. Eigentlich wäre es ihm auch lieber gewesen, wenn Wera einer Niederländerin Platz gemacht hätte, aber sie und Frans hatten nun einmal einen Sohn und waren verheiratet, und als guter Katholik fand mein Großvater sich damit ab.

Für den Ruf der Familie und für Frans' Zukunft war es jedoch von entscheidender Bedeutung, alles vergessen zu machen, was ihn mit Deutschland oder gar den Nazis in Verbindung brachte. Es würde schon äußerst schwierig sein zu verhindern, dass sich der Sondergerichtshof zur Verfolgung von Kriegsverbrechern und Landesverrätern mit Frans' SS-Vergangenheit befasste, doch dafür hatte mein Großvater seine Freunde in höchsten katholischen Kreisen. Frans würde also vielleicht davonkommen, musste sich dann aber auch anpassen. Was sprach denn dagegen? Hatte er nicht nach der Grundschule seine gesamte Schulzeit in den Niederlanden verbracht?

Und da sie nun schon einmal davon sprachen: Nach Lettland würden sie, so wie sich alles entwickelt hatte, nie mehr zurückkehren. Das Land sei eine Provinz der UdSSR geworden und werde es lange bleiben. Man könne allenfalls noch auf juristischem Wege wenigstens einen Bruchteil des Familienvermögens zurückfordern. Auf jeden Fall müssten die Kinder, und auch Omi, jede Hoffnung auf eine Rückkehr in ihr Vorkriegsparadies fahren lassen. Das sei nun einmal ihr Schicksal, und sie müssten lernen, es zu akzeptieren. Dazu gehöre auch, dass von nun an in Briva Latvija Niederländisch die erste und einzige Umgangssprache sei. Nur im Notfall dürfe man aufs Deutsche zurückgreifen. Die vollständige Assimilierung müsse jetzt konsequent angegangen werden, und er, mein Großvater, werde darauf achten, dass dies auch zum Erfolg führe.

Mein Vater reagierte wütend; mit zusammengebissenen Zähnen und geballten Fäusten stieß er ein «Nein» hervor. Aller Hass auf die Niederlande und die eigenen, zu seinem tiefen Bedauern ererbten niederländischen Anlagen entlud sich in diesem Nein zu allem, was ihm sein allmächtiger holländischer Vater befehlen wollte. Niederländisch sprechen? Die Sprache dieser kleinbürgerlichen Nörgler, zu denen er niemals gehört hatte, trotz acht erzwungener Schuljahre im Land?! Was für Schlappschwänze, die einfach alles mit sich hatten machen lassen und überwiegend für jeden Widerstand zu feige gewesen waren, ja sogar mit den Deutschen gemeinsame Sache gemacht hatten! NSB-Leute, etwas Verachtenswerteres gab es nicht! Landesverräter!

Im kochenden, richtungslosen Strom seiner Gedanken suchte er nach Halt. Auf jeden Fall musste er so schnell wie möglich aus dem Land, nicht nur, weil man ihn bald suchen würde, sondern auch und vor allem, weil er sich nach moralischer Unterstützung sehnte, nach Verständnis für das, was er durchgemacht hatte, nach Menschen, bei denen er außer einem sicheren Unterschlupf auch Anerkennung finden würde. Und Wera und Bully? Für sie hatte er jetzt keine Zeit, er musste erst einmal zu sich kommen. Wenn er sich um seine Familie kümmerte, würde er für immer an Briva Latvija und seine Bewohner gekettet bleiben. Soll doch der Alte Herr für sie sorgen, dachte er, der hat ja genug Geld.

Ende Juni, weniger als einen Monat, nachdem er aus dem Krieg heimgekehrt war, verließ Frans Briva Latvija, nach einer von vielen aussichtslosen Streitereien mit Wera, ohne Vorwarnung. Zu Fuß und per Anhalter reiste er nach Oss – warum dorthin, wusste er selbst nicht genau – und klingelte unangekündigt bei Robert, Anfang der dreißiger Jahre ein Klassenkamerad am Institut Sint-Nicolaas. Schon der hohle Klang der Türglocke und der Schritte und dann der Anblick der Frau, die zögernd die Tür einen Spalt öffnete, ließen ihn ahnen, dass etwas passiert sein musste und Roberts Mutter jetzt allein lebte. Als er seinen Namen nannte, umarmte sie ihn mit einem leisen Schluchzen und zog ihn schnell ins Haus. «Ich heiße Martha», sagte sie, «weißt du noch?» Er nickte und schaute sich um. Hin und wieder war er zum Spielen hergekommen, weniger, weil Robert ein richtiger Freund gewesen wäre, sondern eher, weil es praktisch war, dass er in Oss wohnte und manchmal am Wochenende nach Hause durfte.

Ihr Mann – ein Weinhändler, wie Frans sich deutlich erinnerte –

sei schon vor dem Krieg bei einem Unfall ums Leben gekommen, erzählte Martha. Und Robert ... Tja, der sei spurlos verschwunden. Einfach so; eines Tages sei er mit dem Rad weggefahren, habe noch fröhlich gewinkt und «Bis heute Abend!» gerufen, sei aber nicht zurückgekehrt. Das war die Geschichte, die sie den Nachbarn aufgetischt hatte und zunächst auch Frans erzählte.

Doch dieser hauchdünne Schleier ging schon am ersten Abend in Fetzen; auch die Nachbarn hatte sie nicht lange täuschen können. Wie viele andere junge katholische Männer aus der Region habe sich Robert zur Waffen-SS an die Ostfront gemeldet, gestand sie, nachdem Frans sich unumwunden zu seiner eigenen SS-Zugehörigkeit bekannt hatte. Mit großen, starren Augen hörte sie an, was der verirrte Waffenbruder ihres Sohnes berichtete. Von Robert hatte sie abgesehen von der Ankündigung, dass er nach Russland gehe, keine Nachricht mehr erhalten. Umso begieriger lauschte sie nun dem endlosen Gerede meines Vaters, des unerwarteten Boten aus der makabren Welt der Ostfront, von der sie sich in den drei Jahren von Roberts Abwesenheit schon die schlimmsten Vorstellungen gemacht hatte.

Nun hörte sie von Frans die wahre Geschichte. Und obwohl er Robert auf den Schlachtfeldern nie begegnet war, hätte auch ihr Sohn genau das erleben und erleiden können, was ihr da geschildert wurde. Aus dem Keller, in dem unangerührt noch Vorräte ihres verstorbenen Mannes lagerten, holte sie eine Flasche Genever. «Schnaps!», rief Frans lachend. Drei-, viermal füllte sie sein Glas und trank selbst auch eins.

Nicht weniger als zehn Wochen blieb Frans bei Martha in Oss. Er verließ das Haus nicht, verschlief ganze Tage und trank sich Abend für Abend beim Erzählen einen Rausch an. Er brauchte beides, den Alkohol und diese begierige Zuhörerin. Was ihm in Voorburg an Aufmerksamkeit von Seiten seines Vaters entgangen war, bekam er bei Martha. Und mit jedem Glas schienen auch seine eigenen unseligen Kriegserfahrungen ein wenig begreiflicher und erträglicher zu werden. «Verstehst du, Martha?», lautete jeden Abend seine letzte Frage, bevor ihm von einem Moment auf den anderen der Kopf auf die Brust sank, als wäre er von einem verspäteten russischen Scharfschützen getroffen worden, und er auf dem Sofa zu schnarchen begann.

Martha verstand ihn, erkannte aber auch, dass es so nicht lange weitergehen konnte. Im ganzen Land zirkulierten Listen mit Namen von Gesuchten, von NSB- und SS-Leuten, und auch in Nordbrabant waren Trupps mit Durchsuchungsbefehlen unterwegs.

Frans musste weg, so viel war klar. Als er sie eines Tages um Hilfe bei der Flucht nach Belgien bat, wandte sie sich an einen alten Bekannten ihres Mannes, der die Schmuggelrouten durch die Kempen, eine Heidelandschaft in der niederländischen Provinz Nordbrabant und den belgischen Provinzen Antwerpen und Limburg, genau kannte. Ende September setzte sich Frans nach Belgien ab.

## – SECHZEHN –

Für Wera waren diese Entwicklungen natürlich katastrophal. Kaum drei Jahre war sie verheiratet, und schon zum zweiten Mal war ihr Ehemann für längere Zeit verschwunden und ließ nichts mehr von sich hören. Ihre erste Reaktion bestand darin, dass sie eine für sie beruhigende Erklärung formulierte. Seine hoffentlich nur kurzzeitige Abwesenheit deutete sie trotzig als begreifliche Folge der erlebten Kriegsschrecken. Frans war nun einmal innerlich beschädigt zurückgekehrt, das hatte sie sofort gespürt, als er am 1. Juni 1945 plötzlich vor ihr stand. Auch was sie jetzt zu tun hatte, war klar, nämlich, wie der Alte Herr es angeordnet hatte, Niederländisch lernen und Niederländerin werden. Wenn sich alle Rauchwolken erst einmal verzogen hätten, würde Frans schon den Weg des geringsten Widerstands gehen und zu ihr zurückkommen.

Sie gab sich wirklich alle Mühe, meine Mutter. Sie lernte unsere sogar für Deutschsprachige syntaktisch nicht ganz einfache Sprache. Noch auf dem Sterbebett, ein halbes Jahrhundert später, sprach sie am Telefon mit ihren Enkelkindern Niederländisch. Wie sie auch mit all den Windbeuteln Niederländisch gesprochen hatte, die nach dem Krieg, als Frans verschwunden war, in ihrer Nähe waren. Denn sie war schön, romantisch veranlagt und dabei sehr naiv. Und sie sehnte sich nach Liebe.

Die holländischen Studenten, die im Herbst 1945 die Villa in der Laan van Nieuw Oosteinde besuchten – eingeladen von Jimmy und Xeno, inzwischen in Amsterdam beziehungsweise Delft immatrikuliert –, verguckten sich reihenweise in sie. Wera merkte das selbstverständlich, doch ihre Solidarität mit dem Mann, der wie die anderen Jungs aus Riga in den Krieg gezogen war, hinderte sie anfangs daran, auf Annäherungsversuche einzugehen. Hinzu kam, dass mit mir als herumkrabbelndem Baby nicht so leicht eine Atmosphäre entstand, wie man sie sich für ein eventuelles Liebesspiel wünschte.

Und doch – als ich zwei Jahre alt war (dies ist meine allerfrüheste Erinnerung), lag ich einmal auf einem Kissen auf der Kommode, von meiner Mutter frisch gewickelt und in Erwartung dessen, was nun geschehen sollte; es geschah aber nichts, denn Wera war auf die Avancen von Jimmy, meinem Onkel, eingegangen, der trotz seiner Behinderung infolge der Polio-Erkrankung ein gefürchteter Casanova war und die Abwesenheit meines Vaters ausnutzte, um Wera zu umgarnen

Unruhig, wie ich nun mal bin, drehte ich mich nach einiger Zeit auf den Bauch, sah genau vor mir ein offenstehendes Fenster und robbte sogleich darauf zu. Den dreidimensionalen Charakter der Welt um mich herum hatte ich offensichtlich noch nicht ausreichend erfasst, und von den Gefahren, die hinter und vor allem unter dem Fensterrahmen lauerten, ahnte ich nichts. Ohne einen Laut von mir zu geben, fiel ich hinunter, vier Meter tief.

Dies ist eine Rekonstruktion auf der Grundlage dessen, was Wera und Jimmy mir später gestanden. Meine eigene Erinnerung sieht so aus: Meine Mutter kommt aus der Tür des Hauswirtschaftsraums gerannt, im Morgenmantel und mit völlig verstörtem Blick, über den ich erst viel später sagen konnte, dass sich darin Angst, Reue, Scham, Sorge und vor allem Liebe, wilde, panische Mutterliebe, mischten. Sie sah in ihrem grellbunten, flatternden Morgengewand wie ein seltsamer exotischer Vogel aus.

Die zweite Erinnerung: Ich sehe einen Mann in einem blauen Overall, er steht auf einem Gerüst und streicht ein Gitter, das inzwischen vor dem erwähnten Fenster angebracht worden ist. Schon damals erkannte ich auch den Zusammenhang zwischen meinem Sturz und dieser Arbeit. Dass ich aber dem Tod entronnen war und wie das geschehen konnte, war mir natürlich nicht klar. Der Tod ist für einen Zweijährigen noch etwas Unbenanntes. Mir war etwas widerfahren, und meine Mutter hatte mich in ihre warmen Arme geschlossen.

Erst viel später hörte ich, dass es an einem Sonntagvormittag passiert war, dass die Arbeiter, die damit beschäftigt waren, eine neue Zufahrt zur Garage zu betonieren, am Samstagnachmittag nicht fertig geworden waren und genau unter meinem Fenster ein paar Säcke Zement und einen großen Haufen Sand für den Montag zurückgelassen hatten. Auf diesem sonderbaren, lebensrettenden Kissen war ich gelandet.

Meine Großeltern, besonders mein Opa, nahmen Wera diese Sache sehr übel. Dass Jimmy dabei eine mehr als zweifelhafte Rolle gespielt hatte, fiel schnell unter den Tisch; es ging nur um das verachtenswerte Verhalten meiner Mutter. Sie hatte sich doch angeboten, nicht nur Jimmy, sondern einer ganzen Reihe von Verehrern. Denn so weit war es tatsächlich gekommen, als Wera, von Frans verlassen, verwirrt und unentschlossen in der feindseligen Umgebung zurückblieb. Auf der Suche nach einem verständnisvollen Zuhörer und einem aufmunternd um ihre Schultern gelegten Arm, der sie aus dem düsteren Labyrinth der kalten, abweisenden Münninghoff-

Familie herausführen würde, konnte sie nach einiger Zeit den fröhlichen, charmanten jungen Männern, die ihr begegneten und die sich eine Weile sehr um sie bemühten, einfach nicht mehr widerstehen. Sie fing an, abends auszugehen, und ließ mich dann in der Villa zurück, wo ich meistens von Omi, manchmal auch von Frau Kochmann oder Livia zu Bett gebracht wurde.

Was genau meine Mutter sich erhoffte, weiß ich nicht, aber verstehen kann ich sie sehr gut. Eine Schönheit wie sie, erst Mitte zwanzig, war es sich schuldig, alle Chancen zu ergreifen, die das Leben ihr bot. Was natürlich nicht heißt, dass sie das wirklich tat. Die Männer, mit denen sie sich einließ, hatten ihre eigenen Pläne, auf eine Karriere in den Niederlanden ausgerichtet, und konnten oder wollten keine längere Beziehung mit ihr eingehen. Umgekehrt war es ähnlich: Unter ihren Verehrern, erzählte sie mir später, sei keiner gewesen, der etwas von ihren eigentlichen Wünschen oder ihren besonderen Problemen zu erspüren schien. Ihr alles beherrschendes Gefühl war die Sehnsucht nach Frans.

Der schien sich im Herbst 1945 endlich wieder halbwegs in den Griff zu bekommen. Als er mit dem Zug von Oss nach Eindhoven fuhr, wo er von dem erwähnten Bekannten Marthas abgeholt wurde, um noch in derselben Nacht von dem Dörfchen Netersel aus auf einem kaum erkennbaren Schmugglerpfad durch Wald und Heide die belgische Grenze zu überqueren, hatte er jedenfalls ein klares Ziel vor Augen. Er wollte in Brüssel bei Kurtitsch einziehen und dann mit Guus van Blaem Kontakt aufnehmen, einem Jungen, mit dem er sich Ende der dreißiger Jahre im Internat Katwijk in Den Haag angefreundet hatte. Guus hatte nämlich angeblich in Brüssel und Antwerpen interessante Einnahmequellen erschlossen, unter anderem Waffenhandel. Und Waffen waren ja nun ein Gebiet, auf dem Frans Münninghoff als Experte gelten durfte.

In Brüssel angekommen, stellte er fest, dass auch Kurtitsch bereits an Geschäften beteiligt war, die zwar alles andere als sauber waren, bei denen aber er selbst mit seinen speziellen Erfahrungen sicher von Nutzen sein konnte. Schon am ersten Abend lud Kurt Strandmann einen gewissen Alfred Valdemanis ein, einen Letten, der eine wichtige Rolle als Organisator einer der vielen Nazi-Fluchtrouten nach Südamerika spielte. Als Frans den Namen hörte, hatte er seinen Jugendfreund fragend angeschaut: ein autochthoner Lette, konnte man dem denn vertrauen? Doch Kurtitsch hatte ihm versichert, dass Alfred in Ordnung sei und viele gute Beziehungen habe, die ihm, Frans, bestimmt weiterhelfen könnten.

Während des Gesprächs, das drei Flaschen Wodka lang bis vier Uhr morgens dauerte, erklärte Alfred, es gebe Tausende ehemalige SS-Angehörige, die sich überall in Europa versteckt hielten und auf eine Gelegenheit warteten, sich nach Brasilien, Argentinien oder in andere lateinamerikanische Länder abzusetzen. Und damit lasse sich natürlich gutes Geld verdienen. «Du weißt doch, jeder SS-Mann wird von vornherein verdächtigt, ein Kriegsverbrecher zu sein, auch wenn er wie du als Frontsoldat bei der Waffen-SS war und nur fair gekämpft hat. Aber denk bloß nicht, dass er deshalb einen fairen Prozess bekommt», sagte Valdemanis. Und er schlug Frans vor, als Betreuer auf den Schleichwegen ins Exil zu arbeiten: «Du holst die Kunden ab, begleitest sie zum Hafen und bringst sie an Bord des Schiffes, das wir für die Überfahrt ausgesucht haben. Von da an übernehmen wir. Und wer weiß, vielleicht kannst du nach einer Weile selbst mitfahren, um da drüben ein neues Leben zu beginnen.»

Frans zeigte sich zunächst interessiert, doch allmählich beschlichen ihn Zweifel, und plötzlich sah er überall Gefahren, die eine solche Mission mit sich bringen würde. Eigentlich wollte er überhaupt nicht aus Europa fort. Sicher, in den Niederlanden würde man ihn natürlich verhaften, weil er Kriegsdienst für eine feindliche Nation geleistet hatte, aber dieses Problem ließ sich wahrscheinlich in absehbarer Zeit dank der Beziehungen seines Vaters lösen. Am liebsten würde er ohnehin nach Deutschland gehen, um beim Wiederaufbau des Landes zu helfen, nur musste er dann erst einmal herausfinden, wo genau er dort unterkommen konnte und wie er dort hinkam. Aber vor allem, verkündete er plötzlich nach der zweiten Flasche Wodka, finde er es nicht richtig, dass Alfred und Kurtitsch mit diesem Menschenschmuggel reich werden wollten. Sozusagen auf dem Rücken seiner alten Kameraden. «Nein, ich glaube, dafür bin ich nicht der Richtige», murmelte er noch. «Lasst mich irgendwas mit Waffen machen, darin bin ich viel besser.»

Kurtitsch und Alfred schauten ihn forschend an, die Stimmung kühlte sich um einige Grad ab und blieb auch so, als Alfred gegangen und Frans mit Kurtitsch allein war. Endlich sah er klar: Es hatte ein Leben vor dem Krieg gegeben, das man im Fall von Kurtitsch und ihm selbst als paradiesisch bezeichnen konnte; danach das Leben während des Krieges, in dem Freundschaften heilig gewesen waren und man die größten oder übelsten Taten beging, als wäre es selbstverständlich. Doch in dem Leben nach dem Krieg, das nun angefangen hatte, zählten vor allem Gerissenheit und Berechnung. Und darin war Kurt Strandmann erheblich besser als er, Frans Münninghoff.

Um eine Illusion ärmer verabschiedete er sich, nachdem er seinen Rausch ausgeschlafen hatte, am Mittag des nächsten Tages von Kurtitsch und ging auf die Suche nach Guus, der einzigen Person in Brüssel, an die er sich jetzt vielleicht wenden konnte. Als er bei der angegebenen Adresse in Brüssel-Nord klingelte, wurde die Tür von einer fröhlichen, attraktiven Frau mit braunen Haaren geöffnet, die er nur dem Namen nach kannte: Mimousse van Blaem. Eine Cousine ersten Grades von Guus, außerdem aber seine Ehefrau.

Hoffnungsvoll lächelnd stellte Frans sich ihr vor. Sie hatte von ihm gehört. Aber noch wichtiger: Mit einem herzlichen Kuss bat sie ihn herein.

Es war Liebe auf den ersten Blick.

# – SIEBZEHN –

Mimousse war die Tochter eines arroganten Hals-Nasen-Ohren-Arztes aus Breda, Toine van Blaem, und einer belgischen Baronesse, Emilie de Heusch de la Zangrye. Die Ehe, gegen Ende des Ersten Weltkriegs geschlossen, wurde in den Kreisen des degenerierten belgischen Landadels allgemein als Mesalliance betrachtet. Als auch nach vier in kürzester Zeit gezeugten Kindern noch nichts von Akzeptanz durch die blaublütigen Belgier zu spüren war, reichte es dem unverbesserlichen Schürzenjäger Toine, und er ließ seine Familie für eine niederländische Patientin im Stich, die sowohl furchtbar reich als auch glücklicherweise völlig frei von aristokratischen Allüren war. Die Baronesse zog daraufhin mit ihren vier Töchtern zu ihren Eltern auf das Landgut Ridderborn, das versteckt in der waldigen Hügellandschaft der belgischen Provinz Limburg lag.

Das Leben auf Schloss Ridderborn um das Jahr 1930 war kein Vergnügen, darüber waren sich Mimousse (eigentlich Marie Ghislaine, doch dieser würdevolle Name wurde im alltäglichen Umgang zum fröhlich-frivolen Mimousse) und ihre Schwestern Yvonne, Jacquot und Edith vollkommen einig. Im Grunde war Ridderborn eher ein Kloster als ein Schloss. «Granny», wie wir die Baronesse später nannten, unterwarf mit stillschweigender Zustimmung ihrer greisen, zerbrechlichen und weltfremden Eltern sich selbst und die Kinder zunächst einem streng katholischen Regime, das weltliche Freuden ausschloss. Es schien in erster Linie dem Zweck zu dienen, ihre gescheiterte Ehe mit dem autoritären Lebemann van Blaem durch klösterliche Zucht nachträglich in einen gültigen Passierschein für die Himmelspforte zu verwandeln.

So wuchsen Mimousse und ihre Schwestern zu naiven und etwas eigensinnigen Mädchen heran. Sie kannten sich bestens mit den pedantischen Benimmregeln des belgischen Adels aus (die Gabel deckt man mit der Wölbung nach oben und nicht umgekehrt, als wäre sie eine liegengelassene Heugabel, wie die bäurischen Holländer es tun; den zweituntersten Knopf der Weste lässt man offen, *à la Albert*; und so weiter und so fort – Mimousse hat mir, dem niederländischen Jugendlichen, all dies bis ins Detail beigebracht). Von der harten Realität der ins Chaos abgleitenden Welt der dreißiger Jahre bekamen die Mädchen dabei wenig mit. Ihr belgisches Internat änderte daran nichts, wurde es doch von Benediktinerinnen geleitet, für die Disziplin an erster Stelle stand und die ihre Erziehungsmethoden noch mit der frommen Sauce religiöser Kontemplation würzten. Die großen Ferien, nach denen sich die Mädchen im Internat sehnten, weil sie dann wieder ein paar Wochen in der «normalen» Welt unter «normalen» Menschen sein konnten, wurden größtenteils mit Besuchen bei adligen *oncles* und *tantes* vertan. Die mussten nämlich davon überzeugt werden, dass es auf Ridderborn, Mesalliance hin oder her, vier junge Damen gab, die zwar nicht als Baronessen gelten durften, aber doch sehr präsentabel waren.

Glücklicherweise erschien auf Ridderborn bald ein rettender Engel in Gestalt von Bob Pietersma, einem fröhlichen niederländischen Agronomen, den der alte de Heusch für ein paar Wochen engagiert hatte, damit er das Landgut umkrempelte und wieder rentabel machte. Im Handumdrehen entwickelte sich eine leidenschaftliche Liebesbeziehung zwischen ihm und der trotz aller Lebenstragik noch attraktiven, geschiedenen Baronesse. Die hatte das selbst auferlegte zölibatäre Leben in Wirklichkeit mehr als satt und war bereit, ihrem Bob notfalls bis ans Ende der Welt zu folgen. Das traf sich gut, denn Pietersma hatte sich über Bekannte an der agrarwissenschaftlichen Hochschule als Plantagenverwalter in Niederländisch-Indien beworben und kurz zuvor eine Stelle auf Java bekommen.

Die Arbeit auf Ridderborn war praktisch seine letzte Aufgabe in Europa gewesen, er stand im Begriff, nach Niederländisch-Indien zu emigrieren; wie es aussah, für immer. Würde Emilie …? Sie erklärte sich ohne Zögern bereit dazu. Die Kinder seien kein Problem, sagte Pietersma. Er liebte Kinder, und zu Yvonne, Jacquot und Edith, Heranwachsenden, die sich einen Vater wünschten, hatte er schon jetzt ein ausgezeichnetes Verhältnis, fast wie zu eigenen Töchtern. Singend packten die Mädchen zusammen mit ihrer Mutter die Koffer.

Doch für die Älteste, Mimousse, kam Auswanderung nicht in Frage. Anders als ihre Schwestern, die nichts mehr mit ihrem Vater zu tun haben wollten, hatte sie sich geschworen, Kontakt mit Toine van Blaem aufzunehmen; sie wollte unbedingt verstehen, warum er seine Familie verlassen hatte. «Ich spürte, dass ich keine Ruhe finden würde, wenn ich das nicht herausfand, und von Granny erfuhr ich einfach nichts darüber», erzählte sie mir später.

Gerade achtzehn geworden, hatte sie die Schule abgeschlossen, mit noch nicht zwanzig war sie in die Niederlande gefahren, um ihr Vorhaben umzusetzen, zur tiefen Bestürzung ihrer Mutter. Das Geld für die Reise hatte sie von ihrem Taschengeld erspart; sie brauchte von niemandem Unterstützung. Sie hatte eine Mission zu erfüllen; sie musste wissen, wie ihr Vater wirklich war, was es mit seiner Familie auf sich hatte, von der man in Belgien immer so verächtlich sprach, und warum er freiwillig aus ihrem Leben verschwunden war.

Der imposante Arzt hatte sie zunächst gar nicht erkannt, als sie an der Tür seiner Praxis in Breda klingelte; stattdessen hatte er gegenüber der hübschen jungen Dame wie gewohnt seinen Charme spielen lassen. Als sie seine Schmeicheleien mit einem entsetzten «Ich bin es, Mimousse!» unterbrach, fiel es ihm wie Schuppen von den Augen, er drehte sich beschämt weg und bat sie zu gehen. «Weil ich mich in Grund und Boden schäme», erklärte er ganz offen, von heftigen Gefühlen überwältigt.

Dieses für jemanden wie Toine unerhörte Geständnis gab jedoch Mimousse die Möglichkeit, die Rolle eines Engels der Vergebung zu spielen, was sie auch unverzüglich tat. Im nächsten Moment lagen sich Vater und Tochter schluchzend in den Armen, und sie durfte bleiben.

Man muss sagen, dass Toine van Blaem sich danach gegenüber Mimousse von seiner besten Seite zeigte. Seine zweite Frau Annette, die keine Kinder bekommen konnte, hatte ihren Mann nie gedrängt, wieder mit den Töchtern auf Ridderborn in Verbindung zu treten, obwohl sie den Namen van Blaem behalten hatten. Von Natur aus fröhlich und direkt, hatte sich die steinreiche Reederstochter aus dem Alblasserwaard immer verächtlich und spöttisch über «die katholischen Drecknester in der Borinage» geäußert, wie sie – geographisch nicht ganz korrekt – die Gegend von Ridderborn nannte: Dort wehte einem kein Seewind um die Ohren, dort gab es nichts zu lachen oder zu erleben. «Lass diese Provinzler doch in ihrer Engstirnigkeit ersticken, Toine», hatte sie ihm jedes Mal geraten, wenn Ridderborn und die Vergangenheit zur Sprache kamen, was nicht oft geschah. «All diese Barönchen und Prinzchen können mich mal.»

Seitdem sie wussten, dass ihre Ehe kinderlos bleiben würde, hatten Toine und sie manchmal über die vier Töchter gesprochen, die anscheinend für immer aus Toines Leben verschwunden waren. Und über die Gründe der Demütigungen, die er, immerhin ein renommierter Arzt und eine der angesehensten Persönlichkeiten Bredas, hatte hinnehmen müssen, nur weil die Familie van Blaem, trotz Wappen und Siegelring, nun einmal nicht von Adel war.

Dass nun die älteste Tochter aus eigenem Antrieb zu ihm gekommen war, konnte man nur als Geschenk des Himmels empfinden. Unverzüglich wurde das größte Gästezimmer für Mimousse eingerichtet, und schon am nächsten Tag musste sie mit Annette, ob sie wollte oder nicht, in der Stadt einkaufen gehen. Noch am Abend lieferte das Bekleidungsgeschäft Maison Van Maas alles, was sie gekauft hatten, nach Hause.

Für die aus Ridderborn Entflohene war Breda anno 1938/39 vielleicht nicht das erträumte Paradies, doch es gab keinen Weg zurück. Ihre Mutter hatte inzwischen den unternehmungslustigen Pietersma geheiratet und war mit den drei anderen Töchtern nach Niederländisch-Indien abgereist, während Ridderborn mit seinen letzten greisen umhergeisternden Bewohnern zu einem unheimlichen Spukschloss geworden war. Außerdem hatte sich Mimousse ja bewusst für ihren Vater und die Niederlande entschieden.

Toine und Annette fühlten sich deshalb verpflichtet, ihr das Leben in Breda so angenehm wie möglich zu machen. Toine stellte ihr Guidi und Guus vor, zwei Söhne seines Bruders Theo, der Notar im nahe gelegenen Kaatsheuvel war. Dieser Theo van Blaem hatte schon damals, im Jahr 1939, einen miserablen Ruf, der sich während des Krieges noch erheblich verschlechtern sollte. An seiner früheren Wirkungsstätte Urmond hatte er sich an Veruntreuungen im großen Maßstab beteiligt, durch die etliche aus Deutschland geflüchtete Juden um ihr Vermögen gebracht wurden; dabei spielten Verbindungen zu Otto Rebholz und dessen Geldwaschanlage in Amsterdam eine wichtige Rolle. Die Sache war irgendwann ans Licht gekommen, und nach dem Krieg schien Theo van Blaem eine Anklage zu drohen, die ihm außer einer möglichen Gefängnisstrafe wohl zumindest ein lebenslanges Berufsverbot als Notar einbringen würde.

Doch mein Großvater konnte dies auf seine typische Weise verhindern. Er hörte von dem Fall, denn Guus und Guidi waren während des Krieges Schulkameraden von Jimmy und Xeno am exklusiven katholischen Internat Huize Katwijk gewesen. Dessen Stammhaus war zwar von den Deutschen konfisziert worden, doch in Wassenaar im Groot Hasebroekseweg konnte das Institut unter dem Namen «Denneheuvel» die streng katholische Erziehung von Söhnen reicher Eltern fortsetzen. Mein Großvater gehörte zu den großzügigeren regelmäßigen Spendern, und da er natürlich erkannte, dass eine Verstrickung von Rebholz in den Fall van Blaem nach dem Ende der deutschen Besatzung auch Folgen für ihn selbst haben könnte, bemühte er sich schon im letzten Kriegsjahr mithilfe der Jesuiten von Huize Katwijk, durch stille Diplomatie und Schweigegeldzahlungen den potentiellen Eklat um Theo van Blaem im Voraus zu unterdrücken. Das gelang; nach der Befreiung wusste in Urmond und seinem weiteren Umkreis plötzlich niemand mehr etwas von jüdischen Vermögen, die der Notar Theo van Blaem veruntreut haben könnte.

Wer aber erwartete, dass auf dem Familienaltar im Hause van Blaem in Kaatsheuvel nun eine besondere Kerze als Zeichen der Dankbarkeit gegenüber Joan Münninghoff entzündet würde, der täuschte sich. Der infame Notar erkannte, dass er einen vermögenden Geldgeber am Haken hatte, und schreckte nicht davor zurück, meinen Großvater mit der Rebholz-Verbindung zu erpressen. Das hatte unter anderem zur Folge, dass mein Großvater nach dem Krieg das Studium von Guidi, der ebenfalls Notar werden wollte, zum größten Teil finanzierte – bevor sich Theo van Blaem 1947 bei einem Sturz von der Treppe das Genick brach und starb. In der Familie erzählt man sich, dass diese Nachricht den Alten Herrn nicht im Mindesten zu überraschen schien.

So gesehen war es noch Glück im Unglück, dass Guus van Blaem nicht auch vorhatte zu studieren, sondern einer von Joan Münninghoff finanzierten bürgerlichen Existenz in Den Haag ein Freibeuterleben voller Abenteuer vorzog. Er hatte sich inzwischen in seine Cousine Mimousse verliebt, heiratete sie und ließ sich mit ihr in Brüssel nieder, damals eine kosmopolitische Stadt voller Möglichkeiten für unternehmungslustige Menschen, die im Nachkriegschaos den Überblick behielten. Guus van Blaems Leben bestand aus einer bunten Folge geradezu fantastischer Betrügereien, unglaublicher Affären mit Damen aus den besseren Kreisen und teils haarsträubender, in größenwahnsinnige Projekte umgesetzter Ideen, für die er nicht selten wider Erwarten Geldgeber fand; in der belgischen Hauptstadt stürzte er sich mit Feuereifer in allerlei zwielichtige bis dunkle Geschäfte.

Zu seinen Betätigungsfeldern gehörten der Waffenhandel, daneben auch (Menschen-)Schmuggel und der Handel mit Betäubungsmitteln, die schon damals bei einem kleinen Teil der niederländischen Elite sehr gefragt waren. Meinem Großvater war all das gleichgültig. Hatte Guus van Blaem bei ihm während des Krieges noch regelmäßig die Hand aufgehalten, so war er jetzt Gott sei Dank aus seinem Blickfeld verschwunden. Glaubte er. Doch es sollte ganz anders kommen: Dank Frans bekam das Verhältnis zwischen Guus und der Familie Münninghoff unversehens eine neue Dimension, für Guus eröffneten sich weitere Möglichkeiten, leicht Geld zu verdienen.

Frans empfand den Kontakt zu Mimousse und Guus in Brüssel als Chance, sein so verworrenes wie verkorkstes bisheriges Leben hinter sich zu lassen und sich eine Zukunft aufzubauen, die nichts mehr mit den Niederlanden oder seiner Familie zu tun hatte. Sein Vater hatte sich von ihm abgewandt, und schlimmer noch: Er hatte ihn während des Krieges dazu missbraucht, die Deutschen zu täuschen. «Mein Sohn kämpft, wie Sie wissen, in Russland, wo er verwundet worden ist und für seine Tapferkeit das Eiserne Kreuz bekommen hat ...» – eine bessere Eintrittskarte für die gehobenen Kreise der Besatzer hätte er sich nicht wünschen können. In Gegenwart anderer Niederländer hatte er dagegen hin und wieder geäußert, dass er die Taten seines Sohnes missbillige, aber leider machtlos sei. Zutiefst verbittert wegen dieses Verrats und verzehrt von hilflosem Groll, versuchte Frans, jeden Gedanken an seinen Vater beiseitezuschieben.

Nein, in Voorburg hatte er kein Elternhaus mehr. Seine Mutter hatte nicht den Mut, sich dem Alten Herrn zu widersetzen, und das gleiche galt für Jimmy und Titty, die eigentlich ebenso in Opposition zum Alten Herrn standen wie Frans. Ganz anders Xeno. Er vergötterte seinen Vater und hatte es geschafft, sein Assistent zu werden; er begleitete ihn auf allen Geschäftsreisen durch das sich nur langsam vom Krieg erholende Europa. In erster Linie als Chauffeur; mein Großvater war nachtblind, und oft mussten sie im

Chrysler bis spät abends weiterhetzen, um den von Terminen übervollen Reiseplan einhalten zu können. In dieser hektischen Zeit hatte der Alte Herr keine Zeit für leichtsinnige Abenteuer, denn die zahlreiche Konkurrenz schlief nicht; in den ersten Monaten nach dem Krieg waren Schnelligkeit und Effizienz geboten, wollte man von den Zeitumständen profitieren.

Vater und Sohn Münninghoff besuchten zahlreiche Geschäftspartner aus der Vorkriegszeit in Schweden, Finnland, Dänemark, England, Frankreich, Spanien, Portugal, der Tschechoslowakei und natürlich auch Deutschland und schlugen die Wiederaufnahme der Beziehungen vor. Außerdem wurden unterwegs entlang der sorgfältig gewählten Route neue Kontakte geknüpft. Immer wieder war Xeno von den Vorbereitungen seines Vaters und von seinen allenthalben demonstrierten Sach- und Sprachkenntnissen beeindruckt. Er selbst erwies sich als aufmerksamer Schüler. «Xeno lernt schnell und erkennt die Chancen, die diese Zeit uns bietet», bemerkte sein Vater anerkennend. «Ich glaube, er wird mein Nachfolger.» Und so stellte er Xeno auch immer häufiger seinen Geschäftspartnern vor: als seinen Nachfolger.

Was also hätte Frans noch an Voorburg binden können? Ja, eine Frau und ein Kind. Doch der Krieg hatte Wera und ihn auseinandergebracht und das Liebesfeuer unbarmherzig gelöscht. Er konnte nicht bei ihr bleiben, das spürte er. Nein, er musste selbst an einer neuen Zukunft für sich bauen, sich von Wera scheiden lassen und mit einer anderen Frau weiterleben. Das Kind konnte sie ruhig behalten. Nur wenn er die Vergangenheit mit allem, was dazugehörte, hinter sich ließ, gab es ein Morgen.

Frans Münninghoff war von einer Aura aus Melancholie und Heldentum umgeben. Da er sich in Belgien, wo ihn niemand kannte, sicher wähnte, kokettierte er mit seiner Beinverwundung und erfand dazu eine Geschichte, die an den Stränden der Normandie begann und in den Ardennen endete. Mit ihm selbst auf alliierter Seite, versteht sich. Dank seiner männlich-schönen Gesichtszüge, seinem durch das Soldatenleben wohltrainierten Körper und seinen samtenen braunen Augen beeindruckte er Frauen wie Männer. Mimousse, die von Guus' peinlichen Betrügereien ohnehin genug hatte, sah nach der zweiten Fehlgeburt keine Zukunft für ihre Beziehung mit dem Notarssohn und verliebte sich heftig in Frans.

Natürlich kannte sie seine wahre Geschichte – Guus hatte sie ihr längst erzählt –, doch dass Frans in Russland auf Seiten der Deutschen gekämpft hatte, schreckte sie nicht ab. Und sie glaubte ihm voll und ganz, als er auf ihre direkte Frage, ob er an Kriegsverbrechen beteiligt gewesen sei, ohne zu zögern mit einem leidenschaftlichen «Nein, ich habe gekämpft!» antwortete. Das genügte ihr. Von nun an wollte sie ihr Leben diesem tragischen Helden widmen. Nach einem halben Jahr verließ sie Guus und zog mit Frans in eine winzige Brüsseler Wohnung. Ans Heiraten dachten die beiden vorläufig nicht; zunächst musste Geld verdient werden.

Alles in allem blieb Frans noch überraschend lange von der Polizei unbehelligt. Erst im August 1946, als er schon seit Monaten im illegalen Waffenhandel aktiv war und sich in diesem zwielichtigen Milieu einen gewissen Ruf als technischer Experte erworben hatte, wurde er bei einer Kontrolle im Antwerpener Hafen erwischt. Ob die Polizei von dem nachtragenden Guus einen Hinweis erhalten hatte, bleibt unklar. Fest steht aber, dass die Brüsseler Staatsanwaltschaft nichts Brauchbares gegen Frans Münninghoff in der Hand hatte; obwohl er an einer ganzen Reihe größerer Waffenschiebereien beteiligt gewesen war, konnte man ihm nichts nachweisen, und so beschränkte man sich, als seine Identität und die Adresse seiner Familie in Voorburg ermittelt waren, auf eine Ausweisung aus Belgien wegen illegalen Aufenthalts. Am 4. September wurde er in Roosendaal der niederländischen Polizei übergeben und im Gefängnis von Scheveningen inhaftiert. Inzwischen war nämlich ein Haftbefehl wegen Kriegsdienstes für eine feindliche Nation gegen ihn ausgestellt worden.

# – ACHTZEHN –

Es sah ganz danach aus, dass Frans sich nun vor einem niederländischen Gericht würde verantworten müssen, wobei ihm eine mehrjährige Haftstrafe drohte. Dies zusammen mit der Tatsache, dass er der Waffen-SS angehört hatte, würde den Namen Münninghoff in höchst ungünstiger Weise ins Gerede bringen, was der Alte Herr gerade jetzt, da er sein Geschäftsimperium wieder aufbaute, ganz und gar nicht brauchen konnte. Und deshalb kam es nicht dazu. Schon als Frans das Elternhaus Ende Juni 1945 verließ, hatte mein Großvater einkalkuliert, dass die Dinge sich möglicherweise so entwickeln würden. Und wie immer war seine Fähigkeit zum Vorausdenken beeindruckend.

Joan Münninghoff beriet sich mit seinen alten Freunden aus dem katholischen Establishment, besonders mit dem Hausfreund und Vertrauten Henri Kolfschoten, dem Bruder des Jesuitenpaters Constantius Kolfschoten aus Riga; Henri, Politiker der Römisch-Katholischen Staatspartei, wurde im Juni 1945 Justizminister. Wieder einmal war das Herrenzimmer von Briva Latvija ein in Zigarrenrauch gehüllter, katholischer Think Tank, in dem auf unnachahmliche Weise unter strengster Geheimhaltung ein Plan entworfen wurde – in diesem Fall, um Frans soweit möglich vor Strafverfolgung zu schützen.

Die Herren waren sich darüber einig, dass rein juristisch wahrscheinlich nichts zu machen war und dass außerdem der SS-Faktor bei den Richtern zu gefährlicher Voreingenommenheit und beim Publikum zu Lynchgelüsten führen konnte. Doch es war auch die Zeit eines sich anbahnenden Kalten Krieges, in der die ehemaligen sowjetischen Verbündeten mehr und mehr als neuer Feind wahrgenommen wurden. Angesichts dieser Entwicklung, argumentierte mein Großvater, könne jemand wie Frans mit seinen Russisch-Kenntnissen und seinem Wissen über das Land als potentiell nützlich gelten, so dass sicher ein Tauschgeschäft zustande kommen könne: die Tätigkeit für einen niederländischen Geheimdienst als Gegenleistung für das Fallenlassen der Anklage.

Kolfschoten stimmte ihm grundsätzlich zu, wenn auch mit Vorbehalten, denn so einfach würde es natürlich nicht sein; allerdings wisse er wirklich nicht, wie er den Sohn seines Freundes dazu bewegen solle, auf einen solchen Vorschlag einzugehen. Außerdem hätten die Niederlande noch keinen richtigen Geheimdienst; die paar Agenten seien entweder völlig unkoordiniert handelnde Pfadfinder oder nur Wichtigtuer, die es aus London nach Den Haag verschlagen habe. «Überlass die Sache einfach mir», sagte der Alte Herr lächelnd, wonach die Freunde einen Kognak auf gutes Gelingen tranken.

Als Kolfschoten an jenem Abend Briva Latvija verließ, hatte mein Großvater schon einen aussichtsreichen Plan im Kopf. Sein ältester Sohn musste still und leise aus dem Land geschafft werden; das war das Entscheidende, und er, Joan Münninghoff, würde das hinbekommen.

Zu den vielen Beziehungen, die der Alte Herr im Laufe der Jahre geknüpft hatte, gehörte auch die zu einem gewissen Pierre Sweerts. Im Krieg war dieser belgische Abenteurer in die SS eingetreten und bis zum Hauptsturmführer aufgestiegen. Als das Kriegsglück sich wendete, hatte er sich jedoch geschickt in die Reihen der Alliierten hineingemogelt, indem er vorgab, ein Spion zu sein, der nach langer Betätigung als Maulwurf wieder an die Oberfläche kam. In der damals hauptsächlich von romantischen Glücksrittern, Täuschern und Blendern bevölkerten Welt der sich erst im Aufbau befindenden und konkurrierenden niederländischen Geheimdienste konnte Sweerts erstaunlicherweise eine führende Position erobern. Er liebte es, wenn andere beim Hören seines Namens eine vielsagende Miene aufsetzten und erklärten, er sei mit Vorsicht zu genießen, ohne dass sie hätten sagen können, was genau dieser Sweerts denn so tat oder auf dem Kerbholz hatte.

Sweerts besaß mindestens ein Dutzend Decknamen, die er mühelos abwechselnd und gleichzeitig gebrauchte und sogar gegeneinander ausspielte. Mit einem davon, Arie van der Molen, war er am erfolgreichsten: Unter diesem Namen arbeitete er für den MI6, der ihn nach einigen Befragungen als Niederlande-Spezialisten in Dienst nahm. Er wurde Leiter der Special Counter Intelligence, untergebracht in dem alten Fort Blauwkapel in der Provinz Utrecht.

Genau der Richtige für meinen Großvater also, der einen tatkräftigen, listigen Helfer gut gebrauchen konnte. Für seine europaweiten Geschäfte war es für ihn von großer Bedeutung, Insiderinformationen zu erhalten und möglichst im Voraus über sich anbahnende Entscheidungen und Entwicklungen unterrichtet zu sein. Es war die Zeit, in der sich neue Eliten formierten und alte Strukturen ihre drohende Auflösung abzuwenden versuchten. Die Beziehungsgeflechte aus der Vorkriegszeit waren teilweise nicht mehr intakt; und es war nicht von vornherein klar, in welchen Fällen es vernünftig und in welchen unvernünftig wäre, alte Bekannte plötzlich wieder anzusprechen. Zuerst mussten solide Informationen eingeholt werden, und das konnte Sweerts wie kein anderer.

Schon bei der ersten Begegnung mit Sweerts, im Rahmen einer von London angeordneten Evaluierung der MI6-Aktivitäten meines Großvaters während des Krieges, hatte ihn dieser eloquente und intelligente Mann sehr beeindruckt; ausführlich und in blumigem Stil hatte Sweerts von einigen heiklen Situationen berichtet, die er jedes Mal mit diabolischem Geschick gemeistert hatte. Und als sich bei diskreter Nachfrage herausstellte, dass all diese Geschichten tatsächlich stimmten, zögerte mein Großvater keinen Moment länger und machte Sweerts den Vorschlag, gegen beachtliches Honorar sein «spezieller Mitarbeiter» zu werden, wie er es nannte.

Davon brauchte sonst niemand zu wissen. Es musste ein Geheimnis zwischen ihnen beiden bleiben, und nach außen hin tat Sweerts einfach weiter seine Arbeit in dem alten Fort bei Hollandsche Rading. Dass zu dieser Arbeit auch häufige, nicht näher erläuterte Abwesenheiten gehörten, verstand sich von selbst; gerade deshalb eignete sie sich als die von beiden Herren erwünschte Tarnung für allerlei unauffällige Unternehmungen und Manipulationen. Im Herrenzimmer von Briva Latvija wurde dazu intensives Brainstorming betrieben. Frans Münninghoff außer Landes zu bringen, war eine dieser Operationen. Sie sollte nicht die erfolgreichste werden.

Als Sweerts im Jahr 1947 schließlich von der Utrechter Polizei aus dem Bett geholt wurde, fand man in seinem Haus achtundsechzig gefälschte Pässe, «finanziert von einem niederländischen Millionär, einem gewissen M., aus der Umgebung von Den Haag», wie *Het Vrije Volk* zu berichten wusste. Merkwürdigerweise – aber vielleicht war das eine Eigentümlichkeit jener Epoche – nannte die sozialistische Zeitung auch später nicht den Namen meines Großvaters. Vielleicht kannte sie ihn wirklich nicht. Damals war man noch sehr autoritätsgläubig, und einen investigativen Journalismus wie heute gab es noch nicht.

Für wen die bei Sweerts gefundenen Pässe bestimmt waren, wurde ebenfalls nicht publik gemacht. Aus heutiger Sicht deutet vieles auf eine Verbindung zu den internationalen katholischen Seilschaften hin, die vom Vatikan zum erbitterten Kampf gegen die bolschewistische Gefahr angespornt wurden. Gewisse Leute mussten aus Europa herausgeschleust werden, Personen mit bestimmten Fähigkeiten, die der heiligen katholischen Sache nicht mehr nützen konnten, wenn sie wegen ihrer Taten im Krieg verhaftet und vor Gericht gestellt wurden. Doch Angelegenheiten wie diese durften auf keinen Fall der Öffentlichkeit bekannt werden, und das geschah in den Niederlanden der Nachkriegsjahre auch nicht.

Im Auftrag des Alten Herrn hat Sweerts alias van der Molen meinen Vater in den knapp drei Monaten seiner Inhaftierung im Gefängnis von Scheveningen mehrmals besucht. «Er sprach sehr gut Französisch und Deutsch, aber schlecht Niederländisch», erzählte mein

Vater später. «Eigentlich ein netter Mann. Ich hielt ihn für einen Luxemburger oder so was. Er sagte, er sei vom Geheimdienst, er habe Informationen über mich eingeholt und glaube, dass ich genau der Richtige für ein paar Aufträge sei, die für die Alliierten zu erledigen wären.» Viel mehr als dies hat mir mein Vater darüber nie sagen wollen.

«Van der Molen» drückte sich klar aus: Als ehemaliger SS-Mann müsse Frans Münninghoff mit einer erheblichen Strafe rechnen, wenn man ihn in den Niederlanden vor den Kadi schleppen würde, doch das lasse sich geschickt vermeiden. Er spreche doch Russisch. Nun, dann bringe er die besten Voraussetzungen dafür mit, sich in der sowjetischen Besatzungszone Berlins ein wenig umzusehen, «um dort die verschiedenen von den Russen eingeführten Zustände und Systeme zu untersuchen», wie es rührend unbeholfen im Protokoll von meines Vaters späterem Verhör im Mai 1947 ausgedrückt ist.

Mein Vater fragte höflich, ob Sweerts noch ganz gescheit sei. «Sehen Sie denn nicht, dass ich mit dieser Visage unmöglich russische Einrichtungen infiltrieren kann?», rief er laut lachend. «Ich habe nun mal keine slawischen Gesichtszüge. Die Russen würden mir nicht trauen, und ruck, zuck haben sie mich verhaftet und, weil sie dann natürlich schnell von meiner Kriegsvergangenheit erfahren, an die Wand gestellt. Dieser ganze Plan ist wertlos, van der Molen. Ich mache das nicht.»

Nach einer Woche gab Sweerts seinen Versuch auf, machte aber prompt einen neuen Vorschlag. Also gut, dann nicht nach Berlin. Aber wie wäre es denn mit Südamerika?

«Um dort was zu tun?», fragte mein Vater.

Sweerts dachte, mein Vater wüsste nichts von den Fluchtrouten nach Paraguay und Argentinien, die für untergetauchte SS-Leute unter anderem mit Unterstützung durch den Vatikan geschaffen wurden. Als er jedoch behauptete, dass Frans in Übersee verdeckte kommunistische Aktivitäten beobachten solle, erntete er sofort großes Misstrauen. Frans hatte ja durch Kurtitsch und Valdemanis genug erfahren, um zu wissen, dass an den SS-Flüchtlingen dort auf vielerlei Art gutes Geld zu verdienen war, während von bolschewistischer Untergrundarbeit in Südamerika kaum die Rede sein konnte. «Wenn es darum geht, meine alten Kameraden zu bespitzeln, van der Molen, sage ich Ihnen ganz klar: Das mache ich nicht, das ist gegen meine Prinzipien», erklärte er. Und fügte mit traurigem Lächeln hinzu: «Meine Ehre heißt Treue.»

Solcherart abserviert, entschloss sich Sweerts zu einem härteren Vorgehen. Wochenlang ließ er nichts mehr von sich hören, sorgte aber auf raffinierte Weise dafür, dass die Situation im Gefängnis für Frans um einiges unangenehmer und bald unerträglich wurde. Auf Veranlassung von Sweerts, der offensichtlich auch in der Gefängnisleitung seine Verbindungsleute hatte, wurde mein Vater in einen anderen Flügel verlegt, und zwar in unmittelbare Nähe von niemand Geringerem als Hanns Rauter, dem berüchtigten SS-Obergruppenführer und Generalkommissar in den Niederlanden.

Rauter, bei einem Attentat im März 1945 schwer verletzt, war im selben Flügel des sogenannten «Oranjehotels» untergebracht, in dem er während der Besatzungszeit zahllose Widerstandskämpfer auf den Tod hatte warten lassen. Es waren kleine, dunkle und kalte Zellen; während sich Rauter inzwischen daran gewöhnt hatte, war es für Frans Münninghoff die Hölle.

Noch schlimmer waren die Begegnungen mit Rauter während der täglichen Stunde Hofgang auf einem kleinen, von Mauern umgebenen und mit Stacheldraht überspannten Innenhof. Rauter, der vor seinem Prozess in Einzelhaft gehalten wurde, begegnete dem unerwarteten Gefährten mit großem Argwohn und begann sofort, ihn auszuhorchen, wobei er seinen sehr viel höheren Rang herauskehrte. «An der Front in Russland gewesen? Und dann hier im Scheißholländerknast? Wieso denn, erklären Sie mal.» Es war eine psychologisch äußerst unangenehme Situation für meinen Vater, der einerseits gern auf seine «Soldatenehre» gepocht hätte, andererseits aber seine Fahnenflucht im Herbst 1944 vor diesem direkten Mitarbeiter Himmlers unbedingt verborgen halten musste.

Doch das gelang ihm nicht. Rauter war offensichtlich schon bald hervorragend informiert – bestimmt über Sweerts –, und so wurde die Konfrontation der beiden Männer für Frans zu einer unerträglichen Qual. Rauter hätte sein verständnisvoller, tröstender SS-Vater sein können, war nun aber noch unversöhnlicher als sein richtiger Vater; er glaubte ihm kein Wort mehr und erklärte in scharfem Ton, das Dritte Reich sei gerade wegen solch ehrloser Schwächlinge wie Frans Münninghoff untergegangen, und seiner Ansicht nach verdiene er die Kugel.

Mein Vater wusste sich nicht zu verteidigen, brach zusammen und war von nun an Wachs in den Händen von Sweerts, als der ihn Mitte November wieder besuchte, um vom Erfolg der schlau eingefädelten Gehirnwäsche zu profitieren. Ja, er werde nach Südamerika gehen, und ja, er sei bereit, alles zu tun, was van der Molen verlange, Hauptsache, er komme weg von diesem entsetzlichen Ort. Ein paar Tage später, am 26. November, öffneten sich für Frans Münninghoff die Tore des Scheveninger Gefängnisses, und er wurde in einem Auto der Special Counter Intelligence mit unbekanntem Ziel fortgebracht.

Sweerts muss geglaubt haben, dass er mit seinem Vorgehen den Willen meines Vaters gebrochen und damit den Auftrag meines Großvaters schon fast erfüllt hatte. Der junge Mann fühlte sich nun so furchtbar einsam und verlassen, dass van der Molen der einzige Lichtblick im grauen Nebel von Traurigkeit um Frans Münninghoff war. Er quartierte ihn in seiner Mietwohnung in Utrecht ein und versuchte es ihm dort möglichst angenehm zu machen, mit gutem Essen, reichlich Genever und Whisky und vor allem viel Ruhe. Es war genau das, was Frans nach fünf Wochen Einzelzelle plus Rauter dringend brauchte. Aber schon nach sechs Tagen meinte van der Molen, es sei an der Zeit, das weitere Vorgehen zu besprechen.

«Ihr Endziel ist Argentinien, aber Sie reisen über Paraguay, weil da die Grenzkontrollen weniger scharf sind. In dem armseligen Land hat man keinerlei Informationen über Ausländer, und die Grenzbeamten sind schon glücklich, wenn man ihnen ein paar Dollar zusteckt. Auf dem Flughafen von Buenos Aires wäre es längst nicht so einfach. Weil so viel über nach dem Krieg geflüchtete hohe SS-Leute geredet wird, haben die Argentinier in dieser Hinsicht einen besonderen Ehrgeiz entwickelt, ihre Politiker finden, sie müssten der Welt hin und wieder zeigen, dass Argentinien nicht mit sich spaßen lässt. Nationalstolz, Sie wissen schon.»

Van der Molen schnaubte verächtlich durch die Nase. «Auch Sie als unbedeutender SS-Mann laufen also durchaus Gefahr, dort festgenommen zu werden, deshalb unsere Entscheidung für Paraguay. Nach der Ankunft in Asunción werden Sie sich erst einmal ein paar Monate akklimatisieren. Wir haben dort eine ruhige Wohnung, da können Sie sich ganz auf das Kommende konzentrieren. Sie werden auch gründlich Spanisch lernen, denn in den nächsten Jahren müssen Sie sich in diesem Teil der Welt mühelos bewegen können, und Ihnen als Flüchtling brauche ich ja nicht zu sagen, dass man dafür die Sprache beherrschen muss. Erst auf unsere Anweisung reisen Sie weiter.

Zuerst überqueren Sie mithilfe unserer Leute den Rio Paraguay. Das ist kinderleicht; die Grenze ist sehr durchlässig, es gibt wirtschaftlich und im Lebensstandard keine so großen Unterschiede zwischen den beiden Ländern, und sie sind nicht miteinander im Krieg, die Grenze zu bewachen, hält man deshalb nicht für besonders wichtig. Anschließend nehmen Sie den Linienbus nach Buenos Aires. Auch dort haben wir unsere Leute, das Problem ist nur, dass diese Leute nicht deutscher Herkunft sind und deshalb auch nicht so leicht an die alten Kameraden herankommen. Dafür müssen Sie sorgen, mit Ihren Wurzeln im Baltikum. Um es Ihnen leichter zu machen, haben wir beschlossen, dass Sie nicht zu spionieren brauchen, denn wie ich weiß, kommt das für Sie nicht in Frage, Sie sollen nur ganz allmählich unsere Leute in die SS-Kreise einführen, die dort gerade entstehen. Wir nehmen an, dass Sie dafür etwa zwei Jahre brauchen, vielleicht sogar weniger; das hängt davon ab, wie überzeugend Sie wirken.

Übrigens, wissen Sie, dass einer Ihrer Onkel aus Estland, Helmuth von Russow, inzwischen da drüben ist? Er ist mit einem Freund zusammen in einem Segelboot über den Atlantik gefahren, und vor der brasilianischen Küste sind sie in einem schweren Sturm von einem Luxuspassagierschiff an Bord genommen worden. Die Leute auf dem Schiff trauten ihren Augen nicht, als sie diese beiden bärtigen, fast nackten Seeteufel sahen. Eine Passagierin, eine junge Frau aus São Paulo, hat sich Hals über Kopf in Ihren Onkel verliebt, und der spielt jetzt auf der riesigen Kautschukplantage ihres Vaters im brasilianischen Hinterland den Großgrundbesitzer. Die beiden werden demnächst heiraten, das heißt, er wird praktisch im Schlaf reich. Da sieht man, wie entschlossenes Handeln und Abenteuerlust belohnt werden.»

Van der Molen schwieg einen Moment und schaute meinen Vater an. Der war sprachlos: Onkel Helmuth, der sanftmütige Kräuterarzt aus Reval, von dem er schon seit Jahren nichts mehr gehört hatte, ausgerechnet er hatte sich auf diese wunderbare Weise aus den Kriegswirren gerettet? Er war immer sein Lieblingsonkel gewesen, und Frans nahm sich vor, Kontakt zu ihm aufzunehmen, sobald er in Argentinien angekommen sein würde. Wenn man ihn irgendwo mit offenen Armen und verständnisvoll empfangen würde, dann bei Helmuth von Russow.

Sein Gegenüber schien Gedanken lesen zu können: «Wenn Sie es geschafft haben, unsere Leute in die gewünschten Kreise einzuführen, betrachten wir Ihren Auftrag als erfüllt. Wir werden dann nicht mehr an Sie herantreten, das kann ich Ihnen jetzt zusichern. Und noch etwas will ich Ihnen nicht verschweigen: Ihr Vater, der mir auch von Helmuth von Russow erzählt hat, hat für Sie eine erhebliche Summe reserviert, mit der Sie in Brasilien ganz neu anfangen können. Helmuth wird Ihnen dabei helfen. Die einzige Bedingung ist, dass Sie nie mehr in die Niederlande oder auch nur nach Europa zurückkehren. Ihr Vater will das nicht. Es tut mir sehr leid für Sie, aber vor ein paar Wochen hat er zu einem Polizeibeamten, der ihn Ihretwegen befragte, sogar gesagt, er betrachte Sie als tot.»

Diese pathetischen Worte blieben nicht ohne Wirkung auf Frans. Dass er sich von seinem Vater abgewandt hatte, war das eine, aber dass die Abweisung von der anderen Seite her noch stärker und vielleicht sogar endgültig war, traf ihn mitten ins Herz. Ein Vater, der seinen Sohn verstieß, ihn als tot betrachtete – gab es etwas Schrecklicheres? Und dieser van der Molen war demnach gar kein Geheimdienstler, der ihm helfen wollte und sich einen Plan ausgedacht hatte, um ihn vor dem Gefängnis zu retten, sondern nichts weiter als ein Handlanger des Alten Herrn, jemand, der rücksichtslos und ohne Skrupel dessen Befehle ausführte.

Eine tiefe Niedergeschlagenheit überkam ihn: Was war von der wunderbaren Kameradschaft geblieben, die ihm die vier Kriegsjahre erträglich gemacht hatte? Im Rückblick war das trotz der Toten um ihn herum die beste Zeit seines Lebens gewesen. Und jetzt? Alle, bis hin zu seinem eigenen Vater, schienen in erster Linie darauf bedacht zu sein, ihn, Frans Münninghoff, zu benutzen.

Alle außer Mimousse. Sie war in Tränen ausgebrochen, als sie von seiner Verhaftung erfuhr, und hatte ihn, bevor er in Einzelhaft kam, mehrmals im Gefängnis besucht.

«Ich habe verstanden», sagte Frans zu van der Molen, «und ich willige ein. Nur geben Sie mir noch ein paar Wochen, damit ich mich von meiner neuen Freundin verabschieden kann. Sie wohnt in Brüssel, na gut, auch das wissen Sie bestimmt von meinem Vater. Ich möchte sie heiraten, aber ich weiß natürlich nicht, ob sie sich mit mir zusammen auf dieses Südamerika-Abenteuer einlassen kann oder will.» Nach van der Molens Zusage, dass sie später nach Argentinien nachkommen dürfe, sagte er: «Schön, das dachte ich mir. Aber Sie müssen verstehen, dass ich nicht weg kann, ohne sie vorher zu sehen. Ich habe einiges mit ihr zu besprechen. Können Sie dafür sorgen, dass ich nach Brüssel komme?»

Am 1. Dezember 1946 stand er in Elsene vor ihrer Tür. Mit einem Jubelschrei flog sie ihm um den Hals, und er hob sie sofort auf seine Arme und trug sie ins Schlafzimmer. Van der Molen hatte ihm bis zur ersten Januarwoche Zeit gegeben, und diese Frist wollte Frans nutzen, um seine Beziehung zu Mimousse van Blaem zu festigen.

## – NEUNZEHN –

Zu den wenigen Bewohnern von Briva Latvija, die für Guus van Blaem keine Verachtung empfanden, gehörte Titty, die einzige Schwester der Brüder Münninghoff. Wie der ein Jahr ältere Frans hatte sie in den dreißiger Jahren niederländische Schulen besucht. Weil sie damals jedoch abwechselnd in Voorschoten und Nimwegen bei entfernten Verwandten wohnte oder zu Besuch war, hatte sie mit ihrem Bruder kaum Kontakt gehabt. Nachdem sie 1940 den Gymnasialabschluss am Pensionnat Français du Sacré Cœur in Nimwegen gemacht hatte, kam sie zusammen mit ihrer Freundin Livia Ecury nach Voorburg.

Titty hatte künstlerische Ambitionen. Etwa mit fünfzehn hatte sie bei sich eine gewisse Begabung für Zeichnen und Bildhauerei entdeckt, weshalb sie nach ihrer Ankunft in Voorburg ein Studium an der Haager Kunstakademie aufnahm. Sie war hochgewachsen und dunkelhaarig, aber mit ihrer mageren, knochigen Gestalt und der ausgeprägten Hakennase nicht gerade eine Schönheit. Ihre Ausstrahlung war wenig weiblich, und ihre pechschwarzen Ikonenaugen gaben ihr etwas Finsteres oder sogar, zumindest für meinen kindlichen Blick, Bedrohliches.

In ihrem Bekanntenkreis hatte sie sich den seltsamen Spitznamen «Ria Münningstier» erworben. Er schien nichts Gutes zu verheißen, und das zu Recht. Wenn sie einen Schluck zu viel trank, was nicht selten vorkam, konnte sie auf hysterische Weise aggressiv werden. Das war jedes Mal ein beängstigendes Schau- und vor allem Hörspiel, denn dann brüllte sie mit ihrer dunklen Raucherstimme das ganze Haus zusammen. Mit dem Alten Herrn verstand sie sich nicht, aber sie war der Liebling ihrer Mutter, deren Namen sie trug – eigentlich hieß sie Erica – und die beim Landhaus in Iļģuciems sogar voreilig eine römische Säulengalerie hatte bauen lassen, «damit die Gäste bei Tittys Hochzeit nicht nass werden, wenn es regnet», wie sie ihrem Mann damals erklärte. Der hatte darüber herzhaft gelacht und kopfschüttelnd den Vertrag mit der Baufirma unterschrieben.

Als ich Iļģuciems ein halbes Jahrhundert später besuchte und die Galerie sah, in der Mitarbeiterinnen der in der Villa untergebrachten sowjetischen Militäreinrichtung eine Zigarettenpause machten, überkam mich großes Mitleid mit meiner Tante, hatte sie doch nie dafür sorgen können, dass dieses wundersame Bauwerk seinen hohen Zweck erfüllte. Lange sah es ganz so aus, als würde Titty unverheiratet bleiben; Verehrer hatte sie nicht, was ihr großen Kummer bereitete, wenn sie sich auch die größte Mühe gab, sich in dieser Hinsicht emanzipiert-gleichgültig zu geben.

Doch alles änderte sich, als Guus in ihr Leben trat. Nachdem er Mimousse an Frans verloren hatte, war der Notarssohn aus Brabant in eine anhaltende Krise geraten. Seine Geschäfte in der Antwerpener Unterwelt hatte er aufgeben müssen, angeblich weil er der Waffenmafia im Weg war und von ihr bedroht wurde. Außerdem begann sich die belgische Polizei näher für ihn zu interessieren; als Grund gab er selbst später an, man habe ihn unbedingt als Informanten einsetzen wollen. Für ihn kam das nicht in Frage – mit den Füßen in einem Betonklotz auf dem Grund der Schelde zu landen, schien das unvermeidliche Ende eines solchen Abenteuers zu sein –, und so setzte er sich in die Niederlande ab.

Zuerst zu seinem Bruder Guidi, der inzwischen sein Studium abgeschlossen und als angehender Notar in Kaatsheuvel eine Kanzlei eröffnet hatte. Da Guus seinem Bruder jedoch eigentlich nur auf der Tasche lag und ihn von der Arbeit abhielt, indem er ihm stundenlang von allerlei fantastischen Projekten vorschwärmte, wurde ihm schon nach wenigen Wochen zu verstehen gegeben, dass er sich besser eine andere Bleibe suchen sollte. Wo, das war für ihn klar: in Briva Latvija, dessen Hausherr ihm nicht einfach die Tür weisen würde.

In der Laan van Nieuw Oosteinde fand Guus allerdings ein Frauenhaus vor. Der Alte Herr und Xeno waren ständig im Ausland unterwegs, Jimmy studierte in Amsterdam, wo er die Künstlerszene rings um den Leidseplein für sich entdeckt hatte, und Frans war bei Mimousse in Brüssel.

Meine Großmutter war offensichtlich nicht begeistert, als sich Guus, einen Blumenstrauß in der Hand, von der ebenso missbilligend dreinschauenden Frau Kochmann bei ihr anmelden ließ. Von Anfang an war sie diesem gutaussehenden Charmeur und Blender mit großem Argwohn begegnet; andererseits war sie – vielleicht spielte hier ihre russische Herkunft eine Rolle – auch nicht hartherzig genug, um ihn wegzuschicken, nachdem sie seine selbstmitleidige Geschichte vom Verlassenwerden und von Frans' Rolle dabei angehört hatte. Und so bekam er ein Gästezimmer angeboten, unter der Bedingung, dass er sich so schnell wie möglich eine eigene Unterkunft suchen würde. Als er das getan hatte, kümmerte sie sich kaum noch um ihn; sie widmete sich wieder voll und ganz den regelmäßigen Treffen mit ihren Freundinnen, die hauptsächlich im Hotel Des Indes sowie in Scheveningen im Kurhaus und den stattlichen Villen im Stadtviertel Belgisch Park stattfanden. Dass Titty und Wera längst wehrlose Beute für Guus waren, entging ihr vollkommen.

Guus nutzte die Gelegenheit, sich den jungen Damen im Hause zuzuwenden, sehr geschickt aus. Täglich kam er «auf einen Sprung» vorbei, wie er es munter ausdrückte. Und obwohl Frau Kochmann den Tee mit immer böserer Miene servierte und immer offener ihren Unwillen zu erkennen gab, waren beide jungen Frauen bald von zärtlichen Gefühlen für diesen gut gekleideten und vor allem höchst charmant plaudernden Adonis erfüllt, zumal er damals der Einzige war, der ihnen regelmäßig seine Aufmerksamkeit schenkte.

Innerhalb kurzer Zeit verdrehte Guus beiden den Kopf. Bei Titty ging er so zielstrebig vor, dass sie nach vier Monaten ihre Eltern anflehte, ihn heiraten zu dürfen. Der Alte Herr war natürlich entschieden gegen diese Heirat. Da Titty inzwischen von Guus schwanger war, hatte mein Großvater als konservativer Katholik, der die Regel der «Muss-Ehe» akzeptierte, trotz ein paar heftiger Wutanfälle aber keine Wahl. Immerhin traf er einige Vorsichtsmaßnahmen: Ein befreundeter Notar, der im Frühjahr 1947 nach den Vorgaben meines Großvaters den Ehevertrag für Titty und Guus aufsetzte, sollte später nach einigen Schnäpsen kopfschüttelnd erklären, nie zuvor habe er einen so demütigenden Knebelvertrag gesehen. Doch Guus kümmerte das nicht: Er war in diese Bastion eingedrungen, und früher oder später würde seine Zeit kommen.

Wie es Guus gelang, noch nach seiner Heirat quasi nebenher auch in Wera immer wieder einen Steppenbrand zu entfachen, ist ein Rätsel, das sich nur mit einem gequälten Frauenherzen erklären lässt. Im Grunde wartete meine Mutter, auch wenn sie das niemals gesagt hätte, immer noch auf Frans' Rückkehr. Dass er mittlerweile in Scheveningen im Gefängnis saß, erfuhr sie erst viel später. Dann wollte sie sofort zu ihm, aber der Alte Herr machte ihr weis, dass sein Sohn keinen Besuch empfangen dürfe, und sie fand sich damit einfach ab, zu passiv, um selbst bei der Gefängnisleitung nachzufragen.

Doch ihre Sehnsucht nach Frans erlosch deshalb nicht. Gegen alle Wahrscheinlichkeit hat sie während der gespenstischen, durch innerfamiliären Groll verdorbenen Silvesterfeier 1946 in Gedanken auf ihren heimlichen Wunsch getrunken: dass 1947 das Jahr werden möge, in dem Frans und sie wieder vereint würden.

Die Nachrichten aus Brüssel, die sie im Januar über Guus erreichten, ließen ihr jedoch kaum Hoffnung. Frans hatte sich offenbar völlig in Mimousses Netzen verstrickt, so sehr, erzählte Guus, dass er sich ihretwegen sogar gewissen Plänen entzog, die der niederländische Geheimdienst mit ihm gehabt habe. Auch davon hatte Wera nichts gewusst; mit wachsendem Entsetzen vernahm sie von dem Überbringer der Nachricht, der sanft ihre Hand zu streicheln begann und sie tröstend umarmte, ein paar Einzelheiten. Paraguay, Spionage, Argentinien als neuer längerfristiger Aufenthalt, später der Nachzug von Mimousse, Brasilien als Endziel – Wera kam in all dem nicht vor. Dass Mimousse den Plan abgelehnt und Frans dazu überredet hatte, in Belgien unterzutauchen und jeglichen Kontakt zu Geheimdiensten abzubrechen, fand zwar ihre Zustimmung, half aber ihr selbst kein bisschen. Frans hatte ihr sein Herz endgültig verschlossen, so viel war klar.

Verzweifelt schaute sie Guus an. «Und wie soll es mit mir weitergehen, mit meinem Kind? Ich kann doch nicht für immer hier bleiben, in diesem Haus voller Menschen, die mich hassen und mich am liebsten am anderen Ende der Welt sehen würden?» Guus beruhigte sie: Sie sei doch immer noch mit Frans verheiratet und könne deshalb vorerst bleiben und auf bessere Zeiten warten – Bully, der Stammhalter, war schließlich noch keine drei Jahre alt. Und bessere Zeiten würden bestimmt kommen, dafür werde er schon sorgen. Dass er zwei Monate später Titty heiraten würde, war aus seiner Sicht kein Hindernis.

Inzwischen ballten sich über dem Kopf meines Vaters schwarze Wolken zusammen. Als die erste Januarwoche 1947 vorbei war und Sweerts alias van der Molen vereinbarungsgemäß wieder Kontakt mit ihm aufnahm, hatte er ihn beschworen, den Aufenthalt in Mimousses schon völlig zerwühltem Liebesnest ein wenig verlängern zu dürfen. «Ich bin noch niemals so verliebt gewesen, das müssen Sie doch verstehen! Lassen Sie mir doch etwas Zeit!»

Van der Molen hatte gekichert und Frans einen kleinen Stapel Dokumente übergeben. «Hier, Ihr Pass, dann können Sie sich schon an Ihre neue Identität gewöhnen», sagte er. «Sie heißen von jetzt an Martin Alphonsius Jacobus Fons, geboren am 4. Juli 1923 in Den Haag. Sie sind aus den Allied Expeditionary Forces entlassen – hier das *Soldiers Pay Book* – und haben ein Visum für Paraguay. Das ist hundertprozentig echt, dank der Beziehungen Ihres Vaters zu Konsul Feteira in Lissabon. Es ist das einzige echte Reisedokument in dem ganzen Packen. Alle anderen sind gefälscht, aber immerhin hundertprozentig gut gefälscht.»

Er sagte es mit einem Lächeln, aus dem sowohl Sarkasmus als auch Respekt für das Können der Fälscher sprach. «Zur Sicherheit – man kann nie wissen, ob er nicht doch einmal nützlich sein wird – habe ich noch einen lettischen Pass dazugelegt. Ausgestellt vom lettischen Konsulat in Bern. In diesem Fall heißen Sie Alfred Valdemanis, es ist der Name einer Person, die Ihnen aus Ihrer ersten Zeit in Brüssel wohlbekannt, inzwischen aber leider verstorben ist. Ich werde Ihnen nicht sagen, unter welchen Umständen. Wichtig ist, dass dieser Pass Ihr Notausgang sein kann. In vielen Ländern hat man bei den Behörden Mitleid mit lettischen Flüchtlingen und würde Sie deshalb aufnehmen. Aber eine passende Geschichte müssen Sie sich selbst ausdenken.»

Und mit einem Blick auf Mimousse, die unerlaubterweise eingetreten war, fügte er hinzu: «Na gut, ich gebe Ihnen noch eine Woche mit Ihrer Freundin, aber dann müssen Sie wirklich mitkommen, sonst gerät unser Zeitplan durcheinander. Es gibt in Südamerika Leute, die auf Sie warten, verstehen Sie?»

Frans nickte erleichtert und versprach, in einer Woche bereit zur Abreise zu sein. Dabei hatte ihn Mimousse inzwischen auf ganz andere Gedanken gebracht. Noch am selben Tag fuhr das junge Paar nach Ridderborn, wo Mimousses greise, vereinsamte Großeltern zwar völlig überrascht waren, aber ihrer Enkelin und deren *fiancé* nur zu gern einen Flügel des Schlosses zur Verfügung stellten.

An diesem stillen, abgelegenen Ort wollten Frans und Mimousse Pläne für ihre gemeinsame Zukunft entwerfen; ein riskantes südamerikanisches Abenteuer im Dienst irgendeines Spionage-Vereins gehörte sicher nicht dazu.

Natürlich war Sweerts außer sich, als er eine Woche später feststellen musste, dass man ihn an der Nase herumgeführt hatte. Zu Recht verfluchte er seine durch übermäßiges Selbstvertrauen verschuldete Nachlässigkeit. Statt dafür zu sorgen, dass Frans beobachtet wurde, hatte er sich von der vermeintlichen Bereitwilligkeit des jungen Mannes einlullen lassen. Zwar bezweifelte er nicht, dass er Frans schnell wieder aufspüren konnte, dafür war das Netz seiner Beziehungen in Belgien zu groß und zu dicht. Ihn bedrückte vor allem der Gedanke, dass er dem Alten Herrn seinen Misserfolg würde eingestehen müssen. Als er Frans und Mimousse nach vier Tagen geortet und diesmal zuverlässige Beobachter auf sie angesetzt hatte, fuhr er deshalb zuerst in die Laan van Nieuw Oosteinde, um die Situation mit seinem Auftraggeber zu besprechen.

Zu seiner Überraschung reagierte der Alte Herr bemerkenswert ruhig, als er in der Abgeschlossenheit des Herrenzimmers auf den neuesten Stand gebracht wurde. «Nun ja, wir können zumindest sagen, dass wir unser Bestes gegeben haben, nicht wahr, Herr Sweerts?», sagte er. «Aber wenn mein Sohn sich weigert, an einem Fluchtversuch mitzuwirken und sich lieber mit einer Freundin beschäftigt ... tja, dann können wir auch nichts mehr machen, und er muss selbst die Konsequenzen tragen.»

«Ich fürchte, diese Konsequenzen können ziemlich ernst sein», antwortete Sweerts. «Ich werde gezwungen sein, die belgische Polizei einzuschalten, damit sie Frans festnimmt, denn abgesehen davon, dass ich diese Sache nicht auf mir sitzen lassen kann: Die Lage Ihres Sohnes ist aussichtslos. Er kann nirgends mehr hin, hat nirgends Bekannte, die ihm helfen würden, und er könnte sehr leicht irgendwelchem Gesindel in die Hände fallen. Sie wissen, wie groß die Unsicherheit im Augenblick ist. Also lasse ich ihn festnehmen, wobei ich natürlich selbst im Hintergrund alles überwache. Aber wie wir solche Festnahmen vor ein paar Jahren noch durchgeführt haben, in aller Stille, mit wenigen gut geschulten Leuten, so geht das heute nicht mehr.»

Er schwieg einen Moment und schluckte vermutlich die Ergänzung «leider» hinunter, in Gedanken beim reibungslosen Ablauf solcher Aktionen während des Krieges. «Und das bedeutet», fuhr er fort, «dass Ihr Sohn aller Wahrscheinlichkeit nach an die Niederlande ausgeliefert wird. Undenkbar, dass davon nichts an die Öffentlichkeit gelangt. Ich meine, in Belgien wird er wegen Urkundenfälschung verhaftet. Ich habe ihm persönlich drei falsche Dokumente ausgehändigt, die er bestimmt bei sich hat. Aber was ihm die niederländische Staatsanwaltschaft vorwirft, wiegt viel schwerer. Man wird ihn wegen Kriegsdienstes für eine feindliche Nation anklagen, und wenn irgend möglich wegen Kriegsverbrechen. Sie wissen ja, wie es zur Zeit in diesem Land ist: Es sind zu viele Verfahren eingestellt worden, deshalb muss wieder einmal ein Kriegsverbrecher exemplarisch bestraft werden.»

Der empörte Blick meines Großvaters ließ Sweerts erröten. «Entschuldigung», stammelte er. «Ich wollte natürlich sagen, dass in diesem Fall ein Prozess gegen einen SS-Angehörigen geführt wird und dass es außerordentlich schwierig sein wird zu beweisen, dass Ihr Sohn nicht den im niederländischen Volk verbreiteten SS-Stereotypen entspricht.»

«Herr Sweerts», entgegnete der Alte Herr kühl, «lassen Sie uns annehmen, dass mein Sohn, wie er immer behauptet, an keinem wie auch immer gearteten Kriegsverbrechen beteiligt gewesen ist. Der Ankläger wird Beweise für das Gegenteil liefern müssen, und die werden nicht zu finden sein, glaube ich. Dafür sind die Beziehungen zu den Sowjets zu angespannt, wenn überhaupt schon alle Aktionen der Waffen-SS dokumentiert sind. Ansonsten habe ich mich inzwischen der juristischen Unterstützung durch zwei der besten niederländischen Anwälte versichert, die Herren de Pont und van Dal. Sie bereiten im Augenblick sehr gründlich die Verteidigung meines Sohnes vor, und ich darf Ihnen schon verraten, dass dabei Frans' Staatsangehörigkeit der Schlüssel sein wird.

War er zur Zeit seines Eintritts in die Waffen-SS Niederländer oder Lette – darum geht es. Im ersten Fall ist er dran, im anderen kommt er noch einmal davon. Hier müssen Beweise auf den Tisch gelegt werden. Das verschafft uns einen gewissen Spielraum, wie Sie verstehen werden, weshalb ich in dieser Hinsicht mit einer gewissen Zuversicht in die Zukunft blicke. Gewiss wäre es mir lieber gewesen, mein Sohn hätte still und leise das Land verlassen können, um sich bei seinem Onkel Helmuth in Brasilien etwas aufzubauen. Das will er aber offensichtlich nicht. Sei's drum, wenn ich natürlich auch Ihr Versagen in dieser Angelegenheit nicht ignorieren kann.

Mit größerer Sorgfalt und Tatkraft ihrerseits hätte die Paraguay-Variante nämlich bestimmt verwirklicht werden können. Nun muss ich aber feststellen, dass Sie in der entscheidenden Phase dieser Operation einen schweren Fehler gemacht haben. Das stellt unsere Zusammenarbeit, wie sie bisher verlief, in Frage. Ich schlage deshalb vor, dass wir unseren Kontakt vorläufig beenden.»

Der Alte Herr stand auf, ging zum Tresor in einer Ecke des Herrenzimmers, öffnete ihn und entnahm ihm einen ziemlich dicken Umschlag. «Ihr Honorar, wie vereinbart», sagte er frostig. «Möchten Sie vielleicht nachzählen?»

Sweerts ersparte sich diese Peinlichkeit. «Das ist zweifellos nicht nötig, vielen Dank. Ich fasse noch einmal zusammen: Ich sorge dafür, dass Ihr Sohn wieder in die Niederlande kommt, wenn auch als Gefangener der Königin. Aber wie Sie mir versichern, bestehen gute Aussichten auf einen günstigen Ausgang des Falls, und darüber bin ich froh. Denn Frans ist ein guter Junge. Er verdient für seine Zukunft etwas Besseres als das, wonach jetzt alles aussieht: dass er immer nur vor allem und jedem auf der Flucht sein wird.»

Die beiden Männer hatten mittlerweile das Herrenzimmer verlassen und standen im Vestibül. Mein Großvater schaltete die Außenlampe an. «Ich gehe davon aus, dass mein Sohn bei und nach der Festnahme anständig behandelt wird», sagte er heiser, ohne auf Sweerts' Urteil über Frans einzugehen. «Machen Sie sich darüber bitte überhaupt keine Sorgen», antwortete Sweerts schnell. «Es ist schon schlimm genug, dass wir nun diesen Weg wählen müssen und nicht die Paraguay-Variante ausführen konnten, aber so ist es nun einmal. Ja dann, Herr Münninghoff, ich empfehle mich. Vielleicht werden wir uns zu einem späteren Zeitpunkt noch einmal begegnen?» Und als eine klare Antwort ausblieb: «Auf jeden Fall werde ich Ihnen bei Gelegenheit gern wieder zu Diensten sein.»

Mit diesen Worten verschwand er – nach einer knappen Verbeugung – in der Nacht. Man hatte sich nicht die Hand gereicht.

## – ZWANZIG –

Wie sich bald zeigte, lag die Kontrolle über die Festnahme und Auslieferung Frans Münninghoffs tatsächlich in Sweerts' Hand. Es vergingen noch einige Wochen, bis er das gewünschte Vorgehen mit seinen Verbindungsleuten in Belgien und den Niederlanden abgesprochen hatte, doch dann lief alles wie geschmiert. In der Nacht auf den 12. Februar wurden Frans und Mimousse auf Schloss Ridderborn aus dem Bett geholt, während gleichzeitig ihre Wohnung in der Brüsseler Maasstraat durchsucht wurde. Dort entdeckte man eine beträchtliche Menge pharmazeutischer Produkte, eine Hinterlassenschaft von Guus, der damit den Schwarzmarkt für bewusstseinserweiternde Mittel bedient hatte. Ganz von ihrem ständigen Minnespiel in Anspruch genommen, hatten die Bewohner dieses Zimmer ungenutzt gelassen und folglich auch nichts unternommen, um das belastende Material irgendwie loszuwerden.

Dieser Umstand komplizierte den Fall zunächst, da nun die Belgier eine recht schwerwiegende Beschuldigung gegen das Paar erheben konnten. Nach einem Monat hatte Sweerts aber alles so hingebogen, dass der inzwischen in die Niederlande übergesiedelte Guus van Blaem in dieser Sache als einziger Verdächtiger übrigblieb; so kam Mimousse ungestraft davon, während Frans am 13. März von der belgischen Gendarmerie an die niederländische Polizei in Breda übergeben wurde. Zwei Tage später kehrte er ins Scheveninger Gefängnis zurück, und nach weiteren zwei Tagen musste er in Den Haag in einem Verhörraum des Dezernats für Politische Kriminalität in der Lange Voorhout, gegründet für die kriminalistische Aufarbeitung von Kriegsverbrechen, Landesverrat und Kollaboration, Platz nehmen.

Nun musste sich zeigen, ob der Alte Herr wirklich ausreichend gute Beziehungen hatte, um durch Strippenzieherei hinter den Kulissen die Zukunftsaussichten seines ältesten Sohnes zu retten – oder zumindest die drohende Katastrophe abzuwenden, die sicher auch seinen eigenen Ruf als Unternehmer beschädigen würde.

Zunächst deutete nichts darauf hin, dass er Erfolg haben würde. Die Staatsanwaltschaft hatte einen erfahrenen Juristen namens Zaaijer, bekannt als Befürworter eines schonungslosen Vorgehens gegen Kriegsverbrecher, Verräter und Kollaborateure, auf den Fall angesetzt. Zaaijer, der auch Ankläger im Prozess gegen Hanns Rauter war (es erging das Todesurteil), schien fest entschlossen, der Sache auf den Grund zu gehen und Frans Münninghoff wenn irgend möglich als Kriegsverbrecher zu überführen und entsprechend hart bestrafen zu lassen.

Die Verhörprotokolle zeigen, dass es meinem Vater sehr gut gelang, seine Vernehmer zu verwirren. «Er ist eine äußerst zwielichtige Figur», steht in einem insgesamt in ratlos lamentierendem Ton verfassten Bericht von Ende März, als eine Verlängerung der Untersuchungshaft um drei Monate beantragt und bewilligt wurde. Bis dahin hat Frans weitschweifig dargelegt, wie sehr er als Schüler unter dem erzwungenen Niederländersein gelitten habe; wie er während der Ferien in Riga vor allem von der Familie seiner Mutter prodeutsch indoktriniert worden sei; dass er deshalb, und auch aus Groll gegen seinen Vater, mit dem er sich überhaupt nicht verstand, nach dem deutschen Einmarsch in die Niederlande aus dem elterlichen Haus in Voorburg geflohen sei und sich schließlich auf eigene Faust in Den Haag zur Waffen-SS gemeldet habe. «Denn so konnte ich nach Posen, wo mein Mädchen wohnte, meine Verlobte», erklärt er lebhaft.

Das können seine Vernehmer noch nachvollziehen, was ihnen aber nicht in den Kopf will, ist die gewaltige Kluft zwischen dem unzweifelhaften Patriotismus des Alten Herrn und der entschieden antiniederländischen Gesinnung seines ältesten Sohnes. Einen so diametralen Gegensatz zwischen Vater und Sohn haben sie noch nie erlebt, und sie können daran einfach nicht glauben. Sie deuten Frans' Darstellung eher als den Versuch, von der Strafbarkeit seines Eintritts in die Waffen-SS abzulenken. Außerdem liegt ihnen sein niederländischer Pass vor, ausgestellt 1940, nachdem die Familie die Villa in Voorburg bezogen hatte.

Vergeblich erklärt mein Vater seine Gründe, diesen Pass damals als «nicht für mich gültig» zu betrachten. «Er wurde mir von meinem Vater aufgedrängt. Der hatte nicht die leiseste Ahnung, was in mir vorging. Mit dem Herzen war ich bei Wera und meinen Kameraden im Baltikum. 1939, als wir aus Lettland flohen, habe ich mich sogar zu Verwandten in Hannover abgesetzt, weil ich nicht in die Niederlande wollte. Mein Vater hat mich dann von der deutschen Polizei festnehmen und in Voorburg abliefern lassen. Und ich konnte mich nicht dagegen wehren, obwohl ich mich überhaupt nicht als Niederländer empfand. Aber ich war erst neunzehn, als ich diesen Ausweis bekam; ich musste tun, was mein Vater mir befahl», lässt er protokollieren.

«Aber jetzt, da der Krieg zu Ende ist und Sie als Verlierer daraus zurückgekehrt sind, wollen Sie auf einmal doch wieder Niederländer sein?», fragt einer der beiden Kriminalbeamten, die ihm gegenübersitzen. Und er zeigt ihm einen zweiten, einen neuen niederländischen Pass, ein offizielles Dokument, rätselhafterweise am 4. September 1944 mit der Nummer 363 775 auf den Namen Frans Münninghoff ausgestellt.

Nun ist mein Vater erst einmal verunsichert. Diesen Pass kennt er nicht; vermutlich hat ihn der Alte Herr für den Fall ausstellen lassen, dass man ihn, Frans, irgendwie aus dem Kriegsgebiet in die relativ sicheren Niederlande hätte zurückholen müssen. Vor allem dank der ernsten Einflüsterungen der Herren de Pont und van Dal ist Frans sich inzwischen völlig darüber im Klaren, dass er in diesem Kampf mit der niederländischen Justiz eines unbedingt vermeiden muss, nämlich das Eingeständnis, dass er in der Zeit von 1940 bis 1945 irgendwann wissentlich und willentlich niederländischer Staatsbürger gewesen ist. Ein niederländischer Pass, schlimmer noch, gleich zwei davon, sind da nicht gerade entlastend, denn auf so etwas wartet Staatsanwalt Zaaijer nur, um ihn nach Artikel 101 des Strafgesetzbuches wegen des Eintritts in feindliche Streitkräfte in Kriegszeiten für etliche Jahre hinter Gitter zu schicken.

Es kann keine allzu schwierige Aufgabe für Frans gewesen sein, seine niederländische Staatsbürgerschaft hartnäckig zu leugnen. Schließlich hatte er die Niederlande und ihre Bewohner immer zutiefst verachtet. Also beginnt Frans Münninghoff umständlich zu erklären, er besitze die niederländischen Papiere hauptsächlich aus dem Grund, dass eine nachweisbare lettische Staatsangehörigkeit bei einer Konfrontation mit den Sowjets lebensgefährlich sein könne. Schließlich habe die UdSSR die baltischen Länder annektiert.

Er verweist auf den Fall dreier Litauer, die vor Kurzem von den Alliierten aus einem belgischen Aufnahmelager nach Hause geschickt, dort von den Bolschewisten verhaftet und ohne jedes Verfahren erschossen worden seien. Mit einem lettischen Pass, auf den er Anspruch habe, hätte ihm ohne Weiteres das Gleiche passieren können. Es komme noch hinzu, dass er während der Kriegsjahre in Russland zu einer antikommunistischen Widerstandsorganisation mit Hauptquartieren in Kiew und Moskau Kontakt aufgenommen habe, erfindet er aus dem Stegreif hinzu. An deren Spitze stehe ein russisch-orthodoxer *Starez*, ein gewisser Dionysios – selbstverständlich ein Deckname. Es werde nicht mehr lange dauern, bis die Welt davon erfahre.

Seine Vernehmer hören ihm fasziniert zu. Eine solche Geschichte aus der großen weiten Welt ist schon etwas ganz anderes als die Berichte aus der engen niederländischen Sphäre, die sie sonst zu hören bekommen. Und endlich scheinen sie den unmöglichen Spagat, den dieser junge Mann vollführen musste, zu begreifen.

«Sie wollen also heute wieder Niederländer sein, aber im Hinblick auf die zurückliegenden Kriegsjahre nicht als Niederländer betrachtet werden?», lautet ihre Schlussfolgerung.

Frans Münninghoff kann dies nur bejahen. «Ich habe die Deutschen nicht so als Feinde gesehen, wie Sie das jetzt tun, sondern in erster Linie als Verbündete meines Vaterlandes, Lettland», verkündet er pathetisch, den Instruktionen seiner Anwälte entsprechend. «Aber jetzt hat sich alles verändert. Das Lettland, in dem ich gelebt habe, existiert nicht mehr. Mir ist klar, dass ich keine andere Wahl habe, als Niederländer zu werden.»

Natürlich hatte die Staatsanwaltschaft nach Hinweisen auf möglicherweise von ihm begangene Kriegsverbrechen gesucht. Für Frans war das ein Tabuthema: Wenn seine Vernehmer es ansprachen, explodierte er förmlich vor Wut, mit Verachtung gemischt. «Sie haben ja keine Ahnung, wie es an der russischen Front zuging! Wir waren dort, um zu kämpfen und nicht um Frauen zu vergewaltigen, Kinder zu ermorden oder Dörfer niederzubrennen. Und was Sie mir da von Konzentrationslagern und Gaskammern und Judenvernichtung erzählen: Davon habe ich nie etwas gemerkt oder gehört, als wir in der Ukraine gekämpft haben. Heute natürlich schon, aber ich weiß nicht, was ich davon halten soll.

Sehen Sie, wir haben den Krieg verloren. Das bedeutet, dass Sie die Wahrheit gepachtet haben. Sie können uns alles Mögliche in die Schuhe schieben, und wir können nichts dagegen tun, weil uns niemand zuhört oder glaubt. Ich kann aber nun mal nichts anderes sagen, als dass es bei uns in der Waffen-SS verdammt anständige Leute gab! Und Sie müssen bedenken: Ich war ein Frontsoldat. Immer vorwärts! Was hinter uns so alles an Schweinereien geschah, kümmerte uns nicht, das war nicht unsere Angelegenheit. Selbst überleben und den Feind töten, darauf kam es an.»

Das war das Gleiche, was er mir, seinem immer misstrauischer werdenden heranwachsenden Sohn, Ende der fünfziger, Anfang der sechziger Jahre in Den Haag immer wieder erzählte. Ich wusste, dass ich mich dazu auf keinen Fall äußern durfte; gleichzeitig lernte ich aber am Gymnasium Haganum durch Geschichtslehrer, die sich mit der Materie auskannten, die vielfältig dokumentierten Fakten über die Vernichtungslager und die verbrecherischen Taten der SS kennen. Doch gerade die wurden an unseren Sonntagmorgen von meinem Vater so empört wie kategorisch geleugnet.

Ich solle doch bitte genau zwischen der gewöhnlichen SS und der Waffen-SS unterscheiden. Und dabei vor allem auch zwischen den Balten und dem Rest, den Reichsdeutschen. Obwohl es auch unter denen viele prima Kerle gegeben habe, die Sachsen ausdrücklich ausgenommen. «Wir waren stolz darauf, Elitesoldaten zu sein, körperlich das Beste, was in Deutschland und angrenzenden Ländern zu finden war. Mein Ehrenwort, Bully, wir waren ohne jede Rücksicht auf uns selbst zum Kämpfen bereit, und ich meine wirklich Kämpfen auf Leben und Tod, aber wir haben uns nie etwas so Verachtenswertes wie Kriegsverbrechen an wehrlosen Zivilisten, ob Juden oder Nichtjuden, zuschulden kommen lassen. Das war, wenn man so will, unter unserer Würde und widersprach unserem Ehrgefühl als Soldaten.

Deshalb habe ich auch, obwohl ich mir vor Angst fast in die Hose gemacht habe, diesen Russen laufen lassen, den ich zum Verhör bringen sollte. Weil ich wusste, dass man ihn abknallen würde.

Und egal, was für widerliche Märchen man jetzt über uns in die Welt setzt, ich kann dir nur sagen: Wenn wir uns begegnen, können wir uns ohne Scham in die Augen sehen, weil wir ein reines Gewissen haben.»

Mir fiel auf, dass er bei solchen Themen niemals «ich» sagte, sondern immer nur von einem «wir» sprach. Stand er noch mit anderen ehemaligen Waffen-SS-Männern in Verbindung? Und was waren das für Leute?

Später, in den sechziger Jahren, als ich in Leiden in möblierten Zimmern wohnte und ein unstetes Leben führte, habe ich einmal all meinen Mut zusammengenommen und Kontakt mit einem Jugendfreund meines Vaters aufgenommen, dem deutschen Kinderbuchautor und Berufsoffizier Hans-Erich Seuberlich in Bad Reichenhall. Der Schwiegermutterschwarm: jugendlich für sein Alter, tadelloser Anzug, schönes Haus, BMW vor der Tür. Ein angesehener Mann im Westdeutschland der Nachkriegszeit, zweifellos einer derjenigen, die dazu beigetragen hatten, dass die erschöpfte Bevölkerung des in Schutt und Asche gelegten Landes genug Elan aufbringen konnte, um auch im neuen Europa einen angemessenen Platz einzunehmen.

Seuberlichs Beitrag bestand aus etwa zwanzig Jugendbüchern, die allesamt den so dringend notwendigen Optimismus ausstrahlten, verbunden mit dem Glauben an hehre Prinzipien wie Treue und Ehrlichkeit, und dies vor dem Hintergrund einer neuen, auch Westdeutschland erobernden Jugendkultur mit Petticoats, Rock 'n' Roll und Vespas. Einer Kultur, die der neuen Generation in den fünfziger Jahren das Gefühl gab, trotz allem den Anschluss an das andere, bessere Europa finden zu können.

Seuberlich hatte sich im Krieg als Mitglied des Sonderverbands Brandenburg, einer für Operationen hinter den feindlichen Linien ausgebildeten Spezialeinheit der Abwehr unter Wilhelm Canaris, bei gefährlichen Unternehmungen an der ukrainischen Front ausgezeichnet. Dort war er, wie ich wusste, auch meinem Vater begegnet, damals Gruppenführer in der Division «Wiking». Die beiden kannten sich gut, weil sie beide 1920 in Riga geboren worden waren und ihre Kindheit im gleichen Umfeld verlebt hatten; eine Vorfahrin Seuberlichs war knapp ein Jahrhundert zuvor sogar Patin des Vaters meiner Großmutter gewesen. Seuberlich und mein Vater hatten dieselbe Grundschule besucht, bevor mein Großvater beschloss, aus seinem Sohn einen Niederländer zu machen, und ihn auf das Internat in Oss schickte.

Wie meinen Vater hatte es Seuberlich während des Krieges in das wichtigste Zentrum für vertriebene Deutschbalten verschlagen, nach Posen, wo die beiden eine Zeitlang wieder in Kontakt waren und sich täglich im Café Schwan trafen. Da Seuberlich schnell Offizier wurde, riss die Verbindung bald ab, aber bei der zufälligen Begegnung in der Ukraine war die Freude groß, und sie hatten ein paar Stunden Zeit, um eingehend über ihre Kriegserlebnisse zu sprechen. Da ich von dem hoch angesehenen Seuberlich ein verlässliches Urteil über meinen Vater erwartete, hatte ich ihn gefragt, ob ich ihn besuchen dürfe, und er war sofort einverstanden gewesen.

«Ein richtiger Draufgänger», so charakterisierte er seinen ehemaligen Klassenkameraden. «Ich kann mir vorstellen, wie schwer er es in den Niederlanden hat. Wahrscheinlich erzähle ich Ihnen nichts Neues, wenn ich sage, dass er mich vor ein paar Jahren in Bonn besucht hat, wo ich mich als Oberst der Bundeswehr damals regelmäßig aufhielt, und mich gefragt hat, ob ich ihn in der Bundeswehr unterbringen könne. Leider konnte ich ihm nicht helfen. Das Problem war, dass er inzwischen zu alt dafür war. Jedenfalls habe ich es ihm gegenüber so dargestellt.

Aber das wirkliche Problem steckte in seinem Kopf, lieber Alexander, und da ist es wahrscheinlich immer noch. Er ist vom Krieg nie losgekommen, wie übrigens so viele andere.» Seuberlich stellte sich vor das riesige Fenster mit Aussicht auf beeindruckende Alpengipfel. Vor dem klaren Abendhimmel zog plötzlich würdevoll ein

Adler vorbei, wie ein Symbol dieses neuen Deutschland, zu dem mein Gesprächspartner gehörte, mein Vater dagegen nicht.

«Und in einem Land wie dem Ihren, in dem Unterdrückung durch uns und Kollaboration mit uns wie fast nirgendwo sonst in Europa Hand in Hand gingen, ist es besonders schwierig, den richtigen Weg zu finden.» Seuberlich warf noch einen nachdenklichen Blick auf das sich nun rasch verdunkelnde Panorama. «Sie brauchen sich keine Sorgen zu machen», sagte er schließlich. «Wäre Frans an Kriegsverbrechen beteiligt gewesen, hätte ich das bestimmt gewusst. Nicht nur das: Ich hätte es gemerkt, damals, als wir in der Ukraine miteinander gesprochen haben. Man merkt es am Blick und an der Art zu sprechen, wenn jemand etwas Schlimmes zu verbergen hat. Ihr Vater hatte das nicht, das kann ich Ihnen versichern.

Auch charakterlich halte ich ihn keiner Untaten für fähig. Dafür hat er beispielsweise viel zu viel Humor, so seltsam das vielleicht klingen mag. Natürlich hat er Menschen getötet. Dutzende, vielleicht sogar mehr als hundert, glaube ich. Der von ihm geführte Trupp hatte sich einen beachtlichen Ruf erworben, und er hatte damals, 1943, schon das Eiserne Kreuz. Aber das macht ihn noch nicht zum Kriegsverbrecher. Er liebte auf eine jungenhafte Art das Kämpfen, und er war gut darin.

Er hat mir damals zum Beispiel erzählt, dass er ein paar Monate vorher bei einem Spähunternehmen in einem Maisfeld mit seinem Pionierspaten einen russischen Leutnant fast buchstäblich einen Kopf kürzer gemacht hat – an Ihrer Reaktion sehe ich, dass Sie diese Geschichte schon kennen. Ich empfinde das als einen für ihn typischen Moment: Wenn es drauf ankam, war er entschlossen, zielsicher und gnadenlos. Das sind Qualitäten, die im Krieg sehr nützlich sind, aber in der heutigen Zeit sind Dinge wie Einfühlungsvermögen, Wissen und Vorausdenken wichtiger. Und in der Welt der Geschäfte, in die er zu seinem Unglück hineingeraten ist, muss man auch Leuten nach dem Mund reden können, den Schein wahren, wenn es schlecht läuft, und notfalls sogar seine Geschäftspartner täuschen.

Das steckt nicht in ihm. Er hat nie aufgehört, diesem kurzen Abschnitt seines Lebens nachzutrauern, als unbedingte Ehrlichkeit, Kameradschaft und Treue zählten, da war er in seinem Element. Der Krieg war seine Sternstunde, verstehen Sie? Als er mich dann besucht und mich geradezu angefleht hat, ihn in der Bundeswehr unterzubringen – er wollte Deutscher werden, notfalls ohne seine Familie nach Deutschland übersiedeln, alles hätte er getan. Ich habe vergeblich versucht, ihm zu erklären, dass in der neuen westdeutschen Armee ein völlig anderer Geist herrscht und dass er dort sehr unglücklich sein würde. Wegen der ausufernden Bürokratie und vor allem, weil er mit einer neuen Generation von jungen Deutschen zu tun hätte, der Disziplin, wie er sie kennt, völlig fremd ist. Ich glaube, er hat es mir übelgenommen, dass ich nichts für ihn getan habe. Jedenfalls ist es bei der einen Begegnung in Bonn geblieben. Ich schreibe das seiner Naivität und Impulsivität zu. Schade, denn er ist ein sehr gemütlicher Kerl, mit ihm hat man immer was zu lachen.»

## – EINUNDZWANZIG –

Gemütlicher Kerl oder nicht, die niederländischen Vernehmer in Scheveningen geben sich 1947 die größte Mühe, Frans Münninghoff als Kriegsverbrecher zu überführen. Doch auch nach einigen Monaten sind sie in den Verhören keinen Schritt weitergekommen, und eine Möglichkeit, seine Aussagen anhand von Material aus Osteuropa zu überprüfen, gibt es nicht: Die Sowjets verweigern jede Mitarbeit, jedenfalls reagieren sie nicht auf Anfragen, vielleicht weil die Niederlande das letzte westliche Land waren, das die UdSSR anerkannt hat, erst 1942, und eine ausgesprochen kritische Haltung gegenüber den Machthabern in Moskau einnehmen. Außerdem hat der Kalte Krieg schon eine Mauer des Misstrauens zwischen Ost und West aufgebaut, die Beziehungen haben sich dramatisch abgekühlt.

Deshalb versuchen die Ermittler, belastende Informationen von Wera zu erhalten, die sie im Juni zur Vernehmung einbestellen. Sie wissen, dass die Ehe zerrüttet ist, und feuern eine suggestive Frage nach der anderen auf meine Mutter ab. Sie lässt sich jedoch trotz ihrer Nervosität nicht überrumpeln.

Sie erzählt von der ersten Begegnung mit Frans in Riga und vom Wiedersehen im Posener Café Schwan Ende 1940: «Er trug eine deutsche Uniform mit Koppel und war bewaffnet. Am Arm hatte er eine Binde mit der Aufschrift ‹Dolmetscher›. Ich habe mich gleich wieder in ihn verliebt, obwohl wir uns ein Jahr lang nicht gesehen hatten. Dann begann der Russlandfeldzug. Er hat mir nicht geschrieben, mich aber zweimal in Posen besucht, wo ich eine Stelle in der Verwaltung hatte. Wir haben schließlich am 11. Mai 1942 in Hamburg geheiratet. Warum da? In der Nähe von Hamburg, auf dem Land, wohnten entfernte Verwandte meiner Großmutter, und die konnten sich noch manches leisten, deshalb fuhren wir gern dahin, um unsere Hochzeit zu feiern und uns einmal so richtig verwöhnen zu lassen. Nein, in den Niederlanden zu heiraten kam nicht in Frage. Frans hatte ein sehr schlechtes Verhältnis zu seinem Vater, und er hatte eigentlich nicht vor, jemals nach Voorburg zurückzukehren.»

Der folgende Abschnitt im Vernehmungsprotokoll deutet darauf hin, dass Wera die Vorgaben der Anwälte praktisch auswendig gelernt hat. Ohne ins Detail zu gehen, erwähnt sie Frans' Verwundung im Frühjahr 1943 bei Tscherkassy und seine Verlegung ins Lazarett in Bamberg. Das Wiedersehen im Sommer 1943, als er zwei Wochen Genesungsurlaub in Posen verbrachte. Dort wurde ich irgendwann um seinen dreiundzwanzigsten Geburtstag am 19. Juli herum gezeugt; im Protokoll findet sich jedoch nicht der kleinste Hinweis darauf. Unerwähnt bleibt auch, dass mein Vater nach seiner zweiten Verwundung Anfang 1944 nochmals nach Posen kam und bei meiner Geburt dabei war.

«Danach ist Frans nach allem, was ich weiß, aus dem Dienst entlassen worden», fährt meine Mutter fort. «Wie er schließlich doch in die Niederlande und zum Haus seiner Eltern gekommen ist, weiß ich nicht. Ich war schon seit September 1944 dort, nachdem Xeno mich und mein Kind wegen der Bedrohung durch die vorrückenden Russen abgeholt hatte. Am 1. Juni 1945 stand Frans in Voorburg plötzlich vor der Tür.

Wir haben dann eine schwierige Zeit durchgemacht. Er konnte all die schrecklichen Kriegserlebnisse nicht verarbeiten, außerdem hat sich sein Vater ihm gegenüber sehr herzlos verhalten. Frans ist deshalb nach einigen Wochen wieder weggegangen, ohne zu sagen wohin. Seitdem habe ich ihn nicht mehr gesehen. Sie fragen mich, ob er bei der SS war. Ich kann Ihnen das nicht sagen, weil er mir niemals etwas über seine Aufgaben oder Erlebnisse im Krieg erzählt hat.» Die naheliegende Frage, ob sie denn nicht an seiner Uniform hätte erkennen können, ob Frans bei der SS war, beantwortet Wera errötend wie eine richtige «junge Naive» mit den Worten: «Damit kenne ich mich wirklich nicht aus.» Das bisschen Schauspielunterricht am Posener Stadttheater zahlt sich ein weiteres Mal aus.

Sie hat sich bei der Vernehmung gut gehalten, darüber sind sich fast alle in der Familie einig. Und Jimmy, Titty und Omi sind eigentlich der Ansicht, dass nun endlich Schluss sein müsste mit der Stimmungsmache gegen dieses liebe Mädel aus Riga. Soll sie doch ruhig hierbleiben mit ihrem Kind, unserem Stammhalter Bully, sagen sie. Doch da widersprechen ihnen der Alte Herr und, ganz auf seiner Linie, Xeno, wenn sie zwischen ihren anstrengenden Geschäftsreisen eine kurze Pause in Briva Latvija einlegen. Wera muss weg, auch wenn sie bei der Vernehmung alles richtig gemacht und Frans nicht fallengelassen hat.

Wie mein Großvater bei seinen zahllosen geschäftlichen Verpflichtungen auch noch einen Plan aushecken konnte, um Wera abzuservieren, ist mir ein Rätsel. Aber er fand einen Weg, und den ging er mit eisernem Willen und unaufhaltsam, wie immer, wenn er seine Pläne ausführte. Nur dass es diesmal viel länger als gewöhnlich dauerte, bis er Erfolg hatte.

Bart van Dal, derselbe Anwalt, der später Frans' Freilassung durchsetzen wird, erhält insgeheim auch den Auftrag, mit juristischen Mitteln Wera von der Bühne verschwinden zu lassen. Dass er ein Jugendfreund von Mimousse gewesen ist, dürfte ihn wohl, so vermutet der Alte Herr zu Recht, noch stärker motivieren. Der junge Jurist verliert keine Zeit, und er erreicht, dass am 8. August 1947 die Scheidung meiner Eltern ausgesprochen wird. Da Frans noch in Untersuchungshaft sitzt, hat jedoch der Plan des Alten Herrn, seinem Sohn das alleinige Sorgerecht für mich übertragen zu lassen, vorerst keine Chance auf Verwirklichung. Im Oktober 1947 überträgt das Gericht meiner Mutter die Vormundschaft über mich, während Frans die Gegenvormundschaft ausüben soll, von seiner Scheveninger Zelle aus. Aber da wird er nicht mehr lange bleiben.

Es war mittlerweile Herbst 1947, und das politische Klima in den Niederlanden schien sich in einer entscheidenden Hinsicht zu verändern. Der Wunsch nach Rache, in den ersten Monaten nach Kriegsende noch vorherrschend, machte dem Gefühl Platz, dass Rechtsstaatlichkeit eine wichtige Voraussetzung für den Wiederaufbau und eine grundlegende Erneuerung war. Was bedeutete, dass jeder Fall sorgfältig untersucht werden musste, statt aus dem Bauch heraus entschieden zu werden.

Henri Kolfschoten war nur kurze Zeit Justizminister gewesen, aber bevor er 1946 sein Amt abgab, hatte er immerhin dafür gesorgt, dass die mehr als 70 000 Verfahren gegen sogenannte «politische Delinquenten» erheblich beschleunigt wurden. Für fast drei Viertel der Beschuldigten, nämlich für diejenigen, deren Fälle als minder schwer eingestuft wurden, rückte eine Freilassung, ob bedingt oder nicht, damit näher.

Und Kolfschotens Nachfolger Johan van Maarseveen, wieder ein Katholik und wieder ein Bekannter meines Großvaters, wenn auch kein enger Freund wie die Brüder Kolfschoten, trieb diese Entwicklung energisch voran. Schwere Fälle wie der des Hanns Rauter wurden natürlich weiterverfolgt, was auch eventuell noch vorhandenen Rachedurst des Volkes löschen sollte. Insgesamt war die Zahl der Untersuchungshäftlinge, denen Landesverratsdelikte, Kollaboration oder Kriegsverbrechen vorgeworfen wurden, im Jahr 1947 aber auf 25 000 zurückgegangen, eine Anzahl, die schon 1946 während der Debatte über die Regierungserklärung in der Zweiten Kammer des Parlaments als erstrebenswert bezeichnet worden war.

Unter ihnen war jedoch immer noch Frans Münninghoff. Mein Großvater musste es also irgendwie fertigbringen, dass der Fall seines Sohnes als minder schwer eingestuft wurde. Van Maarseveen wusste er dabei grundsätzlich auf seiner Seite, allerdings wollte der Minister ganz zu Recht die veränderten Prioritäten berücksichtigen, wie sich zeigte, als er den Fall im Herrenzimmer noch einmal eingehend erörterte. «Darauf kann ich als Minister keinen direkten Einfluss ausüben, Joan. Wir haben uns doch bewusst für einen transparenten Rechtsgang entschieden. Ich habe es da vor allem mit Zaaijer zu tun, und der ist nach wie vor so rigoros wie im Mai 1945. Gewiss, er scheint bei den Ermittlungen gegen Frans kaum weiterzukommen, und die Untersuchungshaft kann nicht bis zum Sankt-Nimmerleinstag verlängert werden, aber deswegen wird Zaaijer nur noch mehr Energie in den Fall investieren. Ich will zwar versuchen, auf Umwegen bei ihm ein wenig Verständnis für die Psyche deines Sohnes zu wecken; wenn er aber auf der Grundlage von Dokumenten – und das sind die beiden niederländischen Pässe nun einmal – eine Verurteilung erreichen kann, wird er das sicher tun.»

Der Alte Herr nickte nur. Er und van Maarseveen waren sich, ebenso wie die Kolfschotens, darüber im Klaren, dass nun andere Wege als der des formalen Rechts beschritten werden mussten. Und darauf war er längst vorbereitet.

Die weitere Entwicklung lässt erahnen, dass hinter den Kulissen massiv auf Zaaijer eingewirkt wird. Im September ist der Generalstaatsanwalt noch fest entschlossen, Frans Münninghoff zu überführen: Er bittet einen Abteilungsleiter im Justizministerium um Auskünfte über mögliche Vorstrafen. Als er jedoch Anfang Oktober die Antwort erhält, dass der Beschuldigte «im Vorstrafenregister unbekannt» sei (angesichts der belgischen Abenteuer meines Vaters höchst bemerkenswert), hat Zaaijer bereits seine Schlüsse gezogen und am Vortag in seine Strafforderung einfließen lassen: drei Jahre Haft «wegen freiwilligen Eintritts als Niederländer in den Kriegsdienst einer ausländischen Macht, in dem Wissen, dass sich diese mit den Niederlanden im Krieg befindet».

Keine zwei Wochen später, am 13. Oktober 1947, stellt sich heraus, dass der Sondergerichtshof in Den Haag (einer von acht speziell für schwere Fälle geschaffenen Gerichte) zu einer anderen Einschätzung neigt: «Eine Verurteilung nach Artikel 101 des Strafgesetzbuches ist wegen der lettischen Staatsangehörigkeit des Beschuldigten ausgeschlossen. Dieser junge Mann ist niemals in den Niederlanden gewesen, und es ist vollkommen logisch», so steht es zu meiner großen Verblüffung in einem Brief an Zaaijer, «dass Frans Münninghoff Russland mehr als seinen Feind betrachtete als Deutschland.»

Wie ist das Gericht zu diesem Schluss gelangt, der dem Urteil des allseits geachteten Zaaijer so ganz und gar entgegengesetzt ist? Und wie ist die Behauptung zu erklären, dass mein Vater, der mehr als acht Jahre lang Schüler, sogar Internatsschüler, in den Niederlanden gewesen ist, sich nie im Land aufgehalten habe? Die an den Haaren herbeigezogenen Argumente deuten darauf hin, dass man den Fall möglichst schnell erledigen will, weil hinter den Kulissen schon eine Entscheidung gefallen ist.

Und so ist es wirklich. Der eifrige Bart van Dal hat mittlerweile die Verteidigung meines Vaters allein übernommen. Während Kollege de Pont sich nun lukrativeren Aufgaben innerhalb des Münninghoff-Imperiums widmet, arbeitet «Bartje», wie er in unserer Familie liebevoll genannt wird, an einem regelrechten Deal mit der Justiz.

Dabei kommt es hauptsächlich darauf an, dass Zaaijer das Gesicht wahren kann. Weil die Angelegenheit delikat ist, werden lauter Schwergewichte eingeschaltet: van Maarseveen, die Brüder Kolfschoten, am Rande sogar Emanuel Sassen, späterer Kolonialminister, und Laurens Deckers, Mitglied des Staatsrates und vor dem Krieg Verteidigungs- und Landwirtschaftsminister, auch sie Katholiken. Sie alle suchen häufig das Herrenzimmer von Briva Latvija auf, um die Taktik ihrer Einflussnahme und die Details des Vorgehens zu besprechen. Und obwohl Zaaijer alles andere als katholisch ist, gelingt es den genannten Herren letztendlich, den Staatsanwalt vor ihren Karren zu spannen.

Ein seltsamer Briefwechsel bestätigt dies: «Wie mir der Justizminister in seinem Schreiben vom 12. Januar 1948 mitteilt, ist Seine Exzellenz der Auffassung, dass Ihr Mandant die niederländische Nationalität nicht verloren habe», schreibt Zaaijer am 15. Januar an van Dal, und er fügt die richtige Schlussfolgerung hinzu, dass eine Strafverfolgung demnach möglich sei. Mit anderen Worten, auch Minister van Maarseveen gibt ihm formal Recht.

Das ist allerdings nur Teil eines Spiels, das Außenstehende täuschen soll. Denn nun folgt im gleichen Atemzug etwas völlig Unerwartetes: «Ich bin jedoch nicht abgeneigt, davon abzusehen, wenn ich berücksichtige, dass dieser Mann innerlich eher Lette als Niederländer war. Für die Balten gelten durchaus mildernde Umstände.»

Wie Zaaijer zu dieser Erkenntnis gelangt ist, wird nirgends erläutert. Und dass mein Vater innerlich Lette gewesen sei, trifft eigentlich gar nicht zu, empfand er sich doch in erster Linie als «Balte» im Sinne eines Angehörigen der baltischen Oberschicht, mit deutschem und russischem Blut, zu dem leider auch eine niederländische Beimischung gehörte. Aber gewiss nicht als ethnischer Lette.

Die Letten, das waren für ihn die einheimischen Hinterwäldler, deren Sprache er zwar leidlich sprach, mit denen er aber, vom Hauspersonal abgesehen, keinen Umgang pflegte.

Doch solche Feinheiten lässt Bartje van Dal in seinen Ausführungen natürlich unerwähnt. Stattdessen erzählt er mit Verve die Geschichte eines jungen Mannes, der erleben muss, wie die Bolschewisten das Lettland seiner wundervollen Jugend zerstören, und sich deshalb den Deutschen anschließt. Psychologische Gutachten, wie sie heute üblich sind, kennt man damals noch nicht. Und was weiß man in den Niederlanden schon von Lettland, das mittlerweile hinter dem Eisernen Vorhang verschwunden ist? In jenen Jahren kommt es noch auf Eloquenz und Überzeugungskraft an, außerdem auf gut eingespielte Seilschaften in höchsten Kreisen. Die katholische Bruderschaft um meinen Großvater ist eine solche Seilschaft, Eloquenz und Überzeugungskraft sind Bartje van Dals Gebiet.

Und noch etwas kommt hinzu: In einem persönlichen Gespräch mit Zaaijer am 28. Januar versichert van Dal, dass Frans Münninghoff «so bald wie möglich die Niederlande verlassen wird, um sich auf Dauer im Ausland niederzulassen, dass alles unternommen wird, um seine Umsiedlung zu beschleunigen und dass der Beschuldigte sich in Erwartung dieser Umsiedlung unauffällig verhalten wird. Auch der Vater des Beschuldigten hat mir sein Wort darauf gegeben, dass eine baldige Umsiedlung soweit irgend möglich vorangetrieben wird.»

In dem Brief, in dem van Dal das Gespräch mit Zaaijer zusammenfasst, äußert er zum Abschluss die Hoffnung, dass «diese Zusicherung der Anlass sein wird, Frans Münninghoff freizulassen». Wenige Tage später resümiert die Staatsanwaltschaft, in der Annahme, dass der Beschuldigte nach Südamerika auswandern werde: «Es ist die Frage, ob es den Interessen des Landes dienlich ist, dies wegen der Verfolgung von Straftaten zu verwehren, welche Münninghoff auch als Lette begangen hat. Die Akte geht hiermit zurück.»

Nur selten dürfte die Einstellung eines Verfahrens mit derart dürren Worten begründet worden sein. Spricht daraus eine gewisse Verstimmung Zaaijers und seiner Mitarbeiter, die vielleicht genau wissen, dass man ihnen etwas vorgegaukelt hat?

Wir werden es nie erfahren.

Weniger als eine Woche später, am 30. Januar 1948, ist mein Vater nach zehn Monaten wieder ein freier Mann.

## – ZWEIUNDZWANZIG –

Doch wenn er nun auch ein freier Mann war, bedeutete das nicht, dass er wieder im vollen Besitz seiner Bürgerrechte gewesen wäre. Eine Verurteilung und entsprechend negative Schlagzeilen hatten zwar vermieden werden können, aber damit war noch nicht alles ausgestanden, wie eine vielsagende Randbemerkung Zaaijers illustriert: «Er bleibt jedoch eine recht zwielichtige Figur. Meines Erachtens ist er eher ein Fall für die Ausländerpolizei.»

Die sich dann auch prompt bei meinem Vater in Briva Latvija meldete, wohin er nach seiner Freilassung zurückgekehrt war, und seinen Pass und Personalausweis einzog. Es war ein kurzes Gespräch, in dem aber deutliche Worte fielen, hinter den verschlossenen Türen des Herrenzimmers und in Anwesenheit meines Großvaters. Die Atmosphäre war eisig, sowohl zwischen den beiden Beamten und meinen Verwandten als auch zwischen dem Alten Herrn und meinem Vater. Die beiden blickten sich nicht an.

Mein Großvater bekräftigte nochmals, dass es fertig ausgearbeitete Pläne für eine Übersiedlung seines Sohnes nach Südamerika gebe. Alles hänge nur noch von dessen Mitarbeit ab. Mein Vater starrte grollend vor sich hin und murmelte erst dann so etwas wie eine Bestätigung, als er dazu aufgefordert wurde. Die Herren von der Ausländerpolizei schätzten die Situation richtig ein und beendeten das Gespräch nach einer Viertelstunde, nachdem sie die verlangten Dokumente erhalten hatten. «Wir raten Ihnen, sich ruhig zu verhalten», sagten sie beim Abschied zu meinem Vater.

Kaum waren die Besucher gegangen, wurde das Herrenzimmer von dem heftigsten Wutausbruch erschüttert, den mein Vater sich je in Gegenwart seines Vaters erlaubt hat, wie er mir später versicherte. «Ich fühlte mich so furchtbar gedemütigt, Bully, das kannst du dir nicht vorstellen. Dass so ein paar niederländische Arschlöcher mir zu sagen wagten, ich solle mich ruhig verhalten, und dass mein Vater sich auf ihre Seite stellte, denn so kam es mir vor. Ich hab ihm damals alles vorgehalten, was mir in den Sinn kam, von seiner Vielweiberei und seinem Versagen als Vater bis zu dem Verrat an mir, seinem Sohn, aus dem er unbedingt einen Niederländer machen wollte und den er danach, als das nicht geklappt hatte, in den Kriegsjahren rücksichtslos für seine Zwecke missbraucht hat. Nach etwa zehn Minuten hatte ich mich ausgetobt. ‹Was bist du für ein Vater, dass du mich jetzt aus dem Land schaffen willst? So etwas tut ein Vater doch nicht!›, sagte ich zum Schluss. Ich fühlte mich verraten und war wirklich verzweifelt, das kannst du dir denken.

Und weißt du, was er dann gemacht hat? Die ganze Zeit hatte er mir schweigend gegenübergestanden, aber als ich fertig war, setzte er sich an seinen Schreibtisch und griff nach den Patiencekarten! Sagte kein Wort und fing an, sie auszulegen. Das machte er immer, wenn er nachdenken wollte. Er hielt Notizblock und Bleistift bereit, und wenn ihm beim Spielen ein Gedanke kam, der ihm brauchbar schien, schrieb er den auf. Und das machte er auch jetzt! Würdigte mich keines Blickes mehr, ließ mich stehen und legte die blöden Karten aus, und das, wo ich gerade alles aus mir rausgebrüllt hatte, was mir auf dem Herzen lag! Aber er versperrte sich völlig vor mir, ich hätte genauso gut gegen eine Wand reden können. Ich bin dann heulend vor Wut rausgegangen. Er blieb sitzen und reagierte überhaupt nicht.»

Fast drei Jahre lang blieb in Briva Latvija dieser schwierige Zustand bestehen. Xeno und Jimmy wohnten weiterhin dort, wenn sie auch beide studierten – oder zumindest so taten – und sich deshalb hauptsächlich in Delft beziehungsweise Amsterdam aufhielten. Xeno hatte sich das Fach Wasserbau ausgesucht (mit dem er sich aber nur kurz ernsthaft beschäftigte, da er seine berufliche Zukunft eher im Geschäftsimperium seines Vaters sah), Jimmy die schon damals beliebte, wenn auch von vielen nicht ernst genommene Politologie, die auch als «siebte Fakultät» bekannt war. In Amsterdam freundete sich Jimmy mit Hein ten Harmsen van der Beek an, dem Bruder der Lyrikerin Fritzi Harmsen van Beek (die ihren «schwierigen» Nachnamen abgekürzt hatte). Hein und Fritzi sollten nach dem Tod ihres Vaters, des Illustrators Eelco ten Harmsen van der Beek, im Jahr 1953 ihr ererbtes Vermögen, das gerade dank des Erfolgs von dessen Comic-Figur «Flipje» nicht unbeträchtlich war, auf sagenhafte Weise verjubeln. Die in jenen Jahren entstandene sogenannte Leidseplein-Szene, zu der unter anderem die Schriftsteller Harry Mulisch, Cees Nooteboom, Remco Campert und Gerard Reve, der Chansonnier Ramses Shaffy und der Schauspieler und Komiker Rijk de Gooyer gehörten, war zu exzentrischen Vergnügungen in der von Fritzi «instandbesetzten» Villa Jagtlust in Blaricum stets willkommen. Jimmy hat allerdings diese berühmte Freistatt, in der «alles erlaubt» war, kaum aufgesucht. Er und Hein verkehrten eher in anderen Kreisen, zusammen mit dem Songschreiber Pieter Goemans, dessen spontane Schöpfung des erfolgreichen Schlagers «Aan de Amsterdamse Grachten» er 1949 miterlebte, und mit dem Vortragskünstler Albert Vogel, dessen Schwester, die Schauspielerin Ellen Vogel, später Jimmys Frau werden sollte.

Titty zog zu Guus, den sie inzwischen geheiratet hatte und mit dem sie in rascher Folge fünf Kinder bekam. Und Frans quartierte sich zusammen mit Mimousse nach ein paar Monaten auf der *Juno* ein, einem alten, gerade noch schwimmfähigen Hausboot, das im Hafen der Erdölraffinerie Poortensdijk an der Haager Junostraat vertäut war.

Mit dem Alten Herrn hatte mein Vater mittlerweile einen Waffenstillstand geschlossen; man ging einander möglichst aus dem Weg und beschränkte die Konversation auf das Allernötigste. Immerhin bekam Frans bei Poortensdijk ein Verwaltungspöstchen, so dass es diesbezüglich keinen Anlass für Klatsch gab. Doch mehr als eine Duldung war es nicht; so war Mimousse, in den Augen meines erzkatholischen Großvaters eine verdorbene Frau, in Briva Latvija nicht gern gesehen. Nicht nur, dass sie geschieden war; mein Großvater hatte von einem Detektiv ihre Vergangenheit durchleuchten lassen und erfahren, dass sie als Zwanzigjährige den viel jüngeren Guus, damals gerade erst vierzehn, entjungfert hatte.

Diese Schandtat verschloss ihr buchstäblich die Türen, nur an Festtagen tolerierte mein Großvater ihre Anwesenheit. Und das auch nur, um den Anstandsregeln Genüge zu tun. Sobald die *Juno* frei wurde, packte Frans deshalb mit einem Seufzer der Erleichterung seine Koffer und zog aus.

Von der *Juno* hatte mein Vater Aussicht auf die Fabrik, die er ein paar Jahre später erben sollte, in der er aber jetzt nichts Sinnvolles tun konnte. Mit der Geschäftsführung war Joans Bruder Wim betraut worden, dessen Affinität zu den Produkten der Raffinerie, Schmieröl und verwandte Schmierstoffe, geradezu verblüffend war. Im Labor im hinteren Teil der Fabrik nahm Onkel Wim regelmäßig Kostproben, und zwar im Wortsinn: Er testete neue Mischungen, indem er den Finger hineintauchte und ableckte, wonach er sich je nach Geschmackserlebnis verzückt oder angewidert im Kreis der Laboranten und Arbeiter umblickte, die sich um ihn versammelt hatten, um Zeugen seiner Leidenschaft für die Schmierstoffe zu werden.

Frans, sozusagen im Wartestand, empfand seine Zeit in der Fabrik als reichlich frustrierend. Die paar Hilfsarbeiten in der Verwaltung, die man von ihm erwartete, waren eine Beleidigung für seine Intelligenz; deshalb schlüpfte er, um als Sohn des Eigentümers das Gesicht zu wahren, in einen weißen Kittel und führte im Labor amateurhafte Versuche durch.

Dabei erhielt er eines Tages Unterstützung durch einen Exilrussen, einen Grafen Stubendorff, der in Sankt Petersburg Chemieingenieur gewesen war. Mein Vater musste sich an solche Heimatvertriebenen halten; dem Umgang mit Niederländern entzog er sich möglichst. Weniger, weil ihm die Ausländerpolizei das geraten hatte, sondern vor allem, weil er sich nach seinen Zusammenstößen mit der Justiz unsicher fühlte, ganz abgesehen von seiner tiefen und bewusst kultivierten Abneigung gegen die Niederlande an sich.

Mit dem etwa siebzigjährigen Stubendorff, genannt «Stubka», der im russischen Bürgerkrieg ein Bein verloren hatte, bildete mein noch nicht einmal dreißigjähriger Vater ein sonderbares Gespann. Die Arbeiter, denen gegenüber er sich jovial gab (er selbst hätte sein Verhalten vermutlich als «kameradschaftlich» bezeichnet), rissen Witze über die beiden und nannten sie «Sickbock & Co», wenn sie ins Labor gingen. Untereinander sprachen Stubka und Frans Russisch, was in dieser Phase des Kalten Krieges – in den Vereinigten Staaten brach die McCarthy-Ära an – natürlich immer höchst verdächtig war.

Das Verhalten der beiden Herren hatte etwas Komisches und Geheimnisvolles zugleich. Wohl nicht zufällig kam es einmal zu einer polizeilichen Durchsuchung, wahrscheinlich auf den Hinweis eines kurz zuvor entlassenen Angestellten hin. Doch man fand nichts; was Stubka und Frans im Labor trieben, blieb harmlose Spielerei. Glaubten die Gesetzeshüter.

Wie sich herausstellte, kannte Stubendorff ein Verfahren zum Regenerieren von Altöl. An und für sich keine schlechte Sache, und als ich Jahre später das von ihm und meinem Vater gemeinsam verfasste Manuskript mit dem Titel *Vom Grabe bis zur Wiege* zu sehen bekam, beeindruckten mich vor allem die Zahlenreihen, die anschaulichen Grafiken und die minutiöse Beschreibung des Reinkarnationsprozesses. Dass Stubka noch andere chemische Zaubertricks beherrschte und dass mein Vater daraus auf illegale Weise Kapital schlagen würde, ahnte ich da noch nicht.

Seltsamerweise wurde das mit den niederländischen Behörden abgesprochene Südamerika-Vorhaben nicht umgesetzt. Wie aus damals geheimen Berichten hervorgeht, gab es in jenen Jahren keine diesbezüglichen Pläne mehr, im Gegenteil: 1949 beantragte Frans Münninghoff einen normalen Reisepass, um für Poortensdijk Aufträge im nahen Ausland, besonders Belgien, erledigen zu können. Als Grund für die Aufgabe der Auswanderungspläne wurden «finanzielle Probleme im Zusammenhang mit der Glasfabrik Nemaglas in Schiedam» angegeben. Dort hatte der Alte Herr kurz nach dem Krieg die Nederlandse Machinale Glasfabriek gegründet, in der er ungefähr siebzig böhmische Glasmacher, allesamt Fachleute, demselben Bericht zufolge aber auch «zum größten Teil ehemalige politische Delinquenten», illegal untergebracht hatte, also unter Umgehung der Ausländerpolizei.

Es ist kaum zu begreifen, dass mein Großvater, obwohl die Behörden recht gut informiert waren, in allem freie Hand bekam. Wie auch sein Bruder Tom nach anfänglichen Problemen bei der Rückkehr aus Schweden (er wurde 1946 auf Schiphol mit zwanzig Kilo Goldbarren im Gepäck festgenommen) bald reichlich Gelegenheit erhielt, seine unternehmerischen Talente auf niederländischem Boden zu entfalten. Onkel Tom hatte aus Schweden auch ein Patent auf eine bestimmte Methode der Fliesenherstellung mitgebracht, erwarb eine Brechmaschine und gründete die Vibro Steenfabriek an der Grenze zu Rijswijk, nur einen Steinwurf von Poortensdijk auf dem Industriegelände Binckhorst entfernt. Als Rohstoff für die Fliesenherstellung ließ er die gewaltigen Mengen Schutt zermahlen, die der Bombenangriff auf das Stadtviertel Bezuidenhout hinterlassen hatte und die er zu einem lächerlichen Preis hatte kaufen können.

Glas und Fliesen: Für ein Land, in dem zahllose Kriegsschäden beseitigt werden mussten, war beides natürlich unentbehrlich, und es ist typisch für die beiden Brüder, dass sie sofort auf diesen Bedarf reagierten – Tom gab dafür sogar sein angenehmes Leben im neutralen und unversehrt gebliebenen Schweden auf. Dass ihnen aber die niederländischen Behörden die Gelegenheit gaben, sich diesen Markt zu sichern, obwohl es doch Unternehmer mit deutlich weißerer Weste gab, die keine Goldbarren einzuschmuggeln versucht hatten oder verdächtige Glasmacher einstellten, wirft Fragen auf.

Protektion durch die gleichen Kreise, die im Verfahren gegen meinen Vater so erfolgreich agiert hatten, war hier allerdings nicht im Spiel. Das war die katholische Bruderschaft gewesen, die den Ruf eines ihrer angesehensten Mitglieder, meines Großvaters, vor Beschmutzung bewahrt hatte.

Doch hier ging es um wirtschaftliche Vorteile, und zwar als Belohnung für während des Krieges erwiesene Dienste. In gewissem Sinn also eine ganz banale Sache. In diesem Zusammenhang wird in der Familie oft der Name jenes Dr. Anton Speekenbrink genannt, der in Schweden als Kontaktmann der niederländischen Exilregierung aufgetreten war, als die Flucht von Eduard Koning nach London vorbereitet wurde. Aus Dankbarkeit für den Einsatz meines Großvaters und seines Bruders Tom soll Speekenbrink, inzwischen ein hoher Regierungsbeamter in den Niederlanden, dafür gesorgt haben, dass die Ermittlungen sowohl in der Goldbarren-Affäre als auch wegen der Beschäftigung der böhmischen Glasmacher im Sande verliefen oder eingestellt wurden, mit dem Argument, das Land brauche Unternehmer mit Tatkraft und Wagemut. Und diese beiden Eigenschaften besaßen die Brüder Münninghoff zur Genüge.

Dass der Alte Herr 1948 doch in finanzielle Schwierigkeiten geriet, lag an der Zerstörung von Nemaglas durch eine Explosion, deren Knall noch im weiten Umkreis zu hören war. Die Ergebnisse der offiziellen Ermittlungen waren spärlich, angeblich waren einige Pumpen defekt gewesen. Doch mein Großvater erhielt auch vertrauliche Mitteilungen aus Polizeikreisen, und die ergaben ein ganz anderes Bild: Es habe sich um Sabotage gehandelt, ausgeführt im Auftrag der belgischen Glasfabrik Glaverbel in Lüttich. In einem bilateralen Vertrag war diesem Unternehmen für die Nachkriegsjahre das alleinige Recht auf die Herstellung von Fensterglas zugesprochen worden, und Nemaglas hatte diese Vereinbarung umgangen. Da über ein Jahr verging, bis die Versicherung den Schaden ersetzte, und Nemaglas natürlich überhaupt kein Glas mehr liefern konnte, hätten sich die Auswanderungspläne für Sohn Frans nicht verwirklichen lassen, teilte Familienanwalt Bart van Dal der Justizbehörde 1949 mit. Frans habe nämlich bei einem Geschäftsfreund des Alten Herrn, einem Glasfabrikanten in Paraguay, untergebracht werden sollen, und das sei nun selbstverständlich nicht mehr möglich. Außerdem komme Südamerika in konjunktureller Hinsicht als Auswanderungsziel nicht mehr wirklich in Frage. Er bitte die Staatsanwaltschaft deshalb um Verständnis; Frans Münninghoff verhalte sich schließlich unauffällig, zeige sich nur sehr selten in der Öffentlichkeit und gehe ohne Beanstandungen einer geregelten Tätigkeit bei Poortensdijk nach. Da im Februar 1949 außerdem endgültig entschieden worden war, dass mein Vater seine niederländische Staatsangehörigkeit nicht verloren habe, sah auch die Ausländerbehörde plötzlich keinen Grund mehr, den ein knappes Jahr zuvor eingezogenen Pass länger einzubehalten. Eine erstaunliche Nachgiebigkeit.

Am erstaunlichsten war jedoch, dass Wera und ich noch fast drei Jahre in Briva Latvija blieben. Mit schier unfassbarer Sturheit hielt sie dort aus, obwohl der Hausherr sie praktisch übersah und gelegentlich unverblümt darüber spekulierte, wann sie wohl ausziehen werde, selbstverständlich ohne mich. Aber sie dachte nicht daran, und Omi und Titty unterstützten sie, wobei vor allem meine Tante sehr laut werden konnte, wenn wieder einmal erbittert über das Thema gestritten wurde. Dann brachte sie auch gleich die Behandlung ihres Ehemanns Guus zur Sprache. Der war nämlich, obwohl Titty und er mittlerweile zwei Kinder hatten, noch viel weiter als Wera davon entfernt, vom Alten Herrn akzeptiert zu werden; man hatte ihm sogar zu verstehen gegeben, dass man ihn bei Tisch nicht mehr sehen wolle.

Dafür gab es allerdings gute Gründe: Guus hatte teure Weihnachtsgeschenke, die Titty von ihren Eltern bekommen hatte, darunter einen Pelzmantel und einen Ring mit einem Amethyst und Diamanten, in die Pfandleihe gebracht. Aber Titty wollte davon nichts hören; die beiden planten nämlich, ein Atelier einzurichten und eine Galerie zu eröffnen. Und wieso sah ihr Vater nicht ein, dass sie mit Guus glücklich war, dem Mann, mit dem sie zwei wundervolle Kinder hatte?

Der Alte Herr konnte über solche Fragen nur verächtlich lachen. Seine Tochter sei «hörig», rief er (ich erinnere mich genau, und obwohl ich erst sehr viel später die Bedeutung des Wortes verstand, sagte mir der Klang von Opas Stimme, dass es etwas sehr Schlimmes sein musste), und er bekräftigte seinen Ukas: Guus komme ihm nicht mehr ins Haus.

So weit ging er bei meiner Mutter dann doch nicht, auch wenn ihr Status im Haus praktisch nur auf meiner «Stammhalterschaft» beruhte. Diese Stammhalterschaft wurde von meinem Großvater, vermutlich in dem Versuch, sein Verhalten vor sich selbst zu rechtfertigen, zu einem geradezu mythischen Begriff verklärt. Und nicht selten sagte er nach einem Streit, bei dem es wieder einmal heiß hergegangen war und die Anwesenden einander die schlimmsten Vorwürfe gemacht hatten, bevor er den Tisch verließ: «Wartet nur, ich sorge dafür, dass Bully nach meinem Tod alles bekommt, mit Xeno als Vermögensverwalter. Ihr glaubt doch wohl nicht, dass ich alles, was ich aufgebaut habe, den Löwen zum Fraß hinwerfe?» Besonders der Gedanke, dass Guus indirekt einen Teil des Erbes einsacken würde, versetzte ihn in Zorn, und wenn er sich dann in die Einsamkeit des Herrenzimmers zurückzog, konnte man am wütenden Klatschen der Patiencekarten hören, wie sehr ihn diese Aussicht verbitterte.

# ZWEITER TEIL

## *Wera*

## – DREIUNDZWANZIG –

Dass meine Mutter nach Ansicht meines Großvaters ihre Rolle ausgespielt hatte, war offensichtlich. Bevor man sie wegschicken konnte, musste aber im Hinblick auf mich dringend eine Entscheidung herbeigeführt werden. Das Urteil vom 27. Oktober 1947, das Wera die Vormundschaft und dem noch einsitzenden Frans nur die Gegenvormundschaft zusprach, wurde deshalb nach der Freilassung meines Vaters von der Familie energisch angefochten. Natürlich war auch dabei mein Großvater die treibende Kraft.

Frans und Mimousse wollten nämlich bald heiraten und waren schon dabei, sich ein gemeinsames Leben aufzubauen. Und darin war erst einmal kein Platz für ein Kind aus einer früheren Ehe. Mimousse, die in der Zeit mit Guus zwei Fehlgeburten erlitten hatte, wollte unbedingt ein eigenes Kind und damit auch ihre Verbindung mit Frans und seiner Familie besiegeln. Mein Vater fügte sich, jedenfalls ließ er mir gegenüber keine wirklichen Vaterambitionen erkennen.

Doch für den Alten Herrn lag die Sache anders. Nicht nur, dass ihm die Institution der Stammhalterschaft heilig war, er hatte auch vor Kurzem erfahren, dass ihm nicht mehr allzu viel Zeit blieb, um seine Angelegenheiten zu ordnen. Wie erwähnt, war bei ihm bereits 1936 Kehlkopfkrebs festgestellt worden, weshalb er sich in Berlin regelmäßig bei dem berühmten libanesischen Arzt Henri Chaoul behandeln ließ. Welchen Ruf dieser Spezialist genoss, geht auch daraus hervor, dass ihm vom Nazi-Regime der Titel «Ehren-Arier» verliehen wurde. Seine Bestrahlungen, die bei einigen Nazibonzen lebensverlängernd wirkten, schlugen auch bei meinem Großvater an; seine Stimme bekam zwar mehr und mehr den Klang einer Schleifmaschine, die Krankheit als solche war aber unter Kontrolle.

Doch der Krieg verhinderte die weitere Betreuung durch Chaoul. Einer von dessen Schülern, der Niederländer Daniel den Hoed, nach dem später übrigens ein Krankenhaus benannt werden sollte, übernahm die Behandlung, als regelmäßige Reisen nach Berlin wegen der Kriegsumstände nicht mehr möglich waren; nach dem Krieg führte er sie weiter. Schließlich stellte aber einer der Assistenten den Hoeds nach einer oberflächlichen Untersuchung eine falsche Diagnose.

Als ein Jahr später die nächste Kontrolluntersuchung durchgeführt wurde, teilte man meinem Großvater mit, dass sich inzwischen ein Tumor gebildet habe, der keine Hoffnung auf Heilung mehr lasse. Er nahm es stoisch auf und erzählte niemandem davon, nicht einmal seiner Frau. Xeno war der Erste, den er schließlich wegen der zu erwartenden Konsequenzen für die geschäftlichen Aktivitäten unterrichtete. Das war Anfang 1949, und die Ärzte gaben ihm damals noch höchstens zwei Jahre. Dank einiger neuer Medikamente, manche davon noch in der experimentellen Phase, sollten es letztlich fast fünf werden. Die Aussicht auf das nahe Ende machte meinen Großvater, was meine Zukunft anging, nur noch zielbewusster und rücksichtsloser.

Zunächst sah es allerdings gar nicht so aus, als würde die Familie Münninghoff vor Gericht Erfolg haben. Nach der Heirat von Frans und Mimousse am 3. August 1949 strengte mein Großvater unverzüglich den ersten Prozess an. Anwalt van Dal begründete den Antrag auf Rückübertragung der Vormundschaft auf meinen Vater damit, dass Wera in Ermangelung eines eigenen Einkommens nicht in der Lage sei, mich in angemessener Weise aufzuziehen. «Sie wohnt bei den Großeltern des Kindes, die für alles aufkommen», schrieb er – nicht unzutreffend. Außerdem behauptete van Dal, dass Wera angekündigt habe, das Land zu verlassen, weil sie als

Ausländerin in den Niederlanden kaum Aussicht auf eine Stelle habe. Möglicherweise werde sie nach Dänemark übersiedeln, wo ihre Großmutter jetzt wohne (übrigens in sehr kümmerlichen Verhältnissen, bemerkte van Dal), oder nach Deutschland zu ihrer Mutter; auch diese lebe nicht gerade im Überfluss. Und so gelangte van Dal zu dem Fazit, das Kind sei viel besser beim Vater aufgehoben, der die niederländische Staatsangehörigkeit besitze und von nun an ein geordnetes Leben als verheirateter Mann führe.

Doch bei der Sitzung des Vormundschaftsgerichts im Oktober ließ sich der Richter von den Argumenten der Familie nicht überzeugen. Wera erklärte, sie wolle gar nicht ins Ausland. Vielleicht habe sie manchmal in mutlosen Augenblicken daran gedacht, aber mittlerweile unternehme sie alles, um eine Stelle als Haushaltshilfe zu finden, am liebsten bei einer Familie mit vielen Kindern. Ihr Sohn gehe in die Vorschule, und im großen Haus ihrer ehemaligen Schwiegereltern werde ihm so viel Fürsorge und Liebe wie nur möglich zuteil, von ihrer Seite wie von den übrigen Hausbewohnern. Natürlich sei die Situation wegen ihrer Scheidung alles andere als normal, aber das werde sich bestimmt in absehbarer Zeit ändern, wenn sie erst einmal ein neues Zuhause gefunden habe.

Der Familienrichter sah alles in allem keine Umstände, die für eine Änderung des Vormundschaftsverhältnisses sprechen würden, und wies den Antrag des Vaters und Großvaters ab, die in dieser Sache auf dem Papier gemeinsam handelten. Ebenso entschied im Januar 1950 die nächsthöhere Instanz. Bis dahin hatte sich mein Großvater aber etwas ausgedacht, womit er meine Mutter in eine fast unhaltbare Position manövrieren konnte, um die Angelegenheit schneller zu einem erfolgreichen Abschluss zu bringen.

Er erklärte, dass Briva Latvija inzwischen zu groß für ihn sei. Die Kinder seien alle aus dem Haus, auch Livia Ecury sei nicht mehr da, und Frau Kochmann habe angekündigt, ihren Lebensabend bei Verwandten in Norddeutschland zu verbringen. Deshalb wolle er sich verkleinern; Wera müsse vor dem 1. Februar 1950 ausgezogen sein. Für die Zeit bis zum Verkauf der Villa quartierten er und Omi sich in Scheveningen im Kurhaus ein.

Wahrscheinlich hat mein Großvater geglaubt, Wera dadurch das Messer an die Kehle zu setzen, so dass sie ihn auf Knien bitten werde, ihr so oder so die Verantwortung für das Kind abzunehmen. Hätte sie ihre Mittellosigkeit eingestanden, wäre eine Rückübertragung der Vormundschaft wieder in den Bereich des Möglichen gerückt. Aber meine Mutter gab sich nicht geschlagen. Ende Januar fand sie eine Stelle als Haushälterin in einer Pension in der Haager Groothertoginnelaan, wo sie sechzig Gulden im Monat verdienen sollte, plus Kost und Logis für sich selbst und mich. Obwohl sie hauptsächlich Deutsch sprach – damals keine Empfehlung –, war es ihr also gelungen, den viel zu knappen Termin für den Auszug aus der Villa einzuhalten.

Einerseits voller Kummer und Wehmut um all das, was hätte sein können, andererseits auch stolz und erleichtert, weil die Zeit der tagtäglichen Verletzungen nun vorbei war und sie selbst an einer Zukunft für uns beide arbeiten konnte, verließ Wera mit mir Briva Latvija. Wenig später verkündete der Alte Herr, er habe bislang keinen Käufer für die Villa finden können, die Marktsituation sei bei Immobilien wie diesen im Augenblick ungünstig, der Aufenthalt im Kurhaus werde ihm zu teuer (Omi, die sich in der eleganten Umgebung wunderbar amüsierte, war ganz anderer Ansicht), und deshalb habe er sich nach gründlicher Überlegung entschlossen, doch in der Laan van Nieuw Oosteinde zu bleiben. Natürlich war das ein offensichtlicher Affront gegen meine Mutter, die jedoch merklich selbstbewusster geworden war und sofort einen Gegenangriff unternahm. Am 1. März stellte sie bei Gericht einen Antrag auf Unterhaltszahlung, zu leisten von Frans und dem Alten Herrn, in Höhe von 125 Gulden monatlich.

Woher nahm Wera Lemcke, wie sie inzwischen wieder hieß, solche Kühnheit? Sie, die immer im Hintergrund geblieben war und sich wie ein Schatten durch Briva Latvija bewegt hatte, aus lauter

Angst vor dem Alten Herrn und auch vor Xeno, schlug nun plötzlich mit der Faust auf den Tisch und forderte Unterhalt! Vermutlich war die Erkenntnis, dass sie mich von sechzig Gulden monatlich kaum kleiden und großziehen konnte, ihre wichtigste Triebfeder. Trotzdem war der Gang vor Gericht für eine Deutsche, die das Niederländische nur unzulänglich beherrschte, fünf Jahre nach Kriegsende keine Selbstverständlichkeit.

Erst viel später, durch zufällige Begegnungen mit Menschen, die sie damals gekannt hatten, fand ich heraus, dass es Wera in den fünf Jahren in Briva Latvija doch gelungen war, eine Art Beziehungsnetz von Verehrern zu knüpfen, Männern, die ihr wohlgesinnt waren oder sie offensichtlich begehrten und auf deren Hilfe sie zählen konnte – vor allem, wenn sie auf ihre Avancen eingegangen war, was ja gelegentlich vorkam. Die meisten von ihnen entstammten dem wohlhabenden Bekanntenkreis von Xeno und Jimmy und waren galant genug, sie moralisch und in einigen Fällen auch finanziell zu unterstützen, als die Lage in Briva Latvija eskalierte. Einer ging noch weiter und versuchte, sie für unlautere Geschäfte zu missbrauchen, bei denen es nützlich sein konnte, eine schöne junge Frau als Begleiterin zu haben.

Karel Hofdijk, ein wortgewandter Wichtigtuer aus Wassenaar, verliebte sich sofort in meine Mutter, als er ihr im Sommer 1948 am Strand begegnete. Ihr langes, dunkelblondes Haar, ihre schönen Tänzerinnenbeine, ihr graziöser Gang und ihr scheuer, melancholischer Blick bewegten ihn dazu, sich neben sie in den Sand zu setzen und sie anzusprechen. «Junge, Junge, was warst du damals für ein Hindernis», erinnerte er sich, als ich irgendwann in den neunziger Jahren mit ihm sprach. Denn meine Mutter hat immer darauf bestanden, dass ich mitkam: an den Strand, zu Partys, überallhin. Meistens ließ man mich dann natürlich in irgendeinem Eckchen zurück, wenn dafür gesorgt war, dass mich jemand beschäftigte oder ich mich selbst vergnügen konnte. Aber am Strand war gar nicht daran zu denken, dass ich meine Mutter und ihre Verehrer allein gelassen hätte. Eis kaufen, Fußball spielen, Drachen steigen lassen, durchs Wasser waten, Sandburgen bauen – das ganze Programm musste absolviert werden; vielleicht habe ich es ja sogar manchmal gespürt, wenn meine Mutter an einen Mann geraten war, mit dem etwas nicht stimmte, weshalb es gut war, wenn ich die beiden störte.

Mit Karel Hofdijk stimmte so gut wie gar nichts. Er war im Grunde ein Blender wie Guus van Blaem, nur noch gerissener. Welcher Art genau seine Betrügereien waren, weiß ich nicht, fest steht aber, dass er dafür schließlich zu zwei Jahren Haft verurteilt wurde und dass die Affäre mit ihm auch dem Ruf meiner Mutter sehr schadete. Denn Hofdijk hatte sie mehrmals für seine Zwecke eingespannt, ohne dass sie sich dessen bewusst war: Er hatte sie zu Geschäftsessen mitgenommen und dann als baltische Prinzessin und zukünftige Ehefrau präsentiert.

Da meine Mutter ja tatsächlich mit dem kurländischen Fürstengeschlecht Lieven verwandt war, hatte sie bei diesen Gelegenheiten statt zu widersprechen nur gelächelt – zumal sie auf Niederländisch geführten Gesprächen ohnehin nicht bis in alle Einzelheiten folgen konnte – und so den Eindruck erweckt, dass Hofdijk wirklich im Begriff stand, in die höchsten Kreise deutschbaltischer Exilanten einzuheiraten. In einer Zeit ohne Datenbanken und andere moderne Hilfsmittel reichte das aus, um Hofdijks Aktivitäten in einem romantischen, verheißungsvollen Licht erscheinen zu lassen, was seiner Glaubwürdigkeit bei den von ihm eingefädelten zweifelhaften Geschäften zugute kam. Es war immerhin dieser durchtriebene Hofdijk, der letztlich Wera dazu ermutigte, den Antrag auf Unterhaltszahlung zu stellen.

Zur unangenehmen Überraschung meines Großvaters zeigte sich das Vormundschaftsgericht auch diesmal unerbittlich. Obwohl er Frans erklären ließ, Wera habe wissen können, dass eine Ehe mit ihm ihr wahrscheinlich ein Leben in Armut bescheren werde, «da ich keinerlei Schulabschluss besaß und auch in keiner Weise irgendwelche beruflichen Kenntnisse erworben hatte» (peinlich, wie tief mein Vater sich auf Befehl des Alten Herrn erniedrigte), wurden beide Männer zu einer Unterhaltszahlung von jeweils fünfzig Gulden monatlich verurteilt: die Hälfte an Wera, die andere Hälfte über die Vormundschaftsbehörde an mich.

Das waren lächerliche Beträge, auch für damalige Verhältnisse sehr bescheiden. Um so bestürzender war es für mich mehr als ein halbes Jahrhundert später, feststellen zu müssen, dass mein Vater und mein Großvater noch alles darangesetzt hatten, eine Reduzierung zu erreichen, am liebsten auf Null. Erst nachdem das Urteil im Juni 1950 in höherer Instanz bestätigt worden war, kamen die ersten Zahlungen.

Doch da war schon etwas geschehen, das Weras und mein Leben auf dramatische Weise verändern sollte.

## – VIERUNDZWANZIG –

Wir hatten in der vornehmen Groothertoginnelaan in Den Haag ein wirklich schwieriges Leben, meine Mutter und ich. Im Haus Nummer 128, einer Pension, die von einer Witwe namens Roovers geführt wurde, bezogen wir das halbe Dachgeschoss. Das war ein einziges kleines Zimmer, daneben ein Badezimmer, das wir uns mit dem anderen Bewohner des Dachbodens, einem Büroangestellten, teilen mussten. Die beiden Fenster in der Dachschräge boten Aussicht auf kahle Baumwipfel und darüber einen Himmel, der an jenem ersten Tag, irgendwann Ende Januar, trostlos bleigrau war.

Meine Mutter spannte eine Wäscheleine durchs Zimmer. Im größeren Teil standen ihr Bett, ein niedriger Tisch, zwei Stühle und ein Kleiderschrank, im kleineren Teil mein Bett, ein Hocker und ein Schränkchen. Nachdem sie den Raum mit einigen Decken und Laken geteilt hatte, schaute sie mich mit tieftraurigem Blick an und sagte: «Ja, lieber Junge, ich weiß: In De Laan hattest du dein schönes eigenes Zimmer mit all deinen Spielsachen. Und du hattest den

Wintergarten, in dem ich dir immer vorgelesen habe, und den Garten, über den du mir so viel Aufregendes erzählt hast. Es wird hier also schwer für dich sein. Aber du bist schon ein großer Junge, fast sechs, du kannst damit fertigwerden. Frau Roovers ist sehr nett, du musst immer höflich zu ihr sein und niemals frech. Vergiss nicht, dass noch vier andere Leute im Haus wohnen. Ich kenne sie noch nicht, aber ich werde für sie arbeiten. Du musst ihnen gegenüber zuvorkommend sein, denn ich kann natürlich keinen Ärger gebrauchen, das verstehst du doch.»

Mit einem Nicken bestätigte ich, dass ich sie genau verstanden hatte, aber innerlich bedrückten mich Hoffnungslosigkeit, Trauer und Zweifel. Nach all den Jahren des Wohlstands bei meinen Großeltern kam die neue Realität wie ein furchterregendes, schwarzes Ungeheuer auf mich zu.

Am meisten vermisste ich natürlich meinen Hund Freddy, der, wie ich hörte, wieder einmal ausgerissen war, nur dass diesmal nichts mehr unternommen wurde, um ihn zurückzuholen. Deswegen vergoss ich bittere Tränen, und hin und wieder, wenn ich abends gegen sechs allein unterwegs war, während alle beim Abendessen saßen, rief ich ein paarmal ganz laut seinen Namen, in der Hoffnung auf das Wunder, dass Freddy den Weg zu mir gefunden hätte und sich schwanzwedelnd hinter der nächsten Ecke versteckte, um mich zu necken.

Davon abgesehen bedrückten mich auch zunehmend die kläglichen Lebensumstände. War das Dachzimmer am Anfang noch irgendwie aufregend gewesen, weil man sich mit einigem guten Willen vorstellen konnte, mein von Tüchern begrenzter Teil wäre ein Indianerzelt, empfand ich es bald nur noch als deprimierend; unsere Armut vertrieb alles Spielerische aus meinem Leben.

Es kam noch hinzu, dass ich das Essen, das Frau Roovers in ihrer Küche fürs ganze Haus zubereitete, manchmal einfach nicht herunterbekam, war ich doch die würzige, fleischreiche deutschbaltische Kost von Frau Kochmann gewohnt. Da wir in unserem Zimmer keinen Platz hatten, durften wir mit Frau Roovers in der Küche essen. Die Situation verursachte in mir einen inneren Konflikt, denn einerseits war mir klar, dass ich meiner Mutter mit Mäkeleien nicht half, andererseits konnte ich angesichts der Ergebnisse von Frau Roovers Kochkunst manchmal einfach nicht das erforderliche Pokerface aufsetzen. Vor allem der Chicorée, von meiner Mutter hartnäckig «Zichorei» genannt und in der Roovers-Variante von einer penetranten Bitterkeit, erweckte in mir tiefen Abscheu, den ich nicht verbarg. Leider gehörte er zu den preiswerteren Gemüsesorten, weshalb das mir verhasste Blätterzeug, oft nur mit Kartoffeln und Sauce, regelmäßig auf den Tisch kam.

Als ich einmal beim Essen die zu meinem Abscheu passende Grimasse zog, verpasste mir meine Mutter eine schallende Ohrfeige. Es war das erste und letzte Mal in meinem Leben, dass so etwas geschah, und ich verstand sofort, dass dieser Schlag ein Ausdruck der Verzweiflung war und eigentlich Frau Roovers galt, die offensichtlich kein Interesse daran hatte, leckeres Essen auf den Tisch zu bringen – und noch mehr meinem Vater und Großvater, die uns letztlich all das antaten.

Meine Mutter hatte mich an der Duinoord-Schule in der Bentinckstraat untergebracht. Das war ein calvinistisches Bollwerk, doch der Leiter, Herr van Westering, ein Grundschulrektor vom alten Schlag, war gutherzig und ohne Weiteres bereit, einen katholischen Jungen aufzunehmen. In jenen Nachkriegsjahren, als in den Niederlanden ein ausgeprägter konfessioneller, sozialer und politischer Partikularismus herrschte, war das nicht selbstverständlich. Van Westering stellte nur eine einzige Bedingung: Ich sollte an der täglichen Andacht mit Kirchenliedern und Gebet teilnehmen und mein Katholischsein nicht hervorkehren.

Dass meine Mutter gerade diese Schule auswählte, war vermutlich ein Akt der Auflehnung gegen den aggressiven Katholizismus, dem sie in Briva Latvija ausgesetzt gewesen war. Mein Großvater hatte natürlich dafür gesorgt, dass ich in Voorburg getauft wurde (im brennenden Posen war es nicht mehr dazu gekommen), und später bestand er darauf, dass ich auch die Firmung empfing und zur Vorbereitung darauf katechisiert wurde. Ich absolvierte bereitwillig das ganze fromme Programm und übernahm wie selbstverständlich die katholischen Gebräuche.

Und die Rituale, das unverständliche Latein, die Gewänder aus Goldbrokat, die Weihrauchschwaden in der Kirche, all das hatte auch etwas Mystisches an sich, für das ich in jenem Alter empfänglich war. In meinem Zimmer in Briva Latvija errichtete ich sogar einen eigenen Altar, vor dem ich in Freddys Gegenwart eine heilige Messe zelebrierte, und die abschließende Segnung bestand darin, dass ich den Hund knuddelte, weil er den ganzen Gottesdienst so brav ausgesessen hatte.

Da ich also nichts anderes als die katholischen Gepflogenheiten kannte, fühlte ich mich ein wenig fremd zwischen all den Kindern, die zu meiner Verwunderung nach der morgendlichen Andacht kein Kreuz schlugen. Nicht nur das, sie schüttelten sogar den Kopf, als ich es tat: «Was machst du denn da?» Mir war klar, dass ich es mir unnötig schwer machen würde, wenn ich auf dem Kreuzzeichen bestand, und nahm Zuflucht zu einer List. Nach der nächsten Morgenandacht rieb ich auf dem Weg zum Klassenzimmer nachdenklich meine Stirn, kontrollierte dann, ob der Hemdenknopf auf der Höhe des Nabels geschlossen war, und vollendete die sakrale Handlung, indem ich ein paar Schritte weiter etwas von meiner linken Schulter wischte und nach einigen Sekunden an der rechten Schulter herumfummelte.

Der Gott meines Großvaters würde dann wohl nicht allzu zornig über meine Verirrung sein, hoffte ich. Meine Mitschüler merkten übrigens nichts, auch weil ich sie eigentlich nicht interessierte.

Die meisten kannten sich aus den calvinistischen Kindergärten der Gegend, viele besuchten auch schon eine Weile gemeinsam die Sonntagsschule oder gehörten demselben Pfadfinderbund an. Es waren Cliquen, mit denen ich nie in Berührung gekommen war, und auch meine Mutter hatte zu dieser Welt keinerlei Verbindung. Dafür war sie zu wenig niederländisch, zu sehr beschäftigt und auch zu arm.

Umgeben von lauter älteren Leuten, die durchs Haus schlurften und mir, dem Sohn einer deutschen «Putzfrau», meist unfreundlich und argwöhnisch begegneten, hatte ich gute Gründe, möglichst viel Zeit draußen zu verbringen. Außerdem war meine Mutter den ganzen Tag von ihrer Arbeit in Anspruch genommen und hatte deshalb kaum Zeit für mich; noch schlimmer wurde es, als sie anderswo einer weiteren Tätigkeit nachging. «Beschäftigung» ist eigentlich das bessere Wort. An zwei Nachmittagen pro Woche fuhr sie mit einem von Frau Roovers geliehenen Fahrrad in den Stadtteil Bezuidenhout, wo sie dank Omis Vermittlung die Gesellschafterin einer Komtesse, einer gewissen Mathilde, spielen durfte.

Sie genoss diese Stunden: «Mit Mathilde lese ich Gedichte von Goethe und Schiller, das mag sie gern. Manchmal auch Heine oder Uhland. Seltener Keats oder Shelley. Bully, du kannst dir nicht vorstellen, wie herrlich das ist, nach dem vielen Schrubben und Staubsaugen hier. Es erinnert mich an früher, an die Jahre, als ich in London gewohnt habe und Granny mir auch oft vorgelesen hat.» Obwohl mir die Namen der Dichter nicht viel sagten, verstand ich natürlich gut, dass es meiner Mutter Freude machte, manchmal etwas anderes zu tun als Putzen und Spülen, und ich wusste es zu schätzen, dass Frau Roovers die Arbeitszeiten meiner Mutter bereitwillig geändert hatte: «Kind, hoffen wir, dass Sie nun endlich einmal Glück haben! Eine Komtesse! Besser hätten Sie es nicht treffen können!»

Das führte allerdings dazu, dass ich die Groothertoginnelaan an den Wochentagen bis zum Abend mied. Wenn meine Mutter nicht da war (häufig auch an den Nicht-Komtesse-Tagen, weil sie nachmittags meistens einkaufen musste), wurde ich nämlich von Frau

Roovers nach oben geschickt, sobald sie mich sah, und durfte dann das Haus nicht mehr verlassen; so war es abgemacht. Alles besser als das, denn in dem kleinen, stickigen Dachzimmer ohne Aussicht fühlte ich mich eingesperrt.

So wurde ich ganz von selbst eine Art Straßenjunge. Das bedeutete hauptsächlich, dass ich mich in der Beinahewildnis der großen Panzergräben herumtrieb, die von den Deutschen gegen Ende des Krieges als Teil des Atlantikwalls mitten durch das Scheveninger Statenkwartier gezogen worden waren. Dort richtete ich mir innerhalb weniger Wochen an einer Böschung mit herumliegendem Material ein großartiges Hauptquartier ein, von dem aus ich das Gelände gut überwachen konnte. Nun mussten noch Truppen her, dann konnten die Kampfhandlungen endlich beginnen. Ich dachte darüber nach, welche von meinen Klassenkameraden ich ansprechen könnte.

Doch im Frühjahr 1950 hatte meine Mutter einen Verkehrsunfall, der alles veränderte. Auf dem Weg zu Mathilde wurde sie auf dem Rad von einem Auto angefahren; sie brach sich einen Knöchel und mehrere Rippen, und ihre rechte Schulter wurde ausgekugelt; außerdem erlitt sie eine schwere Gehirnerschütterung und Prellungen im Gesicht. Es war von Blutergüssen bedeckt, als ich sie im Krankenhaus Zuidwal besuchte, nachdem Frau Roovers mich von der Schule abgeholt hatte. Erst nach zehn Tagen durfte sie wieder nach Hause. «Es war meine Schuld. Ich habe auf dem Rad vor mich hin geträumt», war das Erste, was sie zu mir sagte.

Mit einem Schlag verschlimmerte sich unsere Lage dramatisch. Die vollständige Genesung würde wohl Monate in Anspruch nehmen, und die ganze Zeit würde sie nicht arbeiten und für mich sorgen können. Frau Roovers erlaubte uns zu bleiben, beschränkte ihre finanzielle Unterstützung aber auf dreißig Gulden monatlich, die Wera zurückzahlen sollte, wenn sie wieder arbeitsfähig war. Für mich brach eine Zeit einsamer Freiheit an. Niemand passte mehr auf mich auf; da ich aber in der Schule noch keine Freunde gefunden hatte, wusste ich mit all den geschenkten Nachmittagsstunden nicht viel anzufangen. Alle anderen kehrten nach Schulschluss in ihr gemütliches Zuhause zurück, wo ihre Mutter sie mit Tee und Plätzchen erwartete; das wusste ich, weil sie davon sprachen. Aber niemand kam auf die Idee, mich einmal zu sich nach Hause mitzunehmen, und selbst darauf anzuspielen traute ich mich nicht.

So streunte ich nur einsam durch die Panzergräben, bis ich gegen fünf den Heimweg antrat, und zwar über die Frederik Hendriklaan mit ihren vielen Geschäften. Wie ein kleiner Erwachsener wanderte ich an den Schaufenstern entlang und betrachtete interessiert die Auslagen. Die Vorstellung, dass ich nichts von alldem jemals würde kaufen können, und meine Mutter ebenso wenig, bedrückte mich. Doch etwas zu stehlen, und wäre es nur eine Birne aus einer Kiste vor dem Obst- und Gemüseladen, kam nicht in Frage, dafür war ich zu gut erzogen. Ich hasste Frau Roovers' Pension, und ich hatte Angst, dass meine Mutter nie mehr Glück haben und ich für immer zu dieser armseligen Existenz ohne das allerkleinste bisschen Luxus verurteilt sein würde.

In den knapp zwei Monaten, die meine Mutter in unserem Dachzimmer im Bett verbrachte, bekam sie kaum Besuch. Dass niemand aus Briva Latvija etwas von sich hören ließ, war zu erwarten gewesen, doch auch Titty und Jimmy meldeten sich nicht. Nur selten fand einer von Weras früheren Verehrern den Weg zu ihr. Vielleicht schreckten der Ort und die Umstände sie ab; wer begegnete schon gern den unfreundlichen Bewohnern dieser Pension. Der Einzige, der regelmäßig vorbeischaute, war Guus. Tittys Mann, inzwischen Vater von zwei und demnächst drei Kindern, hatte keine Mühe, in dieser trostlosen Situation Weras Herz zu erobern.

Eines Tages stand eine Vase mit Rosen auf dem Tischchen neben ihrem Bett, und ich sah auf dem Gesicht meiner Mutter eine Art Glanz wie von einem stillen Glück, etwas, das ich lange nicht mehr bei ihr gesehen hatte. «Lieber Schatz, komm doch mal zu mir», flüsterte sie, als sie mich erblickte, und schlug ihre Decke zurück.

Ich zog meine Schuhe aus und schmiegte mich an sie. Ihr Knöchel war eigentlich wieder heil, und auch die Rippen schmerzten nicht mehr so sehr, allerdings durfte ich meine Mutter immer noch nicht zum Lachen bringen, was ich doch so gern tat, weil es mich den Alltagskummer einen Moment vergessen ließ.

Aber jetzt würde sie mir etwas Wichtiges erzählen, das fühlte ich und begrub mein Gesicht zwischen ihren warmen Brüsten. «Najaaa», begann sie und strich mir sanft übers Haar. Es war eine dieser typisch deutschbaltischen Interjektionen, mit denen ich aufgewachsen war und die ich, egal aus welchem Mund sie kamen, als Vorboten von Neuigkeiten hatte deuten lernen. «Weißt du, Schatz, du bleibst nicht alleine – wenn der liebe Gott das will, natürlich», fügte sie eilig hinzu. Ich begriff nichts, schaute sie auch nicht an, sondern horchte nur. «Du bekommst noch ein Brüderchen oder ein Schwesterchen, das weiß ich noch nicht», erklärte sie.

«Und wo soll das schlafen?», war meine erste Frage, als ich die Bedeutung dieser Mitteilung erfasst hatte. Meine Mutter blickte mich befremdet an. «Da hast du Recht, kleiner Affe, da hast du Recht. Muss mir noch mal überlegen, wie das aussieht.» Ich merkte, dass ich sie mit meiner praktischen Überlegung aus einem angenehmen Rausch geweckt hatte, und weil ich sie sehr liebte, hätte ich mir am liebsten die Zunge abgebissen. Doch die Aussicht auf ein Brüderchen oder Schwesterchen war wirklich nicht geeignet, mich glücklicher zu machen.

Ich hatte mit meiner Mutter so viel erlebt. Wir waren aus Posen geflohen, wir hatten schwierige Jahre in Briva Latvija überstanden, und nun waren wir hier in einer Notlage, aber eins war sicher: Wir waren ein Zweigespann. Niemand hatte sich zwischen uns zu drängen. Von Anfang an war ich auf der Hut vor dem Geschwisterchen, das mein Leben verändern würde.

Tatjana wurde am 4. Februar 1951 geboren. Tatjana Maria Wera Nadeschda Lemcke – unter diesem Namen wurde sie am 1. März ins Haager Geburtsregister eingetragen, womit sie zugleich die niederländische Staatsbürgerschaft erwarb – war ein stilles Mädchen, das man von mir fernhielt. Auch von ihrem neunmonatigen Aufenthalt im Bauch unserer Mutter hatte ich kaum etwas gemerkt. Wera sprach nicht mehr darüber, und ich bekam einfach nichts mit. Als es für Wera Zeit wurde, sich in die Klinik im Frankenslag zu begeben, wurde ich in Rijswijk bei einer Freundin von ihr untergebracht. Ich habe keine deutlichen Erinnerungen an diese Zeit, was nur heißen kann, dass mir gegenüber alles äußerst diskret gehandhabt wurde.

In Briva Latvija reagiert man jedoch mit rücksichtsloser Härte. Darauf hat mein Großvater nur gewartet! Ist dieses Kind, «in Sünde empfangen», nicht der beste Beweis dafür, dass sein Stammhalter Alexander aus den Klauen dieser moralisch völlig verdorbenen Frau gerettet werden muss?

Also wendet sich mein Vater, vom Alten Herrn dazu gedrängt, erneut an das Gericht. Er selbst hat gar keine Lust dazu. Er geht ganz in seinem neuen Leben mit Mimousse auf; die beiden haben zwar immer noch keine Kinder, besuchen dafür aber regelmäßig die Haager Nachtclubs. Ausgehen, tanzen, trinken, all das in der Hoffnung auf ein Kind und in Erwartung der Erbschaft, die sich am Horizont abzeichnet: Mimousse verbraucht für diese Vergnügungen ihre gesamten Ersparnisse, auch um Frans an sich zu binden. Was ihr mühelos gelingt, denn er ist immer noch bis über beide Ohren in sie verliebt, und das junge Paar macht in der Haager Schickeria von sich reden – ohne dass dadurch Freundschaften entstehen; dafür ist mein Vater zu unsicher, und Mimousse hat Verständnis für sein Problem.

Sie haben offensichtlich aneinander genug, doch der patriarchale Zwang des Alten Herrn lässt ihnen keine Wahl, und so reicht Frans am 19. Februar 1951, zwei Wochen nach Tatjanas Geburt, seine Klage ein. Wera führe ein zügelloses Leben und scheine den alltäglichen Pflichten zu wenig Aufmerksamkeit zu widmen, worauf der von ihr selbst verschuldete Unfall hindeute. Sie verkehre außerdem in schlechter Gesellschaft; als Beispiel wird Hofdijk angeführt, gegen den bereits ermittelt wird. Und – das Wichtigste in jenen prüden Jahren – sie sei unmoralisch. Ein uneheliches Kind, während ihr eigener Sohn sich auf der Straße herumtreibt!

Mein Großvater hat gründliche Nachforschungen anstellen lassen: Ihm liegen Berichte von Detektiven vor, die er auf den Fall angesetzt hat und die offensichtlich nicht nur Wera, sondern auch mich überwacht haben. Es gibt sogar ein Foto, auf dem ich, ein wenig verwahrlost, im Panzergraben stehe, neben meinem Hauptquartier.

Am 7. März wird über Frans' Klage verhandelt, und Wera muss sich den Fragen des Richters stellen. Auf die Anschuldigung, sie führe ein unmoralisches Leben, reagiert sie schockiert: «Davon kann keine Rede sein. Ich bin eine geschiedene Frau, und wenn ich einen neuen Lebenspartner suche, ist das mein gutes Recht.» «Aber Sie haben sich mit dem Herrn van Blaem eingelassen, der mit der Schwester ihres Ex-Ehemanns verheiratet ist und mit ihr zwei Kinder hat. Wie erklären Sie denn das?», fragt der Richter.

Meine Mutter begreift die Implikationen dieser Frage nicht. Die Niederlande sind ein puritanisches Land, doch darüber hat sie nie wirklich nachgedacht. In ihrer Welt zählt nur eines: wahre, aufrichtige Liebe. Die hat sie nach dem Drama mit Frans bei Guus van Blaem gesucht, und das sagt sie auch. «Ich habe auf eine Heirat mit Guus gehofft, aber er hat mich im Stich gelassen», bekennt sie im Gerichtssaal kleinlaut.

Der Richter möchte noch etwas wissen. «Hätten Sie die Schwangerschaft nicht abbrechen können?», fragt er unerwartet. «Sie kommen doch aus einem Land, in dem Schwangerschaftsabbruch nicht ungewöhnlich ist, nicht wahr? Haben Sie selbst schon einmal einen Abbruch vornehmen lassen?» Es ist eine hinterhältige Frage, vielleicht von meinem Großvater souffliert. In den Niederlanden des Jahres 1951 ist Abtreibung eine furchtbare Untat, für Angehörige aller Konfessionen unvereinbar mit dem christlichen Glauben. Meine Mutter geht sehenden Auges in die Falle: «Ja, ich habe in den vergangenen Jahren ein paarmal abgetrieben. Das war bei uns in Lettland tatsächlich nichts Ungewöhnliches, und ich habe es getan, weil ich bei meinen Schwiegereltern wohnte und große Schwierigkeiten befürchtete, falls ich ein uneheliches Kind bekommen würde. Aber jetzt habe ich eine eigene Wohnung, und ich wollte dieses Kind. Ich habe Guus geliebt, mit ihm wollte ich zusammenleben. Leider ist daraus nichts geworden.»

Die Frage, wer das Sorgerecht für mich bekommen wird, ist damit eigentlich schon beantwortet, wenn auch noch drei Monate vergehen, bis das Gericht seine Entscheidung verkündet. Am 20. Juni wird meinem Vater die Vormundschaft zugesprochen, Gegenvormund wird Joseph Sopers, ein angeheirateter Verwandter von Mimousse und angesehener Notar.

Doch da war Wera schon fort, nach Deutschland zu ihrer Mutter geflohen. Von ihrem Armenanwalt, der erst nach der Verhandlung richtig aufgewacht war, hatte sie mit Entsetzen vernommen, dass sie mit ihrem Eingeständnis hinsichtlich der Abtreibungen einen verhängnisvollen Fehler begangen hatte und dass man ihr den Sohn ganz sicher wegnehmen würde. In ihrer Verzweiflung wandte sie sich an Guus, trotz allem einer der wenigen, die ihr in dieser Lage vielleicht helfen konnten; immerhin hatte sie ein Kind mit ihm. In einer Aufwallung von Ritterlichkeit erfüllte Guus ihre Bitte. Zusammen ersannen sie einen Fluchtplan, der genau zur richtigen Zeit, am 12. April, ausgeführt wurde.

In Tittys DKW ließ ich mich willenlos mitnehmen. Guus fuhr; neben mir auf der Rückbank lag, gut eingemummelt in einer Babytragetasche, Tatjana, die ich kaum beachtete. Ich war enttäuscht und auch wütend auf meine Mutter, die es fertigbrachte, ausgerechnet am Tag vor meinem Geburtstag, dem 13. April, mit Guus, Tatjana und mir Gott weiß wohin zu fahren. «Wir kommen nicht mehr hierhin zurück», war das Einzige, was sie dazu sagen wollte. Dabei wusste ich genau, dass ich von Opa und Omi ein tolles Geschenk bekommen hätte, nämlich das Fernglas, das ich mir gewünscht hatte. Das brauchte ich doch, um von meinem Hauptquartier im Panzergraben aus die kommenden Gefechte beobachten zu können. Und wir wollten auf dem Malieveld Poffertjes essen.

Aber auf meine vielen quengeligen Fragen bekam ich keine Antwort. Guus und Wera waren mit den Gedanken offensichtlich woanders, im Wagen herrschte eine beklemmende Atmosphäre. Schließlich gab ich auf und sank in einen traumlosen Schlaf. Ich wachte auf, als wir in der Dämmerung durch einen Wald fuhren. Ein Teil der Brunssumer Heide, wie ich später erfuhr. Die Umrisse eines großen Klosters wurden sichtbar; ansonsten war es hier leer und still. Wenig später hielten wir vor einem Schlagbaum.

Meine Mutter wimmerte leise; sie hatte Tatjana auf den Arm genommen, um ihre Nervosität in den Griff zu bekommen. Guus versuchte sie zu beruhigen, was ihm aber nur halb gelang. In ihrer Vorstellung bestand nämlich bei dieser Unternehmung eine große Gefahr: dass der Alte Herr doch Wind davon bekommen und über irgendwelche Bekannte veranlasst haben könnte, dass die niederländischen Grenzbeamten die Insassen dieses Wagens festhielten. Sie kannte ihn und seine Unnachgiebigkeit und hatte mittlerweile wirklich Angst vor ihm. Eben deshalb sollte alles an einem einzigen Tag passieren, und zwar unmittelbar vor meinem Geburtstag. Niemand sollte damit rechnen, dass sie gerade jetzt die Niederlande verlassen würde, schließlich hatte man ja Verabredungen für die Geburtstagsfeier getroffen.

Aus einem Grenzhäuschen kam ein Mann in Uniform. Er war höflich und freundlich und bat mit komischem Limburger Akzent um die Papiere. «In Ordnung», sagte er kurz danach. «Und, wohin geht die Reise?» «Nach Palenberg, da wohnt meine Mutter», antwortete Wera. Zum ersten Mal erfuhr ich etwas über das Ziel dieser Fahrt. Es sagte mir nichts, und meine Stimmung besserte sich nicht. In ein paar Stunden hatte ich Geburtstag, wurde ich sieben. In einer Stadt, von der ich noch nie gehört hatte, und bei einer Frau, die ich nicht kannte, auch wenn sie anscheinend meine Großmutter war.

## – FÜNFUNDZWANZIG –

Nadja Fjodorowa hatte nach Harry Lemckes frühem Tod nicht wieder geheiratet. Von Natur aus passiv, nahm sie alles, wie es kam. Während der Operation Heim ins Reich wich sie ihrer Tochter Wera nicht von der Seite. Die ersten Monate hatten die beiden wie erwähnt in Kolberg verbracht. Nadjas starker russischer Akzent erregte dort großes Misstrauen; am ersten Tag kam es in einer Bäckerei sogar zu einer tätlichen Auseinandersetzung mit einer Reichsdeutschen, die wütend wurde, weil Nadja beim Eintreten etwas zu gut vernehmbar «Cheil Chitler» sagte. So hatte sie es gelernt, und sie musste erst die Erfahrung machen, dass im deutschen Kernland nicht mit Nachsicht für einen slawischen Akzent zu rechnen war. Als Wera eine Stelle in Posen bekam, zog sie mit ihr dorthin, doch als Xeno uns abholte, verschwand sie wieder in ihrem alten, kläglichen Kokon aus stummer Untertänigkeit und erklärte, sie scheue die gefährliche Fahrt und bleibe lieber in Deutschland. Genauer gesagt in Übach-Palenberg, wohin es zwei Jugendfreundinnen von ihr verschlagen hatte, nah an der niederländischen Grenze, so dass Mutter und Tochter nach dem Krieg, wahrscheinlich also schon wenige Monate später, leicht wieder miteinander Kontakt aufnehmen könnten.

Stattdessen vergingen fast sieben Jahre. Umso größer ihre Freude, als Wera mit mir, dem Enkel, in jener Nacht bei ihrem heruntergekommenen Häuschen in der Aachener Straße eintraf. Natürlich war Nadja über die Pläne ihrer Tochter unterrichtet worden und hatte das einzige Zimmer, das noch frei gemacht werden konnte, für Wera und mich eingerichtet. Eine große Verbesserung gegenüber dem Dachzimmer in der Groothertoginnelaan war es nicht, wenn auch unter diesen familiären Umständen kein Laken aufgehängt wurde, um den Raum aufzuteilen. Immerhin blickte man aus dem Fenster auf einen vielversprechenden nahen Waldrand, wie ich am nächsten Morgen nach einem wiederum komatösen Schlaf feststellen konnte. Guus, der die Nacht auf dem Sofa im vorderen Zimmer verbracht hatte, war schon wieder weg; Nadja und Wera waren am Wohnzimmertisch ins Gespräch vertieft, als ich mich meldete.

Die beiden Frauen sprangen auf und überhäuften mich mit Küssen. «Mit deinem Geburtstag», rief Nadja immer wieder, das russische *S dnjom roschdenija* wörtlich übersetzend, wobei ihr Tränen über die Wangen kullerten. Aus einer Schrankschublade holte sie ein in graues Papier gewickeltes Päckchen. Während ich es öffnete, sah ich aus den Augenwinkeln, was meine Mutter für mich ausgesucht hatte: Auf dem Tisch lagen eine Lederhose und eine Hamburger Lotsenmütze; diese Mützen waren damals groß in Mode, anscheinend aus dem Wunsch nach einem neuen typisch deutschen Erscheinungsbild heraus.

Betreten packte ich weiter das Geschenk meiner russischen Oma aus, doch was ich dann sah, entlockte mir einen wilden Freudenschrei: das Modell eines amerikanischen Panzers! Und er fuhr! Wenn man mit einem kleinen Schlüssel eine Feder aufzog und die Bremse löste, setzte sich das Fahrzeug sehr geräuschvoll und zielsicher in Bewegung, mit seinen Gleisketten überwand es spielend kleinere Hindernisse wie eine Beule im Teppich und sogar ein nicht allzu dickes Buch. Vorsichtig hob ich den Panzer hoch, nachdem er sich ausgetobt hatte und an einem Bein der Anrichte zum Stehen gekommen war, und stellte ihn wieder in den Karton mit dem magischen Markennamen Schuco zurück. Dankbar schaute ich zu Weras Mutter auf. «Gibt es hier noch andere Kinder?», fragte ich.

«Das wirst du alles sofort erfahren», sagte meine Mutter energisch. «Komm, zieh die Lederhose an und setz mal die Mütze auf, dann sehen wir, ob du ein echter deutscher Bursche bist.»

So verlief mein erster Tag in Übach-Palenberg anfangs durchaus festlich. Es gab selbstgebackenen Kuchen, und ich durfte so viel Limonade trinken, wie ich wollte. Mittags kamen die beiden Rigaer Uraltfreundinnen von Nadja, wie ich meine russische Oma nennen durfte, um mich zu bewundern. Von der einen, Olga, bekam ich einen Satz karierter Taschentücher, die sie mir mit weinerlich verzogenem Gesicht überreichte. «Die gehörten dem Egon, meinem Sohn, der bei Königsberg gefallen ist», erklärte sie. Ich nickte und nahm mir vor, diese Leichentücher ganz sicher niemals zu benutzen. Die andere, Nastja, hatte mir ein Portemonnaie mitgebracht, das genau eine Pfennigmünze enthielt. «Aber du weißt: Das ist der Anfang von einer Million», sagte die großzügige Spenderin unter allgemeinem Beifall, als ich ein bedeppertes Gesicht machte. Dieses Geschenk war offenbar keine Hinterlassenschaft eines getöteten Germanen, weshalb ich es sofort in die Hosentasche schob.

Da die Neugier der Frauen auf mich nach einiger Zeit gestillt war und sie mit Wera und Nadja im Verschwörerton Dinge besprachen, von denen ich keine Ahnung hatte, fragte ich, ob ich nach draußen dürfe, um mit meinem neuen Panzer zu spielen.

Der Teil des Grundstücks neben Nadjas Häuschen erwies sich als ideales Gelände für die Aufstellung meiner Truppen; bei unserem überhasteten Aufbruch in Den Haag hatte ich als einzigen Besitz einen Beutel voller Zinnsoldaten und anderer Kriegerfigürchen mitgenommen. An der zweispurigen, betonierten Aachener Straße, auf der hin und wieder ein PKW oder ein Lieferwagen vorbeifuhr, war der Boden matschig und, wie ich gleich feststellte, auch unbefahrbar für meinen olivgrünen amerikanischen Superpanzer mit großen weißen Sternen an den Flanken, den ich inzwischen «Charlie» getauft hatte.

Aber ein paar Meter von der Straße entfernt war es trocken, dort stieg der Boden an, und es gab Sträucher, unter denen sich meine geheimen Hilfstruppen verschanzen konnten, um einen Überraschungsangriff zu unternehmen, falls meine Hauptmacht, die Elitetruppe aus dreißig napoleonischen Soldaten in verschiedenen Posen (Geschenk von Onkel Xeno), in Bedrängnis geraten sollte. Um unerwartet Unterstützung schicken und dem bösen Feind eine vernichtende Niederlage zufügen zu können, hatte ich meine ebenfalls dreißig Sioux-Indianer (Geschenk von Onkel Jimmy) in Gedanken schon im Gesträuch platziert. Zuverlässige Krieger unter dem Befehl des berühmten Tecumseh, die gerade in waldreichem Gelände ihre Stärken entfalten konnten, das wusste ich. Charlie würde ich vorläufig als Geheimwaffe in der Reserve halten. Ich ging ins Haus, um meine Zinnkameraden zu holen.

Als ich wieder nach draußen kam, stand dort ein Junge. Etwas größer als ich und bestimmt auch älter, vermutete ich. Er trug genau so eine Elblotsenmütze wie die, die ich immer noch auf dem Kopf hatte.

«Was machst du da?», fragte er, als ich schweigend den Beutel auf den Boden entleerte und die Soldaten in sinnvoller Schlachtordnung aufzustellen begann.

Ich konnte erst einmal nicht viel herausbringen, ziemlich überrumpelt von der Tatsache, dass ich ja von nun an Deutsch sprechen musste. «Och, ich spiele etwas», sagte ich schließlich.

Nun, das sah der Junge selbst. Aber er wollte gern mitmachen: Er habe auch Spielzeugsoldaten, erklärte er, und die werde er jetzt schnell holen; er wohne zwei Häuser weiter auf der anderen Straßenseite. Von seinem Fenster aus habe er mich gesehen, und weil in der Gegend keine anderen Jungs in seinem Alter wohnten, sei er zu mir gekommen. Er streckte die Hand aus: «Hans. Wir werden Freundschaft schließen. Bis gleich», und nachdem ich meinen Namen genannt hatte, überquerte er nach einem knappen Winken eilig die Straße.

Viel Zeit, zur Besinnung zu kommen, hatte ich nicht. Wir würden nun eine Schlacht nachstellen, das war klar. Und zum ersten Mal würde ich einen echten Gegner haben. In Voorburg und Den Haag hatte ich nur Scheingefechte ausgetragen, nie hatte mich ein Klassenkamerad in dem armseligen Dachzimmer besucht, und jemanden wegen der ganz großen Sache im Panzergraben anzusprechen, hatte ich mich nicht getraut. Ausgerechnet hier im fremden Palenberg sollte nun plötzlich alles anders sein.

Ich überlegte, dass ich mit meinem Gegner – der zugleich mein Freund werden wollte – Spielregeln vereinbaren müsste. Aber welche? In meiner Eigenbrötlerwelt hatte es ausgereicht, zu gegebener Zeit selbst eine Entscheidung zu treffen; mal hatten die Indianer gesiegt, mal die Franzosen, je nach meiner Laune. Das ging jetzt natürlich nicht mehr.

Vorsichtshalber holte ich Charlie aus seinem Karton, zog ihn mit dem Schlüsselchen auf, stellte die Bremse fest und versteckte ihn an einer Ecke des Geländes hinter einem Holzstapel. Wie schon geplant, ließ ich Tecumseh und seine roten Brüder zwischen ein paar Sträuchern und meine französischen Grenadiere hinter eilig mit der Hand gegrabenen Schanzen in Stellung gehen.

Da kam mein neuer Spielkamerad schon zurück, unter den Armen zwei Kartons, die er feierlich auf den Boden stellte. «Schau mal», sagte er, während er sie öffnete. In blauem Samt lagen akkurat aufgereiht in passenden Aussparungen insgesamt sechzig wunderbare Zinnsoldaten. Alle gut gepflegt, mit vollständiger Bemalung und auf Hochglanz gebracht, von den Stiefeln bis zu den Helmen mit SS-Runen und der Standarte, die einer von ihnen in der Haltung eines heldenhaften Anführers hochhielt. «Waffen-SS, Division Wiking», erklärte ihr stolzer Besitzer, «komplett und unbesiegbar.»

Wiking! Die Division, in der mein Vater gekämpft hatte! Ich konnte gerade noch einen Überraschungsschrei unterdrücken und beschloss, erst einmal nichts über diesen erstaunlichen Zufall zu sagen.

Nun war ich mit dem Präsentieren meiner Truppen an der Reihe, doch Hans rümpfte die Nase. «Franzosen, die können ja gar nicht kämpfen», sagte er. «Wir waren doch im Nu in Paris.» Ich wusste nicht, was ich darauf erwidern sollte, es machte mich unsicher. Ein Gefühl, das sich noch verstärkte, als ich Hans die verdeckt aufgestellten Sioux-Indianer zeigte. «Und das sind deine Hilfstruppen?», fragte er ungläubig. «Das sind ja Affen! Na gut, spielen wir.»

Wir vereinbarten, abwechselnd jeweils zehn von unseren Männern zu bewegen und dann zu bestimmen, wer wohin schießen konnte. Wenn wir uns darauf geeinigt hätten, welche Soldaten tödlich getroffen waren, würden wir die vom Schlachtfeld nehmen. Ziel war die Eroberung der feindlichen Fahne, in meinem Fall eine schon zerbrochene, getragen von einem jämmerlichen Grenadier auf einem kleinen Hügel weiter hinten.

Schnell zeigte sich, dass Hans nach Belieben über die Kampfhandlungen bestimmen wollte. Obwohl ich doch offensichtlich meine Grenadiere hinter soliden Schanzen aufgestellt hatte, entfernte mein neuer Freund schon nach dem ersten Schusswechsel elf meiner Männer vom Schlachtfeld. «Panzerfaust und Flammenwerfer», erklärte er und zeigte mir die tatsächlich vorhandenen Spezialwaffen seiner SS-Leute. «Achtung, Alexander. Diese Gruppe stürmt gleich weiter zu deiner Fahne.»

Mit größter Mühe konnte ich ihn davon überzeugen, dass unter meinen Grenadieren Scharfschützen waren, die ausgerechnet die Träger dieser furchterregenden Waffen ausgeschaltet hatten, dazu noch einige von den anderen. Hans erklärte sich schließlich mit sieben Verlusten auf seiner Seite einverstanden. Doch kurz darauf standen da schon wieder zwei von den schrecklichen Schwarzhemden mit den gleichen Waffen bereit, um in meiner vordersten Linie Tod und Verderben zu säen. Er hatte sie doppelt! Außerdem gab es jetzt auch noch ein Maschinengewehrnest, zwei SS-Männer mit MG, die es sich in einem Schützenloch bequem gemacht hatten und «mit verheerender Treffsicherheit», wie Hans es ausdrückte, angeblich den ganzen Rest meiner Grenadiere ins Jenseits beförderten.

Ich handelte ihn auf sechzehn herunter und ließ die übrigen zwei in einem verzweifelten, aber erfolgreichen Sturmangriff das MG unschädlich machen. Außerdem schickte ich nun zwanzig von Tecumsehs Männern nach vorn, was weitere acht SS-Leute das Leben kostete. Der Rest der Indianer, zehn Mann, stieß unentdeckt am Zaun entlang auf das feindliche Lager vor, in dem sich die Fahne der Division Wiking befand. Dort war der böse Feind natürlich übermächtig, trotzdem beanspruchte ich, mindestens zehn Mann ausgeschaltet zu haben, weil die Sioux sehr gut im Anschleichen seien und den deutschen Wachen von hinten mit dem Messer die Kehle durchschneiden konnten.

Darüber musste Hans unbändig lachen. «Für diese Bande lasse ich höchstens vier Mann bei der Fahne zurück!», rief er verächtlich. «Pass mal auf, jetzt geh ich voran!» Und voller Eifer schickte er eine gewaltige Übermacht von mindestens dreißig Mann in Richtung meiner einsamen napoleonischen Schlafmützen mit der kaputten Fahne.

Unsere Abmachung, dass wir jeweils höchstens zehn Mann bewegen durften, hatten wir inzwischen glatt vergessen, und ein Zuschauer hätte an unseren hochroten Köpfen sehen können, dass wir beide völlig in unserer Fantasiewelt aufgingen.

Ich beobachtete die Entwicklung auf dem Schlachtfeld mit zunehmender Wut. Nicht nur, dass Hans offensichtlich falsch spielte, indem er mehr Soldaten einsetzte, als er aufgrund unserer gemeinsamen Opferschätzung gedurft hätte, es ärgerte mich auch maßlos, dass er sich dermaßen abfällig über mein Spielzeug äußerte, und das an meinem Geburtstag. Als er mit einer an Sadismus grenzenden Genauigkeit seine SS-Truppen gegenüber von meinem Fahnenträger aufstellte und in anmaßendem Ton meine Kapitulation forderte, wusste ich, was ich zu tun hatte.

Die Entfernung betrug nicht mehr als einen Meter, und Charlie war gefechtsklar. Ich hatte ihn exakt ausgerichtet, und als ich die Bremse löste, rollte das Ungetüm mit tödlicher Präzision und furchterregendem Lärm geradewegs auf die SS-Einheit zu.

Die Folgen waren schrecklich. Die Zinnsoldaten wurden in alle Richtungen geschleudert, wonach Charlie seinen grimmigen Siegeszug fortsetzte und rein zufällig auch das tiefer gelegene Lager mit der Wiking-Fahne niederwalzte. Meine napoleonische Schlafmütze dagegen war unversehrt geblieben und starrte, die Fahne immer noch in der Hand, dösig vor sich hin.

«Ich hab gewonnen!», rief ich aus, selbst ganz überrascht von der Wirkung meines Panzers. «Gar nicht!», brüllte Hans, der in wenigen Augenblicken eine beängstigende Metamorphose durchgemacht hatte. Statt Selbstsicherheit und freundlicher Herablassung drückte seine Miene zunächst Entsetzen, dann aber Hass und, wie ich zu bemerken glaubte, abgrundtiefen Schmerz aus.

Dicke Tränen traten ihm in die blauen Augen, und mit einem schrillen Schrei stürzte er sich auf mich: «Ich bring dich um! Glaubst du, dass du mich so beleidigen darfst? Dass du mit deinem Scheißamipanzer meine Wikinger besiegen kannst? Mein Vater hat bei ihnen gekämpft. Er wurde verwundet, hörst du? Verwundet! Kriegsverletzter Erster Klasse!» Er war vollkommen außer sich und schlug mit krallenhaft gekrümmten Fingern nach meinen Augen, was mich sehr in Angst versetzte; seine harten und scharfen Fingernägel rissen mir die Wange auf, während mich seine andere Hand am Hals packte und in einer Art Würgegriff hielt. Ich spürte, dass er viel zu stark für mich war, und schrie panisch um Hilfe.

Keine zehn Sekunden später waren die vier Frauen aus Nadjas Häuschen da und trennten uns.

Die blitzschnelle Verwandlung meines neuen deutschen Freundes hatte mich so aus der Fassung gebracht, dass ich nichts Sinnvolles herausbrachte. Hans stand jetzt mit hängenden Schultern da und schluchzte hemmungslos, und zu meiner Verwunderung sah ich, dass meine Mutter ihm den Arm um die Schultern legte, übers Haar strich und etwas ins Ohr flüsterte. Eine der Rigaer Freundinnen hatte inzwischen die gute Eingebung gehabt, den weiter unten vor dem Gehweg im Schlamm steckengebliebenen Charlie aufzuheben und ins Haus zu tragen.

Nach ein paar Minuten schien Hans sich tatsächlich zu beruhigen. Seine Augen waren rot und verquollen, und mit unsicherer Stimme stammelte er etwas im tiefsten Aachener Platt, das ich nicht verstand. «Schon gut, lieber Junge», sagte meine Großmutter, die sich ebenfalls um ihn bemühte. «Komm doch rein, trinken wir einen Tee. Es ist ja Bullys Geburtstag.»

Ich hatte noch keine Gelegenheit gehabt, Nadja zu sagen, dass ich den Kosenamen Bully verabscheute und eigentlich bei meinem richtigen Namen Alexander genannt werden wollte. Und von meinem Geburtstag hatte ich Hans auch noch nichts erzählt. Es schien aber kaum in sein Bewusstsein vorzudringen, dass meine Großmutter ihm mit diesem einen Satz gleich zwei Geheimnisse verraten hatte. Schweigend sammelten wir, von den beiden Freundinnen unterstützt, die im weiten Umkreis verteilten Zinnfiguren ein und gingen dann ins Haus. Dort dampfte schon der Tee, und eine neue Ladung Kuchen wartete auf uns.

Meine Mutter, die sich bisher vor allem um Hans gekümmert hatte, bemerkte erst jetzt die blutende Schramme auf meiner Wange. Mit liebevoller Sorge, die mir plötzlich übertrieben vorkam und mich ärgerte, tupfte und säuberte sie umständlich die Wunde. Hans schaute mich schuldbewusst an. «Verzeihung», sagte er leise, «das wollte ich wirklich nicht, Alexander. Lass uns Freunde bleiben.»

Eine warme Welle des Mitleids und der Versöhnungsbereitschaft überspülte mich, wobei mir gleichzeitig einer von diesen Kobolden, die ständig in meinem Kopf herumspukten, die Leviten las: Was für eine Gemeinheit von mir, eine Mordmaschine wie Charlie einzusetzen, der Hans doch nichts entgegenstellen konnte. «Natürlich», antwortete ich und legte ihm die Hand auf die Schulter, eine Geste wie ein Ritterschlag.

«Na siehste!», riefen die Freundinnen fröhlich aus, und auch meine Mutter nickte, obwohl ich ihre Hand weggeschoben hatte. «Jetzt hat Bully einen Schmiss!», stellte Nadja auf einmal fest. Darüber mussten die Damen herzhaft lachen, aber Hans und ich verstanden die Bemerkung nicht. Wir machten aus, das Geschehene zu vergessen; ich sollte am nächsten Tag zu ihm kommen, dann würde er mir sein Zimmer zeigen. Für mich, der ich bis dahin nie einen Freund gehabt hatte, war das eine höchst aufregende Aussicht. Auch dass unsere Väter Kriegskameraden gewesen waren, beschäftigte mich sehr.

## – SECHSUNDZWANZIG –

Als ich am nächsten Vormittag nach dem Frühstück wie verabredet zu Hans gehen wollte, hielt Nadja mich zurück. «Du darfst nicht erschrecken, wenn du Hans' Vater siehst. Er ist sicher ein netter Mann, aber er sieht entsetzlich aus», sagte sie kopfschüttelnd. «*Uschas*, vielleicht wäre er besser gestorben.» Nach dieser Warnung ließ sie mich gehen und begab sich in die Küche, um die Windeln von Tatjana, die in der Babytragetasche schlief, auszukochen.

Eine dunkle Angst ergriff von mir Besitz. Was war mit Hans' Vater? Meine Mutter konnte ich nicht um weitere Erklärungen bitten, da sie schon vor zwei Stunden zum amerikanischen Luftwaffenstützpunkt in der Nähe von Aachen aufgebrochen war, zu einem Bewerbungsgespräch.

An allem war deutlich zu merken gewesen, dass ich am Tag nach meinem Geburtstag nicht mehr im Mittelpunkt stand. Wera hatte vor dem Spiegel nervös an ihrem Make-up gearbeitet und kaum auf die vielen Fragen geantwortet, die mich bedrängten. Was würden wir in Palenberg tun? Würden wir für immer hier bleiben? Wo sollte ich zur Schule gehen? «Schatz, jetzt spiel du mal mit Hans und seinen Freunden. Ich muss diese Stelle bei den Amis bekommen, verstehst du? Sonst wird das hier nichts. Du hast doch gesehen, wie ärmlich die Mutti lebt, nicht wahr? Sie kann nicht so einfach noch drei weitere Mäuler füttern, das begreifst du doch?», hatte sie gesagt, während sie mit einem schwarzen Pinselchen ihre Augenbrauen nachzog. «*Now, wish me luck!*»

Plötzlich spielte ein herausforderndes Lächeln um ihre dunkelrot angemalten Lippen, und sie strich mir übers Haar, bevor sie sich auf den Weg zur Bushaltestelle machte. Ich fand sie schön auf eine amerikanische Weise, sie erinnerte mich stark an Ava Gardner, wozu auch ihr überzeugendes Englisch viel beitrug.

Als ich bei Hans klingeln wollte, kam er mir zuvor. «Komm rein», sagte er, während er die Haustür aufriss. «Ich hab dich kommen sehen. Wir gehn gleich rauf zu mir.»

Da wurde energisch eine Zimmertür geöffnet, wie um ein für alle Mal klarzustellen, wer im Haus das Sagen hatte, und eine Frau ungefähr in Nadjas Alter schaute in die Diele. «Nein, Hans, das geht nicht. Erst muss dein neuer Freund uns kennenlernen», erklärte die Dame, als hätte sie hinter der Tür gelauscht. Sie gab mir die Hand. «Du bist also der Alexander, oder soll ich Bully sagen? Hans hat mir erzählt, dass du gestern Geburtstag hattest und dass ihr zusammen gespielt habt. Komm doch rein.» Mit diesen Worten hielt sie mir einladend die Tür auf.

Ich betrat das Zimmer und blickte mich um: Das Haus war bestimmt viermal so groß wie das von Nadja. Ein schwerer Eichenholz-Esstisch und sechs altmodische Stühle mit gedrechselten Beinen beherrschten das vordere Zimmer. In der Ecke am Fenster zur Straßenseite bildeten drei Sessel mit einem runden Couchtisch eine gemütliche Sitzgruppe. Am Ende des hinteren Zimmers, zum Garten hin, sah ich einen in sanftes Frühjahrslicht getauchten Wintergarten. Davor standen zwei große Ledersofas und ein gläserner Rauchtisch; der größere Teil dieses Zimmers war hinter einem japanischen Wandschirm verborgen. An den Wänden standen nicht weniger als vier beeindruckende Bücherschränke, flankiert von dunklen Gemälden mit Jagdszenen und Stillleben.

Auf dem Büfett im vorderen Zimmer fielen mir zwei Fotos von Soldaten auf; einer der Rahmen hatte in einer Ecke ein schwarzes Band. Hans' Mutter sah, worauf mein Blick ruhte, und seufzte. «Ja, mein Junge, das ist Hans' älterer Bruder Peter. Bei Stalingrad umgekommen, das ist nun auch schon wieder über acht Jahre her. Er wäre jetzt sechsundzwanzig gewesen.» Sie holte ein Taschentuch hervor, um eine plötzliche Springflut von Tränen zurückzuhalten.

Ich schwieg betreten; erst nach einer ganzen Weile wagte ich wieder etwas zu sagen. «Wie alt bist du eigentlich, Hans?», fragte ich, mit einer merkwürdigen Betonung des «du», die ich gleich darauf als höchst unpassend empfand. Ich spürte, wie mir das Blut ins Gesicht schoss. «Hans ist elf, er ist ein Nachkömmling», antwortete seine Mutter rasch. «Setzt euch einen Moment, dann mache ich Kakao für euch. Den magst du doch?» Mit dieser Frage, auf die sie kein Nein zu erwarten schien, ging sie in die Küche.

Hans merkte, wie verwirrt ich war, und sagte in ruhigem, beinahe belehrendem Ton: «Du kommst aus Holland, habe ich gehört. Na gut, da war alles ein bisschen anders als hier in Deutschland. Unter meinen Klassenkameraden gibt es keinen einzigen, der nicht einen Verwandten im Krieg verloren hat. Peter hab ich kaum gekannt. Ich erinnere mich mehr an seine Uniform als an sein Gesicht. Er war in derselben SS-Division wie mein Vater.»

Hier stockte er. Als erwarte er Hilfe aus dem Garten, schaute er an mir vorbei, bis er flüsternd fortfuhr: «Du kannst dir nicht vorstellen, wie schwer das alles für mich ist. Mein Vater war Notar, einer der wichtigen Leute in Palenberg. Er war der Vertrauensmann für Hunderte von Menschen hier im Ort. Peters Beerdigung war ein Riesenereignis. Alles, was in Aachen und Umgebung Rang und Namen hatte, war da, und Himmler hat eine persönliche Nachricht geschickt. Aber keine zwei Monate später wurde mein Vater verwundet.»

Er stieß ein bitteres Lachen aus. «Was heißt verwundet. Die ganze rechte Seite des Gesichts war weggeschossen, und das rechte Bein und der rechte Arm waren so voll Granatsplitter, dass sie amputiert werden mussten. Gut, er hat überlebt. Aber wir haben jetzt ein grässliches Monster hier zu Hause, Alexander. Gott sei Dank kann meine Mutter am Gymnasium unterrichten, aber wie es später werden soll, weiß ich nicht.»

Ich wollte gleich von meinem Vater erzählen und Fragen stellen, doch in diesem Moment brachte die Mutter zwei dampfende Becher Kakao, die sie uns mit angestrengt strahlender Miene hinstellte. «Ich bin so froh, dass der Hans jetzt endlich einen Nachbarsjungen gefunden hat», sagte sie im Plauderton. «Das wurde wirklich Zeit.»

Schweigend tranken wir den Kakao, der ein bisschen nach Fabrik schmeckte und vermutlich genau deshalb etwas zu stark gezuckert war. Ich beschloss, vorerst nichts über meinen Vater zu sagen. Erstens war er nicht da, und so hätte mein Bericht über den Kaukasus und das Eiserne Kreuz – viel mehr hatte ich damals über die Kriegserlebnisse meines Vaters noch nicht aufgeschnappt – leicht als Angeberei gedeutet werden können.

Und zweitens war mein Vater nicht nur lebendig, sondern praktisch unversehrt aus dem Krieg zurückgekehrt, abgesehen von ein paar Granatsplittern und zwei faustgroßen Narben an einem Oberschenkel und einem Schulterblatt. Das würde man mir vielleicht übel nehmen. Mir war nicht wohl in meiner Haut: *uns* kennenlernen, hatte die Mutter gesagt, bevor sie uns ins Wohnzimmer holte. Das bedeutete, dass ihr Mann, das Monster, von dem Hans gesprochen hatte, in der Nähe sein musste. Vielleicht saß er sogar hinter diesem Wandschirm. Mich schauderte bei dem Gedanken an eine mögliche Begegnung, und ich versuchte mir vorzustellen, wie ein weggeschossenes Gesicht aussehen könnte.

«Na, gehn wir», sagte Hans, sobald unsere Becher leer waren. «Ich zeig dir kurz mein Zimmer, und dann gehn wir raus.» «Mach nur keinen Unsinn», rief seine Mutter uns nach, als wir die Treppe hinaufgingen. «Der Alexander ist ja erst sieben.» «Alt genug», antwortete Hans sehr zu meiner Genugtuung.

Das Interessante an seinem Zimmer war vor allem, dass es speziell zur Beobachtung von Nadjas Haus entworfen zu sein schien. Aus beiden Fenstern blickte man direkt auf mein neues Zuhause. Ich sah, wie Nadja mit einem Eimer in den Hof trat, wo sie Tatjanas Windeln auswrang und zum Trocknen an eine Wäscheleine hängte. Kurz danach konnte ich sie im Wohnzimmer herumkramen sehen.

In Hans' Zimmer gab es ein Bett, einen Schreibtisch und zwei Stühle, und in dem kleinen Erker, der ungefähr anderthalb Meter zur Straße hin vorsprang, stand vor einem der Fenster ein schweres, dreibeiniges Stativ mit einem Ding darauf, das an ein Fernrohr erinnerte, aber keins war. Es war mindestens zwei Meter lang.

«Ja, das ist ein Teleskop», erklärte Hans stolz. «Es gehört meinem Vater, aber er kann nichts mehr damit anfangen. Zeiss, siehst du, hier.» Er zeigte auf den bescheiden gestalteten Markennamen. «Beste Vorkriegsqualität, aus Jena. Da versteht man was vom Linsenschleifen.» Er drehte an ein paar Knöpfen und Ringen und richtete das Gerät auf einen fernen Kirchturm aus. «Eigentlich ist ein Teleskop nicht für Beobachtungen auf der Erde gedacht», fuhr er fort. «Das nächste Mal musst du abends kommen, bei klarem Himmel, dann wirst du was erleben! Das ist, als käme der ganze Sternenhimmel zu einem ins Zimmer. Na gut, sieh mal, wie nah es den Kirchturm da ranholt.»

Gehorsam befolgte ich seine Anweisung; an dem Kirchturm war eine Uhr, die ich mit bloßem Auge kaum wahrgenommen hatte, vom Ablesen der Zeit ganz zu schweigen. Doch durchs Teleskop konnte ich erkennen, dass es kurz vor elf war. «Phantastisch», murmelte ich, vor allem um etwas Nettes zu sagen.

Hans strahlte. «Ich lese jetzt viel darüber, über die Sterne», sagte er und zeigte auf ein paar mit dicken Bänden gefüllte Regalbretter. «Alles Bücher von meinem Vater. Er war ein richtig guter Amateurastronom.» Er seufzte tief. «Aber er hat es aufgegeben. Ich hab angeboten, ihm vorzulesen und das Teleskop für ihn einzustellen, aber er will nichts mehr. ‹Ich wollte, ich könnte zu diesen Sternen›, sagt er manchmal. Na, gehn wir.»

Auf dem Weg nach unten, mitten auf der Treppe, hielt Hans mich plötzlich fest und legte den Zeigefinger auf die Lippen. Ein undefinierbares Geräusch drang vom Erdgeschoss herauf, regelmäßig unterbrochen von einem schwachen Piepsen. «Das ist mein Vater in seinem Rollstuhl», flüsterte Hans. Er blickte mir fest in die Augen und sagte in unvermittelt scharfem Ton: «Wenn du mein Freund bist, gehst du jetzt zu ihm und begrüßt ihn. Wenn du dich nicht traust, brauchst du nicht mehr wiederzukommen.»

Alles Blut wich mir aus dem Gesicht, gleichzeitig empfand ich aber auch so etwas wie stellvertretende Solidarität: Mein Vater war noch einmal davongekommen – wer war ich denn, einem seiner Kameraden, den es sehr viel schlimmer erwischt hatte, eine Begegnung zu verweigern? «Freilich», antwortete ich und zuckte mit den Schultern. «Das macht mir nichts aus.»

Hans lächelte bitter. «Mal sehen», sagte er, dann rief er nach unten: «Vati! Mein neuer Freund Alexander möchte dich kennenlernen!» Ich sah einen Rollstuhl, der nach einigen mühsamen Drehbewegungen endlich etwa zwei Meter von der untersten Stufe entfernt zum Stehen kam. Ich hörte etwas wie ein wimmerndes Schnaufen. Es gab kein Zurück mehr. Hans stubste mich sanft in den Rücken, und ich ging weiter die Treppe hinunter.

Das wahre Gesicht des Krieges, wie es sich mir in der halbdunklen Diele vor der Treppe in Hans' Elternhaus zeigte, macht kopflos. Panische Angst und Abscheu ersticken erst einmal jeden Gedanken und jedes Gefühl im Keim. Selbst Mitleid ist unmöglich, weil man sich nicht mit etwas identifizieren kann, das nicht auf diese Welt gehört, aber dennoch in der Lage ist, zu atmen und sich zu bewegen.

Starr vor Entsetzen registrierte ich die irrsinnigen Verwüstungen, die eine einzige russische Katjuscha-Salve in einem deutschen Körper angerichtet hatte. Das rechte Bein: weg bis zur Hüfte. Der rechte Arm: ein Stumpf bis zum Ellbogen. Das rechte Auge: nicht mehr zu sehen. Auch der Backenknochen darunter war verschwunden, wie die ganze rechte Wange und das rechte Ohr. Stattdessen gab es da nur eine Art Höhle aus schwarzbraunem Gewebe, in der man die Kieferknochen schimmern sah, außerdem die wundersamerweise unversehrt gebliebenen Zähne. Auch die Nase war noch intakt, das Gleiche galt für die Lippen, die allerdings nicht mehr geschlossen werden konnten und den anscheinend unaufhaltsam rinnenden Speichel durchließen.

Aus dieser trostlosen Fleischruine, mit ein paar Lederriemen in dem Rollstuhl festgezurrt, der dank eines komplizierten Mechanismus offenbar mit einer Hand gelenkt werden konnte, blickte mich ein blaues Auge unverwandt an. Auf der Brust glänzte ein Eisernes Kreuz. Ein beklemmender Glanz.

Hans stand inzwischen hinter mir. «Alexander wohnt seit gestern gegenüber, bei der Frau Nadja», sagte er laut. «Er kommt aus Holland.» Ich sah einen Schimmer von Freundlichkeit in dem Auge und hörte gurgelnde Laute. «Willkommen», übersetzte Hans. «Komm, gib ihm die Hand, und dann gehen wir.»

Ich schob gehorsam und mechanisch die rechte Hand vor, zog sie aber, als keine Reaktion erfolgte, sofort hastig wieder zurück. Nun bekam ich zum zweiten Mal innerhalb kurzer Zeit in diesem Haus einen knallroten Kopf, und in meiner Verwirrung streckte ich Hans' Vater beide Hände entgegen. Er brachte daraufhin so grässliche Laute hervor, dass ich am liebsten schnell weggerannt wäre, doch Hans sagte rasch, dies sei das Lachen seines Vaters. Gleichzeitig spürte ich Finger, die wie ein Schraubstock mein rechtes Handgelenk umschlossen. «Alexander», tönte es hohl wie aus einem mittelalterlichen Verlies. Das blaue linke Auge blickte wieder starr und forschend. Erst nach einer Ewigkeit erschlaffte der Griff, so dass ich mich mit Hans verziehen konnte.

Draußen war alles in flirrendes Frühlingslicht getaucht. Den widersprüchlichsten Empfindungen ausgeliefert, trottete ich willenlos hinter Hans her. Der Gedanke, dass auch mein Vater so furchtbar entstellt aus dem Krieg hätte zurückkehren können, bedrückte mich. Er hatte Glück gehabt, und deshalb auch ich. Konnte ich denn unter diesen Umständen mit Hans und seinen Kumpels befreundet sein? Hatte er nicht gesagt, alle seine Klassenkameraden hätten im Krieg irgendeinen Angehörigen verloren?

Hans schien meine Gedanken lesen zu können. «Du hast dich bei meinem Vater gut gehalten», sagte er und stellte im gleichen Atemzug die Frage, die ihm wohl auf der Zunge brannte: «Und dein Vater, was hat der im Krieg so erlebt? Frau Nadja hat mir erzählt, dass er auch an der Ostfront war.»

«Ich weiß es nicht genau», log ich. «Ich habe ihn schon eine ganze Weile nicht mehr gesehen. Meine Eltern sind geschieden», sagte ich auf gut Glück, fügte aber, da ich befürchtete, vielleicht das falsche Wort gebraucht zu haben, eilig hinzu: «Auseinander, verstehst du?» Doch offenbar war «geschieden» richtiges Deutsch.

Hans dachte darüber nach, was er gehört hatte. «Dein Vater hat den Krieg also überlebt?», sagte er schließlich. «Und wie sieht er aus, wenn ich fragen darf?»

«Er ist nicht so schwer verwundet wie dein Vater», antwortete ich, all meinen Mut zusammennehmend, «aber er hat auch das Eiserne Kreuz, und er hat ein Loch im Bein und in der Schulter. Mehr weiß ich nicht.»

Hans nickte traurig und kam nicht mehr auf diese Dinge zurück.

Insgesamt bin ich vielleicht etwas länger als drei Monate in Palenberg geblieben. In meiner Erinnerung ist diese Zeitspanne wie ein Jahr, das ich auf einem fremden Planeten verbracht habe. Ich schloss mich der namenlosen Kinderbande an, der Hans angehörte und die mit Zwillen um die Wette schoss. Wie die anderen Jungen hießen, weiß ich nicht mehr, auch ihre Gesichter sehe ich nicht vor mir.

Rivalen, gegen die wir hätten antreten müssen, gab es in Palenberg nicht. Ein leergeräumter Bunker am Waldrand war unser Stützpunkt, aus dem wir allerdings immer wieder von der Polizei verjagt wurden. Dann suchten wir uns anderswo Ziele. Einmal trafen wir ein Fenster eines alten, windschiefen Zeitungskiosks, in dem aber tatsächlich noch jemand saß: eine dicke Frau, die gleich darauf kreischend hinter uns her rannte.

Außerdem erinnere ich mich, dass ich eines Morgens aus purem Übermut fast ohne hinzusehen quer über die Aachener Straße schoss und dabei Scheiben eines vorbeifahrenden VW-Transporters zertrümmerte. Fahrer und Beifahrer verfolgten mich bis in die Kneipe; in Todesangst rannte ich durch einen Raum voller Tische mit umgedreht darauf abgestellten Stühlen und entkam wie eine Ratte durch den Hinterausgang.

Doch das wichtigste Ereignis verpasste ich: Mein Großvater kam nach Übach-Palenberg, um meiner Mutter mitzuteilen, dass sie den Prozess endgültig verloren habe und dass ich in die Niederlande zurückkehren müsse, zu seinem Sohn Frans, meinem Vater. Sein plötzliches Erscheinen verursachte in Nadjas Häuschen eine Panik wie im Hühnerstall, in den der Fuchs eindringt.

Es geschah an einem Sonntag; ich war mit Hans und einigen anderen Jungs zum Sportplatz des örtlichen Fußballvereins gegangen. Das war im Grunde kaum mehr als eine kurz gemähte und schon gleichmäßig zertrampelte Wiese, daneben eine überdachte Böschung mit Bänken, und an Sonntagen verkauften wir dort während des Spiels allerlei Krempel von einem Hausierer und Billigen Jakob, der uns eine kleine Provision zahlte. Diesmal waren es «praktische» Münzsortierer aus Plastik, in die man Ein-, Zwei-, Fünf-, Zehn- und Fünfzig-Pfennig-Münzen sowie Markstücke durch entsprechende Öffnungen am oberen Ende hineinschieben konnte; von darunter liegenden Federn nach oben gedrückt, ließen sich die Münzen mit dem Daumen wieder hinausbefördern. Dieses

Gerät wurde von uns als wichtige deutsche Erfindung der Nachkriegszeit angepriesen und fand großen Absatz.

Fußball erfreute sich ungebrochener Beliebtheit, vermutlich, weil das Spiel eine Vitalität ausstrahlte, nach der sich im Grunde alle sehnten. Drei Jahre später sollte die westdeutsche Nationalmannschaft allen Schwierigkeiten zum Trotz Weltmeister werden, was dem aufkeimenden Optimismus – auch im Hinblick auf die Zukunft des Landes im neuen Europa – zusätzliche Nahrung gab. Möglicherweise war sogar auf dem Fußballplatz des tristen, grauen Palenberg etwas von dieser Aufbruchsstimmung zu spüren; allerdings sahen die meisten Männer, die dort hinkamen, mutlos und heruntergekommen aus. Viele von ihnen waren außerdem Kriegsinvaliden mit nicht sehr überzeugenden Prothesen – und schnell angetrunken, denn auf Bier bekamen sie eine Ermäßigung.

Als ich bei einsetzender Dämmerung, um fünfzig Pfennig reicher, nach Hause kam, saßen meine Mutter und Nadja sich am Wohnzimmertisch gegenüber, in sichtbar gedrückter Stimmung, die Ellbogen auf der Tischplatte und den Kopf in die Hände gestützt, als würden sie Schach spielen. Über das, was am Nachmittag vorgefallen war, erzählten sie mir nicht viel. «Dein Großvater war hier, und er war grausam zu mir», war so ungefähr alles, was Wera mir anvertraute.

Erst viel später erfuhr ich, dass der Alte Herr ihr ein Ultimatum gestellt hatte. Es gebe ein Gerichtsurteil, der Junge werde zu seinem Vater in die Niederlande zurückkehren, er werde ihn nicht in einem solchen Kaff verkommen lassen.

Wera hatte nur hilflos gestammelt, während sich Nadja mit Tatjana in eine Ecke des Zimmers zurückzog und den Mund nicht aufmachte, wie immer eine zu vernachlässigende Größe. Nach einer knappen halben Stunde war der böse Mann aus Holland wieder in seinen silberblauen Chrysler gestiegen, in dem Xeno hinter dem Lenkrad gewartet hatte. «Der war auch dabei, ist aber nicht reingekommen», war die letzte Information, die ich von meiner Mutter bekam, dann drückte sie mich weinend an sich, bis ich mich, weil ich kaum noch Luft bekam, aus ihrer krampfhaften Umarmung löste.

An den Tagen danach herrschte eine angstvoll-angespannte Atmosphäre. Alle Freude meiner Mutter über ihre Anstellung als Dolmetscherin auf der amerikanischen Luftwaffenbasis wich der ständigen Sorge um mich, ihren Sohn, den sie irgendwie vor dem zu erwartenden Zugriff aus dem Nachbarland bewahren musste. Da war es natürlich sehr ungünstig, dass sie von sieben Uhr morgens bis acht Uhr abends nicht zu Hause war. Auf ihre Mutter war kein Verlass; sie hatte schon alle Hände voll mit Tatjana zu tun und würde bestimmt nicht selbstsicher genug auftreten, sollte demnächst irgendein Justizmitarbeiter vorsprechen, um eine Forderung aus Voorburg, Niederlande, bezüglich eines widerrechtlich nach Deutschland verbrachten niederländischen Minderjährigen namens Alexander Harry Joan Frans Silvius Münninghoff auf ihre Zulässigkeit zu überprüfen. Und wer weiß, ob der Alte Herr nicht so gute Beziehungen zu deutschen Behörden hatte, dass man ihr Kind einfach von der Polizei abholen lassen würde.

Derartige Angstvisionen blieben nicht ohne Wirkung auf Weras Alltagsleben, da sie ihr buchstäblich den Schlaf raubten; vor lauter Nervosität bekam sie kaum einen Bissen hinunter, sie sah schlecht aus und ließ bei der Arbeit auch die ansteckende Spontaneität vermissen, mit der sie die Amerikaner anfangs so begeistert hatte. Die Verehrer, von denen sie nach kurzer Zeit an jedem Finger ein halbes Dutzend gehabt hatte, wurden nun enttäuscht, ihr alarmierter Mutterinstinkt war stärker als alles andere.

Statt nach der Arbeit auf ein paar Drinks mit in die Kantine zu gehen, nahm sie den ersten Bus nach Palenberg, und jeden Abend machte sie erleichtert ein Kreuz, wenn sie mich sah und feststellte, dass wieder kein gerichtliches Schreiben im Briefkasten gelegen hatte.

Allmählich kam sie wieder zur Ruhe. Vielleicht hatte der Alte Herr nur geblufft und es bestand gar keine Gefahr, sagte sie sich nach einiger Zeit. Schließlich herrschte auch in der Justiz noch einiges Nachkriegsdurcheinander, und die deutschen und niederländischen Behörden arbeiteten ohnehin nicht gut zusammen. Es konnten noch Jahre vergehen, bis ein Fall wie dieser zu einem Abschluss gebracht wurde. Wenn es dann überhaupt noch ein Fall war.

Denn Wera hatte vor, die deutsche Staatsbürgerschaft für mich zu beantragen. Sie hatte sich in dieser Angelegenheit schon an einen Bekannten in Würzburg gewandt und wollte demnächst mit mir dorthin fahren, um alles Nähere zu besprechen. Wenn ich erst einmal deutscher Staatsbürger war, konnte man mich nie mehr aus Deutschland fortholen, dachte sie.

## – SIEBENUNDZWANZIG –

Es wird kurz nach dem Mittagessen gewesen sein, gegen zwei Uhr, als Dirk Sopers und Louise Marggraff an jenem Samstag im Juli ihren VW-Käfer in einem Waldstück bei Übach-Palenberg abstellten und sich nach einem letzten Blick auf ein noch in den Niederlanden aufgenommenes Foto von mir zu Fuß auf den Weg machten. Dirk, Anfang dreißig, ein rabiater Industrieller aus Nordbrabant, war ein Bruder von Joseph Sopers, dem unbestechlichen Notar, der gerichtlich zum Gegenvormund für mich bestellt worden war. Dirks Frau Louise, aus einer der reichsten Familien der Niederlande, war eine entfernte Verwandte von Mimousse. In ihrer Handtasche hatte sie ein zusammengefaltetes Stück Baumwolltuch und ein Fläschchen Chloroform.

Hans berichtete später, dass er am Vormittag durch sein Teleskop (das wir «das allsehende Auge» nannten) bei seinem täglichen Beobachtungsschwenk tatsächlich einen roten VW-Käfer gesehen hatte, der vom Wald her die Aachener Straße hinunterkam, doch schon nach ein paar hundert Metern in der Hofeinfahrt von Bauer Huber wendete, zurück in Richtung Niederlande fuhr und im Wald verschwand. Er hatte nicht weiter darüber nachgedacht; als wir am frühen Nachmittag auf der Straße spielten, verlor er kein Wort darüber. Er hatte auch nicht auf das Nummernschild geachtet; doch selbst wenn er gesehen hätte, dass es sich um ein niederländisches handelte, hätte das wahrscheinlich nichts geändert, denn meine Mutter hatte den Nachbarn nichts von dem unheilverkündenden Besuch des Alten Herrn erzählt. Sie empfand die Angelegenheit als zu privat, all das ging niemanden etwas an. Und so blieb der natürliche Nachbarschaftsalarm ausgeschaltet.

Wera machte Überstunden auf der Luftwaffenbasis. Sie hatte inzwischen aus ihrer Verehrerschar einen jungen Captain aus Denver ausgewählt, mit dem sie an jenem Samstag zum ersten Mal zu einem gemeinsamen Abendessen verabredet war. Das hatte man ihr am Morgen ansehen können; das letzte Bild von meiner Mutter, das ich in den nächsten Jahren vor Augen hatte, war das einer strahlenden Schönheit, die ihr altes Flair zurückgewonnen hatte.

Nach dem Mittagessen, das wie immer aus einer Tasse Suppe und Fabrik-Graubrot mit Wurst und Margarine bestand, dazu ein Glas wässrige Milch, ging ich nach draußen. Hans und einige andere Jungen warteten schon auf mich. Die Stimmung war irgendwie lustlos; vor uns lag noch ein sehr langer Sommer, und wir wussten nicht so recht, was wir mit unserer vielen Zeit anfangen sollten. Natürlich würden wir zusammen sein, niemand verreiste in den Ferien. Aber was genau wir unternehmen sollten, darüber wurde immer wieder endlos diskutiert. Auch jetzt, während wir mit Kieselsteinen nach einer leeren Farbdose warfen.

In dieser Situation waren zwei plötzlich in der Aachener Straße auftauchende Fremde, ein Mann und eine Frau, natürlich etwas Aufregendes, spätestens als sich zeigte, was sie dort suchten. Sie kamen geradewegs auf mich zu und fragten, nachdem sie mich kurz gemustert hatten: «Bist du der Bully?» Ohne auch nur einen Moment nachzudenken, antwortete ich: «Ja, der bin ich.»

Diese Antwort und mein anschließendes Verhalten erstaunen

mich bis heute. Wie unerhört naiv ich doch war! Schließlich lag der Besuch meines Großvaters noch nicht lange zurück, und Wera hatte mir ihre Angstvisionen von meiner Rückholung in die Niederlande keineswegs verheimlicht, so dass bei mir eigentlich sämtliche Alarmglocken hätten schrillen müssen. Doch statt ins Haus zu Nadja zu rennen, ließ ich mich von der Freundlichkeit dieser beiden Unbekannten einlullen. Auch als sie sagten, dass sie aus den Niederlanden kämen und gern ein Eis mit mir essen wollten, schöpfte ich keinen Verdacht.

«Landgenossen!», höre ich mich in meiner Erinnerung ganz deutlich den anderen Jungen zurufen, die uns aus wenigen Metern Entfernung beobachteten. Ein Wort, das es in der deutschen Standardsprache nicht gibt – richtig wäre ja «Landsleute» gewesen; vielleicht war es im Grenzdialekt geläufig, jedenfalls schienen sie mich zu verstehen, nickten ein bisschen, drehten sich um und setzten ihre Beratungen fort. Wie ich so ruhig bleiben konnte, ist mir bis heute ein Rätsel.

Das Vorhaben, ein Eis zu essen, erwies sich schnell als undurchführbar: Samstagnachmittags waren alle Läden geschlossen, und die dicke Frau im Kiosk, die bei meinem Anblick böse lächelte, erklärte, ihr Eis sei ausverkauft.

«Gibt es vielleicht etwas anderes, etwas Schönes, das du gerne hättest? Und das wir dir dann ein andermal kaufen können?», fragte der Mann. Er hatte inzwischen sein Jackett ausgezogen und es sich über den Arm gehängt. Er schwitzte; sein teilweise kahler Schädel glänzte rötlich in der Nachmittagssonne, ständig tupfte er sich mit einem Taschentuch Nacken und Hals, wo der Schweiß kleine Rinnsale bildete. Wir blieben unschlüssig stehen. Die kleinen, armseligen Läden in diesem totenstillen Viertel am Ortsrand, deren Schaufensterscheiben fast blind waren von altem Schmutz aus der Kriegszeit, halfen kaum, eine Antwort auf diese Frage zu finden.

Plötzlich fiel mir ein Laden ein paar Straßen weiter ein, vor dem ich erst vor wenigen Tagen lange gestanden hatte. Im Schaufenster war ein Modell der Santa Maria ausgestellt; das Schiff, mit dem Christoph Kolumbus 1492 nach Amerika gefahren war, wie meine Mutter mir am Abend erklärt hatte. Ich hatte ihr gesagt, dass ich für dieses Schiff sparen wollte, und auch vorsichtig nach einem Vorschuss gefragt, weil ich befürchtete, dass jemand anders mir zuvorkommen könnte. Es war ein wundervolles Modell mit sorgfältig gearbeiteten Details. Kanonen ragten drohend aus Stückpforten, und die prallen, gelbbraunen, aus Pergament nachgebildeten Segel mit dunkelroten Kreuzen erweckten die Illusion, dass die Santa Maria viel Fahrt machte. In dem sonst so jämmerlichen örtlichen Spielzeug-Angebot (Oma Nadja hatte für Charlie nach Aachen fahren müssen) war dieses Schiff eine glanzvolle Erscheinung, fast wie aus einem Traum.

All dies erzählte ich dem Mann und der Frau, die lächelnd zuhörten und sich bereitwillig zu dem Laden führen ließen. Das Schiff stand immer noch im Fenster – zum Glück! «Das kaufen wir für dich», sagte der Mann und notierte Adresse und Namen des Geschäfts auf einem Zettel. Er schrieb dann noch etwas auf ein zweites Stück Papier, das er in den Briefkasten des geschlossenen Ladens steckte. «Ich habe geschrieben, dass wir das Schiff kaufen wollen und dass sie es deshalb für uns aufheben sollen», erklärte er. Mein Herz hüpfte vor Freude: Ich würde es tatsächlich bekommen!

«Ach, da fällt mir gerade ein», sagte die Frau in einem Ton, als hätte sie eine großartige Entdeckung gemacht, «wir haben im Auto noch ein paar Tafeln leckere Schokolade. Die isst du doch gern, Bully? Komm noch kurz mit, das Auto steht nicht weit von hier, dann geb ich sie dir.» Sie hatte sich in der Zwischenzeit die Lippen nachgezogen, war dabei aber etwas abgerutscht, so dass der Stift auf ihren langen Zähnen rote Spuren zurückgelassen hatte. Zusammen mit ihrer steifen, rotbraunen Hochfrisur und der langen, spitzen Nase gab ihr das etwas Hexenhaftes, das mir ein bisschen unheimlich war, und trotzdem, die Schokolade …

Dirk Sopers und Louise Marggraff müssen am Vormittag zunächst eine Erkundungsfahrt durch Palenberg gemacht und im Wald, in ihrem Wagen, das Vorgehen gründlich durchgesprochen haben, bevor sie sich an die Ausführung ihrer Mission wagten. Anders wäre kaum zu erklären, dass sie praktisch ohne zu zögern und zielgerichtet den Ort an seinem nördlichen Rand verließen, um in den Wald zu gelangen, und nicht im Süden, woher sie gekommen waren, also durch die Aachener Straße, denn dann hätten sie mit mir noch einmal an Nadjas Haus vorbei gemusst, was natürlich gleich aufgefallen wäre. Es war alles in allem kein weiter Weg, ich glaube etwas mehr als ein Kilometer, die letzten vierhundert Meter schon im Wald, also außer Sicht. Es kam mir auch nicht komisch vor, dass wir diesen Weg nahmen, denn sie hatten mir beschrieben, wo der Wagen stand, und ich kannte die Stelle; ein Umweg war es wohl nicht. Völlig unbeschwert ging ich mit.

Meine letzten Erinnerungen an diese Augenblicke sind, dass die Frau neben mir ihre Handtasche öffnet, um die Autoschlüssel herauszunehmen, die Schlüssel des roten VW-Käfers, der auf einem Stück Wiese vor uns abgestellt ist und in dem die Schokoladentafeln liegen; dass der Mann, der hinter mir steht, ihre Tasche entgegennimmt, weil sie ja die Autotür aufschließen muss – klar, wie soll sie sonst die Schokolade herausholen; dass die Autotür geöffnet wird und dass ich noch nie so hellgrünes Gras und ein so knallrotes Auto gesehen habe.

## – ACHTUNDZWANZIG –

Ich erwachte in einem Bett in einem Zimmer mit weiß gestrichenen Wänden, das mit seinen romanischen Fensterbögen ein wenig an eine Klosterzelle erinnerte. Ein breiter Streifen Sonnenlicht voll flirrender Staubteilchen ging von dem farbenfrohen Glas zum dunklen Holzboden hinunter und ließ dort ein Muster aus funkelnden bunten Flecken entstehen, das einige Zeit meine Aufmerksamkeit fesselte. Zeit, die ich brauchte, um wieder ganz zu mir zu kommen. Ich fühlte, dass mir etwas Besonderes widerfahren war, dass ich an einen anderen Ort gebracht worden war, ohne es gewollt zu haben.

Mein erster Gedanke war, dass keine Gefahr drohte. Ich lag nicht angekettet in einem Kerker, sondern in einem frisch bezogenen Bett in einem sonnigen Zimmer. Gleich darauf dachte ich an meine Mutter: Wie lange war ich schon weg, und wusste sie davon? Ich stellte mir vor, wie sie sich jetzt fühlte, und erinnerte mich an ihre Verzweiflung nach dem Besuch meines Großvaters. Allmählich wurde mir die Situation klar. Wie spät war es eigentlich? Ich hatte keine Armbanduhr. Ich schwang die Beine zum Bettrand, um aufzustehen und mich umzusehen.

Sofort hörte ich, dass ich nicht allein im Zimmer war. In einer Ecke saß auf einem Hocker eine beleibte, dunkelhäutige Frau in einem weißen Kittel, sie war aus Surinam, wie ich später erfuhr. Sie lächelte mich an, während sie sich mühsam erhob. «Bleib noch liegen, ich bringe dir sofort deine Sachen», sagte sie, öffnete die Tür und wackelte in einen langen, gefliesten Flur hinaus. Weil ich nur eine Unterhose anhatte, tat ich, was sie sagte.

Nach ein paar Minuten kehrte sie zurück und reichte mir verschiedene Sachen, die mir völlig unbekannt waren, aber sehr gut gefielen und noch dazu genau passten: eine kurze weiße Leinenhose mit Ledergürtel und scharfen Bügelfalten, ein blassblaues Hemd, das sich ganz wunderbar anfühlte, als wäre es aus Seide, ein Paar dünne Socken von ungewöhnlich guter Qualität und ein Paar glänzende braune Lederschuhe mit Schnürsenkeln. Vor allem die Schuhe waren für mich, der ich mittlerweile an ausgetretene, wie zu Kriegszeiten teilweise aus pappeartigem Material zusammengeschusterte Latschen gewöhnt war, eine Offenbarung. Zum ersten Mal seit meinen frühen Jahren in Briva Latvija fühlte ich mich wieder schick, und das war alles andere als unangenehm.

Die Surinamerin lächelte wieder, führte mich zum Waschbecken in einer anderen Zimmerecke, kämmte mein Haar und wusch mir das Gesicht mit einem Waschlappen. Erst da fiel mir auf, dass meine Arme, Hände, Beine und Füße, die vom Herumstreunen und Spielen in Palenberg doch ziemlich schmutzig gewesen sein mussten, schon gewaschen worden waren, offenbar, bevor man mich ins Bett gelegt hatte.

Palenberg – der Ort schien schon längst hinter dem Horizont verschwunden zu sein. Ich betrachtete die neue Kleidung und die neuen Schuhe, mit denen ich wohl in ein neues Leben gehen sollte, einer Zukunft entgegen, die mir angesichts dieser Umgebung und der schönen Sachen, die ich bekommen hatte, anziehender erschien als die ärmliche Existenz in der Aachener Straße. Aber was wurde aus meiner Mutter? Und wer waren eigentlich der Mann und die Frau, die mich entführt hatten?

Die Surinamerin beendete meine Grübeleien. «Na komm, alle warten auf dich», sagte sie. Schweigend folgte ich ihr; sie führte mich mit trägem Elefantenschritt durch lange Flure, vorbei an Türen und Vertäfelungen aus Eichenholz, zu einem großen Wintergarten. Durch geöffnete Glastüren sah ich eine geflieste Terrasse und dahinter eine weite Rasenfläche; unter mehreren Buchen saß eine Gesellschaft von Damen und Herren an einem langen, festlich gedeckten Tisch mit Champagnerflaschen in Eiskübeln und Kristallgläsern, die in der Nachmittagssonne funkelten. Ich konnte spüren, dass man auf etwas wartete, aber in fröhlicher Stimmung. Die Damen waren sommerlich und stilvoll zugleich gekleidet, die Herren trugen Anzüge, nur dass die meisten wegen der Hitze ihr Jackett abgelegt hatten. Es wurde geraucht, getrunken und geplaudert. Heute kommt es mir wie eine Szene aus einem Mafiafilm vor.

Am Kopfende des Tisches saß, ebenfalls ohne Jackett und mit silbernen Ärmelhaltern um die Oberarme, mein Großvater, der Alte Herr.

Er war der Erste, den ich erkannte – genau in dem Moment, in dem er meine Anwesenheit im Wintergarten bemerkte, mich mit einem Blick voll echter Freude anstrahlte und heiser, aber triumphierend ausrief: «Da ist er ja endlich! Trinken wir auf unseren Stammhalter!» Die Surinamerin gab mir durch sanftes Anschieben zu verstehen, dass ich zu den Wartenden gehen sollte. Kurz danach stand ich in meinen neuen Sachen, gekämmt und gewaschen vor dem Tisch, an dem sich alle erhoben hatten, die Champagnergläser in den Händen hielten und mich anschauten, in den Blicken so etwas wie freudige Rührung.

Der Alte Herr und Omi, Xeno und Trees, Wim und Marie, Tom und seine zweite Frau Lyda – sie alle umarmten und küssten mich, wobei der Alte Herr, wie nicht anders zu erwarten, eine Anspielung auf die Geschichte vom verlorenen Sohn machte. Dr. van Tilburg klopfte mir anerkennend auf die Schulter und sagte, ich sehe doch trotz allem ziemlich gut aus. Ich registrierte sofort, dass Titty und Jimmy, und natürlich Guus, in diesem Kreis fehlten, was ich instinktiv ihrer Solidarität mit meiner Mutter zuschrieb.

Auch ein paar mir unbekannte Leute waren da, zum Beispiel der Mann, der lächelnd meine Hand ergriff und «Willkommen in meinem Schloss! Willkommen auf Zionsburg!» ausrief: Ewald Marggraff, der Bruder meiner Entführerin, die nun näher kam und sich mir ebenfalls lächelnd vorstellte: «Louise. Tante Louise von jetzt an.» Danach kam ein Mann mit schlaffen Gesichtszügen und einer dicken Hornbrille auf der wuchtigen Nase zu mir. «Ich bin Joseph Sopers, Onkel Joseph, dein Gegenvormund. Ich kann mir vorstellen, dass du dich von alldem überrumpelt fühlst. Sei tapfer. Wenn irgendetwas ist, gib mir gleich Bescheid. Ich bin da, um dir zu helfen. Das ist mein Bruder, Onkel Dirk.» Er drehte sich um und zeigte auf den Mann, der mir in Palenberg die Santa Maria versprochen hatte. Dirk hob kurz die Hand, eine gleichgültige Geste, die auf mich so wirkte, als würde er mir eine lange Nase drehen, stolz darauf, dass er mich so leicht hereingelegt hatte.

Ich empfand eine wachsende Abneigung gegen die ausgelassene

Gesellschaft und ging zu den einzigen beiden Menschen, die mich noch nicht begrüßt hatten und doch die Hauptpersonen in diesem Drama waren, zu meinem Vater und Mimousse. Mein Vater lächelte dümmlich und murmelte etwas, das wohl seine Freude ausdrücken sollte; nachdem ich seine Umarmung nicht oder kaum erwidert hatte, trank er schnell einen Schluck Champagner und zündete sich eine Zigarette an.

Mimousse dagegen schien von tiefen Gefühlen überwältigt zu werden. Mit ihren dunklen, warmen Augen schaute sie mich fast verliebt an, holte tief Luft und sagte: «Ich bin so froh, dass du jetzt bei uns bist, Bully. Wir drei werden eine glückliche Familie sein, ich werde alles dafür tun.» Sie blickte in die Runde der Freunde und Verwandten, die aufmerksam zuhörten, ihre nachgefüllten Gläser in den Händen, und verkündete: «Bully, diese Menschen sind meine Zeugen. Ich werde dich als deine Mutter aufnehmen und für dich sorgen.»

Einen Moment wurde es still, doch noch bevor Mimousse ihre feierliche Erklärung mit einer Umarmung besiegeln konnte, entgegnete ich, ohne nachzudenken: «Du bist nicht meine Mutter und wirst es auch nie sein.» Ich blickte ihr in die Augen, drehte mich um und ging zum Wintergarten zurück, zutiefst erschrocken über meine eigenen Worte.

Hinter mir hörte ich ein lauter werdendes Stimmengewirr, vor mir zwischen den Terrassentüren sah ich durch einen Tränenschleier und deshalb nur als großen weißen Fleck die Surinamerin mit dem lieben Lächeln. Ich ging schnell zu ihr und ließ mich in mein Zimmer zurückbringen. Ich fühlte mich plötzlich erschöpft, zog die schönen neuen Schuhe aus und versank fast augenblicklich in einen tiefen, traumlosen Schlaf.

Kinder sind große Opportunisten, und ich war da keine Ausnahme. Höchstens ein paar Wochen blieb ich bei meiner abweisenden Haltung gegenüber Mimousse, wenn man spätere Augenblicke melancholischer Verwirrung und ein damit zusammenhängendes plötzliches Sich-Abwenden nicht mitrechnet. Nach einem Monat hatte ich mich mit der neuen Realität abgefunden und gab mir immer mehr Mühe, mich anzupassen.

Ich erkannte, dass es in meinem Leben von nun an zwei Frauen geben würde, die einen Anspruch auf einen Platz in meinem Herzen und meiner Seele hatten: Wera, meine richtige Mutter, und Mimousse, die von ihr die Mutterrolle übernommen hatte und offensichtlich nicht beabsichtigte, sie ohne Weiteres wieder abzugeben. Nicht im Traum fiel es mir ein, meine richtige Mutter zu verleugnen, es wurde mir aber sehr leicht gemacht, meiner neuen Mutter zumindest einen Vertrauensvorschuss zu geben.

Von Wera kam nämlich kein Lebenszeichen, während Mimousse sich mit Engelsgeduld um mich bemühte. Als wir am Tag nach der Entführung mit dem Auto vom Landgut der Marggraffs in Vught nach Den Haag fuhren, drehte sie sich die ganze Zeit auf dem Beifahrersitz zu mir hin und schilderte mit ihrer dunklen Stimme in südlich gefärbtem Niederländisch die Umstände, die zu der Rückhol-Entscheidung geführt hatten; dabei schauten mich ihre glänzenden, dunkelbraunen Augen unverwandt an. Das Gericht habe entschieden, dass ich zu meinem Vater und ihr gehöre, auch da sie inzwischen verheiratet seien, doch Wera habe diese Entscheidung missachtet, also habe im Grunde sie mich nach Deutschland entführt. Da habe der Alte Herr beschlossen, mich zurückholen zu lassen, weil man sonst zu viel Zeit mit gerichtlichem Hin und Her verloren hätte, obwohl das Ergebnis eigentlich schon feststehe. Und sehr viel Zeit habe der Alte Herr nicht mehr, denn er sei krank und wolle vor seinem Tod die Gewissheit haben, dass mit mir alles in Ordnung sei.

Deshalb habe sie, Mimousse, Dirk und Louise gebeten, mich abzuholen. Warum Dirk und Louise? Er sei energisch und sie durch nichts aus der Ruhe zu bringen – dass dieses Ehepaar kinderlos war und deshalb ihrer Einschätzung nach bei einer solchen Aktion weniger Skrupel haben würde, erwähnte Mimousse nicht. Dafür aber den natürlich günstigen Umstand, dass Zionsburg, das Landgut der Marggraffs in Vught, weniger als anderthalb Autostunden von der Grenze entfernt war und deshalb als erste, bequeme und sichere Anlaufstelle dienen konnte, wogegen Louises Bruder, der exzentrische Großgrundbesitzer Ewald Marggraff, nichts einzuwenden hatte.

Ich hörte all das schweigend an, schaute hauptsächlich aus dem Fenster und ließ keinerlei Reaktion erkennen; in Wirklichkeit hatte ich einen dicken Kloß im Hals. Alles Erlebte war noch so frisch, dass ich in einer Art Schockzustand gewesen sein muss. Mein Vater, der den Wagen fuhr, sagte kein Wort, er rauchte ununterbrochen seine geliebten Lucky Strikes in einer schwarzen Zigarettenspitze. Wäre dieser widerliche, süßliche Geruch nicht gewesen, hätte er genauso gut ein Roboter sein können. Ich betrachtete die breiten Schultern und den eckigen Hinterkopf, der sich nicht bewegte, da mein Vater starr nach vorn auf die Straße schaute, und fragte mich, ob er überhaupt mitbekam, was Mimousse da alles erzählte.

Erst als wir Den Haag erreichten, hatte ich allen Mut zusammengenommen und gefragt: «Weiß Wera ... Weiß meine Mutter davon?» Im Rückspiegel sah ich, dass mein Vater mich plötzlich gereizt anblickte und den Mund öffnete, zweifellos um zu sagen, dass von jetzt an Mimousse meine Mutter sei. Doch sie kam ihm zuvor und versicherte mir, ich bräuchte mir keine Sorgen zu machen: Kurz nachdem wir die Grenze überquert hätten, an einem unbewachten Übergang, hätten Dirk und Louise von der Hauptpost in Heerlen aus Wera ein Telegramm geschickt: «Bully sicher in den Niederlanden, Näheres folgt.»

Das beruhigte mich tatsächlich ein wenig. Was ich nicht wusste, und zu diesem Zeitpunkt auch Mimousse nicht: Bei der Zustellung dieses Telegramms war irgendetwas gründlich schiefgegangen. Obwohl am Samstagnachmittag um Viertel nach vier aufgegeben, war es erst am Montagmorgen in der Aachener Straße in Palenberg angekommen.

Das war das Erste, worüber Wera achtzehn Jahre später bei unserem Wiedersehen sprach: die anfängliche Panik, die Verzweiflung, als ihr klar wurde, was geschehen sein musste, ihre Selbstvorwürfe und schließlich die ohnmächtige Wut, als das Telegramm am Montagmorgen ihre Befürchtungen bestätigte. Am Samstagabend gegen Mitternacht hatte Peter, ihr fröhlicher amerikanischer Verehrer, sie im Jeep nach Hause gebracht; sobald Nadja die Scheinwerfer des Wagens in der Einfahrt gesehen hatte, war sie händeringend und weinend aus dem Haus gerannt. Wera hatte die Situation schnell erfasst und Peter weggeschickt, bevor auch sie in Tränen ausbrach.

Am nächsten Morgen hatte sie ihr Kind bei der Polizei als vermisst gemeldet und ergeben den Papierkram erledigt, den die kühl und uninteressiert reagierenden Beamten ihr zumuteten. Ihre Augen waren rot und verquollen nach einer durchwachten Nacht, in der ihr klar geworden war, wie sinnlos all ihre Bemühungen sein würden: Ihr Sohn war für sie verloren, sie würde ihn nicht wiederbekommen. Sie hatte keine rechtliche Handhabe und anders als der Alte Herr auch keine Beziehungen, die es ihr ermöglicht hätten, ihr Ziel auf illegale Weise zu erreichen.

Zu kämpfen erschien aussichtslos, und daher resignierte sie – so war sie nun einmal veranlagt. Alle denkbaren Optionen verwarf sie von vornherein; sie versuchte nicht einmal mehr, mit Den Haag Kontakt aufzunehmen, auch nicht, als ihr die veränderten Gegebenheiten im Namen des Alten Herrn formell bestätigt wurden. Sie fraß alles in sich hinein, und so versuchte sie weiterzuleben, in sich verkapselt mit ihrem Kummer und den beiden Menschen, die ihr geblieben waren, ihrer Mutter Nadja und ihrer Tochter Tatjana. Und mit ihren Gedanken an mich.

Doch davon wusste ich nichts, und die Vorstellung, dass ich irgendwo noch eine andere Mutter hatte, meine «richtige» sogar, verblasste allmählich. Die Zeit verging und ließ die Waage immer weiter zugunsten von Mimousse ausschlagen, die ich zu ihrer großen Freude «Mousse» nannte, was wie die niederländische Entsprechung von «Mutti» klingt. Und Mousse machte alles richtig. Mit keinem Wort erwähnte sie den kleinen Zwischenfall auf Zionsburg, sondern gab sich nur umso mehr Mühe, eine wirkliche Mutter für mich zu sein, wie sie es versprochen hatte. Eigentlich ging sie sogar noch etwas weiter, was mir aber erst später klar wurde: Sie begann, mich als ihr ganz persönliches Projekt zu betrachten. Spätestens als sie im Jahr 1953 erneut eine Fehlgeburt, die dritte in ihrem Leben, erlitten hatte und die Ärzte ihr dringend von jedem weiteren Versuch abrieten, wurde ich für Mimousse zu einer Lebensaufgabe, der sie um jeden Preis gerecht werden musste.

Wir wohnten zuerst noch kurze Zeit auf der Juno, zogen aber rechtzeitig vor Beginn des neuen Schuljahrs von dem morschen Hausboot in eine Etagenwohnung in der Boreelstraat um, einer der zweitrangigen Straßen im vornehmen Statenkwartier an der Grenze von Scheveningen und Den Haag. Natürlich hatte mein Großvater das ermöglicht; da sich die «Stammhalter»-Angelegenheit nun in seinem Sinne entwickelt hatte, lag ihm sehr daran, dass ich mein neues Leben in relativem Wohlstand verbringen konnte. Mit der Betonung auf «relativ»: Er hätte zweifellos eine bessere Unterkunft für Sohn und Schwiegertochter finanzieren können, missbilligte aber den frivolen Lebenswandel der beiden, ganz abgesehen von seiner allgemeinen Reserviertheit ihnen gegenüber, und hatte sich deshalb für diese bescheidene Wohnung entschieden.

Allerdings haben mein Vater und Mimousse bis etwa Ende Januar 1954, als der Alte Herr starb und der Streit um das Erbe entbrannte, tatsächlich ein ziemlich vergnügungssüchtiges Leben geführt. Mindestens zweimal pro Woche, meistens aber öfter, gingen sie zum Tanzen ins Savoy, einen etwas anrüchigen Haager Nachtklub am Plein, nicht weit vom Binnenhof. Dann wurde zu Hause nicht gekocht; man löste das Problem, indem man für mich Abendessen bei Chai Yen abonnierte, einem Chinesen in der Frederik Hendriklaan bei uns um die Ecke. Mir machte das nicht viel aus, es schmeichelte mir sogar, dass ich dort ganz allein am Fenster saß und von Chai Yen persönlich bedient wurde, einem etwas schlampigen, runden Asiaten, der schwitzend und in verschmierter Schürze seine Kreationen aus der dampfenden Miniaturküche trug und auf alles, was ich sagte oder fragte, nur kicherte.

Ich hoffte natürlich, dass meine Klassenkameraden mich irgendwann in dieser dekadenten Situation antreffen würden, und übte zu Hause vor dem Spiegel den gelangweilten Blick – eine Augenbraue hochgezogen –, mit dem ich sie anstarren würde, wenn sie sich die Nasen an der Scheibe des Chinarestaurants plattdrückten. Die nicht unbeträchtliche Wartezeit bei Chai Yen vertrieb ich mir mit dem Angebot des Lesezirkels, zu dem neben den wöchentlich erscheinenden *Tintin*-Heften – deutsch *Tim und Struppi* – bald auch die ersten niederländischen Donald-Duck-Ausgaben gehörten; im Herrenmagazin *De Lach* fand ich Witze, die ich nur halb verstand, die mir aber trotzdem nicht aus dem Kopf gingen. Wenn ich, was selten geschah, einmal meinem Vater einen solchen Witz erzählte, damit er ihn mir erklärte, sagte er aber nur mit einer wegwerfenden Geste, dafür sei ich noch zu jung.

Dass ich auf der Duinoord-Schule bleiben konnte, empfand ich als Glücksfall. So musste ich mich nicht schon wieder in einer unbekannten Umgebung behaupten. Geduldig hörte ich mir die faden Berichte über Campingferien bei Callantsoog oder, wenn es hoch kam, in Nordfrankreich an. Dass ich zur gleichen Zeit die Hauptfigur einer wahren Abenteuergeschichte gewesen war, erfüllte mich mit heimlichem Stolz. Zu einigen Klassenkameraden hatte ich bald ein recht gutes Verhältnis, wenn ich auch mit keinem so befreundet war, dass ich ihm von den irrwitzigen Erlebnissen des Sommers hätte erzählen können. Für meine Umgebung war ich «aus familiären Gründen», wie Rektor van Westering es nach meinem Verschwinden im April vor der Klasse ausgedrückt hatte, eine Weile weg gewesen. Meine Rückkehr erklärte er mit den gleichen Worten und äußerte die Hoffnung, dass ich nun ohne weitere Probleme die Schule besuchen könne. Dass ich in der Zwischenzeit entführt worden war, im Grunde sogar zweimal, erfuhr niemand.

So hatte ich schon früh Geheimnisse. Ich sprach nicht über meinen Vater und das, was er im Krieg getan hatte, nicht über meine Mutter, die in Deutschland mit meinem unehelichen Schwesterchen in ärmlichen Verhältnissen wohnte, nicht über meinen erzkatholischen Großvater und seine teilweise zwielichtigen Aktivitäten, von denen ich im Laufe der Zeit etwas deutlichere Vorstellungen bekam, nicht über meine Entführung, auch nicht darüber, dass wir in Briva Latvija untereinander immer noch am liebsten Deutsch sprachen. All das erschwerte einen ungezwungenen Umgang mit meinen niederländischen Altersgenossen und war der Grund dafür, dass ich eigentlich ein sehr zurückgezogenes und einsames Leben führte. Ich wusste, dass sich das Milieu und die Lebensweise unserer Familie und die der Niederländer in unserem Umfeld in vielerlei Hinsicht stark unterschieden, und allein schon deshalb verzichtete ich darauf, enge Freunde zu haben, die ich zu mir nach Hause hätte einladen müssen.

Mein Vertrauter und mein Halt war Bobby, eine aufgeweckte, schwarzhaarige Promenadenmischung mit vier adretten weißen «Söckchen» und weißer Spitze an der buschigen Rute; Mimousse liebte Hunde genauso sehr wie ich und hatte ihn kurz vor meiner Ankunft in Den Haag ins Haus geholt. Wie früher Freddy wurde Bobby an den Abenden, an denen ich allein zu Hause war, mein wichtigster Gesprächspartner. Einen Fernseher hatten wir noch nicht, und ich vergnügte mich dann mit Mono-Tischtennis, einem selbst erdachten Spiel, bei dem ich im Flur zwischen zwei geschlossenen Türen hin und her dribbelte, das heißt, den Ball klackend auf dem Schläger springen ließ, und ihn dann jeweils aus etwa zwei Metern Entfernung gegen eine der Türen schmetterte; je nachdem, wie weit der abprallende Ball flog, wurde eine bestimmte Punktzahl vergeben. Dass ich mich dafür in zwei Tischtennisspieler aufspalten musste, war kein Problem: Der eine war ich selbst, der andere – natürlich – Cor du Buy, der damalige konkurrenzlose niederländische Meister. Ich hatte gemerkt, dass faires Spiel am spannendsten war, weshalb ich jeden Schmetterball so hart wie möglich schlug, um dann genau auszumessen, wie weit er gesprungen war, außer in den wenigen Fällen, in denen ich den abgeprallten Ball zurückschlagen konnte. Bobby wuselte dabei fröhlich um mich herum, nicht selten stürzte er sich auch spielerisch knurrend auf den Ball, und in Zweifelsfällen entschied er.

Meine Mitschüler beneideten mich darum, wie anhänglich mein Hund war. Morgens zog er mich mit seiner Leine, die ich am Lenker meines Tretrollers festmachte, bis zur Schule. Pünktlich um zwölf Uhr wartete er dort wieder schwanzwedelnd auf mich, um mich zum Mittagessen nach Hause zu bringen, und nach der Pause wiederholte sich das Ritual. Oft ging ich mit ihm in der Gegend der ehemaligen Panzergräben spazieren; dort entwickelte er sich zu einem blitzschnellen Apportierer, und jedes Mal bauten wir mein Hauptquartier, das es immer noch gab, weiter aus.

Man konnte Bobby übrigens auch ruhig allein umherstreifen lassen; er tat dann all das, was ein männlicher Straßenhund so tut, wie ich einmal feststellen konnte, als ich ihm heimlich folgte: das Revier markieren, hier und da etwas Essbares auflesen und läufigen Hündinnen nachstellen. Dass er, wenn es sein musste, auch mit anderen Hunden aus der Gegend kämpfte, merkten wir, als er von einem seiner Streifzüge mit einem blutenden Ohr und einer aufgerissenen Pfote zurückkehrte. Wir brauchten aber nie nachzuschauen, ob er endlich heimgekommen war; er hatte sich selbst beigebracht, zweimal hintereinander laut zu bellen, wenn er ins Haus wollte, ein Signal, das ich im dritten Stock niemals überhörte. Keiner hatte einen Hund wie meinen Bobby.

## – DREISSIG –

Während Mimousse immer mehr meine Erziehung in die Hand nahm, wendete mein Vater sich zunehmend von mir ab. Anfangs, bevor er für Poortensdijk verantwortlich war, hatte auch er sich noch um mich gekümmert. Er brachte mir bei, Schnürsenkel auf russische Art zu binden – sehr kompliziert, mit zwei Schlaufen, die man miteinander verknüpfen muss, aber wenn man es einmal gelernt hat, macht man es nie wieder anders. Er schnitt mir die Fingernägel, zeigte mir, wie man Schuhe putzt, nahm mich regelmäßig zum Friseur mit – und meldete mich zum Reitunterricht an. In der uralten Reithalle in der Kazernestraat in Zentrum von Den Haag lebte er auf, wenn er an den Samstagnachmittagen beobachtete, wie ich nach den Anweisungen der Leiterin Noortje Tack meine Reitkünste verbesserte. Als ich zum ersten Mal abgeworfen wurde und weinend zu ihm lief, bekam ich prompt eine Ohrfeige. «Hör auf zu flennen, du Memme! Ein Pferd merkt alles. Sofort wieder in den Sattel, zeig ihm, wer der Herr ist, sonst kannst du die Sache vergessen», schnauzte er mich an. Noortje Tack, eine schroffe Person, über die mein Vater zu sagen pflegte, ihr könne man zum Geburtstag ein Ronson-Feuerzeug schenken, nickte beifällig.

Das mit dem Feuerzeug war eine jener sonderbaren Bemerkungen, auf die mein Vater ein Patent besaß und die, obwohl scheinbar völlig sinnlos, auf geheimnisvolle Weise doch einen entscheidenden Punkt trafen. Jedenfalls brauche ich nur an ein Ronson-Feuerzeug zu denken, um die berühmte Haager Amazone wieder deutlich vor mir zu sehen, wie sie einem kranken Pferd ein riesiges Fieberthermometer in den Hintern schiebt oder ihre Schüler mit durchdringender Stimme zu größerer Aktivität anspornt, während sie die Reitpeitsche auf ihren Stiefelschaft knallen lässt.

Kluge Ratschläge fürs Leben brauchte ich von meinem Vater nicht zu erwarten. Seine drei Lieblingssprüche lauteten: «Die dümmsten Bauern haben die dicksten Schwänze», «Mit Gewalt geht alles» und «Das Denken soll man den Pferden überlassen, die haben die größeren Köpfe». Alles Äußerungen, wie ich sie mir von einem niederländischen Vater nicht so leicht vorstellen kann.

Der niederländische Wortschatz meines Vaters hatte sich seit seiner Heirat mit Mimousse innerhalb kurzer Zeit wesentlich vergrößert, und spätestens nach dem Umzug der beiden nach Nordbrabant in den sechziger Jahren, als er sich rasch ein albernes, selbsterdachtes Gutsherren-Brabantisch zulegte, war an diesem umgänglichen Südniederländer auf den ersten Blick nur noch wenig Fremdes zu entdecken. Das kam erst an die Oberfläche, wenn er daheim zur Flasche griff und ins unerschöpfliche Reservoir seiner Erinnerungen abtauchte – was dann allerdings schaurig sein konnte, wie einmal, als ich spät nach Hause kam und ihn in der Küche verbissen Befehle erteilen hörte: «Zwei Grad nach links, Höhe achtzehn, Feuer! FEUER hab ich gesagt, FEUER! Wo bleibt Feuer?! Der Iwan rückt schon vor …». Einen verstörten Blick in den Augen, saß er allein am Küchentisch, vollkommen neben der Spur, und versuchte, von seinem imaginären, durch Alkoholschwaden eingenebelten Beobachtungsposten aus das Artilleriefeuer zu lenken.

Mein Mitgefühl für ihn ließ im Laufe der Jahre nach. Ich erkannte, wie wichtig es für ihn war, dass er bei mir gefahrlos ein paar Kriegserinnerungen abladen konnte, wie er es dann irgendwann jeden Sonntagvormittag zu tun pflegte. Mimousse erzählte mir gelegentlich, dass er wieder einmal mitten in der Nacht schreiend und schweißgebadet aufgewacht sei, weil in einem Traum endlose Reihen «Hurra»! brüllender Russen mit aufgepflanzten Bajonetten einen Sturmangriff auf deutsche Stellungen vollführt hätten.

«Darüber darfst du mit niemandem sprechen», ermahnte sie mich. «Das ist etwas, was die Leute hierzulande doch nie verstehen werden. Man würde deinen Vater nur als Nazi bezeichnen, aber das war er nicht. Hörst du: Das war er nicht. Er war ein Soldat, der gekämpft hat, um all das, was die Familie durch die Bolschewisten verloren hatte, wieder zurückzubekommen. Und deshalb musst du ihm zuhören, aber immer alles für dich behalten.»

Das tat ich zwar, doch allmählich begann ich die Sonntagvormittage im elterlichen Haus zu hassen. Erstens, weil ich seine Geschichten nach einiger Zeit in- und auswendig kannte. Zweitens, weil für das erzwungene, stundenlange Zuhören immer weniger Platz im Terminplan eines Haager Schülers war, der sonntags Hockey oder Schach spielen oder andere wichtige Dinge tun musste. Vielleicht aber vor allem, weil ich deutlich spürte, dass all dieses Gerede über den Krieg mir meinen Vater keinen Schritt näherbrachte.

Als er mit dem Erzählen anfing, ungefähr ein Jahr nach meiner Rückkehr nach Den Haag, war er für mich noch ein Held aus einem seltsamen, beängstigenden Märchen, der nach zahllosen Abenteuern wie durch ein Wunder lebend der Hölle entkommen war. Das Vergleichsmaterial in Gestalt von Hans' Vater in Palenberg verstärkte dieses Gefühl. Damals fand ich auch seine wenigen Reliquien aus dem Krieg noch maßlos interessant: den kleinen kaukasischen Teppich, der auf dem Wohnzimmertisch lag, Bürgerlichkeit vortäuschend, obwohl er doch auf dem Rücken eines mingrelischen Pferdes als Satteldecke gedient hatte; den großen Granatsplitter aus seinem Bein, den er als Briefbeschwerer benutzte; die kleinen Splitter, die man nicht operativ hatte entfernen können und die durch seinen Körper wanderten, wie er erklärte, während er auf seine Hand zeigte: «Sieh mal, da sind wieder zwei. Jetzt sind sie in der Hand. Ich kann nur hoffen, dass sie nicht bis zum Herzen kommen, denn dann ist Feierabend.»

Er war vom Tod umgeben, noch viele Jahre nach dem Krieg. Die Fotos von gefallenen Kameraden, die an manchen Sonntagvormittagen wie Patiencekarten vor ihm auf dem Küchentisch lagen; die Anstecknadel mit dem Eisernen Kreuz an seinem Revers, wenn er Verwandte oder Freunde in Deutschland besuchte – all diese Dinge waren der Beweis dafür, dass sich das Märchen tatsächlich ereignet hatte. Nicht darüber sprechen zu dürfen, empfand ich sogar als aufregend: Mein Vater und ich hatten ein Geheimnis.

Doch schon vier Jahre später, nach Beginn meiner Pubertät, war mein Vater für mich nur noch ein nervendes Sonntagvormittagshindernis in der Küche: Ein verbitterter Mann in Schlafanzug und Morgenmantel, kettenrauchend mit der schwarzen Zigarettenspitze aus Bakelit, die Geneverflasche immer in Reichweite, so zwang er mich mit ebenso klagender wie einschmeichelnder Stimme zur Teilnahme an dem allwöchentlichen, zeitraubenden Ritual, zum Anhören bedeutungslos gewordener Frontberichte aus einer Epoche, die zwar seine, aber ganz und gar nicht meine war, weshalb ich es möglichst schnell hinter mich bringen wollte. Es war nämlich auch eine vollkommen einseitige Angelegenheit: Wie es mir am Gymnasium oder in Liebesdingen erging, welche Pläne oder Träume ich hatte, interessierte ihn nicht im Geringsten. Ich war sein Resonanzraum, seine Rechtfertigung fürs regelmäßige Abtauchen in die Vergangenheit, mehr nicht.

Dass es uns gerade damals materiell deutlich besser ging und wir ins vornehme Marlot an der Grenze zu Wassenaar umzogen, war für mich nicht einmal ein Trostpflaster. Was ich damals nur gefühlsmäßig erfasste, sehe ich heute, während ich dies schreibe, endlich klar: Ich hatte einen Vater, der sich nicht für mich interessierte, der ganz von der Idee besessen war, einmal reicher zu werden als der Alte Herr – erst dann würde er glücklich sein können. Und ich hatte eine durch drei Fehlgeburten frustrierte Stiefmutter, die in Ermangelung eines Besseren mich zu ihrer Lebensaufgabe erhoben und meinen Erfolg zum Gradmesser ihres eigenen Glücks gemacht hatte. Dass sie mich aber wirklich geliebt hätte, würde ich nicht sagen. Ihre Liebe gehörte meinem Vater, höchstens in zweiter Linie seinem Kind aus einer gescheiterten Ehe, einer Vergangenheit, die sie aus ihrem Leben verbannen wollte.

Frans und Mimousse hatten eine sehr enge Bindung, und im Grunde war da kein Platz für mich als vollwertigen Dritten im Bunde, unbewusst möchte man das als Einzelkind ja sein. So zog ich mich in meiner Kindheit und Pubertät immer mehr in mich selbst zurück. Ich lebte mit zwei Menschen zusammen, die nach dem Abendessen bis tief in die Nacht am Küchentisch ihre Probleme und Pläne besprachen – Dinge, in die ich keinen Einblick erhielt –, die dabei der Tür den Rücken zuwandten und wenn ich Gute Nacht sagte, nur fragten, ob ich meine Hausaufgaben gemacht hätte. Morgens brachte ich ihnen Tee und Kaffee ans Bett, bevor ich allein in der Küche frühstückte und zur Schule ging. Abgesehen vom Abendessen gab es keinen Moment, in dem so etwas wie familiäre Wärme hätte spürbar werden können, und diese Mahlzeiten wurden meistens fast wortlos eingenommen. Ich vermied es, allzu viel von mir zu erzählen, weil ich fühlte, dass es meinen Vater ohnehin nicht interessierte und dass beide Eltern – als solche betrachtete ich sie immerhin doch – mit dem, was sie zu besprechen hatten, warteten, bis ich, der lästige Lauscher, in mein Zimmer verschwand.

Nicht einmal an den Weihnachtstagen war etwas von wirklicher Zuwendung zu spüren: Die Geschenke von der gemeinsam aufgestellten Liste wurden unter den Baum gelegt, ausgepackt und für gut befunden (mein Vater pflegte außergewöhnlich akribisch und mit argwöhnischer Miene die Qualität des Geschenkten zu prüfen), darauf folgte der obligatorische Dankeskuss. Gottlob tat bald der Alkohol sein segensreiches Werk, kaschierte alles Unschöne des Zusammenseins am Weihnachtsbaum und sorgte immer wieder dafür, dass meinem Vater die Tränen kamen, wenn er *Stille Nacht* auf Deutsch sang. «Christ der Retter ist da ...» – ich sah ihn dann irgendwo an der Ostfront, darauf hoffend, dass in der Götterdämmerung des Schlachtfelds wirklich ein rettender Christus erscheinen möge, um die anstürmenden gottlosen Horden hinwegzufegen. Und obwohl ich ahnte, dass besonders die Weihnachtstage 1943, als sich für die Klügeren allmählich die deutsche Niederlage abzeichnete, in einer solch delirischen Atmosphäre verlaufen waren, gönnte ich ihm dieses melancholische Schwelgen irgendwann nicht mehr, sondern übertönte ihn voll satanischem Vergnügen in einer nicht nur niederländischen, sondern noch dazu protestantischen Version des Weihnachtsliedes: «*Hij, der schepselen Heer ...*». Das machte ihn jedes Mal wütend; wenn Mimousse dann besänftigend eingriff, schaute sie mich vorwurfsvoll an.

Und die Erinnerung an die Einzige, die mir die damals doch bestimmt ersehnte Wärme hätte geben können, verschwamm im Laufe der Jahre immer mehr; das galt sogar für den Klang ihrer Stimme.

## – EINUNDDREISSIG –

Der Alte Herr glaubte es erst, als sein Schwager, Onkel Walter, es ihm noch einmal bestätigte. Walter Lehmann hatte mit ernster Miene die Krankenberichte studiert, die das Antoni-van-Leeuwenhoek-Krankenhaus ihm als Onkologen zur Einsicht überlassen hatte, und sein Urteil war hart und eindeutig: «Dir bleiben höchstens noch zwei Monate, Joan. Du musst jetzt wirklich deine Angelegenheiten ordnen.» Das war im Dezember 1953. Ich war neun und hatte gerade von Mimousse erfahren, was ich schon seit einer Weile ahnte: Sinterklaas gab es gar nicht. Sie fand es unglaublich, dass mir das nicht längst klar gewesen war.

Dass Opa im Sterben lag, hörte ich erst am Vorabend des 23. Januar 1954, des Tages, an dem er für immer die Augen schloss.

Seine Frau, seine Kinder und Onkel Walter sind da, außerdem ein Geistlicher, Pater Kolfschoten, der ihn jeden Tag besucht hat und ihm kurz vor seinem Tod die Beichte abnimmt und die letzte Ölung erteilt. «Adieu, lieber Bruder, großer Freund, auf Wiedersehen. *In coelo quies*», höre ich den jesuitischen Hausfreund, der ihn noch aus Riga kannte und im Herrenzimmer von Briva Latvija wie kaum ein anderer an zahlreichen Entscheidungen beteiligt gewesen war, mit erstickter Stimme sagen. Ich selbst stehe zusammen mit Mimousse und Trees in der Tür von Opas Schlafzimmer, das zu seinem Sterbezimmer geworden ist. Er hat mich zu sich rufen lassen, mir über den Kopf gestrichen und nichts gesagt. Und ich habe, ebenfalls schweigend, das letzte Bild von ihm in mich aufgenommen. Bleich mit blassgelben und blassvioletten Schatten ist sein Gesicht; keine Gefühlsregung ist darin zu erkennen. Mein Großvater scheint zum Abbild eines feinen Herrn mit vornehmen Zügen erstarrt zu sein, und als seine Hand kraftlos aufs Bettlaken zurückfällt, leben nur noch seine dunklen Augen, die starr auf mich gerichtet sind, während ich rückwärts von ihm wegschlurfe, bis er langsam und kurz blinzelnd, als sei ihm plötzlich eingefallen, dass er doch noch etwas sagen muss, die Augen schließt.

Als Dr. van Tilburg das letztinstanzliche Urteil gesprochen hat – «Er ist tot, ihr Lieben» –, sinkt meine Großmutter, wie es sich für russische Frauen gehört, krampfhaft schluchzend neben ihrem Mann zusammen. Das habe ich mehr oder weniger erwartet, die folgende Szene erstaunt mich dagegen sehr: Mein Vater geht sofort zum Fenster über dem riesigen Garten und öffnet die Vorhänge, die während der ganzen Woche Tag und Nacht geschlossen gewesen sind, worauf Xeno, der ihm gefolgt ist, sie in einer sich nahtlos anschließenden Bewegung wieder zuzieht. Die beiden Brüder starren einander ein paar Sekunden schweigend an, dann kehren sie zum Sterbebett zurück und nehmen daneben Platz, Xeno am Kopfende auf der einen, mein Vater am Fußende auf der anderen Seite, so weit wie möglich voneinander entfernt.

Diese Szene hat sich mir ins Gedächtnis eingebrannt als eine Allegorie des Konflikts, der von Opas Todesstunde an das Verhältnis zwischen meinem Vater und meinem Onkel bestimmen sollte. Außerdem veranschaulichte sie für mich Xenos Streben, der einzig autorisierte Verwalter des Nachlasses zu werden – wie er dort saß, die Hände gefaltet, weit vorgebeugt, das Ohr nah an den Lippen des Toten, als hoffe er, doch noch ein paar letzte, nur an ihn gerichtete Worte zu vernehmen –, während das Theater mit den Vorhängen für mich darauf hindeutete, dass Xeno tatsächlich etwas zu verbergen hatte und das auch weiterhin zu tun beabsichtigte. Was mein Vater schon in den zurückliegenden Wochen immer deutlicher ausgesprochen hatte: «Der legt uns noch alle rein, wenn wir nicht aufpassen.»

Natürlich sprachen aus solchen Äußerungen Argwohn und Neid. Nicht ohne Grund. Vor allem in der letzten Woche vor Opas Tod hatte Xeno allein die Regie der Ereignisse übernommen. Er hatte seinen Vater aus dem Krankenhaus geholt, um ihn in Briva Latvija sterben zu lassen, und er hatte dafür gesorgt, dass Notare, Anwälte, Direktoren von Opas Firmen und verschiedene Berater mit Aktentaschen und Ordnerstapeln unter dem Arm den Alten Herrn besuchten, um Abschied zu nehmen, Bestimmungen zu Papier zu bringen und letzte Anweisungen zu empfangen. Drei Kissen im Rücken und an ein Sauerstoffgerät angeschlossen, das Gesicht vor Atemnot verzerrt, lag der Alte Herr in dem großen Mahagonibett, an das ich ihm früher manchmal zusammen mit Frau Kochmann das Sonntagsfrühstück hatte bringen dürfen, ließ sich Bericht erstatten und erließ Anordnungen. Am Tag vor seinem Tod fand in dem von mehreren herbeigeschafften Schreibtischlampen zusätzlich erhellten Zimmer sogar eine «Konferenz» statt, wie die ins Haus geholte Krankenpflegerin knapp fünf Jahre später unter Eid bezeugen sollte. Das geschah bei einem Prozess, den Titty und Guus gegen den Rest der Familie angestrengt hatten. Es ging um die Frage, ob der Alte Herr noch im Vollbesitz seiner geistigen Kräfte gewesen sei, als er sein Testament und andere Dokumente aufsetzen ließ. Die Krankenpflegerin äußerte sich dazu unmissverständlich: Der Patient sei zwar «todkrank» gewesen, «er war aber klar, das heißt, dass man noch gut mit ihm sprechen konnte …, während andere

Patienten manchmal benommen sind und eindämmern, was er nicht tat ... Er ist nie im Koma gewesen ... Ich habe immer normal mit ihm sprechen können.»

Auch aufgrund dieser Zeugenaussage verloren Titty und Guus den Prozess, und nicht lange danach waren sie geschieden. Guus van Blaem hatte erkannt, dass es für ihn bei Familie Münninghoff nichts mehr zu holen gab, und so ließ er die Frau, mit der er fünf Kinder hatte, das jüngste erst drei Monate alt, fallen wie eine heiße Kartoffel. Unverdrossen stürzte er sich in eine neue Existenz, die wie die vorige vor allem aus schönem Schein, wahnwitzigen Plänen und Machenschaften am Rande der Legalität bestand.

«Denkt an die Schweiz», lauteten nach Aussage der am Sterbebett Anwesenden die letzten Worte meines Großvaters. Dieser ziemlich triviale Hinweis wurde für die Söhne des Alten Herrn zum Auslöser intensiver Nachforschungen bei diversen helvetischen Bankinstituten. Mein Vater ging dabei wie gewohnt allein vor, als *lone wolf*. Ich besitze aus dieser Zeit eine Handvoll Postkarten von ihm, die meisten aus Zürich, einige auch aus Vaduz, der verlockenden Hauptstadt des in Sachen Finanzen so zwielichtigen Liechtenstein, außerdem aus Städten wie Fribourg, Lausanne und Chur. Was genau ihn bei seiner Suche gerade dorthin führte, weiß ich nicht; dass seine Anstrengungen vergeblich waren, steht dagegen fest. Doch auch alle Bemühungen Xenos – der dabei Jimmy als Begleiter dulden musste, weil sein Zwillingsbruder von Anfang an energisch klarstellte, dass er ihn nicht allein reisen lassen würde – blieben fruchtlos.

Das zumindest pflegten die Brüder einander weiszumachen, wenn sie an Sonntagen einmal zu einem gemeinsamen Mittagessen bei Omi zusammentrafen, für die eine Wohnung im luxuriösen Haus Cats'heuvel im Haager Statenkwartier gemietet worden war, ein einzigartiges Gebäude aus den zwanziger Jahren mit einer vollständig aus Mausoleumsmarmor errichteten Eingangshalle und, der Tür genau gegenüber, einem wundervollen, farbenprächtigen Glasfenster. Die große Portierloge mit Postfächern für jede Wohnung war ständig besetzt. Auf einer stattlichen Treppe gelangte man zur ersten Etage, wobei man sich nach rechts wandte (in unserem Fall; es gab auch einen spiegelgleichen linken Flügel); dort kam man an der immer geöffneten Bürotür des Verwalters vorbei, der sich jedes Mal zum Grüßen erhob, und flanierte an einer langen Galerie von Vitrinen der führenden Haager Juweliere, Schuhgeschäfte und Modehäuser entlang zum Aufzug neben dem Eingang des vornehmen Restaurants.

Omi, die sich in diesem Luxus sichtlich wohlfühlte, wohnte auf der zweiten Etage. Zwei Stockwerke höher gab es eine Dachterrasse, auf der man übers Haustelefon Bestellungen bei der Restaurantbar aufgeben konnte. Ein Kellner in dunkelrotem Frack brachte dann das Gewünschte auf einem silbernen Tablett; zum Bezahlen reichte eine Unterschrift mit der Nummer der Wohnung. Ich besuchte seit 1956 das Gymnasium Haganum und scheute mich natürlich nicht, einige sorgfältig ausgewählte neue Klassenkameraden in diese unerhört exquisite Umgebung einzuladen. So kam es, dass Frits, Ernest und ich, hin und wieder auch ein Mädchen, uns auf dieser Dachterrasse in Liegestühlen sonnten, unseren Homer oder Tacitus auf dem Schoß, dabei Tonic Water mit Eis und einer Zitronenscheibe tranken und so taten, als sei das die normalste Sache der Welt.

Da außer Frans auch Jimmy und etwas später Titty ins Statenkwartier zogen, lag die Entscheidung für Cats'heuvel als Omis Domizil nahe. Ihre Taubheit schränkte ihre Selbständigkeit nun einmal ein, und jetzt konnte ihr, wann immer es nötig war, rasch geholfen werden.

Praktisch bedeutete dies, dass ich für meine Großmutter die täglichen Einkäufe erledigte, was mir auch gar nichts ausmachte, weil Omi sich sehr für mich interessierte, mit mir herumalberte, mir russische Wörter beibrachte und außerdem einfach nie aufhörte, mich zu verwöhnen, wie früher in Briva Latvija. Als inzwischen Zwölfjähriger wusste ich schon ein wenig mehr über die innerfamiliären Verhältnisse und hatte mitbekommen, dass um die Verteilung von Opas Nachlass heftige Auseinandersetzungen tobten.

Wenn sich an Sonntagen in Omis kleiner Essecke ihre drei Söhne und deren Ehefrauen drängten (Weras Schwängerer Guus ist meines Wissens nie in Cats'heuvel gewesen, und Titty ging erst nach ihrer Scheidung dorthin), versuchte ich während des Auftragens, Einschenkens und Abräumens – Aufgaben, die ich ganz selbstverständlich übernahm – möglichst viel von den erbitterten Streitereien zwischen den Brüdern und ihren Frauen aufzuschnappen. Omi, die gekocht hatte, betrachtete dann die ganze Zeit glückselig lächelnd ihre Sprösslinge samt Anhang, gefangen in vollkommener Taubheit; sie nickte nur zufrieden, wenn ihre baltischen Gerichte – immer gab es das äußerst reichhaltige «Komm-morgen-wieder», einen Pfannkuchen mit Gehacktem, als Vorspeise – von allen mit viel Gestik und Mimik in nostalgischer Verzückung gepriesen wurden.

Doch zwischendurch wurden die giftigsten Beschuldigungen kreuz und quer über den Tisch geschleudert, und manch einer sah sich genötigt, seine Wut zu unterdrücken und schnell das Wohnzimmer aufzusuchen, um sich dort, eine Zigarette zwischen den bebenden Lippen, wieder abzuregen, damit Omis idyllische Wahrnehmung des Zusammenseins nicht durch Geschrei oder Schlimmeres zerstört wurde.

Der Erste, der sich dieser Situation entzog, war Jimmy. Ohnehin verbittert durch die Art, wie sein Vater sich ihm gegenüber seit der Polio-Erkrankung verhalten hatte (in den Augen des Alten Herrn war sein behinderter Sohn ein schwaches, weibisches Muttersöhnchen gewesen, wenn nicht gar ein verkappter Homosexueller), hatte Jimmy in Amsterdam für sich eine neue Identität gesucht und gefunden. Die Lebenseinstellung der progressiven Künstlerkreise, in denen er verkehrte, war so weit entfernt vom harten Pragmatismus des Vaters, dass Jimmy sich bald noch mehr vom Elternhaus entfremdete.

Dass er Christine Arnold, eine hübsche junge Frau aus der Haager Künstlerszene, heiratete, bildete im Frühjahr 1952 gewissermaßen den Höhe- und Endpunkt dieser Entwicklung. Sowohl der Alte Herr und Omi als auch Xeno und Trees zogen es damals vor, auf eine lang geplante Geschäfts- und Urlaubsreise nach Finnland zu gehen und die Hochzeit einfach zu boykottieren (es heißt allerdings, dass meiner Großmutter dieses zeitliche Zusammentreffen entgangen war und dass sie dem Alten Herrn deshalb später schwere Vorwürfe gemacht hat, was ich ohne Weiteres glaube). Dass es eine «Muss-Ehe» war – Christines und Jimmys Tochter Monique kam ein halbes Jahr nach der Hochzeit zur Welt –, trug zweifellos ebenfalls zur Entfremdung zwischen dem jungen Paar und Jimmys Eltern bei. Jedenfalls verspürte Jimmy keinerlei Ehrgeiz, sich um den Teil des Geschäftsimperiums zu kümmern, der ihm zufallen sollte, und als er schließlich die Ringventilatorenfabrik Stork erbte, ließ er sich so bald wie möglich von Xeno abfinden.

Wie kaum anders zu erwarten, wurde später die Frage gestellt, ob die zwischen den Zwillingsbrüdern getroffene Vereinbarung denn wirklich fair gewesen sei, eine Frage, die bis zu beider Lebensabend Gegenstand erbitterter Streitereien war. Doch 1954 war Jimmy noch ein unbekümmerter, abenteuerlustiger Mann, der nun über ein beträchtliches Vermögen verfügte und zusammen mit Christine die Welt sehen wollte. Die beiden ließen sich schließlich auf Mallorca nieder; dort erwarb Jimmy in Port d'Andratx ein Haus (im Laufe der Jahre hatte er dort Nachbarn wie Peter Ustinov, Jean Seberg, Gore Vidal und – etwas weiter weg – den spanischen König), das er von 1956 an ein halbes Jahrhundert lang durchschnittlich sechs Monate im Jahr bewohnte. Die übrige Zeit, in der Regel gehörte dazu auch Weihnachten, verbrachte er in Den Haag. Das dortige Haus, in dem die kleine Monique von Christines Mutter aufgezogen wurde, entwickelte sich zu einem Treffpunkt für Leute aus Künstlerkreisen, die nach der Schließung ihrer Stammlokale im Zentrum noch ein wenig weiterfeiern wollten. Zu Jimmys und Christines regelmäßigen Gästen zählten auch etliche ehemalige Widerstandskämpfer, darunter Kas de Graaf, Chef des von der niederländischen Exilregierung in London geschaffenen Geheimdienstes Bureau Bijzondere Opdrachten, und Peter Tazelaar, der Mann, der in dem Film *Der Soldat von Oranien* nach seiner Landung am Strand scheinbar betrunken und mit einen Smoking bekleidet deutsche Soldaten an der Nase herumführt. Als Heranwachsender erlebte ich die späten Abende an Jimmys Hausbar in der Adriaan Pauwstraat als unverhoffte Einführung in die große Welt; Wodka und Wein bildeten die passende Begleitung zu Geschichten von der Entdeckung des Paradieses auf Mallorca und von Machenschaften hinter den Kulissen des Kalten Krieges, über die einige gut Bescheid zu wissen schienen.

Die Nächste, die mit den Streitigkeiten ums Erbe nichts mehr zu tun haben wollte, war Titty. Offensichtlich hatte der Alte Herr auf dem Sterbebett beschlossen, einige nach dem Krieg von ihm gegründete kleinere Firmen zu verkaufen oder zu liquidieren: eine Lebensmittelfabrik in IJmuiden, eine kleinere Fabrik für Bürobedarf in Amsterdam, ein Handelsbüro für Technik in Den Haag. Der Erlös aus den Verkäufen ging an Titty, die aber lange Zeit Anspruch auf mehr erhob. Dass ihre Anfechtungsklage gegen das Testament abgewiesen wurde, entmutigte sie jedoch, und als Guus sie kurz darauf verließ, fand Titty sich desillusioniert mit allem ab und zog mit ihren Kindern in ein Haus in der Viviënstraat, weniger als einen halben Kilometer von Cats'heuvel entfernt.

## – ZWEIUNDDREISSIG –

Schnell zeigte sich, dass mein Vater nichts vom unternehmerischen Talent des Alten Herrn geerbt hatte. Als neuer Inhaber des Handelsunternehmens Poortensdijk, das hauptsächlich aus der recht umsatzstarken Ölraffinerie mit etwa fünfzehn Arbeitnehmern auf dem Haager Industriegelände Binckhorst bestand, schaffte er es trotz der im Grunde guten Zukunftsperspektiven nicht, diese Firma erfolgreich zu führen. Schlimmer noch: Nach weniger als drei Jahren schien ein Konkurs unabwendbar, und mein Vater fühlte sich genötigt, zu illegalen Methoden zu greifen, um doch noch den so besessen erstrebten Reichtum zu erlangen.

Seine größte Schwäche war seine Naivität, die manche seiner Bekannten später sogar als «kindlich» bezeichneten. Es gab praktisch nichts, was man Frans Münninghoff nicht vorspiegeln und weismachen konnte, er fiel auf alles und jeden herein; und wenn er jemandem vertraute, verteidigte er ihn stur. Onkel Wim, selbst auch kein unternehmerisches Genie, aber immerhin jemand, der Scharlatane und Betrüger von seriösen Geschäftspartnern unterscheiden konnte, zog sich aus der Geschäftsleitung von Poortensdijk zurück, als Neffe Frans sich mit einem syrischen Ölhändler aus Aleppo einließ. Alle Warnungen seines Onkels, den noch der Alte Herr zum Geschäftsführer gemacht hatte, schlug Frans in den Wind; man versprach ihm goldene Berge, und er wollte daran glauben. Der erste von ihm auf den Weg gebrachte Öltransport im Wert von etwa einhunderttausend Dollar erreichte niemals die syrische Küste – behauptete jedenfalls sein Geschäftspartner. Fragen zu diesem rätselhaften Verlust blieben unbeantwortet. Der Mann in Aleppo hatte richtig eingeschätzt, dass diesem Frans Münninghoff mit seiner kleinen niederländischen Firma die Mittel zur Kontrolle oder zu wirkungsvollen Gegenmaßnahmen fehlten, und die gesamte Ladung, ohne an meinen Vater auch nur einen Cent zu zahlen, auf den Schwarzmarkt geworfen.

Ein anderer Mittelsmann auf dem internationalen Ölmarkt, ein Börsenhändler in London, versprach meinem Vater große Gewinne bei der Lieferung von Schweröl nach Bulgarien, schon damals, zu kommunistischen Zeiten, ein durch und durch korruptes Balkanland, mit dem eine anständige Firma im Westen eigentlich keine Geschäfte machen konnte. Der Londoner Partner wollte die komplizierte Beschaffung der nötigen Importpapiere übernehmen. Auch in diesem Fall wurde mein Vater Opfer der Firma List & Betrug; für ihn sprang bei der ganzen Sache nichts heraus, während viele Tausend Pfund ihren Weg auf das Bankkonto des Londoner Brokers fanden.

Das Gleiche geschah in den Niederlanden selbst. In mein Gedächtnis haben sich ein paar Namen eingegraben, die ich zunächst eher zufällig aus dem Mund meiner Eltern hörte, wenn sie die jeweilige geschäftliche und finanzielle Lage und mögliche Perspektiven besprachen. Die zu diesen Namen gehörigen Leute kamen dann manchmal bei uns in der Boreelstraat zu Besuch (wobei sie immer sehr nett, um nicht zu sagen übertrieben nett zu mir waren), blieben nach einiger Zeit zum Essen und spiegelten meinen Eltern wortgewandt verlockende Aussichten vor, denen mein Vater nicht widerstehen konnte. Früher oder später, meist schon nach einigen Monaten, kam jedoch wieder die Wahrheit ans Licht, wenn sich die Täuschung in all ihrer niederschmetternden Plattheit offenbarte, der Geschäftspartner mit einer beträchtlichen ihm anvertrauten Summe verschwunden war und mein Vater, die fürchterlichsten Flüche ausstoßend, am Küchentisch die traurige Bilanz einer solchen Betrügerei zog. Es war genau so, wie sein alter Freund Hans-Erich Seuberlich es ein paar Jahre später mir gegenüber ausdrücken sollte: Die Kameradschaft und die Ehrlichkeit und Treue der Frontsoldaten untereinander existierten nun einmal nicht in einer Geschäftswelt, in der man ständig versuchen musste, andere auszustechen; wenn es sein musste, durch Wortbruch und Betrug. Und daran ging mein Vater zugrunde.

Seine erste Reaktion bestand darin, dass er der niederländischen Gesellschaft die Schuld an allem gab. Stundenlang konnte er über «heuchlerische Salonsozialisten» und «calvinistische Pfennigfuchser» wettern, alle diese Politiker «mit scheinheiligen Visagen», die dieses wertlose Land fest in ihrem verderblichen Griff hielten und die Entstehung dieses Sumpfs von Täuschung und «Beschiss», der das niederländische Wirtschaftsleben sei, zugelassen, wenn nicht gar begünstigt hätten.

Schließlich wollte er deshalb sogar emigrieren und beantragte offiziell die Einwanderung nach Neuseeland. Weil Edith, eine von Mimousses Schwestern, inzwischen in Neuseeland verheiratet war, schien dieses Land das ideale Auswanderungsziel zu sein. Ganze Abende lang füllten meine Eltern Formulare aus und brachten praktisch ihre gesamte Lebensgeschichte zu Papier. Was ich von der Sache hielt, fragte niemand. Das störte mich gewaltig, denn zufällig war einer meiner Klassenkameraden vom Haganum gerade mit seinen Eltern nach Australien ausgewandert, und bei der traditionellen Verabschiedung des Schiffs im Rotterdamer Hafen hatte ich trotz der gezwungen feierlichen Aufgeregtheit ringsum die Niedergeschlagenheit und Verunsicherung, wenn nicht gar Verzweiflung im Blick unseres Rob Langendijk bemerkt. Als die bunten Luftschlangen zwischen dem Kai und dem langsam ablegenden Schiff reihenweise rissen, sah ich ihn mit zuckenden Schultern an der Reling stehen, das Gesicht in den Händen vergraben. Ein solcher Sprung ins Ungewisse schreckte mich ab, vielleicht, weil ich mir nach allem Erlebten endlich Ruhe und Beständigkeit wünschte. Außerdem hatte ich mich an der Schule gut eingelebt, ich hatte Freunde und Freundinnen, die ich nicht verlieren wollte, und ich empfand das Dasein in den Niederlanden und besonders in Den Haag als gar nicht so übel.

Mein Genörgel interessierte Frans und Mimousse aber nicht, und so saßen wir eines Tages im Büro des neuseeländischen Konsuls, der uns freundlich mitteilte, dass alles in Ordnung sei und wir uns in Auckland niederlassen könnten.

Auf dem Heimweg sprachen wir kein Wort. Zu Hause angekommen, holte mein Vater dann aber eine Flasche Wodka aus dem Kühlschrank, schenkte sich selbst, Mimousse und auch mir daraus ein, erhob sein Glas und verkündete: «Wir gehen nicht nach Neuseeland. Wir sind Europäer. Wenn ich in den Niederlanden keinen Erfolg habe, dann in Deutschland. Wir brauchen nicht ans andere Ende der Welt zu fliehen. Dieser Teil der Welt gehört uns. Wir bleiben hier.»

Ich war dreizehn, und als ich den Inhalt meines Glases – abgesehen von ein paar heimlichen Schlückchen der erste Wodka meines Lebens – wie meine Eltern hinunterkippte, kam es mir so vor, als ob wir dadurch ein bedeutsames Bündnis besiegelten. Zum ersten Mal fühlte ich mich zu hundert Prozent mit ihnen verwandt. Ich bekam eine Gänsehaut und nickte meinem Vater zu: «Ganz richtig!»

Doch auch in Deutschland, wo er sich doch eher heimisch fühlte und auf Menschen mit der gleichen Mentalität zu treffen glaubte, warteten bittere Enttäuschungen auf Frans Münninghoff. Bei seinem letzten Versuch, auf dem Ölmarkt mit sauberen Geschäften Geld zu machen, wurde er nach Strich und Faden von einem Deutschen hereingelegt, der sich das Vertrauen unserer Familie erschlichen hatte, auch indem er mit Mimousse flirtete und mich mit kleinen Geschenken köderte. Dabei traf in seinem Fall die Redensart «Nomen est omen» wirklich zu: Er hieß August Sondergeld.

Ich habe ihn als leise sprechenden Dandy in Erinnerung, immer mit einem Kamelhaarmantel bekleidet, was damals als sehr schick galt. Blitzende blaue Augen, die richtigen Fältchen und Falten im sonnengegerbten Gesicht. Sie sprachen Deutsch, was meinem Vater sichtlich Vergnügen bereitete. Ein einträgliches Geschäft mit den in Westdeutschland stationierten amerikanischen Streitkräften winkte. Die «Amis» seien dank des Marshallplans von Feinden zu Verbündeten geworden, erklärte Sondergeld als aufrechter Deutscher. Eine bessere Garantie für gute Geschäfte sei eigentlich kaum denkbar, und mit ihm zusammen könne auch Frans Münninghoff von der Situation profitieren. Als mein Vater ihm nach ein paar Schnäpsen seine SS-Vergangenheit gestand und von Schwierigkeiten sprach, die sich daraus ergeben könnten, lachte Sondergeld nur und wischte seine Bedenken vom Tisch: «Das ist dem Onkel Sam ganz wurscht. Die wollen ja nichts anderes, als mit uns Geschäfte machen.»

Was die Amerikaner brauchten, sei Altöl. Dass mein Vater sich damit auskannte, ja sogar eine kleine Monographie darüber mitverfasst hatte, war Sondergeld bekannt. Altöl, so erklärte er, habe im Grunde die gleichen Eigenschaften wie der sonst durch komplizierte Cracking-Verfahren gewonnene Treibstoff für Düsentriebwerke. Das habe man erst kürzlich herausgefunden, und nun komme es darauf an, schnell zu reagieren und alle verfügbaren Altölreserven zu einem möglichst hohen Preis an die Amerikaner zu verkaufen. Wenn mein Vater die Beschaffung übernehme, werde er selbst das Finanzielle regeln; einmal im Quartal würden sie dann abrechnen. Mein Vater werde noch wünschen, dass er mit ihm, August Sondergeld, früher in Kontakt gekommen wäre!

Im ersten Quartal musste das Geschäft erst noch in Gang kommen, das Altöl brachte viel weniger als die Hälfte des Versprochenen ein. «Kinderkrankheit» lautete Sondergelds beruhigendes Zauberwort, und damit war die Kinderhand meines Vaters erst einmal wieder ausreichend gefüllt. Drei Monate später war es die Bank, die wegen irgendwelcher Schwierigkeiten auf den internationalen Finanzmärkten die Zahlungen nicht rechtzeitig hatte ausführen können. Nach weiteren drei Monaten musste mein Vater, der es versäumt hatte, zwischendurch Einblick in die laufenden Geschäfte zu verlangen, und vertrauensselig jede Woche mit Sondergeld in der Kneipe auf die vermeintlichen Gewinne angestoßen hatte, einen Verlust von einer knappen halben Million Gulden verzeichnen. Sondergeld verschwand wie die anderen Bauernfänger auch: plötzlich, ohne ein Wort und spurlos, wie es sich für sie gehörte.

Nur war der Betrüger diesmal ein Deutscher gewesen. Jemand, der eigentlich von jenem teutonischen Gemeinschaftsgeist hätte erfüllt sein müssen, an den mein Vater immer geglaubt hatte und der sich nun auf schmerzliche Weise als bloße Illusion erwies. Das enttäuschte ihn so sehr und machte ihn so wütend, dass er von da an ganz bewusst in Deutschland mit illegalen Methoden große Gewinne zu machen versuchte. Er musste einfach um jeden Preis reicher werden, als sein Vater es gewesen war, und wenn das nicht auf normalem Wege ging, dann eben im Zwielicht der unlauteren Geschäfte.

Gleichzeitig musste er versuchen, die Firma Poortensdijk zu retten, deren Gläubiger allmählich die Geduld verloren, weshalb bei ausbleibenden Gewinnen der Konkurs fast unabwendbar war.

In seiner Ratlosigkeit wandte sich Frans an Xeno. Der empfing ihn mit der gebotenen Skepsis, aber nicht abweisend. Xeno, der sich – ganz den Erwartungen des Alten Herrn entsprechend – zu einem dynamischen Geschäftsmann entwickelt und seine Farben-und-Lacke-Fabrik W. Paulussen zu einem auch international erfolgreich agierenden Unternehmen gemacht hatte, musste jeglichen Imageschaden vermeiden; ein Bruder, der als Unternehmer scheiterte, wäre für die eigene Reputation nicht gerade günstig gewesen.

«Du verstehst sicher, dass ich dir kein Geld geben werde», begann Xeno streng. «Selbst wenn ich wollte, ich habe es einfach nicht. Alles, was ich verdiene, stecke ich gleich wieder in die Firma. Nur so kann man wachsen. So habe ich es vom Alten Herrn gelernt.» Mit unverhohlener Geringschätzung musterte er seinen älteren Bruder. «Mein Gott, Frans, wie konntest du dich so reinlegen lassen. Aber du hast Glück, ich kann dir helfen. Ich habe einem Geschäftsfreund, Boelie Ommering, von deinen Geschäften mit Altöl erzählt. Ommering ist bereit, deine Gläubiger zu bezahlen und außerdem dein Partner zu werden, unter der Bedingung, dass er bei Poortensdijk die Leitung der Tagesgeschäfte übernimmt und die unmittelbare Kontrolle über den Handel in Deutschland erhält. Den will er auf die Niederlande ausweiten, denn auch die Amerikaner in Soesterberg haben Interesse. Und natürlich will er mehr als die Hälfte der Gewinne, denn er riskiert viel durch die Verbindung mit dir, und all das kostet ihn erst einmal Unsummen. Aber darüber müsst ihr euch untereinander einigen.»

«Ich werde also praktisch unter Kuratel gestellt?», fragte mein Vater fassungslos.

«So könnte man es nennen», antwortete Xeno gleichgültig, «aber das hast du dir selbst zuzuschreiben. Ich glaube, du hast kaum eine andere Wahl.»

«Was ist das für einer, dieser Ommering?», wollte mein Vater noch wissen.

«Tja, er hat die Schule nicht abgeschlossen», sagte Xeno, «aber er kann wenigstens rechnen. Im Gegensatz zu dir, wie sich gezeigt hat. Eigentlich hatte er vorgehabt, sich zurückzuziehen – ihm gehören in Den Haag so um die siebzig Straßen –, aber er empfindet das hier als nette Herausforderung, und außerdem tut er mir gern einen Gefallen. Das Wichtigste ist, dass man ihm wirklich vertrauen kann.» Und, nach einem spöttischen Blick meines Vaters: «Wenn ich das sage, ist es so.»

## – DREIUNDDREISSIG –

Die Zusammenarbeit mit Boelie Ommering war insofern ein Erfolg, als mein Vater nun reichlich Gelegenheit hatte, seine eigenen, natürlich strikt geheim gehaltenen Pläne zu verfolgen. Ommering, der sich zwar als durchaus umgänglich erwies, aber in geschäftlichen Dingen keinerlei Einmischung oder gar Widerspruch duldete, ging äußerst zielstrebig vor. Zunächst wurden die Gläubiger bezahlt und damit der gute Ruf von Poortensdijk wiederhergestellt. Außerdem wurde das Altöl von nun an als ganz normales Produkt der Firma vermarktet und nicht mehr wie eine Ware, über die man sozusagen nur in Flüsterkneipen verhandeln konnte. Poortensdijk richtete einen Abholdienst für Altöl von Lastwagen ein, führte die letzte Aufbereitung im eigenen Hause durch und brachte das Produkt gebrauchsfertig in den Handel. Es war offensichtlich, dass hier eine neu entdeckte Marktlücke von einem angesehenen Unternehmer optimal genutzt wurde, und so gelang es Ommering in weniger als einem Jahr, Poortensdijk erneut auf dem Markt zu etablieren.

Für Frans Münninghoff hätte das eigentlich frustrierend sein müssen, doch in Wirklichkeit war er dankbar. Nicht nur, dass er keine Gläubiger mehr am Hals hatte, Ommering zahlte ihm auch ein Monatsgehalt, von dem er sich mehr leisten konnte als je zuvor, einmal abgesehen von seinen Jugendjahren. Zugegeben, es war vielleicht weniger, als er im Verhältnis zu den Erträgen von Poortensdijk unter dem neuen Geschäftsführer hätte erwarten dürfen, aber immerhin genug, um ein Haus im Bezuidenhoutseweg am Rande des Villenviertels Marlot mieten zu können. Das war etwas, das die standesbewusste Mimousse sehr zu schätzen wusste und auch ihn selbst ziemlich stolz machte. Dass ich nach dem Umzug aus der Boreelstraat täglich zwanzig statt vier Kilometer mit dem Rad fahren musste, um auf dem Haganum bleiben zu können, hatte bei den Überlegungen bezeichnenderweise keine Rolle gespielt.

Das Entscheidende war aber für meinen Vater, dass er über eine Menge Zeit frei verfügen konnte, da Ommering auf seine Mitarbeit im Alltagsbetrieb lieber verzichtete. Zeit, die er brauchte, um in Deutschland ein Abenteuer zu wagen, bei dem er sich schließlich über den Rand des Abgrunds katapultierte.

Es war einfach, wenn man wusste, wie es ging. Der steuerlich begünstigte Agrardiesel war an seiner Farbe zu erkennen. Wenn man in der Lage war, ihn wieder zu entfärben, konnte man ihn an der Tankstelle zum viel höheren Preis des normalen, nicht gefärbten Dieselkraftstoffs verkaufen. Die Differenz, die leicht bei mindestens sechzig Prozent liegen konnte, steckte man in die eigene Tasche. Einfach, aber natürlich streng verboten.

Der Entfärbungsprozess, das hatte Frans Münninghoff seinerzeit von Stubka gelernt, war in der Ausführung anspruchsvoll, obwohl vom Prinzip her ebenfalls einfach. Im Grunde musste der Agrardiesel nur über eine Schwefellösung geleitet werden; durch vorhersagbare chemische Reaktionen nahm der billige, rosa eingefärbte

Agrardiesel dann das Aussehen des normalen, nicht gefärbten und viel teureren Diesels an.

Wie es meinem Vater gelungen ist, nur mit diesem Grundwissen (Stubka war inzwischen gestorben) eine höchst lukrative Betrugsmaschinerie in Gang zu setzen, weiß ich nicht. Er schwieg sich darüber aus, auch gegenüber Mimousse, soweit ich weiß. Auf jeden Fall hat er, zweifellos mit Unterstützung weiterer Beteiligter, am Ufer der Ems nahe der deutschen Stadt Lingen eine Art kleine Fabrik errichten lassen, die aus zwei Gebäuden bestand. Binnentanker mit teilweise hundert Tonnen Agrardiesel an Bord fuhren in das erste dieser Gebäude hinein, löschten dort ihre Fracht und fuhren anschließend in das zweite Gebäude, wo sie den in der Zwischenzeit durch die Schwefellösung entfärbten Diesel wieder aufnahmen und sich auf den Weg machten, exorbitanten Gewinnen beim Verkauf entgegen.

Auch hier rächte sich die Naivität meines Vaters. Statt sich auf einen Schlag zum Millionär zu machen, was er ja immer gewollt hatte und was nun tatsächlich im Bereich des Möglichen war, ließ er es zu, dass ihm allerlei Mitwisser in die Quere kamen und sich einmischten. Vielleicht war die Sache letztlich doch zu groß für ihn, da zwangsläufig zu viele andere beteiligt waren: In den Häfen von Hamburg und Bremen mussten Dieselladungen «gekapert» werden (sprich: aus den Büchern entfernt werden, um sie verschwinden zu lassen, manchmal sogar regelrecht zu stehlen), und das ging nur auf dem Weg über zwielichtige Mittelsmänner, die alle ihren Anteil forderten. Auch der Transport zur Entfärbungsanlage setzte voraus, dass zumindest der Schiffsführer eingeweiht war, und die Abnehmer wiederum mussten bereit sein, sich auf das strafbare Geschäft einzulassen. Später, als alles von deutschen Ermittlungsbehörden aufgedeckt worden war, sollte mein Vater gegenüber Xeno und einem von Tittys Kindern hartnäckig behaupten, dass sogar Weltfirmen auf seine Angebote eingegangen seien.

Wie dem auch sei, wirklich reich wurde er auch diesmal nicht.

Immerhin konnte er uns, ich sehe es noch deutlich vor mir, voll kindlicher Freude ein neues Auto präsentieren, das von da an die Zufahrt unseres Hauses in Marlot blockierte: einen Armstrong Siddeley, «den teuren Bruder des Rolls-Royce», wie er mit vor Erregung belegter Stimme erklärte. Das gebraucht gekaufte, blau-silbergraue Gefährt, auf dem Kühler eine silberne Sphinx, die wohl die elegante Geräuschlosigkeit des zum größten Teil handgefertigten Wagens betonen sollte, reizte mich eigentlich nur zum Lachen. Ich war damals sechzehn und längst im pubertären Clinch mit meinen Eltern, und ich empfand es als lächerlich, dass mein Vater damit Eindruck zu schinden versuchte. Mimousse dagegen war begeistert und fuhr mit dem Angeberschlitten regelmäßig ins Stadtzentrum.

Besonders lange konnte mein Vater nicht von seinen illegalen Dieselmanipulationen profitieren. 1961 durchsuchte die deutsche Polizei die Anlage am Ufer der Ems, und zwar auf Hinweise von Anwohnern hin, die sich vom Schwefelgeruch belästigt fühlten, aber keine Möglichkeit fanden, mit den Verursachern des Gestanks Kontakt aufzunehmen – ein weiterer Fehler meines Vaters. Wenig später verurteilte ihn ein Kölner Gericht in Abwesenheit zu vier Jahren Freiheitsentzug, und von da an war er praktisch immer fluchtbereit.

Obwohl keineswegs feststand, dass man ihn ausliefern würde, empfand er Den Haag nun als zu gefährlich. Noch im selben Jahr zogen er und Mimousse nach Netersel, jenes Dorf im Süden der Provinz Nordbrabant, durch das er schon 1945 einmal gekommen war, als er sich nach Belgien absetzte. Dort kauften die beiden einen verfallenen Bauernhof, den sie innerhalb weniger Jahre, wie sie mir mit glänzenden Augen erklärten, in ein wahres Paradies verwandeln wollten, mit Terrassen, einem riesigen Salon, vielen Zimmern für die kommenden Enkel, Ställen für die Pferde, einem kleinen, freistehenden Nebengebäude für die Bibliothek und überhaupt viel, viel Platz. Die Entwürfe des Architekten (die ein Vermögen gekostet hatten) lagen schon bereit.

Aus alledem ist nie etwas geworden. Bis zum Ende ihrer gemeinsamen Tage haben Frans und Mimousse in den engen Stuben des alten Bauernhofs gehaust und wie früher am Küchentisch ihre Pläne besprochen.

## – VIERUNDDREISSIG –

Erst im Frühjahr 1969 habe ich meine Mutter endlich wiedergesehen. Achtzehn Jahre waren vergangen, ohne dass ich auch nur ein Lebenszeichen von ihr erhalten hatte. Als ich 1963 in Leiden zu studieren anfing, beschloss ich, ihr zu schreiben. Auch um die Tatsache zu unterstreichen, dass ich von nun an auf eigenen Beinen stand und allein, ohne Zwang und ohne Rücksprache mit meinen Eltern, Entscheidungen traf.

Als ich in jenem Sommer meine Sachen in einer unansehnlichen, schlauchartigen Studentenbude in Oegstgeest unterbrachte, konnte ich nicht gerade auf eine harmonische Jugend zurückblicken. Nachdem meine Eltern Marlot verlassen und sich in Netersel vergraben hatten, war ich zu Omi ins Haus Cats'heuvel gezogen, in ihr winziges Gästezimmer, fast ein Alkoven, in dem mir ein Bett, ein kleiner Tisch und ein Stuhl zur Verfügung standen. Im letzten Schuljahr wechselte ich in den für Gäste reservierten Teil des Gebäudes im anderen Flügel. Dort hatte ich erheblich mehr Platz und konnte mich auch, vom Frühstück und Abendessen abgesehen, dem doch recht anstrengenden Umgang mit meiner Großmutter entziehen. Sie war nun einmal eine gesellige, kommunikativ veranlagte Frau und störte mit ihren vielen Geschichten oft meine fürs Lernen bitter nötige Konzentration, zumal ich mich wegen ihrer Taubheit nur schreiend mit ihr verständigen konnte.

In dem kleinen Gästeappartement hatte ich praktisch mein eigenes Reich, und ich hätte dort die Gelegenheit zu unvergesslichen Ausschweifungen gehabt, doch ich nutzte sie nicht. Vielleicht war es eine andere Zeit, in der man dergleichen als Siebzehnjähriger noch nicht tat, oder ich war einfach anders als andere. Jedenfalls arbeitete ich dort ganz allein hart und konzentriert für meinen Gymnasialabschluss, bestand mit ansehnlichen Leistungen und zog danach, ich glaube, zum ersten Mal in meinem Leben, Bilanz.

Mein Vater hatte sich all die Jahre mir gegenüber gleichgültig gezeigt. Fast unmerklich hatten wir uns immer weiter voneinander entfernt, schon vor seiner Flucht nach Netersel, als ich mich an den Sonntagvormittagen ihm und seinem Sermon entzog. Mein Alibi waren sportliche Wettkämpfe; manchmal saß ich dann schon eine Stunde vor Beginn in der Umkleidekabine meines Hockeyvereins HGC herum oder schlug auf dem Tennisplatz von Marlot Bälle gegen die Übungsmauer. Aber auch Mimousse hatte sich nicht wirklich für mich interessiert. Vier Jahre lang hatte sie mich auf Trab gehalten, mich zu einem anstrengenden Nachhilfekurs geschickt, mich soweit möglich selbst abgefragt und eifrig alle Elternabende besucht. Aber sobald sich zeigte, dass ich in schulischen Dingen künftig gut allein zurechtkommen würde, hatte sie mir den Rücken gekehrt und war mit ihrem Mann in das Kaff am Ende der Welt verschwunden. Warum sie Den Haag verließen, wurde mir übrigens nicht mitgeteilt; von dem Dieselbetrug habe ich erst viele Jahre später erfahren.

In Netersel, in der Heidelandschaft der Kempen, war ich bald nur noch ein gerahmtes Foto auf dem Büfett, lediglich während der obligatorischen Besuche zu Weihnachten und Ostern für kurze Zeit zum Leben erweckt. Sie riefen kaum einmal an, und wenn sie nach Den Haag kamen, dann hauptsächlich wegen anderer Dinge, die nichts mit mir zu tun hatten. Frans und Mimousse hatten ihre eigenen Träume, Wünsche und Pläne, in denen kein Platz für mich war. Ich stellte fest, dass keiner der beiden jemals zu Wettkämpfen gekommen war, an denen ich teilnahm, nicht zum Hockey oder Tennis, wo es doch immer von Vätern und Müttern wimmelte, die ihre Kinder lautstark anfeuerten, und auch nicht zu den Schachturnieren, bei denen ich erste Erfolge feierte. Auch in wichtigen Momenten meines Schullebens, beispielsweise bei Theateraufführungen, bei denen ich mitspielte, bei meiner Wahl zum Vorsitzenden des Haager Gymnasiastenvereins, bei Schulfesten, die ich mit dem Vorstand organisiert hatte, und – tragischer Tiefpunkt – bei meiner Abschlussfeier glänzten beide durch Abwesenheit. Und nun war alles vorbei, der ständige, mich ganz in Anspruch nehmende Arbeitsdruck des Gymnasiums fiel plötzlich weg, und ein langer, leerer Sommer als Auftakt zu einer neuen Lebensphase lag vor mir. Da merkte ich, wie allein ich im Grunde war.

Außerdem wurde mir bewusst, wie sehr gesellschaftlich isoliert unsere Familie in den letzten Jahren gelebt hatte. Während fast all meine Klassenkameraden, die ein Studium in Leiden aufnahmen, dank der Beziehungen ihrer Eltern in den besseren Studentenquartieren am Rapenburg und anderen Grachten im Stadtzentrum unterkamen, musste ich mit diesem unmöglichen Zimmer im Vorort Oegstgeest Vorlieb nehmen, denn wegen der fatalen Zurückgezogenheit meiner Eltern und der Weltfremdheit meiner lieben, tauben russischen Großmutter fehlte mir das nötige «Vitamin B». Auch bei der Zusammenstellung der sogenannten *jaarclubs* in der Studentenverbindung Minerva gehörte ich nicht zur ersten Liga. Der Begriff existierte damals noch nicht, aber ich spürte, dass ich als Angehöriger der zweiten Migrantengeneration es im konservativen Leiden nicht leicht haben würde, obwohl ich einwandfreies Niederländisch sprach und mein Vater einen Armstrong Siddeley fuhr.

In dem langen Brief, den ich meiner Mutter – auf Niederländisch – schrieb, versuchte ich, meine Bilanz in Worte zu fassen. Und obwohl letztlich alles auf eine Verurteilung meiner sogenannten Eltern Frans und Mimousse hinauslief, konnte ich es mir nicht verkneifen, den Finger auch auf Wera zu richten. Warum hatte sie auf meine Entführung nicht in irgendeiner Weise reagiert? Warum hatte sie nichts unternommen, um mich zurückzubekommen? Doch noch während des Schreibens kamen mir Zweifel an der Aufrichtigkeit meiner Vorwürfe. Hatte ich es in den Niederlanden nicht viel besser gehabt, als ich es bei ihr in Deutschland je hätte haben können, musste ich nicht eigentlich froh sein, dass ich nicht bei ihr geblieben und Deutscher geworden war? Gewiss, Frans und Mimousse waren kein Ausbund an Elternliebe gewesen, aber wer sagte, dass Wera das gewesen wäre? «Versteh bitte, dass ich diese Fragen stelle, um mir über mein Verhältnis zu dir, meiner Mutter, klar werden zu können. Das war mir in den vergangenen zwölf Jahren aus vielerlei Gründen nicht möglich, nicht zuletzt, weil ich von dir nichts gehört habe. Und bei uns zu Hause wurde nie über dich gesprochen; was ich über dich weiß, habe ich von Titty und Omi», so beschloss ich meinen Brief.

Als nach sechs Wochen noch keine Antwort gekommen war, schrieb ich Wera einen zweiten Brief, diesmal auf Deutsch. Meine Sätze hatten etwas Gekünsteltes, manchmal musste ich sogar ein Wörterbuch zu Hilfe nehmen und geriet bei Deklination und Konjugation ins Schwimmen. Jedenfalls war das Deutsche nicht mehr die selbstverständliche gemeinsame Sprache von Mutter und Kind; traurig stellte ich fest, dass die Entfremdung anscheinend schon diese endgültige Form angenommen hatte. Doch nach weiteren zwei Monaten ohne Antwort aus Deutschland schlug die Traurigkeit in Ärger um. Die Adresse in Würzburg, die ich von Omi bekommen hatte, stimmte doch! Wieso, verdammt noch mal, reagierte sie nicht auf meine Briefe? Ich beschloss, mich nicht zum Narren zu machen und dieses Kapitel meines Lebens abzuschließen. Anscheinend war es mir bestimmt, ohne meine Mutter weiterzuleben; dann würde ich das eben tun.

Noch einmal vergingen sechs Jahre. Ich studierte planlos und ohne Abschluss zuerst Jura, dann Slawistik, bevor ich Zeitsoldat beim militärischen Nachrichtendienst MID wurde. Heiratspläne wurden geschmiedet und in die Tat umgesetzt – auch nachdem ich wegen Disziplinlosigkeit aus dem Militärdienst unehrenhaft entlassen worden war. Da schrieben Ellen und ich aber schon die Einladungen für den großen Tag, den 20. September 1969. Dass es überhaupt dazu kam, war für mich eine große Erleichterung, denn ich hatte Ellen so ungefähr den gesamten Inhalt dieses Buches gebeichtet, was sie jedoch nicht abschreckte.

Unter den vielen Eheschließungsformalitäten gab es eine, die mir gewisse Sorgen bereitete: In jenen Jahren war es in den Niederlanden noch erforderlich, dass Heiratswillige die Erlaubnis ihrer leiblichen Eltern einholten. Die meines Vaters erhielt ich, nachdem ich ihn darum gebeten hatte, per Post. Ellen, deren Vater schon fast zehn Jahre zuvor gestorben war, holte sich die Unterschrift ihrer lieben Mutter in Voorschoten. Es fehlte noch Wera, meine leibliche Mutter in Würzburg.

Da meine Versuche, brieflich mit ihr Kontakt aufzunehmen, zu nichts geführt hatten und ich auch keine Telefonnummer von ihr besaß, entschlossen wir uns, sie zu besuchen. Zunächst hatte ich mich dagegen gesträubt, weil ich meine Mutter doch aus meiner Gefühlswelt verbannt hatte, aber Ellen wollte sie unbedingt kennenlernen. Außerdem lud uns im Frühsommer 1969 Fürst Leonid von Manssyreff, der mein Lehrer beim MID gewesen war und wie meine Familie aus Riga stammte, zu seiner Hochzeit mit einer Niederländerin ein. Das Fest, bei dem beinahe der gesamte russische Exil-Adel Europas anwesend sein würde, sollte im ehemaligen Deutschordensschloss von Bad Mergentheim stattfinden, ganz in der Nähe von Würzburg, der alten fränkischen Bischofsstadt.

Ellen und ich packten ein paar ordentliche Sachen in unsere Reisetaschen und hielten am Kreisverkehr von Voorburg die Daumen hoch; Geld hatten wir nicht, und Trampen war damals noch völlig normal. Mit Ellen zusammen war es außerdem ziemlich unproblematisch.

Es dämmerte schon, als wir am nächsten Tag im Taxi zu Weras

Adresse fuhren. Mit wachsendem Entsetzen stellte ich fest, dass wir vom Würzburger Zentrum aus, wo uns das letzte Auto abgesetzt hatte, geradewegs die heruntergekommenen Viertel am Main ansteuerten. Die angegebene Adresse fand der Taxifahrer erst nach mehrmaligem Fragen, was auch nicht verwunderlich war: Das Haus war offenbar eine der Bruchbuden, die ein Stück von der Straße entfernt an einem unbeleuchteten Sandweg standen; Hausnummern und Namensschilder gab es dort nicht. In ungefähr zweihundert Metern Entfernung floss der Main gleichgültig vorbei.

Ich musste ein paarmal laut «Wera» rufen, um an diesem stillen, dunklen Ort jemanden auf uns aufmerksam zu machen. Auf der ersten Etage wurde ein Fenster geöffnet, und der Kopf eines Mannes mit silbergrauem Haar erschien. Nachdem er uns einen Moment angestarrt hatte, stellte er die gleiche Frage, die ich vor langer Zeit auch in Palenberg gehört hatte: «Bist du der Bully?» Und genau wie damals antwortete ich, ohne darüber nachzudenken, wie merkwürdig es doch war, dass ein Fremder meinen Namen kannte: «Ja, der bin ich.»

«Ich komme sofort und bringe dich zu deiner Mutter», rief der Mann, und kaum zehn Sekunden später stand er vor uns. «Ohne Ankündigung würde sie sich zu Tode erschrecken.» Der Mann stellte sich als Peter vor und sagte, dass Wera – «Verzeihung, Frau Bauer» – ihm schon viel von mir erzählt habe. «Sie hat vor Kurzem ein Bild von dir in Uniform erhalten, deshalb habe ich dich erkannt», erklärte er und blieb bei dem für deutsche Verhältnisse doch ungewöhnlichen Du. Aus seinen Worten folgerte ich, dass Omi meiner Mutter dieses neue, ziemlich beeindruckende, mittlerweile aber schon nicht mehr relevante Foto von mir in Offiziersuniform geschickt hatte, und fragte mich, warum mir niemand erzählt hatte, dass meine Mutter wieder geheiratet hatte und nun Bauer hieß. Besonders viel Zeit, darüber nachzudenken, bekam ich nicht, denn nach einem Fußweg von wenigen Minuten gab Peter uns mit einer Geste zu verstehen, dass wir warten sollten, und betrat nach zweimaligem kurzen Anklopfen eine Art Schuppen oder Garage. Auf den letzten fünfzig Metern war der Weg matschig geworden, und es war inzwischen wirklich dunkel. Der Main, jetzt näher als vorhin, glänzte kalt im bleichen Mondlicht. Ich dachte an jenes letzte Bild von meiner Mutter, das ich all die Jahre festzuhalten versucht hatte und das doch unwiderruflich verblasst war, genau wie die Erinnerung an ihre Stimme.

Peter hielt die Tür auf und winkte uns heran. «O mein Gott!! Nein!», wurde hinter ihm gerufen.

Die Frau, die ich nun sehen würde, hatte sich aus welchen Gründen auch immer jahrelang wie ein verletztes Tier vor mir versteckt, und ich zwang sie mit dieser blöden niederländischen Formalität als Entschuldigung zu einer Konfrontation, die ihr vielleicht ebenso wenig angenehm war wie mir.

Aber das Wort «angenehm» hat nun einmal keine wesentliche Bedeutung in einer Mutter-Sohn-Beziehung.

## – FÜNFUNDDREISSIG –

Armut verformt den Menschen, körperlich und geistig. Als ich die feuchtkalte, düstere Höhle betrat, in der meine Mutter nun schon viele Jahre mit dem monströs dicken Mann am Kopfende des Tisches zusammenwohnte, war mir eigentlich klar, dass ich ihr keine Vorwürfe machen durfte. Die Wände waren schimmelig vom regelmäßigen Main-Hochwasser, Wände, die zu meiner tiefen Bestürzung fensterlos waren. Die Reste des dürftigen Abendessens auf der nackten Resopal-Tischplatte, der Geruch von Lethargie und Verzicht, die verwaschene Kleidung, das trostlose Durcheinander überall, vor allem aber, was die Gesichter der beiden ausdrückten: Mutlosigkeit, Unempfänglichkeit für neue Impulse oder Ideen, passives Warten auf das Ende – all das sprach Wera von jeglicher Schuld frei.

Wie erstarrt saß meine Mutter am Tisch. Ihr Haar war stellenweise etwas grau, hatte aber zum Glück immer noch die lockige Fülle von früher. Doch ihr Gesicht war ein wenig schwammig geworden, trotz ihrer von Natur aus eleganten, hohen Wangenknochen sah es verlebt aus. Es war lange her, dass sie mit diesem Leuchten in den Augen «*Now, wish me luck!*» zu mir gesagt hatte.

Wie im Zeitraffer sah ich ihr Leben nach meinem Kidnapping vor mir: einsam, nächtelang weinend um das geraubte Kind, machtlos gegenüber dem Alten Herrn und seinen mitleidlosen Helfershelfern, verbittert und verzweifelt, weil der verdammte Krieg ihre Verbindung mit Frans, den sie doch wirklich, wirklich geliebt hatte und vielleicht immer noch liebte, zerstört und zu einer Lili-Marleen-artigen Affäre ohne Bestand degradiert hatte, obwohl sie sich so sehr gewünscht hatte, dass diese Liebe von Dauer sein würde. «Wir sind füreinander bestimmt» – diese Worte hatten sie beide feierlich ausgesprochen, damals in Riga, als noch alles Zukunft war und das Leben ihnen zulachte.

Aus purer Angst vor der Einsamkeit hatte sie schließlich diesen Siegfried Bauer zum Mann genommen, wie sie dann erzählte. Sie wählte ihre Worte sorgfältig – angesichts seiner 135 Kilo könne man nun einmal schlecht «geangelt» sagen, meinte sie, als wir uns flüsternd unterhielten und dabei fast augenblicklich auf der gleichen Wellenlänge lagen. Nach achtzehnjähriger Trennung überwanden wir innerhalb weniger Minuten unsere Scheu und konnten immerhin schon nervös miteinander kichern. Es war kaum zu begreifen, dass sie noch so gut Niederländisch sprach. Der Dicke, Staubsaugervertreter und früher einmal bayerischer Tischtennismeister, saß stumm dabei, halb Potentat, halb argwöhnischer Trottel.

Die beiden hatten eine kleine Tochter, Monika. Hinter Weras Rock versteckt, betrachtete die Vierjährige mich aufmerksam. Ein Rotzkegel an der Nase, unschöne Schweinsäuglein wie ihr Vater. Noch eine Halbschwester, stellte ich fest. Und Tatjana? Meine Mutter schloss die Augen, als sie auf meine Frage antwortete. Tatjana bereite ihr nur Sorgen. Achtzehn sei sie jetzt, aber schon seit ein paar Jahren aus dem Haus. Sie wohne in Frankfurt, oder besser gesagt, dort habe sie gewohnt. Denn sie sei im Drogenmilieu gelandet, habe angefangen, Heroin zu nehmen, und sei von Kriminellen zu Kurierdiensten gezwungen worden. Im vergangenen Monat sei sie erwischt worden und warte jetzt in Untersuchungshaft auf ihren Prozess. Zum ersten Mal sah ich Wera weinen, nicht um mich, sondern um ihre Tochter. Es berührte mich nicht.

Auf einmal wurde mir klar, dass meine Mutter schon fast fünfzig sein musste. Sie war also fünfundvierzig gewesen, als sie trotz ihrer trostlosen Armut Monika zur Welt brachte. Hatte sie das wirklich gewollt, hatte es etwas Wichtiges zu ihrer Beziehung mit Siegfried Bauer beigetragen? Sie legte mir die Hand auf den Arm: «Schatz, nicht so schnell. Mir bleibt ja die Spucke weg. Ich muss mich erst mal von dem Schreck erholen.» Bauer suchte vier Gläser für Bier zusammen. Peter, anscheinend ein Hausfreund, war mittlerweile wieder gegangen.

Die ganze Zeit bemerkte Ellen Dinge, die ich übersah, bis sie mich darauf aufmerksam machte. Tatsächlich: Das Soldatenfoto, auf dem ich mehr als je zuvor Doktor Schiwago ähnelte, hatte einen Ehrenplatz auf dem Büfett, neben dem idiotischen dunkelbraunen Glasdackel mit der roten Wurst in der Schnauze, diesem sinnlosen Nippes, den ich Wera, wie mir plötzlich wieder einfiel, in einem früheren Leben aus unerfindlichen Gründen vom gesparten Taschengeld zum Geburtstag geschenkt hatte. Außerdem gab es unten in einem Regal eine Schachtel, auf der BULLY stand. Zeichnungen, ein Aufsatz, ein wenig Krimskrams, der mir vage bekannt vorkam und den meine Mutter all die Jahre aufbewahrt hatte.

Wir hatten uns kaum berührt, nur förmlich auf die Wange geküsst, beide überfordert von diesem Moment des Wiederfindens. «Hast du meine Briefe bekommen?», war meine erste Frage gewesen. Ich hoffte, dass sie verwundert mit Nein antworten würde, dass sich ihr Schweigen durch die Unfähigkeit der deutschen Post erklären ließ, die diese Adresse am Ende der Welt natürlich gar nicht erst ernsthaft gesucht hatte.

Vergebliche Hoffnung. Ja, die Briefe habe sie bekommen.

Und warum hatte sie nicht geantwortet?

Tiefe Seufzer, plötzlich ein Wasserfall von Tränen. Ellen weinte hinter meiner Schulter hemmungslos mit, ich blieb Großinquisitor.

«Weil ich mich nicht getraut habe, Liebes. Und weil schon so viele Jahre vergangen waren. Als man dich mitgenommen hatte, wollte ich natürlich gleich versuchen, dich wiederzubekommen. *Natürlich*, Schatz, was glaubst du denn? Aber mir war auch sofort klar, dass ich gegen deinen Opa keine Chance hatte. Ich hatte niemanden, der mir helfen konnte, verstehst du? Ja, Guus vielleicht, aber der war damals bei deiner Familie schon abserviert. Und Jimbo, dein Onkel Jimmy, für den ich eine Schwäche hatte. Aber der ging allen Schwierigkeiten aus dem Weg, ein Sonntagskind. Und für Frans gab es ja nur noch Mimousse, die beiden hatten zusammen ein neues Leben angefangen.»

Ja, alles schön und gut, entgegnete ich, aber das erkläre ja noch nicht, warum sie nicht auf die beiden Briefe geantwortet habe, als ich die Schule abgeschlossen hatte und zu studieren anfing.

Wieder tiefe, tiefe Seufzer. Tränen in den Augen, eine zitternde Hand auf meinem Arm. «Alle waren gegen mich. Bei jedem Versuch, mit dir Kontakt aufzunehmen, hätten sie dafür gesorgt, dass ich nicht an dich herankomme. Wenn ich dir geantwortet hätte, wäre etwas in Gang gebracht worden, das deine Familie gleich wieder beendet hätte. Und dann hätten sie gewusst, wie sie mich finden. Sie haben damals ganz deutlich gesagt: Hände weg von Bully!»

«Man hat dich also praktisch erpresst», sagte ich, und gleich darauf folgte die innerliche Explosion, die ich so viele Jahre hatte vermeiden können: «Ich bin doch *dein* Kind, verdammt noch mal!», schrie ich. «Wir waren doch *zusammen*, seit Posen und allem, was danach noch an Schlimmem kam! Wer oder was kann uns da trennen? Zum Teufel, ich habe das alles nicht gewollt!»

Wir waren zum Deutschen übergewechselt, und Siegfried Bauer, der inzwischen vier Gläser Bier eingegossen hatte, fand es an der Zeit, auch einmal etwas zu sagen: «Prosit! Damit wir fröhlich weiterleben!» Meine Mutter warf mir einen traurig-belustigten Blick zu. «Verstehst du, so ist mein Leben», flüsterte sie.

«Verstehen kann ich das schon», antwortete ich, «aber billigen nicht.» Ich sah, dass diese kühle Antwort ihr weh tat, konnte aber nicht anders.

Während des halben Tages, den wir bei meiner Mutter und ihrer neuen Familie in Würzburg verbrachten, habe ich kein einziges Mal geweint oder war auch nur den Tränen nah. Ellen weinte oft, doch ich blieb eiskalt, beherrscht von dem Gedanken an das vermeintliche Unrecht, das mir jahrelang durch meine Mutter geschehen sei. Vielleicht hatte ich mir einen künstlichen Panzer zugelegt, um nicht von Gefühlen überwältigt zu werden.

Doch am nächsten Abend, als wir im Schloss Mergentheim mit achtzig verbannten russischen Fürsten, Grafen und Baronen an einer langen Tafel saßen und unter der Leitung einer eigens dafür engagierten Sängerin wehmütige Lieder anstimmten, füllten sich meine Augen sofort mit Tränen. *Odnoswutschno gremit kolokoltschik* ... Das eintönige Läuten des Glöckchens wühlte offenbar etwas in meiner Seele auf. Über meine beiden Großmütter fühlte ich mich den Anwesenden irgendwie verwandt, obwohl ich damals noch nie in Russland gewesen war, und der Gedanke an den weiten Weg, der vor mir lag, *a doroga predo mnoj daleka, daleka*, stimmte mich melancholisch. Ich war allerdings längst nicht der Einzige, der an diesem Abend die Tränen nicht zurückhalten konnte.

Wir hatten abgesprochen, dass wir von nun an in Kontakt bleiben wollten. Auch daraus ist nichts geworden. Diesmal sollten fünfzehn Jahre vergehen, bis Wera wieder etwas von sich hören ließ.

# DRITTER TEIL

## *Der Schutzengel*

## – SECHSUNDDREISSIG –

Karl Reinhard war nicht zufrieden mit seinem Leben. An seinem fünfundfünfzigsten Geburtstag, dem 17. September 1976, stellte er fest, dass er es schlicht und einfach verpfuscht hatte. Auch seine letzte Anstellung, als Mechaniker in der Autowerkstatt Degenhardt in Kiel, vor vierzehn Jahren durch seinen Kriegskameraden Frans Münninghoff vermittelt, hatte mit einem Fiasko geendet. Der alte Degenhardt, ein baltischer Baron, der mit diesem Werkstattbetrieb tatkräftig ein neues Leben aufgebaut und seine SS-Vergangenheit abgeschüttelt hatte, konnte ihn schließlich nicht weiterbeschäftigen, weil er immer mehr Fehler machte und von den Neuerungen im deutschen Autobau überfordert war, weshalb seine jungen Kollegen ihn heimlich auslachten. Außerdem konnte er mit seinen zitternden Händen, eine Folge langjährigen Alkoholmissbrauchs, kaum noch eine Schraube oder Mutter richtig anziehen. Alte Kameraden hin oder her, Degenhardt sah sich gezwungen, Karl Reinhard zu entlassen. Das war 1972 gewesen, nach weniger als zehn Jahren. Danach war Karl arbeitslos geblieben, nun schon fast fünf Jahre.

Er wusste, dass es an ihm selbst lag. Er bekam den Krieg und alles, was damit zusammenhing, einfach nicht mehr aus dem Kopf. Nach der Kapitulation war er wie so viele Schicksalsgenossen ein paar Jahre lang als Tagelöhner von einer zerbombten deutschen Stadt zur nächsten gezogen. Tagsüber hart arbeiten, Trümmer von Straßen und Plätzen räumen und dabei Hitler und die ganze Nazibande verfluchen; abends mit den sogenannten Kameraden in schmierigen Unterkünften billigen Schnaps saufen und doch wieder in Kriegserinnerungen schwelgen und die Vergangenheit verklären, in der sie als SS-Männer noch stolz sein durften, weil sie von Sieg zu Sieg eilten. Wie oft hatten sie besoffen die Lieder von damals gesungen, obwohl sie offiziell verboten waren, aber das interessierte eigentlich niemanden, das gehörte nun einmal zur Vergangenheitsbewältigung.

Doch er, Karl Reinhard, hatte wohl nicht wirklich mit dieser Kriegsvergangenheit abschließen können. Obwohl das Schicksal ihm eine einmalige Chance geboten hatte, als er 1949 in seinem Geburtsort Limburg an der Lahn nach zehn Jahren seiner Jugendliebe Claudia Lüscher wiederbegegnete. Dass er es mit siebzehn hatte wagen können, um sie zu werben, und dass sie, das begehrteste Mädchen der Schule, ja der ganzen Stadt, seinem Werben nachgegeben hatte, war ausschließlich seinem ansehnlichen Äußeren zu verdanken gewesen: volles, schwarzes Haar und schwarze Brauen, Augen wie funkelnde schwarze Edelsteine, ein athletischer Körperbau und – damals – strahlend weiße Zähne. Nach fünf Jahren Krieg konnte man seine Erscheinung immerhin noch interessant, männlich und gereift nennen.

Einfach unglaublich war jedoch, in welchem Maße Claudia sich ihre überwältigend sinnliche Ausstrahlung bewahrt hatte. Karl wusste nichts über ihr Tun und Lassen während des Krieges – sie habe die meiste Zeit in Berlin verbracht, erzählte sie –, aber bestimmt hatte eine junge Frau wie sie mit ihren blonden Locken, ihren fantastisch langen Beinen und ihren tiefblauen Augen, die ihn ein Jahrzehnt zuvor bei Schulfesten so verzaubert hatten, Beschützer gehabt, wahrscheinlich moralisch verkommene, sehr viel ältere hohe Offiziere, die ihr für allerlei Dienste das Leben in den schweren Kriegsjahren erleichtert hatten. Claudia in Berlin, unwiderstehliche Madonna und babylonische Hure zugleich auf dem durchgedrehten Karussell des Dritten Reiches – Karl konnte sich da alles Mögliche vorstellen.

Sie ließ ihn allerdings im Ungewissen, und er fragte nicht lange nach, als sie sich 1949 im verschlafenen Limburg an der Lahn wiederfanden. Erneut von ihrer Erscheinung überwältigt, sagte er ihr, dass er während des ganzen Krieges nur an sie gedacht hätte. Und das stimmte tatsächlich: In all dem Grauen und Elend war sie, Claudia, sein letzter Halt gewesen, vergleichbar mit der Heiligen Jungfrau und doch ganz anders – Herrgott noch mal, wie hatte er sich in den schlammigen ukrainischen Schützengräben nach ihr gesehnt!

Claudia hörte sein Bekenntnis lächelnd an und knüpfte wieder die alten Bande, als wäre nichts geschehen. Er war ihr Freund von früher, und in Berlin hatte sie seit dem Kriegsende keine Freunde mehr, jedenfalls wollte sich keiner an sie erinnern. Die Flucht in bürgerliche Geborgenheit war für beide verlockend, und Claudia und Karl heirateten noch im selben Jahr, vielleicht weil bessere Alternativen fehlten, aber auch, weil sie wirklich wieder verliebt waren. Karl versuchte, sich in Limburg eine Existenz aufzubauen, ließ sich von einem alten Zimmerermeister in der Innenstadt ausbilden und leitete schon eine immer besser laufende kleine Handwerksfirma mit drei Angestellten, als ihm 1951 bei einem Kameradentreffen in Köln Frans Münninghoff auf die Schulter tippte.

Der «tollkühne Franz»! Natürlich hatte Karl seinen Kriegskameraden nicht vergessen, wie denn auch? Seit Anfang 1943 hatten sie auf dem Rückzug vier Monate lang Schulter an Schulter gekämpft, zusammen hatten sie sich durchgeschlagen, geflucht, gesoffen und dem Tod in vielerlei Gestalt ins Auge gesehen. Frans war einer, auf den Karl gerne hörte. Er hatte damals schon erkannt, dass man sich an der Front, seit die deutschen Truppen in die Defensive gerieten, besser auf einen Führer mit Kampferfahrung verließ, auf jemanden wie Frans, auch wenn er nur Unteroffizier war. Die meisten der arroganten jungen Arschlöcher von der Offiziersschule verloren den Kopf, als die Russkis in gewaltigen Massen vorzurücken begannen und in den eigenen Reihen Chaos ausbrach. Da brauchte man wirklich jemanden, der auf Gruppen- oder Zug-Ebene einen kühlen Kopf behielt und wusste, was in gefährlicher Lage zu tun war. Erst als Frans in ein Strafbataillon versetzt wurde – «Was hattest du noch ausgefressen, du komischer Heini? Einen Russen laufen lassen? Erklär doch mal!» –, hatte Karl ihn aus den Augen verloren.

Nun hatten sie Gelegenheit, sich alles zu erzählen, lachten viel, prosteten sich immer wieder zu und klopften sich herzhaft auf die Schultern. Frans berichtete von seinen Eltern, von seiner gescheiterten Ehe, wie er der Strafverfolgung in den Niederlanden entgangen war und dass er vor Kurzem – sieh mal, hier! – sogar seinen Pass zurückbekommen hatte, so dass er frei reisen konnte. Auch die Aussicht auf eine Erbschaft von seinem reichen, kranken Vater sprach er an. Karl erzählte kurz, wie es ihm ergangen war, zeigte ein Foto von Claudia und lud Frans ein, ihn doch in Limburg zu besuchen.

Ein Jahr später stand mein Vater bei den Reinhards auf der Matte. Das erzählte er mir, als wir viele Jahre später einmal auf der Autobahn an Limburg vorbeikamen. «Die Frau, die mir die Tür öffnete, verschlug mir die Sprache. Ich glaube, ich habe sie eine halbe Minute lang wortlos angestarrt, und sie mich. Wirklich, mir schlug das Herz bis zum Hals. Und wir wussten beide sofort, was passieren würde, das spürte ich.»

Karl und Claudia hatten trotz ausdauernder Versuche keine Kinder bekommen. Claudia stand kurz davor, sich gynäkologisch untersuchen zu lassen, als sie zu ihrer großen Freude Mitte 1952, noch nicht dreißigjährig, doch schwanger wurde. Am 5. März 1953 kam ihre Tochter Andrea zur Welt; Frans erhielt eine Karte und antwortete gleich, dass er gern Taufpate sein wolle. Eine Woche später nahm er als Pate an der Taufzeremonie im schönen Limburger Dom teil, ohne Mimousse, die ihn fragend angeschaut hatte, als er zu einem «Kameradendienst», wie er es ausdrückte, nach Deutschland aufbrach.

## – SIEBENUNDDREISSIG –

Karl Reinhard fand bald heraus, welcher Art das Verhältnis zwischen Claudia und Frans war. Das konnte auch kaum ausbleiben, denn bis 1961, als seine Entfärbungsanlage bei Lingen dichtgemacht wurde und er sich in Netersel versteckte, fuhr mein Vater zigmal nach Limburg an der Lahn. Zunächst als Freund des Hauses und nach kurzer Zeit als Partner in einer Dreiecksbeziehung. Das hatte Karl, nachdem er seine Frau und seinen alten Kameraden einmal im Ehebett vorgefunden hatte, fast sofort akzeptiert, so gnadenlos selbstsicher hatten die beiden ihn angesehen, als er an jenem Tag früher als erwartet nach Hause gekommen war.

Er stellte nur eine Bedingung: keine Kinder mehr; daran hielt man sich. Außerdem wollte er – eine Frage der Selbstachtung – keine Anspielungen auf Andreas mögliche Abstammung von Frans hören. Das wurde versprochen. Ansonsten wurde Karl Reinhard eigentlich nur geduldet, er musste die Lücken zwischen den außerehelichen Höhepunkten auf akzeptable Weise zu schließen versuchen.

Und Mimousse? Es waren immer nur kurze Abwesenheiten, selten mehr als eine Woche, häufig mit der Suche nach den vermeintlichen Schweizer Bankkonten des Alten Herrn erklärt. Später natürlich mit notwendigen Geschäftsreisen nach Deutschland, noch später mit der Eröffnung der Fabrik bei Lingen. Frans, der Unternehmer.

Die meiste Zeit war er aber bei uns in Den Haag. Und doch habe ich eigentlich keine Zweifel daran, dass Mimousse es gewusst hat. Sie war eine sinnliche Frau, eine jener Frauen, die vieles sehen und riechen und fühlen, die einen sechsten Sinn besitzen, denen man nichts vormacht, so dass ein untreuer Mann eigentlich nur auf ihre Gnade hoffen kann.

Als im Jahr 1961, durch das Urteil des Kölner Gerichts, Deutschland für meinen Vater zum Sperrgebiet wurde, änderte sich in Limburg an der Lahn plötzlich vieles. Karl Reinhard übernahm wieder das Ruder oder versuchte es zumindest. Doch Tochter Andrea, inzwischen acht, hing sehr an Onkel Frans; er hatte so eine lustige Art und machte ihr immer kleine Geschenke, im Grunde fand sie ihn viel netter als ihren Vater. Und Claudia sagte, der Onkel werde bestimmt wiederkommen, das sei nur vorübergehend nicht möglich.

Für Karl war das keineswegs ausgemacht. «Bin ich der Vater oder nicht?!», hatte er schon mehrmals gebrüllt, wenn er einen Schluck zu viel getrunken hatte. Als würde er die Wahrheit nicht selbst kennen. Claudia hatte ihm dann beschwörend den Zeigefinger auf die Lippen gelegt und auf Andrea gezeigt, aber nach einiger Zeit ließ sich Karl das nicht mehr gefallen, und er schlug auf seine Frau ein.

Claudia schlief von da an in einem anderen Zimmer und sprach nicht mehr mit ihm. Zu allem Unglück brannte seine Zimmermannswerkstatt infolge der Unachtsamkeit eines seiner Angestellten vollständig nieder. Überall Holz – «der Brand des Jahrhunderts», sagte einer der Feuerwehrleute fast ehrfürchtig. Dass Karl Reinhard es versäumt hatte, seinen Betrieb ausreichend zu versichern und deshalb nun praktisch vor dem Nichts stand, war im kurzen Schlussabsatz des Zeitungsberichts zu lesen.

Frans erfuhr davon. Nach Deutschland konnte er zwar nicht, weil er dann sofort verhaftet und für vier Jahre eingesperrt worden wäre, aber er hatte noch alte Freunde, die Karl Reinhard helfen konnten. *Meine Ehre heißt Treue*, und im Hintergrund spielte natürlich der Gedanke an Claudias und Andreas Wohlergehen mit. Die Verbindung zu seinem alten baltischen «Reitmentor» Baron Degenhardt war 1962 rasch wiederhergestellt. Nach zwei Telefongesprächen bekam Karl eine Stelle als Mechaniker in Degenhardts Autowerkstatt in Kiel.

Würde Claudia mitgehen? Heftiges Schluchzen am Telefon, als Frans sie einmal allein erreichte. Sie wolle nicht nach Kiel, sie wolle zu ihm. Mit Andrea, die ohnehin den ganzen Tag nach ihm frage. «Bist du mein Vater oder nicht?», piepste kurz danach eine Kleinmädchenstimme am anderen Ende der Leitung.

«Ich bin dein Schutzengel, Andrea», antwortete Frans, wodurch er das Verhältnis intuitiv mit etwas Mystischem umgab. Volltreffer! Ein Schutzengel, wer hatte schon so etwas? Noch besser als ein Vater, den hatte jeder.

Claudia zog schließlich doch mit nach Kiel. Ihr Leben dort wurde eine einzige Katastrophe. Karl, der als Zimmermann in der Autowerkstatt völlig fehl am Platze war und nur herumstümperte, reagierte seine Enttäuschungen und Demütigungen zu Hause an seiner Frau ab, er wurde gewalttätig. Für ihre Ehe gab es keine Hoffnung mehr. Nach einem Jahr verließ ihn Claudia, inzwischen vierzig, von einem Tag auf den anderen; niemand wusste, wohin sie gegangen war. Andrea blieb bei Karl zurück. Das Mädchen hatte ein Foto von Frans im Kleiderschrank versteckt. Nachts holte sie es manchmal heraus und betrachtete es lange.

Das war die Situation, in der mein Vater Karl Reinhard 1976 antraf, dem Jahr, in dem er erstmals wieder nach Deutschland reisen konnte, weil seine Freiheitsstrafe von 1961 verjährt war.

Es war auch das Jahr, in dem Mimousse, ganz entgegen ihrer Natur, Frans aus dem Bauernhof in Netersel hinauswarf. Seine Vorliebe für Deutschland, das sie hasste, konnte sie vielleicht noch ertragen, und als er die Absicht äußerte, dort wieder Geschäfte zu machen, hatte sie ihren Segen dazu gegeben. Sein Verhalten nach dem Tod von «Granny» de Heusch de la Zangrye, ihrer Mutter, die 1973 in Den Bosch gestorben war, konnte sie jedoch nicht tolerieren.

Die Baronesse war während der Besetzung Niederländisch-Indiens durch die Japaner zusammen mit ihren Töchtern aus erster Ehe, Jacquot, Yvonne und Edith – Mimousses Schwestern –, und Dieuwke, der Tochter aus der Ehe mit ihrem zweiten Mann Bob

Pietersma, in einem Lager interniert gewesen. Nach der Kapitulation der Japaner musste sie erfahren, dass ihr Mann schon zwei Jahre zuvor als Zwangsarbeiter beim Bau der Thailand-Burma-Eisenbahn an Erschöpfung gestorben war. Es war ein schwerer Schlag für sie, schlimmer noch als alles, was sie im Lager erlitten hatte. Sie zog mit Jacquot, Edith und Dieuwke zu Yvonne, die inzwischen den Tschechen Jožka Komzák, Südostasien-Vertreter des weltbekannten Schuhherstellers Bata, geheiratet hatte. Yvonne und ihr Ehemann besaßen ein großes, im typisch niederländischen Kolonialstil erbautes Haus in der Nähe von Jakarta. Doch als niederländische Streitkräfte im Zuge der ersten sogenannten «Polizeiaktion» gegen die indonesische Unabhängigkeitsbewegung Teile Javas besetzten, wurde Jožka von der Bata-Direktion nach Europa zurückbeordert. Das bedeutete die Rückkehr für alle Familienmitglieder.

Yvonne und Jožka, die kinderlos bleiben sollten, ließen sich in Eindhoven nieder, da Jožka im nahegelegenen Best eine Stelle im Bata-Management antrat. Jacquot heiratete in den Niederlanden Frans Hin, Spross einer bekannten Haarlemer Textilunternehmerfamilie und Olympiasieger im Segeln. Die beiden zogen nach Bloemendaal, wie später auch Dieuwke. Nur Edith verschlug es nach ihrer Begegnung mit einem englischen Geschäftsmann ans andere Ende der Welt, nach Neuseeland.

Granny erkrankte bald schwer und wurde bettlägerig; dank der Buschtrommel des wallonischen Familienzweigs konnte sie sich aber von ihrem Patrizierhaus in Den Bosch aus über alle Entwicklungen im Zusammenhang mit dem Familienbesitz Ridderborn auf dem Laufenden halten. Als Mitte der fünfziger Jahre ihre hochbetagten Eltern im Abstand von einem Monat gestorben waren, ließ sie sich von Frans, mit dem sie gut auskam, nach Belgien fahren, um persönlich bei der Regelung des beachtlichen Nachlasses anwesend zu sein. Da sie das einzige Kind war, wurde sie trotz des heruntergekommenen Zustandes von Schloss und Landgütern auf ihre alten Tage noch Millionärin.

Wenigstens auf dem Papier, denn aus sentimentalen Gründen lehnte Granny es ab, das Familienschloss, dessen Wert auf mehr als anderthalb Millionen Gulden geschätzt wurde, zu verkaufen. Zum kaum verhohlenen Ärger ihres Schwiegersohns Frans, der sie mehrmals dringend um finanzielle Unterstützung bei seinen geschäftlichen Plänen gebeten hatte.

Nur ein einziges Mal konnte er Granny zum Verkauf einer größeren Liegenschaft überreden; der Erlös musste als Schenkung natürlich gleichmäßig auf die fünf Töchter verteilt werden, doch was Mimousse zufiel, reichte immerhin aus, um sein erstes Ölgeschäft mit dem Händler in Aleppo zu finanzieren. Als dann offensichtlich wurde, dass Frans Münninghoff sich von dem Syrer hatte hereinlegen lassen, wandten sich seine Schwägerinnen geschlossen gegen ihn: Warum hatte er Granny dermaßen gedrängt? Niemand war doch scharf auf dieses Geld gewesen. Er hatte die Einheit von Ridderborn aufs Spiel gesetzt. Und wofür?, fragte man in Eindhoven, Wellington und Bloemendaal. *Down the drain!* Mimousse wäre gut beraten, diesem Mann nicht mehr so blind zu vertrauen!

Das Misstrauen der Schwägerinnen wurde allerdings von deren Ehemännern nicht geteilt. Sowohl Frans Hin, ein gutmütig rauer, bärtiger Seebär, als auch der schlaue und immer zu Späßen aufgelegte Jožka Komzák, der liebend gern das Slawische in seinem Schwager hervorlockte – in Jožkas Gegenwart lebte mein Vater auf, mit ihm war er in bester Stimmung –, hielten Frans Münninghoff zwar für einen unbesonnenen Naivling, aber sicher nicht für einen schlechten Kerl. Zwanzig Jahre später, Frans Hin sollte dann nicht mehr leben, musste Komzák erkennen, dass er sich in meinem Vater gründlich getäuscht hatte.

# – ACHTUNDDREISSIG –

Für Ellen und mich hatte eine unübersichtliche Phase unseres Lebens begonnen. In den ersten fünf Jahren nach unserem Besuch in Würzburg studierte Ellen noch, während ich eine feste Stelle suchte, beide arbeiteten wir als Reiseleiter. Da wir in dieser Zeit mit amerikanischen Reisegruppen kreuz und quer durch Europa fuhren, waren wir oft getrennt, nur in den Wintermonaten waren wir in Leiden zusammen und sonderten uns fast wie Murmeltiere zu einem kurzen Winterschlaf ab. 1974 bekam unser Leben dann mehr Struktur, als wir nach Den Haag zogen, Ellen als Französischlehrerin zu arbeiten begann und ich eine feste Anstellung als reisender Redakteur beim *Haagsche Courant* fand.

Ein Jahr später wurde unser erster Sohn geboren, Michiel. Ich tanzte allein Sirtaki, als ich in der Nacht nach der Geburt von der Klinik nach Hause zurückgekehrt war. Vollkommenes Glück: Michali, Mischa, unser lieber Michiel.

Aus Würzburg kam keine Reaktion. Dafür aus Netersel, von meinem Vater: Er werde ein Kind mit diesem Namen nie als seinen Enkel anerkennen. Michiel – niederländischer gehe es ja wohl kaum. Was fiel uns ein?

Unverständnis, Niedergeschlagenheit und Wut auf unserer Seite. Dass er sich nicht schämte! Schließlich gaben wir um des lieben Friedens willen nach; per Gerichtsbeschluss ließen wir den Namen unseres Sohnes in Michael ändern, so dass er nicht mehr niederländisch klang und überall auf der Welt wiedererkennbar war. Danach war mein Vater zufrieden. Die Kosten von vierhundert Gulden wollte er übernehmen, doch das ist nie geschehen.

Was mein Vater in den siebziger Jahren so alles unternahm, blieb Ellen und mir zum größten Teil unbekannt. Er erweckte den Eindruck, dass Mimousse und er in Netersel ein Leben nach Gutsherrenart führten; und es war wohl wirklich so, dass die örtlichen

Bauern, die auch nur das Äußere sahen, sich beinahe verbeugten, wenn sie ihm begegneten oder er das Wort an sie richtete. Sein silbergraues Haar, der Spazierstock mit silbernem Knauf, die Zigarettenspitze aus Bakelit, seine joviale Art und seine guten Manieren, die er überall mit einem gewissen Nachdruck zur Schau stellte – all das machte ihn in der Gemeinde Bladel en Netersel, aber auch darüber hinaus zu einer Respektsperson, zu einem der Honoratioren. Besonders unter den einfachen Leuten, die zu ihm aufschauten wie zu einem Botschafter aus einer anderen Welt. Der große Exodus wohlhabender Großstädter aus der sogenannten Randstad in die Dörfer, wo sie sich alte Bauernhöfe zu Luxus-Landhäusern umbauen ließen, hatte noch nicht begonnen. Der Lebensstil im verstädterten Westen unterschied sich noch sehr stark von dem im vorwiegend agrarischen Süden der Niederlande, und erst recht in dem abgelegenen alten Schmuggelgebiet an der Grenze zu Belgien, in dem Mimousse und Frans sich niedergelassen hatten.

Und eigentlich ging es ihm gar nicht schlecht. Irgendwann hatte er in Limburg zwei Tankstellen von kleineren Unternehmen gepachtet, die vor allem im niederländisch-deutsch-belgischen Grenzgebiet aktiv waren. Manchmal, wenn die Bauernsöhne, die er als Tankwarte eingestellt hatte, zu Hause auf dem Acker oder im Stall helfen mussten, stand er selbst an der Kasse oder an der Zapfsäule; dafür war er sich nicht zu schade. Die Kunden mochten es, wenn dieser gepflegte Herr ihren Tank füllte, die Windschutzscheibe säuberte und dabei gern auch in seinem eigenartigen, selbst erdachten Gutsherrendialekt Witze machte. Die Geschäfte liefen recht gut, er konnte sogar monatlich etwas für den geplanten Umbau des Bauernhofs zurücklegen.

Doch zufrieden war er nicht, erst recht nicht glücklich; dafür empfand er seine Existenz als zu unbedeutend. Und sein wichtigstes Lebensziel, nämlich reich zu werden, würde er auf diese Weise natürlich niemals verwirklichen. Abends zu Hause steigerte er sich deshalb immer öfter in einen von Alkohol zusätzlich genährten

Groll hinein und trieb Mimousse mit seinem verbitterten Gerede in stille Verzweiflung.

«Grannys» Tod im Herbst 1973 schien die Situation jedoch zu verändern. Insgesamt war nach Abzug der Steuern ungefähr eine Million Gulden zu verteilen, rund 200 000 pro Tochter. Nur die Abwicklung erforderte noch etwas Zeit: Zuerst musste Land verkauft und ein Käufer für Ridderborn gefunden werden. Die Schwestern überließen all dies gern Jacquot.

Die resolute Bloemendaaler Witwe war Frans seit jeher mit großem Misstrauen begegnet. Seine Vorschläge zur Umgehung diverser erbrechtlicher Fallstricke wies sie entschieden zurück. Das Argument, dass er mit «Granny» häufig in Belgien gewesen sei und sich deshalb mit der Materie auskenne, zählte für Jacquot weniger als ihre deutliche Ahnung, dass Frans mit seinen Alkoholproblemen und seinen größenwahnsinnigen Plänen alles andere als ein vertrauenswürdiger Partner war. Sie hielt sich lieber an Koos Wijkers, Dieuwkes Mann, der weniger als einen Kilometer von ihr entfernt wohnte. Koos, ein pragmatisch veranlagter Chemiker, nahm die Angelegenheit ohne zu zögern in die Hand, und er gab meinem Vater zu verstehen, dass er ihm keinen Einblick in deren Fortgang gewähren würde. Frans solle still abwarten, wie viel Geld letztlich auf Mimousse entfiel.

Mimousse fand sich mühelos damit ab, aber meinen Vater machte es rasend vor Wut. Die Stimmung auf dem Hof in Netersel wurde von Monat zu Monat gereizter, wie Ellen und ich bei unseren Weihnachts- und Osterbesuchen feststellen konnten; meine Eltern sprachen nicht mehr wie früher miteinander. Auch in unserem Beisein tauschte man Vorwürfe und kleine Gemeinheiten aus (Frans zu Mimousse: «Deine ganze Familie ist gegen mich, und du findest das in Ordnung»; Mimousse zu Frans: «Du säufst zu viel, man hört kein vernünftiges Wort mehr von dir»); die Reibereien um «Grannys» Erbe waren zum Spaltpilz ihrer Ehe geworden.

Ellen und ich sahen hilflos zu. Von mir erwarteten Frans und

Mimousse ohnehin nichts, weil ich in ihrer Beziehung nun einmal nie eine aktive Rolle gespielt hatte, und gegenüber Ellen, so vermute ich heute, empfanden sie vor allem Scham, die sie dazu zwang, den aufflammenden Streit möglichst schnell wieder zu beenden. Diese Scham empfand übrigens auch ich: Ellen kam aus einer sehr gesitteten intellektuellen Familie, in der es solche Missstände, wie sie bei uns im Übermaß vorhanden waren, überhaupt nicht gab, und nun sah sie sich hier mit Zänkereien wie im Volkstheater konfrontiert.

Seinen Höhepunkt erreichte der Konflikt 1976, nachdem die notariellen Dokumente unterschrieben waren und die Abrechnung stattgefunden hatte. Mimousse, so verlautete aus dem Bloemendaaler Bunker, erhalte etwas mehr als 200 000 Gulden, ebenso wie die vier anderen Schwestern. Tatsächlich habe der belgische Fiskus kräftig zugelangt, teilte Koos mit. Darüber konnte mein Vater nur verächtlich lachen. «Siehst du? Sie hätten *mich* einschalten sollen. Das liegt an dieser humorlosen Calvinistenvisage von Koos, so jemandem kommt doch kein belgischer Beamter irgendwie entgegen. Und außerdem glaube ich, dass ich hier nach Strich und Faden beschissen werde.»

Es war typisch für ihn, dass er alles nur auf sich bezog und nicht auf Mimousse und sich zusammen. Dass er mit seiner gehässigen Bemerkung mitten ins Schwarze getroffen hatte, sollte ich erst vierzehn Jahre später, nach seinem Tod, erfahren.

Das Zusammenleben auf dem Hof in Netersel wurde schließlich unerträglich. «Warum haust du nicht ab in dein großartiges Deutschland?», schrie Mimousse am Ende eines langen Sommers, in dem Omi zwei Monate zu Besuch gewesen war und in ihrer Taubheit und mit ihren Erinnerungen an Riga ganz und gar nicht der Blitzableiter gewesen war, auf den Mimousse gehofft hatte. Für ihre Schwiegermutter war Frans immer noch der kriegerische Adonis von vor dreißig Jahren; und so viel sie ihr auch ins Ohr brüllte und so sehr sie sich bemühte, ihr schriftlich auf einem Notizblock zu erklären, was sie Frans vorzuwerfen hatte, die alte Gräfin war nicht darauf eingegangen, sondern hatte sie nur nachdenklich angeschaut.

In dieser Situation, geprägt von Misstrauen, Verachtung und Kälte, erloschener Liebe und platter Habgier, erhielt mein Vater am 16. September 1976 ein Telegramm aus Deutschland: «Habe morgen Geburtstag. Muss dich unbedingt sprechen. Probleme mit Andrea. Hbf Köln 1400 OK? Karl.»

Die Nachricht kam in gewissem Sinn wie gerufen. Frans Münninghoff zögerte keinen Moment, packte seinen Koffer und machte sich auf den Weg.

## – NEUNUNDDREISSIG –

Er erkannte Karl Reinhard, der ihn in der Halle des Kölner Hauptbahnhofs erwartete, kaum wieder. Die fünfzehn Jahre, die vergangen waren, seit Frans wegen der Strafverfolgung durch die deutsche Justiz die Beziehung mit Claudia hatte beenden müssen, hatten Karl offensichtlich weder Glück noch Wohlstand gebracht. Sein früher so fröhliches Skilehrergesicht hatte etwas Verkniffenes, die Kleidung und die Schuhe waren unverkennbar abgetragen, er sah geradezu ärmlich aus.

Natürlich wusste Frans, dass ihre gemeinsame Femme fatale Karl verlassen hatte, so wie er auch wusste, dass sie schließlich in Stuttgart gelandet war. Zufällig hatte er in Netersel, als er einmal früher als sonst nach Hause kam, den Briefkasten geleert, während Mimousse mit den Spaniels einen Spaziergang über die Heide machte, was gewöhnlich länger als zwei Stunden dauerte. Ein Umschlag mit Claudias rührender, runder Schulmädchenhandschrift, die er sofort erkannte, ließ bei ihm sämtliche Alarmglocken schrillen. Was wollte diese Frau nach so vielen Jahren noch von ihm?

Eilig hatte er ihre Litanei über das Unheil, das ihr widerfahren war, gelesen, die Adresse notiert und den Brief verbrannt.

Das war fünf Jahre her. Andrea, damals gerade achtzehn geworden, sei schwanger, hatte Claudia berichtet. Ihre Tochter habe es bei Karl nicht ausgehalten und sich im halbkünstlerischen Milieu Kölns herumgetrieben. Dort sei es passiert, mit einem fünfundvierzigjährigen Galeristen.

«Du verstehst doch», schrieb Claudia, «die Andrea ist ja sehr attraktiv, die hat überhaupt keine Schwierigkeiten, irgendwo reinzukommen.» Er hatte grinsen müssen: Obwohl er damals noch kein Foto von Andrea besaß, erschien ihm das ohne Weiteres glaubhaft. Ob Karl oder er der Vater war (hundertprozentig sicher war er sich nicht), spielte da keine Rolle; Claudia war eine bildschöne Muttergöttin und Karl und er nun einmal nicht gerade hässliche Männer. Doch dass Andrea nun schon schwanger war, machte es ihm doppelt schwer, die Schutzengelrolle zu spielen, die er sich selbst zugewiesen hatte und auf die auch Claudia in ihrem Brief verwies – «Du hast ihr das damals versprochen, das habe ich auch gehört.» Ihm fehlten einfach das Geld und die Möglichkeiten.

Er hatte Claudia postwendend geantwortet. Er verbot ihr, jemals wieder einen Brief an seine Hausadresse zu schicken. Sie oder auch Andrea, wenn sie das wünsche, könnten ihm an ein Postfach in Den Haag schreiben, er sei aber leider nicht in der Lage, etwas Konkretes für sie zu tun. Das Postfach war wider Erwarten leer geblieben. Er wusste nicht einmal, wie Andreas Kind hieß und ob es ein Junge oder ein Mädchen war.

Doch nun stand Karl Reinhard vor ihm. Der erloschene Blick seines früheren Kampfgefährten bestürzte ihn, ein Blick, in dem aber im Moment der Begegnung, nach anderthalb Jahrzehnten, trotz allem etwas aufglühte. Als würde der Kummer wegen Claudia – seine Schuld, dessen war Frans sich sehr wohl bewusst – für eine Weile in den Hintergrund treten, um etwas anderem Platz zu machen, das früher ihr Verhältnis bestimmt hatte: ehrliche Kameradschaft. Sie gingen in ein Lokal neben dem Bahnhof, setzten sich an den Ecktisch, und Frans bestellte Bier. Karl legte ihm die Hand auf den Unterarm, eine vertrauliche Geste, die Frans nicht mehr für möglich gehalten hätte.

«Ich will dir nicht vorjammern, was ich so alles mitgemacht habe», begann Karl. «Du hast mir meine Frau abspenstig gemacht, aber das geht auch auf ihr und mein Konto. Offenbar waren wir beide zu schwach für dich, aber ich habe gelernt, es zu akzeptieren. Was mit Claudia ist, weiß ich ehrlich gesagt nicht, ich habe keinen Kontakt mehr mit ihr. Aber jetzt zu den Folgen von alldem.»

Der Blick seiner dunklen Augen wurde von einem auf den anderen Moment scharf und wachsam. Plötzlich fiel Frans wieder ein, dass Karl Geburtstag hatte, und um die Situation etwas zu entspannen, wollte er darauf anstoßen. Aber Karl, so konzentriert, wie er ihn noch nie erlebt hatte, ignorierte seine Geste und erklärte: «Du hast einmal gesagt, das weiß ich sowohl von Claudia als auch von ihrer Tochter, dass du Andreas Schutzengel bist und bleibst. Das hat sich Andrea ihr ganzes junges Leben lang immer wieder vorgesagt wie eine Beschwörungsformel. Sie ist jetzt dreiundzwanzig. Sie lebt in einer Hippiekommune hier in Köln, und sie hat ein Kind. Der Vater ist Galerist, ein Windbeutel erster Ordnung, der sich kaum um die Kleine kümmert, die er in die Welt gesetzt hat. Im Grunde überhaupt nicht: Wenn sie ihn zweimal im Jahr sieht, ist das schon viel. Andreas Tochter heißt Daniela. Ein süßes Mädchen, inzwischen fünf Jahre alt. Ich hab sie alles in allem viermal gesehen.»

Karl seufzte auf einmal so schrecklich tief, dass Frans erschrak und noch zwei Bier bestellte.

«Aber Andrea braucht jetzt Hilfe», fuhr Karl fort. «Das heißt, sie hat kein eigenes Einkommen, sondern lebt von dem, was diese Gruppe von Hippies, mit denen sie zusammenhaust, ihr gibt. Es ist lächerlich wenig, verstehst du? Meine hübsche, intelligente, künstlerisch begabte Tochter und ihr Kind haben kaum satt zu essen und leben in einem besetzten Haus in Köln zusammen mit diesen Taugenichtsen. Wenn man da reingeht, was ich einmal gemacht habe, hauen einen die Haschischdämpfe um. Damals war Andrea nicht da; ich hab natürlich gefragt, wo ich sie finden kann, bekam aber nur blöde und aggressive Antworten, keiner wollte mir helfen. Die haben mich angesehen, als wäre ich Adolf Hitler. Ich bin gegangen und nie wiedergekommen. Wenn ich mal Kontakt mit ihr habe, dann nur übers Telefon und ganz selten mal eine Postkarte. Aber im Grunde will sie gar keinen Kontakt mit mir. Sondern mit dir.»

Wieder atmete Karl sehr tief aus und ein, aber mein Vater kam ihm zuvor. «Hör mal, Karl, was ich über mich als Schutzengel gesagt habe, das gilt», verkündete er mit einem gewissen Pathos. «Ich werde Andrea beschützen, soweit das in meiner Macht steht. Mein Versprechen ist mir heilig, das weißt du. Im Augenblick ist mein finanzieller Spielraum ziemlich begrenzt, aber demnächst erwarte ich über meine Frau eine Erbschaft. Andrea soll Kontakt mit mir aufnehmen, dann wird alles gut, auch mit Daniela.»

«Ich glaube, es ist besser, wenn du sie besuchst», sagte Karl nach kurzem Schweigen. «Das Kind ist völlig apathisch von all den Drogen.» Und auf einen fragenden Blick von Frans: «Ja, du weißt doch, wie das heute ist, oder? Mit Marihuana oder Hasch fangen sie an, aber dann heißt es bald: ‹Probieren wir mal was anderes aus›, denn was Besseres fällt ihnen schon nicht mehr ein, und dann ist es ganz schnell so weit, dass sie koksen und für Geld die Beine breit machen.»

«Du willst doch nicht sagen, dass Andrea auf den Strich geht?», rief Frans entsetzt.

«Nein, noch nicht», antwortete Karl, der nur mit Mühe die Tränen zurückhalten konnte, «aber sie braucht dringend jemanden, der ihr wieder auf den richtigen Weg hilft. Aus eigener Kraft fängt sie sich nicht mehr, und mich bittet sie nicht um Hilfe, abgesehen davon, dass ich für sie offenbar weder ein Vater noch ein Erbonkel sein kann.» Zum ersten und einzigen Mal bei dem Gespräch lachte

Karl Reinhard, und Frans lachte ein wenig einfältig mit, dabei begriff er sehr gut, was Karl meinte: Dieser Erbonkel würde er selbst, Frans Münninghoff, werden müssen, und zwar sofort.

Er überlegte, wie er sich verhalten sollte. Bei dem nun schon fünfzehn Jahre zurückliegenden Telefongespräch hatte er zwar nicht ausdrücklich sein Ehrenwort gegeben, aber er wusste noch genau, was er damals gesagt hatte, und das hatte er auch so gemeint. Und so hatten Claudia und die mithörende Andrea es verstanden, völlig zu Recht. Seine Soldatenehre erlaubte es ihm einfach nicht, einen Rückzieher zu machen. Und das bedeutete, dass er sich um Andrea und Daniela kümmern musste, koste es, was es wolle.

Er dachte an die 200 000 Gulden, die bald auf Mimousses Bankkonto ankommen würden. Und seiner Ansicht nach musste in dem unübersichtlichen Sumpf der Ridderborn-Finanzen noch mehr verborgen sein. Mimousse hatte gesagt, letztendlich sei alles für Michiel und eventuelle weitere Kinder von Bully und Ellen bestimmt. Michiel – er brachte diesen urholländischen Namen kaum über die Lippen. Trotzig hatte er sich angewöhnt, seinen Enkel Timofei zu nennen. Sicher, es war ein drolliger kleiner Kerl, aber wenn er wählen musste …

Und plötzlich ergriff ihn ein Gefühl, das im Grunde immer unterschwellig da gewesen war, aber in diesem Augenblick erneut und so machtvoll, dass man es nicht ignorieren konnte, an die Oberfläche drängte: Er *war* kein Niederländer, verdammt noch mal, er hatte für Deutschland gekämpft und sein Leben riskiert. Karl war sein Kamerad, einer von so vielen, und dass er ihm die Frau weggenommen hatte, spielte dabei keine Rolle; so etwas passierte nun einmal, auch zwischen besten Freunden. Es ging darum, dass er sich diesen Menschen hier zugehörig fühlte, diesen Deutschen in der deutschen Stadt Köln, dass sie in Schwierigkeiten geraten waren und dass er, *Franz* Münninghoff, diese Probleme lösen konnte und würde.

Er drückte den Rücken durch, schaute den abwartenden Karl an, dessen Wangen feucht geworden waren, und sagte entschlossen: «Mach dir keine Vorwürfe. Ich werde alles erledigen. Bring mich jetzt zu Andrea.»

## – VIERZIG –

Es war weniger schlimm, als er nach Karls Bericht erwartet hatte. Die Adresse, zu der das Taxi die beiden ehemaligen Waffen-SS-Männer brachte, erwies sich als verwohntes Haus in der Berliner Straße im Stadtteil Mülheim. Karl wollte in einer Kneipe in einiger Entfernung warten; Frans müsse alles allein machen, er selbst sei für Andrea ein rotes Tuch. Auch diese undurchschaubaren «Halbstarken» um sie herum wollten nichts mit ihm zu tun haben. Er sei wirklich gespannt, ob Frans, zumal er eine Krawatte trage, von dieser widerwärtigen Clique überhaupt eingelassen werde. «Mach dir keine Sorgen», entgegnete Frans, während er seine Krawatte löste und abnahm, «ich kann mit jungen Leuten umgehen. Ich kann das, weil ich selbst ein Rebell bin, wie du besser als jeder andere weißt. Das merken die gleich, pass auf.» Und während Karl sich entfernte, klopfte Frans selbstsicher an die farblose Tür des «Meinhofburg» getauften Hauses, offensichtlich nach Ulrike Meinhof, der Mitbegründerin der terroristischen Rote Armee Fraktion, die wenige Monate zuvor in ihrer Zelle in Stuttgart-Stammheim unter verdächtigen Umständen ums Leben gekommen war.

Der unrasierte junge Mann mit wirrem Haar, dessen Kopf in einem Fenster der ersten Etage erschien, war ganz auf Abwehr eingestellt. «Wer da?», schnauzte er.

«Ich möchte zu Andrea und Daniela», antwortete mein Vater. «Parole Schutzengel».

Die Losung erwies sich wieder als Volltreffer, wie beim ersten Mal vor anderthalb Jahrzehnten, als er sich Andrea telefonisch mit diesem Zauberwort vorgestellt hatte. Es verging keine halbe Minute, da flog die Haustür auf, und eine Dreiundzwanzigjährige fiel ihm um den Hals. «Du bist also doch gekommen», flüsterte Andrea ihm ins Ohr. «Hol mich und meine Tochter bitte, bitte hier raus.»

«Genau deswegen bin ich gekommen», antwortete er.

Sie ging vor ihm eine abgenutzte Holztreppe hinauf. Unwillkürlich verglich er sie mit ihrer Mutter. Die gleichen langen Beine und das gleiche lange, blonde Haar, und soweit er das in so kurzer Zeit hatte sehen können, war auch der Rest in Ordnung. Aber in ihren Augen und um ihren Mund hatte er Ähnlichkeiten mit sich selbst entdeckt, besonders in ihren Augen, die groß und dunkelbraun waren. Nicht funkelnd und pechschwarz wie die von Karl in dessen besten Tagen oder strahlend blau wie Polarsterne wie die von Claudia, sondern samtig braun. Wie seine.

Oben angekommen, sah er Daniela, ein zartes fünfjähriges Mädchen mit Zöpfchen. Andreas Tochter spielte zusammen mit vier kleinen Schicksalsgenossen mitten in dem Chaos, das die Besetzerbrigade in dem einstmals schönen Gründerzeithaus angerichtet hatte. Zwischen ungemachten Feldbetten, herumliegenden Kleidungsstücken und ungespülten Tellern, Gläsern und Besteck saßen an einem Tisch drei Männer, die ihn argwöhnisch musterten. Andrea bedeutete ihm, stehen zu bleiben, und ging eilig zu dem Ältesten der drei, einem düster dreinblickenden Mann um die vierzig mit grauem Bart und Pudelmütze, und flüsterte ihm etwas ins Ohr.

Frans überlegte, ob das Ohrflüstern – auf diese Weise hatte sie ja auch ihn begrüßt – ihre normale Kommunikationsform geworden war, ein absurder Gedanke, der ihn so belustigte, dass er ein Lächeln nicht unterdrücken konnte.

«Ja was gibt's denn hier zu lachen?», fragte der Pudelmützenträger ärgerlich. Ohne die Antwort des ungebetenen Gastes abzuwarten, wandte er sich an die beiden anderen Männer und sagte in vorwurfsvollem Ton: «Genossen, ich höre gerade von Andrea, dass sie uns verlassen will. Der Herr hier» – er deutete geringschätzig auf meinen Vater – «ist ihr Onkel, und sie will mit ihm weg.»

«Tu, was du nicht lassen kannst, Zicke», sagte einer der Angesprochenen, der junge Mann, der aus dem Fenster geschaut hatte. Er musterte Andrea mit unverhohlen feindseligem Blick, den Frans gleich als den eines Abgewiesenen deutete. Er hatte offenbar nicht bei ihr landen können, obwohl er wie vermutlich alle männlichen Bewohner dieses Hauses und vielleicht sogar die Frauen liebend gern mit ihr in die Kiste gestiegen wäre. Wie hatte sie sich diese Nichtsnutze vom Leibe gehalten? Er fragte sich, was sich hier wohl so alles abgespielt hatte, vor den Augen der fünfjährigen Daniela.

Der dritte Mann am Tisch, ein derber Dreißiger, ein Stirnband mit chinesischen Schriftzeichen um den Kopf, ärmellose Jeansweste, grüne Tarnhose und schwarze Armeestiefel, gab als Kommentar einen lauten Rülpser von sich, während er nachdenklich eine Zigarette zu drehen begann «So einfach geht das nicht», sagte er nach einer Weile. «Andrea und ihre Tochter haben die ganze Zeit auf unsere Kosten mitgefuttert, ich zumindest hab sie nie was bezahlen sehen.»

«Aber ich hab dafür den Haushalt gemacht!», rief Andrea empört. «Das haben wir vor drei Monaten doch so besprochen!»

«Ja, und jetzt sieh mal, wie gut du das gemacht hast», erwiderte der mit dem Stirnband und zeigte zur Erklärung auf den Augiasstall ringsum. «Nee, Frollein, du hast dich hier durchschmarotzt, und jetzt willste mit deinem Erbonkelchen weg, weil du glaubst, dass du's bei ihm besser hast. Was bist du eigentlich für eine beschissene Genossin? Wie findest du das, Herbert?», wandte er sich an den Pudelmützenträger.

Mein Vater fand es an der Zeit, sich einzumischen. «Ich verstehe euer Problem ...», begann er. Doch Herbert unterbrach ihn. «Dreihundert Mark», sagte er schroff, wobei er die Decke anstarrte.

«Wie bitte?», fragte mein Vater fassungslos.

Herbert schaute ihn an, als hätte Frans ihn auf eine gute Idee gebracht. «Für drei Monate ist das tatsächlich ein Witz», antwortete er boshaft lächelnd. «Nach reiflicher Überlegung verlangen wir vierhundert Mark für unsere Sozialkasse. Und ich würde schnell ja sagen, alter Trottel. Sonst könnt ihr euch die ganze Sache abschminken.»

Andrea, soeben von einer Aktivistin zu einer Ware auf dem Hausbesetzermarkt degradiert, wollte etwas erwidern, doch Frans gebot ihr mit einer energischen Geste zu schweigen. «Holt eure Klamotten», befahl er, während er seine Brieftasche zückte.

Nach weniger als zehn Minuten standen sie zu dritt vor dem Haus; was Andrea und Daniela besaßen, passte gut in zwei Sporttaschen. Im kalten Herbstlicht und in dieser kahlen Straße wirkte die Armut von Mutter und Tochter besonders deprimierend.

«Dein Vater sitzt in einer Kneipe hier in der Nähe», begann Frans, aber Andrea schüttelte energisch den Kopf. «Wieso mein Vater? Den will ich in meinem ganzen Leben nicht mehr sehen, den Suffkopp. Weißt du, dass er Claudia fast krankenhausreif geprügelt hat? Dieses Arschloch ist schuld daran, dass ich meine Mutter verloren habe, weil sie es bei ihm nicht mehr ausgehalten hat. Wenn es dir recht ist ...» – ihre Stimme wechselte mühelos vom Wütenden zum Einschmeichelnden –, «würde ich gern in eine Pension in der Hackeläuerstraße ziehen, gleich um die Ecke. Ich kenne die Besitzerin und verstehe mich sehr gut mit ihr. Und es ist nicht teuer. Dann nehme ich da zwei Zimmer, eins für dich und eins für Daniela und mich. Wenn du zu Karl gehst und dich von ihm verabschiedest – ich nehme an, dass du das willst –, warte ich da auf dich, und dann können wir in Ruhe besprechen, wie es weitergeht. Einverstanden?»

Karl Reinhard nickte zufrieden, als Frans ihm in der Kneipe von der erfolgreichen Operation berichtete. «Das ist aber ein Haufen Geld», meinte er, «und ich kann es dir unmöglich zurückzahlen. Ganz herzlichen Dank.»

«Keine Ursache», antwortete mein Vater. «Ich betrachte das als meine Pflicht. Dir gegenüber, Claudia gegenüber und vor allem Andrea und Daniela gegenüber. Ich werde jetzt eine Zeitlang bei den beiden in dieser Pension wohnen und dafür sorgen, dass alles wieder halbwegs ins rechte Gleis kommt. Ich bin nicht reich, wie du weißt, aber auch nicht arm, ich hab etwas gespart. Außerdem steht mir noch was aus einer Erbschaft zu. Wir werden sehen, was aus alldem wird. Weißt du, Karl, wir müssen das Leben nehmen, wie es ist. Zwischen uns ist nicht alles so gelaufen, wie es hätte sein sollen. Verdammtes Frauenzimmer! Aber darüber dürfen wir jetzt auch nicht mehr grübeln. Lass mich in dieser Phase eures Lebens einfach der rettende Engel sein. Komm, wir trinken noch einen, und dann Schluss.»

Als sie zwei Doornkaat später die Kneipe verließen und sich verabschiedeten, umarmten sie sich wahrhaftig noch, bevor beide ihres Weges gingen. Karl zur nächsten Straßenbahn-Haltestelle, Frans zur Pension Salm. Dort bezog er ein kleines Einzelzimmer und holte dann Andrea und Daniela in ihrem gemütlichen und geräumigen Pensions-Apartment ab, um mit ihnen bei einem Italiener ganz in der Nähe zu essen und sich auszusprechen.

Karl nahm die Straßenbahn zu seiner Wohnung am anderen Ende der Stadt. Während der ganzen Fahrt starrte er reglos aus dem Fenster, in Gedanken versunken.

Andrea. Er kannte seine Tochter in- und auswendig, dieses Luder, das ihm nach Claudias Weggang acht Jahre lang mit ständiger Quengelei und Lügerei das Leben vergällt hatte. Man konnte ihr niemals trauen, das wusste er aus bitterer Erfahrung. Und sie war eine Kleptomanin. Sie stahl andauernd Geld, nicht nur bei ihm, sondern auch in der Schule, aus Ladenkassen, bei Freunden zu Hause, ein paarmal sogar in der Autowerkstatt des alten Degenhardt, wo sie mit Unschuldsmiene auftauchte, um angeblich ihren Vater etwas zu fragen.

Gut, er wusste ja, es lag alles nur daran, dass ihre Mutter plötzlich verschwunden war; das war für jedes Kind furchtbar, und auch für ihn war es ein Schock gewesen. Sicher hatte das an seiner Gewalttätigkeit gelegen, wenn er getrunken hatte, das musste er ehrlich zugeben. Aber trotzdem! Eine Mutter lässt doch ihr Kind nicht einfach im Stich!

Er hatte sich schon bemüht, Andrea eine gute Erziehung zu geben, soweit ein alleinstehender Mann das kann. Aber dieses Kind hatte das irgendwie nicht zugelassen. Sie besaß durchaus Talent, zum Beispiel fürs Zeichnen und Malen, und sie war sehr intelligent. Er hatte das sogar messen lassen: ein IQ von 132, das gab es nicht oft. Trotzdem hatte sie das Abitur nicht gemacht, sondern sich lieber einer Kieler Jugendbande aus stumpfsinnigen Rowdys angeschlossen.

Ein falsches Biest war sie, das wusste er längst. Schon als kleines Kind hatte sie ihn damit verblüfft, dass sie mühelos auf einen schmeichelnd bettelnden Ton umschalten konnte, wenn sie etwas von ihm wollte, und im nächsten Moment ausrastete, wenn sie ihren Willen nicht bekam. In den letzten Jahren war sie vor allem schnippisch und provozierend gewesen, fast so, als hätte sie gewollt, dass er sie schlug, wie er es bei ihrer Mutter getan hatte. Zum Glück konnte er sich beherrschen. Aber ihre Beschuldigungen und Vorwürfe waren beinahe unerträglich gewesen. Wie oft hatte sie ihm in seinen schwachen Momenten, wenn er abends mit einem Schnaps am Küchentisch saß und über früher nachdachte, seine SS-Vergangenheit vorgehalten und sie boshaft («Das hast du wohl als KZ-Wächter gelernt?!») mit seinen Gewaltausbrüchen gegenüber Claudia in Verbindung gebracht. Je älter sie wurde, desto heftiger waren ihre Vorwürfe, wenn sie auf dieses Thema zu sprechen kam: Er habe ihr Leben und das ihrer Mutter zerstört, sie werde ihm das niemals verzeihen, das solle er endlich kapieren.

Andrea hatte recht, und doch wieder nicht. Es war der Alkohol gewesen, und sein Groll. Sehr verständlicher Groll, und Frans Münninghoff war die eigentliche Ursache. Der «tollkühne Franz», der sich dann auch noch als regelrechter Verführer entpuppt hatte. Sein alter Kamerad, das ja, der ihm während des Rückzugs aus Russland sogar zweimal das Leben gerettet hatte. Das hatte ihr Verhältnis geprägt, auch noch in Friedenszeiten.

Das eine Mal hatte Frans mit seinem Spähtrupp einen anderen Beobachtungspunkt gewählt, als der Kompaniechef befohlen hatte, und dann hatten sie den Volltreffer einer russischen Haubitze auf den Hügel, der ihnen ursprünglich zugewiesen worden war, mit einer Art fatalistischem Jubel quittiert. Das andere Mal hatte Karl in einem Wald nach einem Partisanenüberfall in das grimmige Gesicht einer starken, goldblonden jungen Russin geblickt, die plötzlich auf ihm hockte, ihn mit ihren kräftigen Oberschenkeln umklammerte und wie eine Rachegöttin ihr Bajonett hob, um ihm den tödlichen Stich zu versetzen, doch der war ausgeblieben, weil der «tollkühne Franz» sie im letzten Moment erschossen hatte. So etwas vergisst man nicht, es bedeutete aber verflucht noch mal auch wieder nicht, dass er Frans Münninghoff einfach so seine Frau überlassen musste! Oder doch? Es machte ihn ratlos und unglücklich.

Im Grunde war er fast erleichtert gewesen, als Andrea, gerade achtzehn geworden, sich aus dem Staub gemacht hatte. Aber dann war sie in Köln im Drogenmilieu gelandet und von einem gescheiterten Kunsthändler geschwängert worden – natürlich hätte er sich an fünf Fingern abzählen können, dass so etwas passieren würde. Da war er ihr, nachdem Degenhardt ihn entlassen hatte, aus einer Art väterlicher Anwandlung heraus nachgereist. Von Erspartem und seiner Abfindung hatte er in Köln eine schäbige kleine Wohnung gemietet, eigentlich nur, um sein einziges Kind nicht ganz zu verlieren.

Doch auch hier erlebte er nur ein Desaster nach dem anderen. Beim ersten Versuch einer Kontaktaufnahme hatte sie ihn in aller Öffentlichkeit, auf der Straße, in Gegenwart von zwei Dutzend ihrer neuen sogenannten Freunde, dieser Struwwelpeter in Kampfanzügen, und vor zahllosen Passanten lautstark als Nazischwein und Drecksau beschimpft. Er durfte sie nicht auf der Entbindungsstation besuchen, und in den Jahren danach, Jahren, in denen er sich in Köln mit allerlei Hilfsarbeiten mühsam über Wasser hielt, hatte er seine Enkelin Daniela genau viermal sehen dürfen. Viermal zum Preis von jeweils zweihundert Mark, wohlgemerkt. Wochen hatte er gebraucht, um so viel zusammenzukratzen.

Bei diesen Gelegenheiten hatte er gespürt, dass seine väterlichen Gefühle im Grunde erloschen waren. Andrea war ein herzloses, berechnendes Ekel, bösartig geradezu. Nicht zufällig an Stalins Todestag geboren, dachte er manchmal. Und gegenüber Frans Münninghoff würde sie knallhart sein. Sie würde ihn um den Finger wickeln, wobei sie Daniela – bei der sich inzwischen auch schon einige hässliche Charakterzüge bemerkbar machten – geschickt einsetzen würde, und ihn dann bis auf den letzten Pfennig ausnehmen. Von dieser Beute würde sie erst ablassen, wenn wirklich nichts mehr zu holen war, dann konnte Frans auf den Müll.

War sie das Instrument seiner Rache für den Verlust von Claudia? Er wusste es nicht. Vielleicht ja.

Aber was für eine Rolle spielte das noch? Er hatte Andrea und Daniela, den letzten Mühlstein um seinen Hals, an Frans Münninghoff übergeben können. An den Mann, den er gehasst und doch geduldet hatte. Warum er ihn nicht umgebracht hatte, als er ihn mit Claudia im Bett erwischte, wusste er nicht genau. Wahrscheinlich wegen der gemeinsamen Kriegserlebnisse. Alte Kameraden. Doch auch das spielte keine Rolle mehr. Er genoss das Gefühl der Befreiung, das jetzt von ihm Besitz ergriff. Keine Verantwortung mehr.

Zu Hause geht Karl Reinhard ohne Zögern zum Kleiderschrank und holt seine alte Luger aus dem obersten Fach. Er wickelt sie aus Baumwolllappen und Ölpapier aus, dann liegt die Waffe einsatzbereit und vertraut in seiner Hand, als er damit am Küchentisch Platz nimmt, sie durchlädt und entsichert. Er betrachtet sie beinahe zärtlich. Mehr als drei Jahrzehnte lang hat er die 9-mm-Pistole gut gepflegt, sie wird ihn nicht im Stich lassen. Er versucht sich vorzustellen, wie die Küche gleich aussehen wird, wenn die Polizei, wegen des Knalls von den Nachbarn alarmiert, die Wohnungstür aufbricht. Während er den kalten, matt glänzenden Lauf behutsam schräg nach oben in den Mund schiebt, versucht er außerdem, eine letzte Frage zu beantworten: Hat er jemanden vergessen, irgendjemanden, dem er an seinem fünfundfünfzigsten Geburtstag vielleicht doch noch etwas bedeutet?

Er schüttelt leicht den Kopf, schließt die Augen und zieht seelenruhig den Abzug durch.

## – EINUNDVIERZIG –

Der Mann, neben dem ich an jenem Vormittag im März 1979 in der Antonius-und-Brigida-Kirche von Netersel in der vordersten Reihe Platz nahm, hatte kaum Ähnlichkeit mit meinem Vater, wie ich ihn kannte. Er trug einen Cut, schon damals bei Trauerfeiern ungewöhnlich, erst recht in einem Dorf in Nordbrabant. Er hatte stark abgenommen und sein Haar seltsam orangeblond gefärbt. Ohne ein Wort machte er Ellen und mir ein wenig Platz. Erst als der Dorfpfarrer sich anschickte, den Gottesdienst zu beginnen, brach er das Schweigen. «Willst du noch etwas sagen?», erkundigte er sich. Seine trüben braunen Augen blickten gleichgültig. Offenbar hatte er getrunken.

Zwischen uns und dem Altar stand ein schlichter Holzsarg mit ein paar Gestecken darauf.

Mimousse.

Hinter uns waren die Bänke in der ohnehin nicht allzu großen Kirche der kleinen Dorfgemeinde nur zu einem Zehntel besetzt. Höchstens dreißig Personen, meist Bauern aus Netersel und einige wenige Verwandte, waren gekommen, um Marie-Louise Amédée Huberte Ghislaine Münninghoff-van Blaem, meiner Stiefmutter, die letzte Ehre zu erweisen. Vor drei Tagen war sie gestorben, nach einem letzten elenden Jahr, das sie in einem Einfamilienhaus in der Dr. Schaepmanlaan in Bladel verbracht hatte. Den auf ihren Namen eingetragenen Bauernhof hatte sie verkauft, nachdem der Hausarzt ihr Todesurteil verkündet hatte. Lungenkrebs – sie hatte ja all die Jahre zusammen mit Frans geraucht wie ein Schlot.

Einige Monate vor ihrem Tod war Frans wieder zu ihr gezogen. Um ihr zu helfen, wie er verkündete. Mimousse hatte nach einigem Zögern zugestimmt. Und wenn sich auch das Verhältnis nicht nennenswert verbesserte, war es für sie doch angenehm, dass er ihr die alltäglichen Aufgaben abnahm, denn das tat er zunächst wirklich. Was genau er in den anderthalb Jahren davor getrieben hatte, erfuhr niemand aus der Familie, selbst Mimousse nicht.

Am Tag von Mimousses Einäscherung interessierte es Ellen und mich auch kaum. Wir waren selbst in tiefer Trauer, denn am 4. März, zwei Tage vor Mimousses Tod, war unser drittes Kind gestorben, Valentijn, nach Aussage der Ärzte zu früh zur Welt gekommen, um lebensfähig zu sein. Achtundzwanzig Wochen – er hatte noch zwölf Stunden aus eigener Kraft gelebt. Nach dem Tod unseres zweiten Sohnes Sebastian, im Dezember 1977 einen Monat nach seiner Geburt an einer Hirnhautentzündung gestorben, war das mehr, als wir ertragen konnten.

Auf die Nachrichten vom Tod der beiden Kinder war übrigens weder aus Bladel noch aus Würzburg irgendeine Reaktion erfolgt. Wir empfanden das als symptomatisch für die familiäre Situation: Alle hatten einander aus den Augen verloren, niemand anscheinend noch wirkliches Interesse am anderen. Wir standen allein und mussten eben damit leben. Zu Mimousses Einäscherung kamen wir nur aus Pflichtgefühl. Mehr war von uns nicht zu erwarten.

In meiner Rede kam ich nicht über ein paar Plattitüden hinaus, die ich mit erstickter Stimme vortrug, hauptsächlich von anderem, eigenem Kummer überwältigt. Nach dem Gottesdienst, im Saal des Pfarrhauses, klopften die Trauergäste mir deshalb mitleidig auf die Schulter, bevor sie in einer Ecke des Saals mit meinem Vater, der natürlich Bier und Genever hatte anfahren lassen, der Verstorbenen gedachten. Die Laute, die von dieser Gruppe herüberdrangen, bekamen ein immer fröhlicheres Timbre, und das Geplauder meines Vaters in seinem komischen pseudobrabantischen Idiom war schmerzhaft deutlich zu hören.

Zwei Tage später, am Sonntag, besuchte uns in Den Haag unerwartet Tante Jacquot zusammen mit einem ihrer Söhne, der sie mit dem Auto aus Bloemendaal gebracht hatte. Ihre Miene verriet, dass sie uns etwas Unerfreuliches mitzuteilen hatte.

«Bei der Trauerfeier habe ich mich aus Respekt vor Mimousse zurückgehalten», begann sie, «aber jetzt muss ich euch, glaube ich, doch etwas sagen, das ich lieber für mich behalten hätte, das ihr aber für euren weiteren Umgang mit Frans wissen müsst.»

Ihre blauen Augen – sie war von den vier Töchtern die einzige, die Vater Antoine van Blaems Augen geerbt hatte – waren kalt, während sie berichtete. Frans hatte keinen Finger krumm gemacht, um seiner Frau zu helfen, als sie pflegebedürftig wurde. In ihrer Verzweiflung hatte Mimousse Jacquot angerufen; da Yvonne im Vorjahr gestorben war und Edith in Neuseeland wohnte, blieb ihr nichts anderes übrig, «denn sie wollte euch nicht belasten, weil Ellen schwanger war», fügte meine Tante hinzu. Also hatte sich Jacquot bei ihrer Schwester in Bladel einquartiert, um sie zu pflegen und ihr beizustehen.

«Dein Vater bekam Briefe von einer Frau», fuhr meine Tante fort. «Das hab ich an der Handschrift gesehen, und ich habe die Post meist als Erste zu Gesicht gekriegt, weil er oft viele Stunden am Tag unterwegs war, zu seinen Tankstellen in Limburg oder Gott weiß wohin. Um nicht alles noch schlimmer zu machen, als es schon war, habe ich diese Briefe vor Mimousse versteckt. Aber abends, wenn sie zum Schlafen nach oben gegangen war, habe ich meistens noch mit Frans in der Küche gesessen und ihn irgendwann darauf angesprochen. Ich habe gesagt, er sollte diese Briefe nicht so herumliegen lassen. Darüber hat er nur gelacht. Mimousse würde nichts merken, meinte er; dafür wäre sie viel zu krank, und außerdem wäre es ihr egal, weil er für sie sowieso erledigt wäre. Ihm selbst war es auch völlig egal. Furchtbar kalt und zynisch war er.»

Jacquot schwieg einen Moment, um die Erinnerung an jene Abende zu verarbeiten. Sie hatten jedes Mal mit heftigem Streit geendet, wonach sie sich ins Gästezimmer zurückzog, während er sich im Schlafrock in seinen neuen, verstellbaren Ruhesessel vor den Fernseher setzte und Sendungen auf einem der deutschen Kanäle schaute, bis er einschlief.

«Nun ja», sagte Jacquot, «irgendwann habe ich angefangen, diese Briefe zu lesen. Ich meine, sie lagen überall herum, es wäre doch ein bisschen seltsam gewesen, wenn ich sie ungelesen vor Mimousse versteckt hätte, nicht wahr? Außerdem habe ich eine Mappe mit älteren Briefen gefunden, die hinters Büfett gefallen war; die waren an ein Postfach in Eindhoven adressiert, an Herrn Franz von Schumacher Münninghoff. Von einer gewissen Andrea Reinhard aus Köln. Diese Frau hat ihm praktisch jede Woche geschrieben, und es ging immer um Geld, das sie von ihm haben wollte, oder um ihre Tochter, Daniela, für die etwas bezahlt werden musste. Diese Andrea ist ein Aasgeier, Bully. Die hat deinen Vater fest in den Klauen.»

Sie nahm einen großen Umschlag aus ihrer Tasche und schob ihn über den Tisch. «Ich habe diese Briefe schließlich einfach mitgenommen, das wird ihm in seinem Alkoholnebel gar nicht auffallen, aber vor allem glaube ich, dass ihr sie lesen müsst, um zu begreifen, in welche Lage Frans da geraten ist.»

Jacquot lehnte sich zurück. Ellen ging in die Küche, um Tee zu kochen, ein deutliches Zeichen, dass sie mit dieser Sache nichts zu tun haben wollte. Ich öffnete den Umschlag, der etwa zwanzig Briefe enthielt, und begann zu lesen. Mit wachsender Empörung stellte ich fest, dass mein Vater sich willenlos und geradezu zwanghaft nachgiebig von dieser Andrea aus Köln hatte einwickeln lassen. Ein Wort von ihr genügte, damit er ihr und ihrer Tochter Daniela Geld schickte, zunächst, um ihnen zu einer Wohnung in der Kölner Innenstadt zu verhelfen und ihren Lebensunterhalt zu sichern.

Doch auch nachdem Andrea bei einer der Drogenpartys, auf die sie nicht verzichten wollte und von denen sie meinem Vater ohne jede Scham bis in alle Einzelheiten berichtete, einen Engländer namens Richard Powell kennengelernt und eine Beziehung mit ihm angefangen hatte, unterstützte mein Vater sie weiterhin.

Zweitausend D-Mark für ein Entziehungsprogramm in einer Klinik, fünfhundert für einen Malkurs, an dem sie plötzlich unbedingt teilnehmen musste und der ihr zur «Erleuchtung» verhalf («Jetzt weiß ich, was für Bilder ich malen muss, um glücklich zu sein»), einhundert Mark monatlich für Danielas Ballettstunden, ein sechswöchiger Urlaub in Florenz, wo Andrea mit ihrer Tochter und diesem Richard, offensichtlich genauso ein Schmarotzer wie sie, in einer Villa «zur Ruhe kommen» konnte. Und er zahlte und zahlte. Mir schwirrte der Kopf, ich verstand es einfach nicht. Wer war diese Andrea, außer einer durchgeknallten Drogenabhängigen? Eine Geliebte?

Ich las noch einmal einige der Anreden: «Bel Ami», «Lieber Engel Franziskus!», «Lieber, lieber Franz», weniger als drei Monate vor Mimousses Tod – das schien tatsächlich auf eine Liebesbeziehung hinzudeuten. Doch dann stand am Schluss anderer Briefe: «Deine ‹Tochter› und Freundin. Einen herzlichen Wunsch für die Genesung Deiner Frau», «Schönstes Väterchen Franz! Alles Gute!», «In Liebe und Sorge um Dein Wohlbefinden» und «Deine verrückte Adoptivtochter Andy» – so nannte sie sich, seit sie mit diesem Powell zusammen war. All dies ließ wiederum auf eine Art Vater-Tochter-Beziehung schließen, wenn auch auf eine äußerst sonderbare. Wurde er etwa erpresst? Nur womit?

Ich blickte von den Briefen auf und sagte zu Jacquot: «Ich verstehe es einfach nicht. Abgesehen davon, dass mein Vater offensichtlich wie ein Idiot all sein Geld dieser Frau schickt, werde ich nicht schlau daraus.» Mit einem betrübten Lächeln holte meine

Tante ein Schulheft aus ihrer Tasche. «Andrea hält sich nicht nur für eine Künstlerin, sie hat auch schriftstellerische Ambitionen. Dies ist eine Kurzgeschichte von ihr, aus der klar hervorgeht, wie das alles zusammenhängt. Lies es nachher mal, es ist übrigens gar nicht schlecht geschrieben.

Aber der Kern ist der: Frans hatte eine langjährige Beziehung mit ihrer Mutter, in Limburg an der Lahn. Die war mit einem seiner Kriegskameraden verheiratet, der sich am Ende umgebracht hat. Das lag vor allem an Frans, schreibt Andrea, denn ihr zufolge steht fast hundertprozentig fest, dass er ihr Erzeuger ist. Aus Pflichtgefühl gegenüber seinem betrogenen Kameraden, dessen Leben er mit dem Ehebruch zerstört hatte, hat er Andrea unter seine Fittiche genommen. Buchstäblich, denn er bezeichnet sich als ihren Schutzengel. So heißt auch die Geschichte: ‹Der Schutzengel›. Wenn du mich fragst, wird hier ein knallhartes psychologisches Spielchen gespielt, und dazu gehört auf Seiten deines Vaters vor allem Schuldgefühl, und damit verbunden der Wunsch nach Anerkennung. Und weil er weder bei Mimousse noch bei dir Anerkennung fand, ist er bei dieser Andrea in eine neue, glanzvolle Rolle als Vater geschlüpft, und auch als Opa.»

Ich nickte und sagte: «Ich verstehe, und ich finde das alles unglaublich. Andrea ist also höchstwahrscheinlich neben Tatjana und Monika meine dritte Halbschwester, ebenfalls aus einer unehelichen Beziehung, in diesem Fall von meinem Vater. Wie nennt man so jemanden in Verwandtschaftsbegriffen? Na ja, ist auch egal. Aber Frans kann so doch nicht endlos weitermachen!? Soweit ich weiß, verdient er kaum etwas, und hier steht – ich suchte in den Briefen nach der entsprechenden Passage –, «dass sie eine Wohnung in Wimbledon kaufen wollen und dafür 38 000 Britische Pfund brauchen und darauf zählen, dass er ihnen finanziell beispringen kann. Ich meine, das ist doch völlig realitätsfern, oder?»

Wieder dieser betrübte Blick, diesmal begleitet von einem sehr tiefen Seufzer. Ich fühlte, dass Jacquot noch nicht alles gesagt hatte.

«Gibt es noch etwas, das du uns erzählen willst?», fragte ich.

Sie schüttelte gequält den Kopf. «Versuch erst mal hiermit klarzukommen», sagte sie zum Schluss.

## – ZWEIUNDVIERZIG –

Wie aus Briefen hervorgeht, die ich nach dem Tod meines Vaters im Januar 1990 in seinem Haus in Bladel fand, hat er Andrea in einem Zeitraum von etwa vier Jahren mehrere zehntausend Gulden zukommen lassen. Dass sie sich ausgesprochen promiskuitiv verhielt und außer One-Night-Stands mit allerlei Kerlen aus dem Kölner Drogenmilieu auch eine lesbische Beziehung hatte (über die sie unverfroren detailliert berichtet), brachte ihn nicht auf die Idee, die Zahlungen einzustellen oder auch nur damit zu drohen, um sie zur Besinnung zu bringen. Wie hypnotisiert schickte er ihr weiterhin Geld, beispielsweise zu einem Geburtstag, worauf sie jubelnd schrieb: «Genau am Tag vor meinem Geburtstag kam ein Tausender an, so dass ich völlig euphorisiert bin.»

Ihr Umzug nach Wimbledon, wo Richard herkam, fand statt. Tochter Daniela, zu dieser Zeit zehn, wurde der Einfachheit halber bei ihren «Urgroßeltern» in Odenthal nahe Köln untergebracht, herzensguten Menschen um die achtzig, die den Selbstmord ihres Sohnes Karl nie verstanden hatten und nun ihre «Urenkelin» ohne weitere Fragen liebevoll bei sich aufnehmen und jahrelang für sie sorgen sollten.

In Wimbledon wurde tatsächlich diese Wohnung für 38 000 Pfund erworben, nur dass Richard dafür ein Darlehen bei der Bank aufnehmen musste. Die erste Dissonanz in diesem ebenso bemerkenswerten wie makabren Spiel von Schein und Sein: Andrea warf meinem Vater vor, dass er sein Versprechen nicht gehalten habe. Ob er das wirklich jemals gegeben hat, und wenn ja, mit welchen Worten, lässt sich nicht mehr herausfinden.

Er machte es jedenfalls wieder gut, besser gesagt, er versuchte es wiedergutzumachen, indem er fünfzehn Gemälde aus seinem Besitz nach England brachte, um sie bei Sotheby's versteigern zu lassen. Aus den Zollpapieren geht außerdem hervor, dass er seinen alten Renault Quatre mitgenommen hatte, offenbar, um in England halbwegs mobil zu sein. Er stieg in einem Hotel in Haslemere ab, einem ländlichen Ort südwestlich der Hauptstadt.

Die Auktion in London endete mit einer herben Enttäuschung: Weniger als viertausend Pfund für Andrea und Richard sprangen dabei heraus. Sie zeigten sich kaum erfreut darüber, klagten vielmehr, dass sie eine unverantwortlich hohe Hypothek aufgenommen hätten, weil Frans versprochen oder zumindest die Erwartung geweckt habe, einen substanziellen Beitrag zu leisten. Das alles ergibt ein jämmerliches, tristes, trostloses Bild. Als ich die Abfertigungspapiere des Zolls zu den Gemälden las, kamen mir die Tränen, trotz der Entfremdung zwischen uns und meinem Vater.

Offenbar verfolgte er vorübergehend auch den Plan, in London ein Lokal zu eröffnen. Deshalb hatte er die Wohnung in Wimbledon nicht finanziert: Er wollte sich mit Mimousses Geld in England selbständig machen und glaubte, Andrea als hübsche Bardame einsetzen zu können. So hoffte er, die Kontrolle über sie zurückzuerlangen.

Ich kann mir denken, wie dieses Lokal heißen sollte: *Arshin*, ein der Elle verwandtes, altes russisches Längenmaß, in der englischen Transkription, versteht sich. Wie oft hatte er mir nicht seine Pläne dargelegt! In seiner Kneipe würde man den Wodka per Arschin bestellen können: neun Gläschen, so hatte er ausgerechnet, auf einer gut siebzig Zentimeter langen Schnapslatte mit neun passenden Aussparungen. Dann könnte man einfach «einen Arschin Wodka» sagen, und schon würden die Gläser gefüllt und man könnte loslegen. Am besten natürlich mit zwei Freunden, denn *Bog troizu ljubit*, Gott liebt die Zahl drei, wie die Russen sagen, und dreimal drei ist eine heilige Zahl – notwendige Voraussetzung für einen schönen Abend von drei Männern unter sich. Er hielt das für ein todsicheres Erfolgsrezept.

Und selbstverständlich würde er für die *sakuski* sorgen, pikante Häppchen mit Pilzen, Hering, Kaviar oder Lachs auf *blintschiki* mit *smetana*, Buchweizenpfannkuchen mit saurer Sahne, die Rezepte hatte er von Omi. Und für den Fall, dass noch richtig zu Abend gegessen werden sollte: Bœuf Stroganoff, Hühnchen Kiew, Borschtsch – all das würde er mit links hinbekommen, einen besseren Koch als ihn gebe es auf der Welt nicht, das müsse ich doch im Lauf der Jahre selbst gemerkt haben, nicht wahr?

Bei solchen Darlegungen musste ich immer an die Weihnachtsfeste denken, für die er den Fasan zwölf Stunden lang im Backofen gebraten, dabei ständig im Auge behalten und begossen hatte, «denn eh man sich's versieht, wird das Fleisch plötzlich zäh, und dann ist nichts mehr zu machen», wie er mich belehrte. Das Ergebnis war, dass wir an Heiligabend auf sehnigen Stücken Fasanenbrust herumkauten, während der Rest als praktisch ungenießbar in der Küche zurückblieb.

Sein naiver Optimismus führte auch auf kulinarischem Gebiet zu verzerrter Selbstwahrnehmung; ich weiß nicht, ob Andrea das erkannt hatte, jedenfalls erklärte sie ziemlich spitz, sie habe keine Lust, hinter der Theke zu stehen. Nach weniger als einem Monat kehrte Frans desillusioniert nach Bladel zurück.

Der finanzielle Aderlass ging danach jedoch unentwegt weiter, obwohl man sich zunehmend übereinander ärgerte. Andrea, die ihn abwechselnd «Sir Francis», «Francesi» und «*old agony uncle*» nannte, erreichte, dass sie auf seine Kosten ein Ein-Zimmer-Apartment mieten konnte, um es als Maleratelier einzurichten. Als er nach Resultaten fragte, schickte sie ihm eine Zeichnung von einer Tasse mit Untertasse – eine Anfängerarbeit, mit einem mürrischen «Jetzt zufrieden?» als Begleittext. Außerdem durfte sie für umgerechnet zweihundertfünfzig Gulden im Monat eine Schauspielschule besuchen, weil das Rollenlernen gegen ihre morgendlichen Depressionen helfe.

Offensichtlich hatte sie den Drogen keineswegs abgeschworen: In ihren Briefen kam sie vom Hölzchen aufs Stöckchen, und ihre Geldforderungen wurden immer undifferenzierter. Als Richard bei einem Verkehrsunfall in der Londoner Innenstadt einen komplizierten Beinbruch erlitt und für längere Zeit ins Krankenhaus musste, klagte sie über die geringe Unterstützung, die von der britischen *Social Security* zu erwarten sei, und verlangte von «Sir Francis»: «Du solltest mir etwas schicken, alldieweil Du es mir und ihm versprochen hast. Was ist mit Dir los, lieber Francis? Du wolltest mir doch ein Auto kaufen!» In den Briefen mehrten sich Sticheleien dieser Art.

Die Bombe platzt schließlich im Frühjahr 1983, als sie meinen Vater unter Drogen- und Alkoholeinfluss anruft und ihm fast eine Stunde lang alles Mögliche an den Kopf wirft, vor allem aber, dass er im Grunde ein perfider SS-Mann sei und außerdem der Mörder ihres Vaters, Karl Reinhard.

Damit überschreitet sie eine Grenze, von der sie hätte wissen müssen, dass von dort kein Weg zurück führen würde.

Am nächsten Tag schreibt mein Vater ihr einen Brief, den einzigen von ihm an sie, von dem ich eine Kopie gefunden habe. Er erklärt, er denke nicht daran, sich von ihr weiterhin «manipulieren und dominieren» zu lassen. Er sei zwar bereit, ihre üblen Anschuldigungen als Folge ihres Drogenkonsums zu interpretieren, betrachte aber das Kapitel Reinhard als abgeschlossen, solange ihre Drogensucht das Verhältnis zu ihm derart trübe.

Er fügt hinzu: «Unsere Freundschaft und Zusammengehörigkeit sind mir heilig und durch nichts zu erschüttern – merke Dir das. Ich bin aber sehr traurig.»

Es folgen noch einige wenige Briefe von ihr; schon der Ton des ersten ist bezeichnend. Andrea lädt ihn ein, nach Wimbledon zu kommen: «Sagen wir eine Woche. Würde ich an Deiner Stelle schon einplanen. Schreibe mir einen Antwortbrief, ich gebe Dir 2 (zwei) Wochen Zeit. Deine Andrea.»

Hier spricht zum letzten Mal die strenge Gebieterin, doch mein Vater bleibt standhaft: Er reist nicht nach Wimbledon und er schickt kein Geld mehr.

Die beiden letzten Briefe von Andrea, geschrieben 1985, sind auf eine surreale Weise entlarvend. Im ersten teilt sie mit, dass Richard die Wohnung, für die sie 38 000 Pfund bezahlen mussten, für 82 000 Pfund verkauft habe. Im zweiten, allerletzten Brief, datiert auf den 29. Dezember 1985, schreibt sie auf Papier mit dem Briefkopf von Powells Büro: «*Dear Sir Münninghoff! I will remind you that you still owe me the sum of thirtyeightthousand pounds. Best wishes, Andrea Reinhard.*»

Danach hat Frans Münninghoff nie wieder etwas von ihr gehört.

## – DREIUNDVIERZIG –

«Du wirst es nicht glauben, aber ich habe hier noch eine Mutter», sagte ich zu meinem Freund und Reisegefährten Hendrik de Jong, Redakteur bei der *Volkskrant*. Wir hatten eine aufregende dreiwöchige Reportagereise durch Ungarn, Rumänien und Jugoslawien hinter uns und machten auf dem Rückweg an einer Raststätte bei Würzburg Halt, um zu Mittag zu essen. Es war Anfang Dezember 1984, überall in Deutschland waren die Vorbereitungen für das Weihnachtsfest in vollem Gange. Die schneebedeckten Hügel von Unterfranken bildeten dazu den passenden Hintergrund.

Während unserer Reise war meine Schwiegermutter, nicht ganz unerwartet, in einem Pflegeheim in Leiderdorp gestorben. Vom rumänischen Hinterland aus hatte ich Ellen über eine knarzende Telefonleitung erreicht – Mobiltelefone gab es ja noch nicht – und die traurige Nachricht vernommen. «Übermorgen wird sie eingeäschert. Dein Vater hat gesagt, dass er kommt», berichtete meine Frau. Wir hatten abgesprochen, dass ich nicht um jeden Preis versuchen sollte, bei der Trauerfeier anwesend zu sein. An dem bewussten Tag entzündete ich für meine Schwiegermutter in der Kathedrale von Târgu Mureş in Siebenbürgen eine Kerze und erzählte Hendrik ausführlich von ihrem Leben, geprägt von großer Fürsorglichkeit und Opferbereitschaft und einer Mutterliebe, die voll und ganz ihren Enkel Michiel einschloss, ebenso Tessa, unsere Adoptivtochter, die wir 1981, einen Monat alt, aus Sri Lanka mitgebracht hatten.

Das scheinbar Achtlose meiner Bemerkung in der Raststätte entging Hendrik natürlich nicht, und in der folgenden Stunde hörte er sich aufmerksam an, was ich ihm auf sein Nachfragen hin über Wera erzählte.

«Du hast sie also in den vergangenen dreiunddreißig Jahren genau einmal gesehen», fasste er leicht verblüfft zusammen. «Kannst du sie da eigentlich noch als Mutter bezeichnen?»

Die Frage gab mir zu denken. Von der Mutter physisch getrennt zu sein, wird nach der Adoleszenz natürlich immer normaler. Es geht darum, auf welche Weise man im Denken und Fühlen des anderen anwesend ist. Und in dieser Hinsicht stand es zwischen Wera und mir gar nicht gut. Jedes Mal, wenn ich an sie dachte, und das geschah oft, machte ich ihr vor allem Vorwürfe. War das berechtigt? Mussten mich ihre Passivität und Willenlosigkeit, als man mich ihr weggenommen hatte, wirklich immer so wütend machen? Das war vielleicht wirklich ein bisschen übertrieben, aber es kam ja noch anderes hinzu, stellte ich verbittert fest. Nach unserer Begegnung vor fünfzehn Jahren war meine Mutter erneut in ihr gewohntes Schweigen verfallen. Zwei tote Enkel waren offenbar nicht genug gewesen, um ihr eine Reaktion zu entlocken. Ich überlegte, ob es im Deutschen das Wort «Totalschweigen» gibt, und bezeichnete ihr Verhalten als mindestens krankhaft. So etwas tat eine Mutter doch nicht!?

Hendrik sah das anders. «Es kann doch Gründe dafür geben, dass sie es einfach nicht fertiggebracht hat, euch zu schreiben, zum Beispiel, dass sie sich inzwischen als unwürdig empfand. Schließlich ist sie auch nur ein Mensch. Sie war bettelarm, das hast du mir selbst erzählt; sie hätte nicht einmal genug Geld gehabt, um zu dir zu kommen. Sie konnte unmöglich ihrer Mutterrolle gerecht werden und schämte sich dafür, verstehst du das denn nicht? Sie hatte das Gefühl, dass du sie längst abgeschrieben hattest, und darin hast du sie vor fünfzehn Jahren, hier in dieser Stadt, mit deinem distanzierten Verhalten ja auch bestätigt.»

Wie gewöhnlich nahm Hendrik kein Blatt vor den Mund, was ich sehr an ihm schätze. Trotzdem kam ich auf diesem Weg nicht so recht weiter. Was war denn meine Mutter für mich? Vielleicht eine Art Ikone, die mich aus einem dunklen Winkel heraus beobachtete, unerreichbar, schweigend, mein Leben lang? Wir zahlten und fuhren heim zu unseren Familien.

Als ich an jenem Abend, nachdem ich Hendrik in Amsterdam abgesetzt hatte, zu Hause ankam, empfing mich Ellen mit großen blauen Augen. «Weißt du, wer heute Mittag angerufen hat? Deine Mutter! Wera! Zum ersten Mal seit fünfzehn Jahren!» Sie brach in Tränen aus, und diesmal weinte ich mit, nicht zuletzt wegen des Gänsehaut verursachenden Zufalls, dass Wera ungefähr um dreizehn Uhr angerufen hatte, genau zu der Zeit, als Hendrik und ich bei Würzburg zu Mittag gegessen und über sie gesprochen hatten.

Was hatte sie nach all den Jahren des Schweigens erzählt? Zunächst nicht allzu viel. Ellen hatte natürlich gleich den Tod ihrer Mutter erwähnt, worauf Wera pflichtschuldig ihr Beileid aussprach. Aber was heißt pflichtschuldig – bestimmt war sie betroffen, hatte aber nicht die richtigen Worte finden können. «Wir haben Niederländisch gesprochen, verstehst du, und es hat ja auch etwas Unwirkliches; man ruft an, und nach so langer Zeit wird man plötzlich mit einem Trauerfall in der Familie konfrontiert, von dem man eigentlich mitbetroffen ist.»

Das konnte ich verstehen. Aber hatte Wera sonst noch etwas gesagt? Wie ging es ihr?

Besser als je zuvor, hatte Ellen erfahren. Wera wohnte jetzt in einer guten Gegend, in einer Eigentumswohnung, die der Vater von Dorothea, Tatjanas Tochter, gekauft hatte. Eine Geschichte fast wie ein Märchen, und genauso schön: Tatjana hatte sich nach der zweijährigen Haftstrafe für ihr Vergehen als Drogenkurier mit großer Selbstdisziplin von ihrem früheren kriminellen Milieu ferngehalten. Sie fand eine Stelle in einem Schreibwarengeschäft und begegnete dort einem aufregenden Mann, einem gewissen Hans Rakemann, hellblond und sehr deutsch. Schon nach kurzer Zeit war Tatjana schwanger.

Rakemann, ein erfolgreicher Geschäftsmann, der eine prachtvolle Villa am Main bewohnte, nahm es gelassen, auch wenn er nicht heiraten wollte. Ebenso wenig wollte er in seiner Villa in ein Familienleben eingesponnen werden. Er liebte die Freiheit – Hochseesegeln, Reiten in der argentinischen Pampa, Bergsteigen im Himalaya.

Zunächst tat er, was viele Männer in einer solchen Situation tun: Er entzog sich seiner Verantwortung. Als Dorothea 1973 geboren wurde, war Hans Rakemann aus Tatjanas Leben verschwunden. So geriet sie in die gleiche katastrophale, von Armut und Aussichtslosigkeit bestimmte Situation wie vor ihr Wera.

Aber Rakemann war anscheinend doch aus edlerem Holz geschnitzt. Nach etwas mehr als zehn Jahren zeigte er Reue, suchte sein Kind, fand es in jener trostlosen Garage am Mainufer, in der Tatjana nun bei Wera wohnte, und beschloss, rettend einzugreifen. Und er fand eine dauerhafte Lösung, die alle in seiner direkten Umgebung zufriedenstellte. Er kaufte für Dorothea eine angemessene Wohnung in Höchberg, einem gutbürgerlichen Vorort von Würzburg, in dem viele Beamte wohnen und behäbige Ruhe herrscht. Dort konnte Wera, mittlerweile von Siegfried Bauer verlassen, mit Monika, Tatjana und Dorothea einziehen. Mit vier Zimmern war die Wohnung für die vier groß genug, außerdem zahlte Rakemann monatlich Unterhalt.

«Sie hat jetzt auch Telefon. Komm, wir nehmen den Kontakt wieder auf, und in ein paar Wochen, wenn wir vom Skiurlaub zurückkommen, besuchen wir sie», sagte Ellen energisch.

Sie erzählte auch, wie sich mein Vater am Tag der Einäscherung ihrer Mutter verhalten hatte. «Wie ein wirklicher Herr, ich kann es nicht anders sagen. Den ganzen Tag im Cut. Beim Gottesdienst in der Laurentiuskirche in Voorschoten hat er mir sehr galant den Arm geboten und großen Eindruck auf all die alten Freundinnen von Mami gemacht – du weißt schon, die Damen vom Freiwilligendienst. Und als wir wieder zu Hause waren und nach und nach die Trauergäste eintrafen, verschwand er in die Küche, immer noch im Cut, und hat da Brötchen geschmiert und Gläser gefüllt. Nein, er hat sich nicht unter die Leute gemischt. In der Küche fühlte er sich offensichtlich wohl, und er hat sich nützlich gemacht, deshalb hab ich ihn gelassen.»

Ich dachte an den Tag zurück, an dem ich meinen Vater zuletzt aus der Nähe erlebt hatte, im März 1982, nachdem Omi im Alter von neunzig Jahren im Rotkreuz-Krankenhaus von Den Haag gestorben war. Bei der Beisetzung im Familiengrab auf dem kleinen Sint-Jans-Friedhof in Laren waren wir zum letzten Mal alle beisammen gewesen. Xeno und Trees, Jimmy und Ellen Vogel, die er nach Christines frühem Tod geheiratet hatte, Titty, mein Vater, Ellen und ich. Auch dort hatte mein Vater als Einziger einen Cut getragen. Wie bei der Trauerfeier für Mimousse, und auch, wie ich mich erinnerte, bei unserer Hochzeit. Er liebte nun einmal das Zeremonielle.

Im Jahr unserer Hochzeit hatten allerdings in den Niederlanden noch alle Männer bei solchen Gelegenheiten Cut getragen; das hatte sich aber in den zurückliegenden anderthalb Jahrzehnten völlig verändert. Mein Vater, der anno 1984 in der Küche im Cut Brötchen schmierte und mit niemandem sprach – es kam mir so vor, als habe er dort, standesgemäß ausstaffiert und schweigend, seine baltische Eigenart, selbstgewählte Einsamkeit und Reserviertheit gegenüber seinem niederländischen Umfeld betont.

## – VIERUNDVIERZIG –

Es war sonderbar, wie schnell die Beziehung zu Wera sich normalisierte. Im Januar 1985 besuchten wir sie zum ersten Mal in Höchberg bei Würzburg, die Gesichter rotbraun von zwei Wochen Skiurlaub im schweizerischen Saint-Luc. Es gab viel zu erzählen, das Gespräch drehte sich vor allem um die Zukunft. Ich würde nach Moskau gehen, um dort als Korrespondent für meine Zeitung und die Rundfunkgesellschaft AVRO zu arbeiten, was unser Leben radikal verändern würde. «Was hält dein Vater davon?», fragte Wera. Ich blickte sie, wenn auch nur einen kurzen Moment, sehr finster an und erwiderte, die Meinung meines Vaters sei dabei völlig irrelevant. Meine Mutter schaute weg und lächelte schwach.

Natürlich luden wir Wera ein, uns in Den Haag zu besuchen, doch der Gedanke machte ihr Angst. «Den Haag hat sehr schlechte Erinnerungen an mich und ich an Den Haag, aber ich werde euch sicher mal besuchen, mit Dorothea», antwortete sie und kraulte die blonden Locken ihrer hübschen zwölfjährigen Enkelin, der sie letztlich alles zu verdanken hatte.

Was mich an der wiederhergestellten Verbindung zwischen meiner Mutter und mir besonders merkwürdig berührte, war die Mühelosigkeit, mit der wir wieder zur Tagesordnung übergingen. All die Dramen, Krieg und Armut, Entführung, jahrzehntelange Trennung, waren nach ein paar Gesprächen vergeben und vergessen, verweht, ausgelöscht. Wodurch? Anscheinend durch die Zeit. Und durch das Verlangen, auf eine menschenwürdige Weise miteinander weiterzumachen. Dabei spielte auch mein Vater eine Rolle.

Wir besuchten Wera noch viermal in Höchberg, bevor mein Vater im Januar 1990 starb. Ende der achtziger Jahre, ich glaube um den Jahreswechsel 1989/90 herum, machte sie mir plötzlich ein Geständnis.

«Ach ja, weißt du» – sie sprach meistens Niederländisch mit uns, wechselte nun aber auf einmal ins Deutsche –, «ich habe deinem Vater nach dem Tod von Mimousse noch mal vorgeschlagen, das Leben mit mir fortzusetzen.»

«Mein Gott, Wera, ich glaube, das war eigentlich eine großartige Idee», antwortete ich. «Und was hat er gesagt?»

Den Blick, mit dem meine Mutter mich damals anschaute, werde ich nie vergessen. Darin spiegelten sich alle Liebe, Unsicherheit und Verzweiflung, die ihr Leben mit meinem Vater beherrscht hatten, dem Mann, für den sie sich «bestimmt» geglaubt hatte. «Er hat nur gelacht», sagte sie, «und die Verbindung unterbrochen.»

Als mein Vater am Morgen des 9. Januar 1990 in seinem Haus in Bladel starb, gab es nicht mehr viele Leute, die sein Schicksal interessierte. Das wollte er auch nicht. Er starb mutterseelenallein in seinem Fernsehsessel, um ihn herum mehr als zwanzig leere oder halbleere Flaschen, das Fernsehgerät auf «Das Zweite» eingestellt, wegen seiner zunehmenden Schwerhörigkeit überlaut. Der Letzte, der ihn gesehen hatte, war der Inhaber des Chinarestaurants, der ihm am Abend davor auftragsgemäß eine Portion Nasi Goreng gebracht hatte.

Zwei Sozialhilfeempfänger aus dem Ort, Jos und Theo, die ihn hatten besuchen dürfen, arme Schlucker, die sich monatelang seine Geschichten angehört und schweigend mit ihm getrunken hatten, riefen mich an. «Er hat sich totgesoffen», lautete ihre ehrliche Meinung.

Die Trauerfeier in der Kirche war noch bescheidener als die für Mimousse zwölf Jahre zuvor. Im Unterschied zu damals waren kaum Einwohner von Bladel oder Netersel anwesend. Auch Wera fehlte. Das konnte ich gut verstehen.

Ich begann meine Ansprache mit den Worten: «Ein hartes und mühsames Leben ist vorbei.» Ich sah meine Tante Ellen, neben Onkel Jimmy, zustimmend nicken. Auch Xeno und Trees und die Kinder von Titty, die 1986 gestorben war, schienen der gleichen Ansicht zu sein. Entgegen meiner Gewohnheit hatte ich mir keine Notizen gemacht, ich wollte mich von den Empfindungen des Augenblicks leiten lassen. Warum, weiß ich nicht mehr. Vielleicht, weil ich spürte, dass ich mich letztlich doch zu sehr von meinem Vater entfremdet hatte, um etwas zu sagen, das ihm gerecht wurde. Viel mehr als das verhaltene Bekenntnis, dass ich ein gewisses Verständnis für seinen Beitritt zur Waffen-SS im Jahr 1940 aufbringen und sein Verhalten – aus seiner Perspektive – billigen könne, brachte ich nicht heraus. Eine Aufnahme der Musik, die ich mir für ihn gewünscht hatte, des «Großen Zapfenstreichs» der preußischen Armee, war in Bladel nicht aufzutreiben gewesen.

Als mir später einige Anwesende kondolierten, sprach mich Tante Jacquot mit besorgter Miene an. Auch sie bekundete mir ihr Beileid – was ich stoisch zur Kenntnis nahm, da ich ja von ihren heftigen Auseinandersetzungen mit meinem Vater wegen Grannys Nachlass und seines Verhaltens gegenüber Mimousse wusste –, dann schob sie einen Umschlag in eine Tasche meines Jacketts.

«Ich habe dir damals nach dem Tod von Mimousse nicht alles erzählt. Du hast das gespürt, aber der Moment ging vorbei. Und es war auch gut, dir nicht gleich alles auf einmal zu sagen.» Jacquot schaute mich mit ihren blauen Augen durchdringend an. «Es hätte dich auf die Barrikaden gebracht, glaube ich.»

Ich verstand nicht. Auf die Barrikaden? Wieso?

Sie beschränkte sich auf die wesentlichen Punkte. Die Details einschließlich Belegen enthalte der Umschlag. Ein Teil von Grannys

Erbe, nämlich 100 000 Gulden für jede Tochter, waren nicht versteuert worden. Mimousse hatte Jacquot gebeten, diese 100 000 Gulden für sie zu verwalten, auf einem besonderen Konto oder auf andere Weise, damit Frans nicht an das Geld herankam. Es sei für ihren Enkel Michiel bestimmt, hatte sie hinzugefügt. Wie wir selbst hatte auch Mimousse ihn weiterhin so genannt, trotz der idiotischen erzwungenen Namensänderung.

Frans hatte schließlich doch von diesen 100 000 Gulden erfahren, als Mimousse sich bei einer der immer häufigeren Streitereien verplapperte und die geplante heimliche Schenkung für ihren Enkel als schweres Geschütz im Wortgefecht auffuhr, was sie danach noch mehrmals tat. «Mein Enkel», rief sie dann – eine Provokation, auf die mein Vater zu ihrer Bestürzung nie mit einem «unser Enkel» reagierte –, «mein Enkel wird dieses Geld nicht für aussichtslose Projekte verschleudern, wie du es tust. Mein Enkel wird dieses Geld nicht bei Geschäftsreisen Gott weiß wo in Deutschland verjubeln, mit was weiß ich wie vielen Huren – soll mir auch egal sein.»

Worauf er entgegnete: «Du weißt ja nicht, was du redest. Geh doch mit deinen Hunden auf der Heide spazieren. Aber eins steht fest: Dieses Geld ist nicht für Timofei, sondern für uns. Wir leben in Gütergemeinschaft, wie du dich vielleicht erinnerst.»

Von da an herrschte Krieg. Dass ihre guten Absichten derart unverschämt zunichte gemacht werden sollten, öffnete Mimousse die Augen. Frans, ihr Mann, den sie immer idealisiert hatte, war offensichtlich auf das Niveau eines geldgierigen Parvenüs abgesunken. Angesichts seiner tiefen Enttäuschung, weil er es seinem Vater nie hatte recht machen können und es ihm nicht gelungen war, ihn zu überflügeln, mochte das verständlich sein, doch was er jetzt vorhatte, würde sie niemals hinnehmen. Mit Jacquot, die bei einigen solcher Szenen anwesend war, sprach sie ab, dass alle nur erdenklichen Maßnahmen ergriffen werden sollten, um das Geld vor Frans' Zugriff zu schützen.

Am Ende hatte er sich dann aber doch Zugang dazu verschafft. «Gleich nach Mimousses Tod kam Frans zu mir nach Bloemendaal», erzählte Jacquot mit plötzlich zitternder, verzerrter Stimme. «Dein Vater hat mich damals erpresst. Er drohte, den belgischen Fiskus über alles zu informieren, wenn er die 100 000 Gulden von Mimousse nicht bekäme. Da konnte ich nichts mehr machen, Bully. Ich musste auch an mich denken. Also habe ich ihm eine Vollmacht ausgestellt. Gleich am nächsten Morgen ist er nach Zürich gefahren, um das Geld abzuheben.»

All dies berichtete ich Wera, als sie kurz nach der Einäscherung meines Vaters endlich nach Den Haag kam, um einen Monat bei uns zu bleiben. Sie, die sich immer noch nach ihm gesehnt hatte, musste doch die ganze Wahrheit erfahren.

Sie schlug die Hände vors Gesicht.

«Ist das alles wahr, mein Liebstes?»

«Ich habe keinen Anlass, daran zu zweifeln, Mutti.»

Wera holte tief Luft und schaute mich an, wie nur sie es konnte.

«Trotzdem habe ich ihn wie keinen geliebt. Das gilt immer noch.»

Ich nickte. «Na, was machen wir jetzt? Alles vergessen?»

Auch sie nickte, verstört und unendlich müde, wie mir schien. «Alles, ja, alles vergessen.»

Ich legte ihr den Arm um die Schultern, streichelte ihre lieben, nassen Wangen, küsste sie auf die Stirn. Lange saßen wir nebeneinander auf dem Sofa, beide in eigene Gedanken versunken und gleichzeitig in etwas Ungreifbares eingesponnen, das uns verband.

Wera Bauer, eigentlich Wera Lemcke, vor allem aber Wera, meine Mutter, starb am 11. Juni 1999 an Krebs, achtundsiebzig Jahre alt. Der Trauerredner eines humanistischen Vereins, der die «Totenfeier» leitete, erklärte, dass sie wegen eines traumatischen Erlebnisses im Zweiten Weltkrieg, kurz nach meiner Geburt, nicht habe eingeäschert werden wollen. Damals war sie im Luftschutzkeller des Krankenhauses fast unter Trümmern begraben worden, und der Raum war danach ausgebrannt; die Vorstellung, nach dem Tod verbrannt zu werden, war für sie zu einem unerträglichen Schreckbild geworden.

Ihr Grab ist mittlerweile so von wilden Rosen überwuchert, dass man ihren Namen kaum noch lesen kann.